本书为国家社科基金重点项目"《文选》李善注校理"

（14AZD074）前期成果

中州问学丛刊　刘志伟　主编

《文选》校雠史稿

刘　锋　著

图书在版编目(CIP)数据

《文选》校雠史稿 / 刘锋著. —上海：上海古籍
出版社，2020.9
（中州问学丛刊）
ISBN 978-7-5325-9762-8

Ⅰ.①文… Ⅱ.①刘… ②刘… Ⅲ.①《文选》—校
勘学—研究 Ⅳ.①I206.2

中国版本图书馆 CIP 数据核字(2020)第 171906 号

中州问学丛刊

《文选》校雠史稿

刘　锋　著

上海古籍出版社出版发行

（上海瑞金二路 272 号　邮政编码 200020）

（1）网址：www.guji.com.cn
（2）E-mail：guji1@guji.com.cn
（3）易文网网址：www.ewen.co

启东市人民印刷有限公司印刷

开本 890×1240　1/32　印张 12.125　插页 2　字数 272,000
2020 年 9 月第 1 版　2020 年 9 月第 1 次印刷
印数：1—1,300

ISBN 978-7-5325-9762-8

Ⅰ·3514　定价：48.00 元

如有质量问题，请与承印公司联系

河,图岂能尽;东京繁华,梦之不休。前贤往哲,或生于斯,或游于斯,焕乎其有文章;时彦来俊,或居境内,或栖海外,乐否共谈学问!

然后可言"问学"之旨。

吾人所谓"问学",本乎《中庸》"君子尊德性而道问学"之义。探究历史玄奥,抉发前人精义,光大华夏传统,固吾辈之责。

然又不尽于此。

问者,疑也。有疑乃有问,有问乃有学。灵均问天,子长叩史,所以可贵。故前贤可绍,非谓复述陈言;精义待发,必与时事相接。

惟清季民初以还,中外之交流日密,而相得之乐固存,龃龉之处亦多。因思学分东西,地判南北,而天道人心,洁净精微,自有潜通。由中国观世界、由世界观中国,近年学人颇措意于此,良有以也。

因兹发愿筹划"中州问学丛刊"。论其宗旨,欲置中州之学于世界史、人类史之视域,取资四方,融铸众学,考镜源流,执古求变,深思未来。亦以此心力,接续河洛学脉,催生当代中州学术文化流派。

谨诚邀宿学同规蓝图,共襄盛事。

是为序。

刘志伟

2020 年仲夏于中州德容斋

《中州问学丛刊》总序

河南之地，古称中州。"中"者，谓其地在四方之中，亦谓华夏文明，根本在兹。此亦中原、中土、中国之"中"也。故商起乎东，周兴于西，皆宅兹中国，以御天下。

难之者曰：先哲不有云乎，"四方上下曰宇，古往今来曰宙"。时空无限，今人任择一点，皆可斟定为"中"，是则天下本无"中"，孰谓不然？况以现代眼光观之，各族类欲以世界文化中心自命者，皆难免偏隘之讥；而中华地广，习俗多异，艺学之道，各具风华，固不能齐于一者也。今有丛刊之创，名以"中州问学"，其义何在？

答云："中"字古形，象立一帜在环中，谓有志于此，小子何敢？然中州厚土，生长圣贤，发育英雄，实华夏文明之渊薮；布德泽于四方，吹万类而有声，无以过也。敬邀贤达，会集同仁，承绪古德，以求日新，虽谓力薄，实有愿焉。

中州之学，源深流广，更仆难数。言其大者，烨烨生光。

河出图，洛出书，隐华夏之灵根。老聃默默，仲尼仆仆，建儒道之本义。孟轲见梁惠王也，曰仁义而已矣。庄周于无何有乡，述逍遥为至乐。玄奘幼梵，发雄愿于万里；二程思精，垂道统于千祀。诗而能圣，杜子美用情深切；文以称雄，韩昌黎发义高迈。清明上

稿　　约

敬启者：

本丛刊崇尚思想创新而以文献为基、学术为本，兼顾学术普及，将涵盖人文社会科学及其与诸学科交融之领域等，研究内容包括：

"中州"本源文化、"圣贤""英雄"文化与"人类新轴心时代"；21世纪学术文化研究系统、学科发展体系重构；华夏文物考古、非物质文化遗产的保护及其与当代文学、艺术创作之融合；人文社会科学及其与诸学科交融领域的专题性原创研究及集成性文献整理；以文献实学为坚实基础的思想与学理研究；东西方学术、文化巨匠的访谈对话；海外汉学著作翻译、研究；思想史、学术史研究。

诚邀尊撰，以光大丛刊！

《中州问学丛刊》编委会

2020 年 8 月

前　　言

一、《文选》与“《文选》学”在历代的传承发展

　　由梁代昭明太子萧统(501—531)编纂的《文选》,荟萃先秦至梁代文学精华,被誉为“总集之首”,自隋唐以来盛行不衰,影响巨大。因之而兴的“《文选》学”亦绵延至今,期间虽有显隐,但未尝中辍,是中国传统学术的重要组成部分。《文选》与“《文选》学”在中国传统文化学术中具有重大影响:《文选》保存了梁前七百余篇诗文,许多名作赖以相传,具有重要的文学史价值;《文选》反映出编纂时代的文学、文化思想,兼有文学批评、文体论、文章学、修辞学等多方面价值;《文选》是众多文人学习文章创作的典范,又因其与科举考试的密切关系,从而对后世文学创作产生了深远的影响;《文选》还确立了总集典范,后世总集编纂几乎莫能忽视;《文选》保存了大量中古之前的语言材料,语言文字学价值重大。“《文选》学”自隋唐形成以来,举凡小学方面的文字、音韵、训诂,文献学方面的目录、版本、校勘,以及注释、评点等方面,都产生了众多学术成果,具有重要的学术价值。可以说,“《文选》学”对于中国传统学术研究具有范式意义。

　　《文选》的盛行促生了"《文选》学"，而"《文选》学"也进一步深化了《文选》的文化学术内涵，加强了《文选》的经典地位。实际上，同一部《文选》，在不同的历史时期具有不同的功能，读者对《文选》的认识和评价也有很大差异，这些又影响了学者对《文选》的研究，在不同的时代产生内容风格互异的"《文选》学"。

　　《文选》之于隋唐时人是相距不远的前代文章典范，学习创作非借鉴这些前代典范不可，又加诗文创作在科举中的重要地位，所以隋唐人与《文选》的关系类似学生与教科书的关系。而兴起于隋唐之际的"《文选》学"，很大程度上也是由讲学促生的，落实在文献上而形成的各种《文选》注释，其性质类似经学注解，其目的即在于辅助阅读学习，这才是"《文选》学"原本的内涵，而我们将后世对《文选》的各种研究泛称为"《文选》学"，实际上已越出了其原初意义。

　　宋、元、明时期，去古愈远，文学遗产不断累积，文学潮流不断演变，科举考试内容亦与唐代不同，《文选》的学习功能已不如唐代明显，故《文选》的经典性地位有所下降，而对《文选》的研究也随之有所衰落。当然，《文选》仍是一部前代典范作品的总集，又加唐前文集不断散佚，《文选》对于保存唐前文章的重要性更加凸显，所以此时期《文选》仍具有高度的流通性。

　　至清代，"《文选》学"又迎来一个高潮期，这大概有两个方面原因：其一是清代朴学的影响。《文选》多古文奇字，又有很多古音古训，尤其是李善注征引渊博，保存了大量古文献资料，既是朴学研究的重要对象，又对其他典籍的研究颇有助益，故以朴学治《文选》成为清代"《文选》学"的主流。这种研究一定程度上对唐代"《文选》学"有所沿袭，并进一步深化拓展。其二是文学潮流和观念的影响。清代骈文复兴，而《文选》被视为唐前骈文的经典，提倡骈文就不能不重视《文选》。

二、《文选》文本的变异与《文选》校雠

《文选》作为流传久远而广泛的经典文献，相较于一般文献，要经过更多的传播、阐释、整理、改造，且至今仍在继续。在长期的流传过程中，《文选》难以避免地产生了很多变异。一方面，写、刻既久，不免讹误滋生，而后人又将李善注与五臣注删并为六臣注，愈增淆乱。更有甚者，将《文选》删增改易，愈失原貌。《文选》文本的变异主要表现为两大方面：其一是文本总体样式的变异，其一是具体文字的变异。

（一）《文选》文本总体样式的变异

自萧统编撰成《文选》，"都为三十卷"（《文选序》），写定之日，《文选》便有了第一个本子。由梁至唐五代，《文选》一直以抄本流传。隋唐之际，"《文选》学"兴，开始出现《文选》注本。加注之后，篇幅增多，一些注本就将原来的三十卷析分为六十卷。大概因注本便于阅读学习，逐渐便较无注本更为通行。至五代两宋，《文选》进入刻本时代，唐代的众多注本此时仅余李善、五臣两家，[①]刻书者又将两家注合并编纂成六臣注本，其流行程度几在单注本之上。至明中后期，版刻愈趋繁荣，又加明人好改窜古书，此时出现了很多《文选》的改编本，有的图清省删去注文成白文本，有的以己意删减

---

① 近代发现的日藏《文选集注》虽保存有唐代公孙罗、陆善经等人的注释，但从现存文献看，这些注释在宋代以后似乎并未流通。

原文，或变换次序，有的改窜原注而增入补注评点，这种风气一直持续到清代。《文选》文本不断繁衍，从而形成一个庞大的文本系统。

（二）《文选》文本具体文字的变异

相较于体式的变异，《文选》具体文字的变异更加复杂。首先，文献在抄、刻过程中出现无意的讹误是不可避免的，其传播时间愈久，传播愈广泛，可能累积的讹误愈多，这是古典文献流传的一般特征，《文选》自不例外。

除了无意的讹误外，《文选》文字的变异更多是因为有意的校改或改编。《文选》是选集，所收作品大多有其他流传渠道，由于各种原因，彼此互有异同，后人或据此以改彼，或据彼以改此，遂使原本产生窜乱，而这些校改之处后人已很难分辨。另外，后人在校勘《文选》时亦可能误改原文，特别是早期的版刻校勘，因其对文本的固定远超写本，其误改也影响更大。随着《文选》文本体式的变异，各种体式之间亦可能因校勘而互相渗透，使文字变异更加复杂。

《文选》文本加入注释后，产生变异的因素就更多。譬如李善注，唐李匡乂《资暇集》卷上称"有初注成者，覆注者，有三注、四注者"乃至"绝笔之本"，[①]《新唐书》又有李邕补益李善注之说。不同注本之间必定存在差异，在流传过程中又可能彼此渗透，因唐代抄本后世流传极少，故李善注原貌已不可能完全弄清。尤其是后世将李善注与五臣注删削合并为六臣注，合并者往往将相同或相近的注文删去一家，合注本在流传过程中又多发生羼乱。故《文选》

---

① （唐）李匡乂：《资暇集》，民国商务印书馆《丛书集成初编》本，第 5 页。目前学界一般认为李匡乂当作李匡文，可参考（清）周中孚（《郑堂读书记》卷五四）、余嘉锡（《四库提要辨证》卷一五）、岑仲勉（《唐史余沈》卷四《李夷简子匡文与〈资暇集〉》）等人的相关考证。

注文的变异程度要远大于正文。

（三）本书所谓"《文选》校雠"的涵义

　　无论是阅读还是研究，需要有尽量正确的文本，故伴随讹误、淆乱、改易产生的同时，校正讹误、恢复原貌的努力也一直不辍，这些工作可以统称之为《文选》校雠。《文选》校雠实为传统"《文选》学"的重要组成部分。

　　校雠学是中国传统学术的重要领域。"校雠"本义是指对图书典籍进行比对异同、校正讹误，这一意义后世也多称之为"校勘"，故传统上"校雠"与"校勘"往往混称。另一方面，"校雠"语义从一般的文字校正也逐渐扩大到典籍整理、收藏等文献工作，并最终发展成为以版本考证、文字校勘、目录编纂等为核心的广义"校雠学"。① 而从当今的语义上看，"校雠"意义较宽，而"校勘"意义更具体。故本书所谓"《文选》校雠"概指在目录、版本、校勘等方面对《文选》的研究，而其中以校勘为主，在一般叙述中泛称"校雠"，在论及具体的研究时，则多直接称"校勘"。但校雠与校勘关系密切，本书在表述时或不可避免有所混淆，但应不致影响读者理解。

三、《文选》校雠的发展演变

　　总的来看，《文选》校雠的发展演变一方面与校雠学的历史源

---

　　①　关于"校雠"本义，学者多据《文选·魏都赋》李善注引《风俗通义》及《太平御览》卷六一八引刘向《别录》云："雠校，一人读书，校其上下，得谬误为校。一人持本，一人读书，若怨家相对为雠。"（两处文字稍有差异）在此意义上，"校雠"是指比较具体的校正文字的工作。当然，我们通常也将刘向、刘歆父子作为校雠学的重要奠基人，而其工作除校正典籍文字外，还涉及典籍的搜集、整理、缮写与目录提要编撰等方面，已基本涵盖后世所谓的广义"校雠"。

流相关。中国校雠学萌芽于先秦,奠定于汉代的刘向、刘歆父子,自汉代至清代,校雠实践从未中止,校雠学理论也不断深入。典籍的校雠整理,汉唐时期以国家政府行为为主导;宋代以后,书籍版刻、流通和学术研究更加普及,从事校雠的私人学者增多;延至清代,在朴学大盛的学术氛围下,产生了大批校雠学家和大量的校雠成果,是中国古代校雠学的最高潮。近现代以来,校雠学进一步学科化,校雠实践的科学性变得更强。

另一方面,《文选》校雠的发展演变也与《文选》和"《文选》学"在不同时代的起伏显隐相关。隋唐时代特重《文选》,"《文选》学"自曹宪、李善以来大行于世,形成了第一个高峰。宋、元、明三代,对《文选》的重视程度稍逊于唐,"《文选》学"缺乏研究大家和大著作,但《文选》仍是一般士人的普及读本,特别是自宋代书籍刻本盛行以后,《文选》刊刻不断,而刊刻前的校勘往往是不可缺少的一道整理工序,同时,刊本使《文选》文本固定化,也对之后的《文选》校雠有重大影响。清代作为传统文化的集大成时期,文化学术的诸多方面都得到了空前的整理、拓展,骈文的复兴连带使《文选》重新受到推崇,又加李善注作为考据之渊薮,备受考据学家重视,"《文选》学"顺势复兴,形成第二个高峰。

推动历代《文选》校雠的动力来自两个方面:其一是历代《文选》研究,特别是《文选》考订的不断深入,对《文选》校雠提出了新的要求;其二是适应历代《文选》刊行的需要所进行的《文选》校雠,并且不断地发展,最终成为《文选》校雠的主流。

今可见最早的《文选》校勘是李善注中存留的一些校语,其校勘严谨,不擅改正文,方法多样,或记别本异文,或引本书为内证,或旁证别集、史传,与注释之精审相得益彰。与李善注相似,唐时

《文选》往往校注并行,①惜除五臣注外,其他诸家注流传较少。宋代以来,《文选》逐渐形成李善注本,五臣注本以及合并李善、五臣的六家本,六臣本三大版本系统并行的局面,这些版本在刊刻之前,往往有校勘,特别值得注意的是这些校勘以记录李善与五臣的差异为主,如六家本、六臣本多有校语云"善本作某"或"五臣作某",而今见中华书局1974年影印的李善单注本尤刻本,亦附有《李善与五臣同异》一卷,这些校语说明李善注本与五臣注本所据底本确有不同。从一些唐代《文选》写本来看,宋人所谓的李善与五臣同异有不少并不能成立,宋人见到的差异有很多可能是在传写过程中产生的,而并非原本所有的差异。至于李善、五臣的差异原因:一方面凡不同本之间即会有差异,李善不仅与五臣有异,即李善此本与李善彼本亦有差异,反之五臣亦然;一方面有学者推测李善受"《文选》学"于曹宪,其所据《文选》底本为江南(扬州)所传,而五臣居北方,其所据《文选》底本可能是萧该所撰《文选音》,或是萧该等人传至北方的《文选》。

　　宋代的各种《文选》版本大致为后世固定了《文选》文本的样式,元、明、清时代的《文选》版刻大多是对宋版《文选》的覆刻、重刻,②而这些时代的《文选》校雠也是在这些版本的基础上进行的。清代朴学大盛,《文选》校雠学者众多,成果丰富,特别是对版本的讲求以及对李善注的推崇,试图恢复李善注原貌成为当时《文选》校雠的重要特征。

---

　　①　如唐刘肃《大唐新语》卷九记载:"东宫卫佐冯光震入院校《文选》,兼复注释。"许德楠、李鼎霞点校,中华书局1984年版,第134页。
　　②　明清时期出现了一些大肆改窜《文选》原貌的评注本,其改窜、评注亦非校雠行为,故基本不在本书论述范围之内。

　　对《文选》版本的著录与研究是校勘《文选》的重要辅助,而目录、版本研究本身即是校雠之重要内容。由于《文选》的高度普及,自《隋书·经籍志》始,历代史志、目录对《文选》大率皆有著录,尤其是目录、版本之学大盛的清代,著录资料尤其丰富。这些资料反映出了《文选》的撰者、注家、刊刻、收藏、版本源流等多方面的信息。如宋晁公武《郡斋读书志》详细著录了《文选》的文体分类,并引窦常说:"(萧)统著《文选》,以何逊在世,不录其文。"①为后人探讨《文选》的体例、成书时间提供了参考。又如清代的《天禄琳琅书目》详细记录了内府所藏《文选》版本,由此可知当时有多种宋刻本《文选》存世,则胡克家《文选考异序》谓世间所存仅有袁本、茶陵本及尤刻本的说法明显是囿于闻见。这些著录信息是后世考察《文选》流传的重要资料。

　　关于《文选》版本的著录与研究,首先是由史志目录著录出《文选》的各家注本,显示了《文选》不同的注本系统。②在《文选》刊刻之时,刻书者对底本有所选择,显示出一定的版本意识。如尤袤刻《文选》,跋文曰:"今是书流传于世,皆是五臣注本。五臣特训释旨意,多不原用事所出。独李善淹贯该洽,号为精详。虽四明、赣上各尝刊勒,往往裁节语句,可恨。"③可见尤袤对《文选》版本的特意

---

① (宋)晁公武撰,孙猛校证:《郡斋读书志校证》,上海古籍出版社1990年版,第1054页。

② 如《新唐书》卷六十《艺文志四》著录:梁昭明太子《文选》三十卷,萧该《文选音》十卷,僧道淹《文选音义》十卷,李善注《文选》六十卷,公孙罗注《文选》六十卷,又《音义》十卷,李善《文选辨惑》十卷,《五臣注文选》三十卷(衢州常山尉吕延济,都水使者刘承祖男良,处士张铣、吕向、李周翰注,开元六年,工部侍郎吕延祚上之),曹宪《文选音义》(卷亡),康国安《注驳文选异义》二十卷,许淹《文选音》十卷。

③ 李善注《文选》卷尾,南宋淳熙八年(1181)尤袤刻本,中华书局1974年影印本。

讲求。但相对于校勘成果的丰富多彩,历代与《文选》相关的版本目录方面的文献资料则较少,研究较为薄弱。宋刻诸六臣注《文选》在校语中笼统区别五臣本与李善本,但这种粗疏的区别并不能显示其所据究竟属于何种底本。版本学至清代始盛,对《文选》版本的研究亦是在清代始趋于具体、精细,但年代久远,珍本难得,清代学者所论亦有限。而对《文选》版本著录研究的薄弱以及善本的稀缺,则限制了历代《文选》校勘的成就。当然,学术自有其发展历程,不能简单以今天之标准苛求古人。现代学者能够见到更多新出文献,又加科学的学术研究理论,对《文选》版本的研究较前人取得了飞跃性的进步。

四、《文选》校雠史的研究现状与本书的研究内容

(一)《文选》校雠史的研究现状

近现代之前,《文选》校雠的成果非常多,但因为传统校雠学实践多而理论少,基本没有学者对这些校雠成果进行综合、理论的研究,唯有一些零星的简要评价。近现代以来,由于新学术传统的建立,一方面,《文选》研究的方法、内容、成果都较传统"《文选》学"产生了诸多新变,另一方面,校雠学也逐渐形成为系统理论化的专门学科,而《文选》校雠研究的出现与以上两方面密切相关。

具体来看,对《文选》校雠史的研究可以分为校勘部分和目录、版本部分,而以校勘方面的研究为主,大约有以下几种形式:

1. 对某些《文选》校勘著作和《文选》校勘学者的专门研究

这方面的研究多为专门的个案研究。例如胡克家的《文选考异》,此书是《文选》校勘史上最著名的专著,成书以来,极受推崇,

故学界关注较多，出现了不少研究论文。如普暄《胡克家〈文选考异〉叙例》(1935)、李庆《胡刻〈文选考异〉为顾千里所作考》(1984)、张勇《〈文选考异〉研究》(2001)、方向东《〈文选〉与胡克家〈考异〉校议》(2002)、穆克宏《顾广圻与〈文选〉学研究》(2006)、钟东《述论胡克家〈文选考异〉之校勘》(2006)、范志新《安得陈编尽属君——论顾千里为清代〈文选〉校勘第一人》(2018)等。另如梁章钜《文选旁证》也是一部《文选》校勘重要著作，研究论文有穆克宏《梁章钜与〈文选旁证〉》(1998)、姜朝晖《〈文选旁证〉与〈文选〉学》(2002)等。此书与胡克家《文选考异》一样存在著者争议，研究此问题的论文有王书才《梁章钜对〈文选旁证〉的著作权难以否定》(2005)、王小婷《〈文选旁证〉著作权问题之争》(2009)等。这些成果研究了一些《文选》校勘著作的著者问题、校勘的方法条例，并对具体的校勘作出评议，是《文选》校勘史研究的重要论文。又如范志新《文选何焯校集证》(2016)则对何焯的《文选》校勘作了全面梳理。另外还有一些"《文选》学"专著研究和"《文选》学"家研究也对校勘有涉及。

2."《文选》学"史研究中涉及的《文选》校勘研究

清代阮元等学者已对"《文选》学"的历史源流有所考述，张之洞《书目答问》所附《国朝著述诸家姓名略总目》专立"'《文选》学'家"一目，特注明曰："国朝汉学、小学、骈文家皆深《选》学，此举其有论著校勘者。"①其所著录学者如钱陆灿、潘耒、何焯、陈景云、孙志祖、彭兆荪等，确实都专门校勘过《文选》，为清代《文选》校勘学者作了初步汇总。骆鸿凯《文选学·源流第三》(1937)分"《文选》

---

① （清）张之洞撰，范希曾补正：《书目答问补正》，上海古籍出版社 2010 年版，第 225 页。

学"为五类,其四曰"雠校",在对"《文选》学"史的考述中涉及历代的一些《文选》校勘,并为一些校勘专著撰写提要。屈守元《文选导读》(1993)导言第四节"清儒《文选》学著述举要"对清代的一些校勘著作有所评述,体例略同骆书。其后出现了几种"《文选》学"史研究专著,汪习波《隋唐文选学研究》(2005)专辟章节论述李善注的校勘,郭宝军《宋代文选学研究》(2010)对较早的《文选》校勘成果《李善与五臣同异》有专门研究,特别是王书才《明清文选学述评》(2008)、《〈昭明文选〉研究发展史》(2008)两书对历代《文选》校勘有更多的论述,对清代"《文选》学"专著如《文选考异》《文选旁证》等的校勘有深入的研究。又王立群《现代文选学史》(2003)则对近现代的《文选》校勘有所研究。台湾邱燮友《选学考》(1959)、林聪明《昭明文选研究》(1986)等也包含有对历代《文选》校勘著作的介绍内容。

3. 一些文献学著作特别是专门的校勘学论著里涉及《文选》校勘

此类著述较多,但其研究对象为一般的文献学、校勘学,故涉及《文选》校勘寥寥数语,一笔带过,难称专门研究,但因其在文献学、校勘学的总体学术视野下论述《文选》校勘,故对《文选》校勘与文献学、校勘学发展的关系颇具启示意义。如孙钦善《中国文献学史》(1994)有专节叙述《文选》李善注,其中即对李善的校勘特点有所总结。又如罗积勇等《中国古籍校勘史》(2015)也设有"《文选》李善注中的校勘"这样的专节。

4.《文选》版本、目录学史的研究

对《文选》版本、目录学史的研究较难表述。近现代以来,《文选》版本研究成果很多,其中最显著的是日本斯波六郎《对〈文选〉各种版本的研究》、傅刚《〈文选〉版本研究》、范志新《〈文选〉版本论稿》三部专著，其他相关论文也非常丰富，尤其是对众多唐写抄本、宋刻本等重要《文选》版本的研究相当深入精细，其中不少版本如《文选集注》、奎章阁本、明州本等的研究都有专著或博士论文。这些论著的研究对象是各种《文选》版本，其目的是探究版本源流、特征等问题，而不是从史的角度来述论历代学者对《文选》版本研究的发展演变。但这些研究又避免不了对历代版本著录研究资料的梳理、利用，故与版本学史研究关系密切。研究版本又不能不利用历代目录的著录资料以及各种版本的序跋、题记等相关资料，所以又要涉及《文选》目录学史的研究，如傅刚《〈文选〉版本研究》（2000）相当全面地汇总了历代史志、官目、私家目录等对《文选》的著录资料，显示了历代目录对《文选》著录的概况。所以，一方面可以说目前对《文选》版本目录学史的研究已经有了相当丰富的积累，但另一方面，真正从史的角度进行的研究论述又暂时阙如。

综上所述，学界对历代《文选》校雠的研究已开拓了诸多选题，取得了不少成绩，但总的来看，仍存在几方面的不足：其一，多为个案研究，或是对某校雠著作的研究，或是对某校雠学者的研究，缺乏整体、系统的研究；其二，多侧重于个别名著、大家的研究，不全面；其三，《文选》校雠的发展演变与中国校雠学史的结合研究不足；其四，缺乏对《文选》校雠的理论性探讨与总结。

（二）本书研究所关涉的主要文献资料

本书研究所关涉的历代《文选》校雠实践和相关文献资料主要有以下几个方面：

1. 现存具有校勘内容的各种《文选》写本、抄本、刻本、批校本以及"《文选》学"专著等

从现存文献来看，最早对《文选》有所校勘的是唐代李善，其后

《文选集注》的一些编者按语注明了李善、五臣、陆善经以及《文选钞》《文选音决》等不同注本之间的差异。宋、元、明三代的《文选》校勘多存于刻本中,此类校勘较为简略,一般只注明"善本作某"或"五臣作某",没有校记和考证,具有代表性的是附于尤刻本后的《李善与五臣同异》。刊本对于文献有很强的固定性,所以历代,特别是宋刊《文选》版本的校勘之迹值得重视,如版刻时的校勘改动、删并增补,以及在《文选》体式、分类、排序等方面的变化差异等。清代《文选》校勘成果丰富,形式多样,由于校勘多涉考证,内容繁多,故一般别本单行,其著者如陈景云《文选举正》、许巽行《文选笔记》、孙志祖《文选考异》、梁章钜《文选旁证》等,版本中最著名的胡刻本所附考异,也另有单行本,即顾广圻、彭兆荪所撰《文选考异》。当然,校勘能以专著形式得以流通的仍是少数。清代以来,学者对《文选》的校勘很多直接批点在原书上,据《中国古籍善本书目·集部》①今存有汪文柏、王芑孙、张敦仁、汪廷珍、黄丕烈、陈澧、曾国藩、叶昌炽、严复、章钰、王礼培等人的批校本,而《中国古籍总目·集部》②著录批校过《文选》的学者达数十人之多,其著者如钱陆灿、朱彝尊、钱士谧、潘耒、何焯、黄丕烈、俞正燮、谭献等。未著录而其批校本或存或不存的恐也极多。

需要说明的是,除了版本和专著中的校勘外,一些笔记、文集、学术专著、诗文评等著作也保存有零散的《文选》校勘资料:唐代如刘肃《大唐新语》、丘光庭《兼明书》、李匡乂《资暇集》等;宋代如沈括《梦溪笔谈》、洪迈《容斋随笔》、王观国《学林》、王应麟《困学纪

---

① 中国古籍善本书目编辑委员会编:《中国古籍善本书目·集部》,上海古籍出版社1998年版。

② 中国古籍总目编纂委员会编:《中国古籍总目·集部》,中华书局2012年版。

闻》、胡仔《苕溪渔隐丛话》等；元代如李治《敬斋古今黈》、刘埙《隐居通议》等，明代如杨慎《丹铅杂录》《丹铅续录》、张萱《疑耀》、焦竑《焦氏笔乘》、周婴《卮林》等；清代载有《文选》校勘内容的著作最多，如姚范《援鹑堂笔记》、钱大昕《十驾斋养新录》、倪思宽《二初斋读书记》、桂馥《札朴》、孙志祖《读书脞录》、段玉裁《说文解字注》、王念孙《读书杂志》《广雅疏证》、俞正燮《癸巳存稿》、洪颐煊《读书丛录》等等。这些零散资料多属考据性文字，一般不是专门的《文选》校勘，故本书不多涉及，但这些资料也是《文选》校勘的重要参考，前人校勘已多有引据，同时也一定程度上能显示《文选》版本的演变以及《文选》校勘的发展，必要时亦间或论及。

2. 历代目录的《文选》著录以及历代《文选》版本的序跋、题记等

此类资料是研究《文选》版本目录学史的核心文献。从《隋书·经籍志》直到近现代的各种目录，著录《文选》的目录在百种之上，这些著录随着历史发展也不断演变，反映了《文选》版本在历代的流传历程。另外，各种《文选》版本的序跋、题记以及专门研讨《文选》版本的专文，也为数不菲，都是研究《文选》目录版本学史需要关注的重要文献资料。

3. 有关《文选》校雠的史料记载

史书、方志、传记、碑志、序跋、目录、书信、笔记、学案等各类文献中记载的《文选》校雠活动和校雠学者，是《文选》校雠史的学术史料。清代之前，此类史料主要集中在史书以及《文选》刊本的序跋中，而笔记、传记等文献亦偶有涉及。关于清代《文选》校雠的记载则史料丰富，分布广泛，上述各类文献均有保存。

（三）本书的主要研究内容

本书性质为学术史研究，研究内容首先是爬梳历代《文选》校

雠实践与成果，在尽量全面占有资料的基础上，梳理《文选》校雠在历代的发展演变，总结历代《文选》校雠的方法、经验及其特点，揭示发展脉络，作出学术评价。同时探讨《文选》校雠与传统校雠学的关系，与"《文选》"学"学术发展的关系，总结历代《文选》校雠对当今《文选》文献整理、研究的价值。并从文献流传的一般规律以及整个《文选》校雠史出发，①探究《文选》文本演变的一些关键问题。如长期以来所谓的李善本与五臣本的差异问题，其差异表现如何，其原因为何。又如宋刻各种《文选》版本在版刻前的校勘问题：其勘改的依据是什么；其勘改的程度有多大；其勘改如何将一些原本不具备的特征固定下来，从而改变了《文选》文本的原貌。② 以下简要概述本书各章的主要内容：

　　第一章述论隋唐时期的《文选》校雠。整体考察《文选》在抄本时代的流传及校雠概况。首先讨论唐代《文选》注释中的校语，总结唐代各注家校勘的概况。其次，从现存的版本文献来推断抄本时代《文选》校雠的可能性。由于《文选》注家并未在注本中交代其校雠的实际操作如何，而有关《文选》校雠的史料记载又十分有限，我们需通过传存文献来探测抄本时代的校雠。本章也分专节讨论一些关键问题：一是李善注是否采用旧注本为底本；一是五臣注是否改易旧文。又通过后世文献探讨抄本时代《文选》校雠之迹，认为应把抄本时代的《文选》校雠视作一个整体，以综合而整体的

----

　　①　这里所谓规律是指文献流传的一些共性或通例，如抄本与刻本的存在方式具有明显的差异性，而不同时代的刻本由于校雠学认识的不同也具有不同的特征。

　　②　如奎章阁本《文选》有跋语曰："秀州州学今将监本《文选》逐段诠次编入李善并五臣注。其引用经史及五家之书，并检元本出处，对堪写人。凡改正舛错脱剩约二万余处。二家注无详略，文意稍不同者，皆备录无遗。"

眼光探讨《文选》文献原貌及其文本变迁的原因。

第二章述论宋、元、明时期《文选》版刻及校勘的总体状况,以及此时期《文选》的著录概况。由抄本到刻本,是《文选》文本演变的转捩点。从现存文献看,宋、元、明时期刊本的校勘是《文选》校雠的主体内容。相较抄本较高的灵活性和多样性,刻本基本上将《文选》文本固定了下来,在抄本大多亡佚的情况下,早期的刻本对《文选》的流传具有决定性的影响。但探讨宋、元、明时期刻本的校勘并非易事,此时刻本往往不明来源,其到底作了怎样的校勘,也难以显示,故只有通过现存版本之间的比对大致推测其校勘情况。本章结合《文选》版本的研究成果以及抽样例证分析,对全部宋元《文选》版本及明代部分重要版本的版刻与校勘逐一作研究述论,总结《文选》版刻校勘的总体演变及特征。总体上看,同系统的版本有明显的传承痕迹,彼此之间差异不多,虽然都存在一些可能的勘改,但并不显著,这也说明祖本对后世版本具有很强的规范性。当然,不同系统版本间也存在互相渗透的情况,这在宋以后的版本中更为明显。宋、元、明时期的版刻校勘,其目的更多在于主观上求文本的正确,而非保存或恢复文献的原貌,故往往以意校改,得失互陈。随着版刻的日趋兴盛,刊刻的校勘甚至有总体下降的趋势。另外,本章也述论了宋、元、明时期《文选》著录的概况,并分析了这些著录内容中所包含的"《文选》学"信息。

第三章述论清代《文选》校雠的总貌。《文选》在清代仍很盛行,无论是刊刻、阅读、学习、研究都非常普遍,尤其是在隋唐之后清代的"《文选》学"又达到了一个高峰。研究的方法多样,领域广泛,成果丰富,而探究版本、考订异文等传统校雠学研究是清代"《文选》学"的重要组成部分。本章在清代"《文选》学"复兴的背景下，首先以时代为序，择要叙述清代《文选》校勘的学人、事迹，以显示清代《文选》校勘的发展轨迹及其盛况；其次叙述清代学者在《文选》目录版本方面的研究概况，指出这方面的研究从清初发轫，而盛于乾嘉，愈趋详密，至清末民国初年达到高峰，通过研究可见清代至民国初年学者对《文选》版本的叙录、研究成果卓著，对存世的大部分版本均有一定的认识、研究，为后世研究《文选》版本、重新校勘整理《文选》奠定了坚实的基础；最后简要叙述清代几种重要《文选》版本，如钱士谧本、海录轩本、胡刻本及《四库全书》本的校勘情况。

　　第四章是对清代《文选》校勘重要学者与著作的专门研究。清代的《文选》校勘不少都汇集成专书，这些著作代表了清代《文选》校勘的总体高度和核心价值。学者对校勘的认识更加深入，对具体操作多有详细的说明，校勘的方法也更条理清晰，据此讨论成就得失都更确切可靠。本章主要论述了清初何焯等学者的《文选》批校，清中叶一些重要《文选》校勘著作：包括许巽行《文选笔记》、胡克家《文选考异》、梁章钜《文选旁证》等，以及一些小学、笺释类"《文选》学"著作中的校勘内容，并探讨了各家校勘的具体操作方法、成就得失及参考价值。

五、总体研究《文选》校雠史的意义与价值

　　历代的《文选》校雠不仅为我们保存了一些珍贵的"《文选》学"成果，而且一定程度上能够显示《文选》文本演变的轨迹，对这些成果的梳理有助于《文选》版本的研究，也可为重新校勘整理《文选》提供丰富的原始文献资料，并有助于今人吸收历代的校雠成果，借

鉴前人的校雠经验。

　　历代《文选》校雠成果在一定程度上也反映了古代学者对《文选》的关注及古代校雠学的理论与实践，其校雠活动可以称之为"《文选》校雠史"，对这些成果的总结，即对《文选》校雠史的研究，可作为"《文选》学"史研究的一个分支，也有助于古代校雠学的研究。

　　目前学界对校雠学史的研究还较为薄弱，更没有从《文选》校雠史角度的专门研究，本书希望通过对某一重要文献典籍校雠史进行专题研究的探索，丰富校雠学史研究的思路、方法和内容，并引起学界对此问题的关注。

目　　录

第一章 隋唐时期的《文选》校雠
——抄本时代《文选》的流传与整理

第一节 隋唐时期《文选》的流传及校雠概述

一、抄本时代《文选》的流传概况

由萧梁至五代,在后蜀毋昭裔刊刻《文选》之前,《文选》一直以抄本流传,故此期可称之为《文选》的抄本时代。

《文选》最初的流传情况从现存的文献中难以找到明确的记载,这与其在稍后的隋唐之际便开始流行并促成"《文选》学"的盛况对比鲜明。一些敏感的学者已注意到这一所谓的"空白期",并试图作出解释。各家虽意见不同,但在没有文献依据的前提下,都只能是学理上的推论。[①]

[①] 对《文选》最初流传情况的探讨,可参考[日] 冈村繁:《文选之研究》(陆晓光译:《冈村繁全集》第二卷,上海古籍出版社 2002 年版)的相关章节;[日] 兴膳宏:《异域之眼·〈文选〉的成书与流传》(戴燕译,复旦大学 2006 年版);傅刚:《〈文选〉的流传及影响》(《中国典籍与文化》2000 年第 1 期);汪习波:《隋唐文选学研究》第一章第一节《梁、陈学人流动与〈文选〉的早期流传》(上海古籍出版社 2005 年版);童岭:《侯景之乱至隋唐之际〈文选〉学传承推论》(《国学研究》第三十三卷),北京大学出版社 (转下页)

　　总体上看，《文选》在隋唐时期的盛行并不是突发的，或者是偶然的事件。旧题隋侯白撰的《启颜录》曾记载石动筩为北齐高祖（高欢 496—547）读《文选》里郭璞的《游仙诗》，如果此记载属实，则可知《文选》在成书后很快就传到了北朝。[①] 学者虽多以《启颜录》乃托名侯白，但一般认为其成书至迟在初唐，那么无论作者属谁，这则故事大致是可信的。[②]《北史》卷二六《杜正玄传》载正玄于隋开皇十五年（595）举秀才，杨素志在试退正玄，乃手题使拟司马相如《上林赋》、王褒《圣主得贤臣颂》、班固《燕然山铭》、张载《剑阁铭》等文，正玄及时并了，素读数遍，大惊曰："诚好秀才。"[③] 上杨素使杜正玄所拟数篇文皆载《文选》，学者或以之作为《文选》在当时已流行的例证，大体上也可信从。[④]

　　以上两处记载如果说还不能作为确证的话，那么《隋书》卷七五称萧该（约 535—约 610）"撰《汉书》及《文选音义》，咸为当时所贵"，[⑤] 则是"《文选》学"萌芽于隋代的明证。尤其值得注意的是，萧该所撰《文选音义》"为当时所贵"，透露出当时北方士人已经留

（接上页）2014 年版）；丁红旗：《陈隋时代〈文选〉学中心在江南形成及其北移》[《新疆大学学报》(哲社版)2014 年第 5 期]；郭宝军《试论〈文选〉经典化之可能与生成》(《文学遗产》2016 年第 6 期)等。

　　① 这个故事载于《太平广记》卷二四七。

　　② 关于《启颜录》的作者与著作时间，可参考曹林娣、张泉辑注：《启颜录》前言（上海古籍出版社 1990 年版）；朱瑶：《〈启颜录〉成书考》[《四川大学学报》(哲社版)2011 年第 2 期]。

　　③ （唐）李延寿：《北史》，中华书局 1974 年版，第 961—962 页。

　　④ 可参考饶宗颐：《唐代文选学述略》(《〈敦煌吐鲁番本文选〉代前言，中华书局2000 年版）；王书才：《〈昭明文选〉研究发展史》第一章第一节《隋唐文选学兴起与发展的背景》(学习出版社 2008 年版)。当然，提到这些作品并不一定就牵涉到《文选》，因这些名篇在唐前很可能一直保持单篇流传。

　　⑤ （唐）魏徵等：《隋书》，中华书局 1973 年版，第 1715—1716 页。

意《文选》,如果仅仅是因萧该为萧统从子,其为《文选》作音注乃是治家学,而周围士人并不知《文选》为何物,则其所撰《文选音义》恐怕很难受到重视。稍后的欧阳询(557—641)在《艺文类聚序》中写道:"以为前辈缀集,各抒其意,《流别》《文选》,专取其文,《皇览》《遍略》,直书其事,文义既殊,寻检难一。爰诏撰其事,且文弃其浮杂,删其冗长,金箱玉印,比类相从,号曰《艺文类聚》,凡一百卷。"①而成书于武德七年(624)的《艺文类聚》则辑取了不少《文选》中的文句。由此可知,《文选》大概很早就已经是一部重要的总集。

　　稍后于萧该,曹宪、李善等学者在"江淮间"兴起了"《文选》学"。《大唐新语》卷九称江淮间为"《文选》学"者,起自江都曹宪,曹宪撰《文选音义》十卷,其后句容许淹、江夏李善、公孙罗相继以《文选》教授;《旧唐书》卷一八九《曹宪传》亦载曹宪撰《文选音义》,甚为当时所重;《新唐书》卷一九八《曹宪传》称曹宪始以梁昭明太子《文选》授诸生,而同郡魏模、公孙罗,江夏李善,相继传授,于是其学大兴。② 这些史料学者早已熟稔,不劳繁引,唯需指出的是,曹宪撰《文选音义》"为当时所重"与萧该撰《文选音义》"为当时所贵"一样,可证《文选》在初唐已在江淮间流行,许淹、李善等人虽从曹宪受《文选》之学,但在曹宪讲授之前,许、李等人恐怕也不是对《文选》一无所知,故《文选》在南方当也早有流传,而李善在《上文选注表》中称昭明太子"撰斯一集,名曰《文选》,后进英髦,咸资准的",恐怕也不徒是虚誉吧。

---

　　① 　(唐)欧阳询等编:《艺文类聚》,中华书局1965年版,第27页。
　　② 　关于"《文选》学"在初唐的兴起概况及原因可参考曹道衡:《南北文风之融合和唐代〈文选〉学之兴盛》(《文学遗产》1999年第1期);许逸民:《论隋唐"〈文选〉学"兴起之原因》(《文学遗产》2006年第2期),兹不赘述。

　　总之,《文选》在隋唐之际的盛行虽然与萧该、曹宪、李善等人的撰著、传授关系密切,但显然几位学者的关注恐怕并不足以使一部书立即成为普遍研读的对象,毋宁说是因为《文选》本已颇为流行,有《文选》的流行,才有"《文选》学"的大兴,而不是相反,而所谓的"空白期"也许只是文献记载上的空白而已。

　　度过所谓的"空白期"后,《文选》的盛行便在文献中很明确地显现出来。我们可以看到,上至国君,下至乡学,皆研读《文选》:《旧唐书》卷八四《裴行俭传》:"高宗以行俭工于草书,尝以绢素百卷,令行俭草书《文选》一部。"《太平广记》卷四四七引《朝野佥载》:"唐国子监助教张简,河南缑氏人也,曾为乡学讲《文选》。"①《文选》还成为赏赐藩国的典籍,《旧唐书》卷一九六上《吐蕃传》载开元十八年(730),吐蕃使奏云金城公主请《毛诗》《礼记》《左传》《文选》各一部,制令秘书省写与之。正字于休烈上疏反对,有言:"臣闻吐蕃之性,剽悍果决,敏情持锐,善学不回。若达于《书》,必能知战。深于《诗》,则知武夫有师干之试;深于《礼》,则知月令有兴废之兵;深于《传》,则知用师多诡诈之计;深于《文》,则知往来有书檄之制。何异借寇兵而资盗粮也!"其所谓"深于《文》",显然是就《文选》而言。但最终"疏奏不省"。②《册府元龟》卷三二〇则详细记载了裴光庭反对于休烈的奏言。可见当时《文选》在典籍中的重要程度几乎媲美"五经"。③

---

　　① (宋)李昉等编:《太平广记》,中华书局1961年版,第3568页。这则故事虽为虚构的传奇,但故事中提到乡学讲《文选》应是历史真实的反映。

　　② (后晋)刘昫:《旧唐书》,中华书局1975年版,第5232—5233页。

　　③ 《太平御览》卷六一九、《册府元龟》卷三二〇、《唐会要》卷三六、《玉海》卷一四五皆载此事,而《册府元龟》所记最详。

　　《文选》不仅在中土盛行,而且还流传至海外,《旧唐书》卷一九九上《东夷·高丽传》载:"(高丽)俗爱书籍,……其书有'五经',……又有《文选》,尤爱重之。"①而日本至今仍流传有数量不菲的早期《文选》写卷,学者推测七世纪初《文选》已经传入日本。今在日本相当偏远的地区,考古发现有八、九世纪的《文选》断简,可见《文选》在日本的普及盛况。②

　　而唐代文人熟读《文选》、模拟《文选》的记载比比皆是,后人的相关评述、研究也层出不穷,此处亦无须赘述了。至于两《唐书》载李德裕(787—850)称其祖(李栖筠 719—776)天宝末以进士登第,自后家不置《文选》,盖恶其不根艺实,虽是贬斥《文选》,但十足可作当时读书人不能不读《文选》的反证。

　　唐代流传的《文选》文本,除了白文本之外,还有众多注本,后世常见的唐代《文选》注释以李善、五臣为著,然隋唐注《文选》者尚有萧该、曹宪、公孙罗、许淹、陆善经等人,流传于日本的《文选集注》即保存有公孙罗、陆善经等人的注释。且一人之注释,尚有多本,李匡乂《资暇集》称李善注有初注成者、覆注者,三注、四注者,乃至绝笔之本,当时旋被传写,此说虽不可尽信,但李善注曾经过不断修订、并通过讲授随时传写应是可信的。

　　《文选》原为三十卷,作注之后因文字增多,或析分为六十卷,

<hr>

　　①　《旧唐书》第 5320 页。关于《文选》传入朝鲜的情况可参考[韩]白承锡:《韩国〈文选〉学研究概述》[《中外学者文选学论集》(下册),中华书局 1998 年版];张伯伟:《〈文选〉与韩国汉文学》(《文史》2003 年第 1 期);[韩]朴贞淑:《〈文选〉流传韩国之研究》(南京大学 2008 年博士学位论文)。
　　②　参[日]静永健:《日本八至九世纪考古文献所见〈文选〉断简考》,《第十届文选学国际学术研讨会论文集》,河南大学出版社 2014 年版。

李善注本即如此,而两《唐志》著录的公孙罗注亦为六十卷。^① 尽管李善非常重视保存《文选》原本面貌,如在卷一的"赋甲"下有曰:"赋甲者,旧题甲乙,所以纪卷先后,今卷既改,故甲乙并除,存其首题,以明旧式。"^②可知李善为保存《文选》旧式甚是谨慎。但众多注本的流传避免不了后世传写过程中将不同的本子窜乱,从而增加了《文选》文本变迁的复杂性。

抄本的流动性不断累积《文选》文本的差异,而萧统最初编定的三十卷无注本渐不复见原貌。

二、抄本时代《文选》的校雠概况

《文选》在成书后一段时间内的流传情况难以确知,期间是否曾被整理、校雠也无从置论。隋唐时期,《文选》盛行,"《文选》学"大兴,同时,校雠学也较魏晋南北朝时期有所发展进步。但"唐代整理典籍文献的总的倾向和特点是注重训诂疏解",而"撰注的目的是读通读懂,主要在注释音义,并不注重校证原文正误,一般不作校勘,不存异文","对文字校勘主要在说明汉代经传各家异同,不多罗列考证",^③这与隋唐时期《文选》的校勘状况是相符的——校勘多依附于注解,而现存的校勘成果也主要存于各家注释中。最早为《文选》作注的是隋代的萧该,其所撰《文选音义》(或称《文

---

① 至于日藏古抄《文选集注》因汇集众家注释,更析分为一百二十卷,但其是否为唐人所编尚存争议。

② 本书所引《文选》原文一般依据通行的胡刻本,但由于《文选》注释往往互相羼杂,也参校《文选集注》、奎章阁本等其他版本,如有必要,则加以说明。

③ 倪其心:《校勘学大纲》,北京大学出版社 1987 年版,第 31、34 页。

选音》)已亡佚,但在日藏古抄《文选集注》中保留了一些条目,据学者研究,"萧该注音时有校勘语句,大约其书的体例、规模应该类似于陆德明的《经典释文》"①。其后的李善注、五臣注以及《文选集注》中的《抄》《音决》等也在注文中间,或附带校语,下文将详论这些注家的校勘。

隋唐时期,典籍的整理校雠活动仍以官方为主导。唐代官方对《文选》甚是重视,李善、五臣注本都上表于皇帝并受赏赐。当时还兴起了续拟《文选》的风气,大多也与官方有关。如《旧唐书》卷一七一《裴潾传》载裴潾集历代文章续梁昭明太子《文选》,成三十卷,目曰《太和通选》,并音义、目录一卷,上之。《新唐书》卷六十《艺文志》载开元中诏张说括《文选》外文章,命徐坚与贺知章、赵冬曦分讨。又载卜长福开元十七年(729)上《续文选》三十卷,授富阳尉。《玉海》卷五四引韦述《集贤注记》称开元中萧嵩以《文选》是先祖所撰,喜于嗣美,奏皇甫彬、徐安贞、孙逖、张环修《续文选》。但文献中有关官方校雠《文选》的史料存留不多,较为明确的一次还不了了之,《玉海》卷五四引韦述《集贤注记》:

> 开元十九年三月,萧嵩奏王智明、李元成、陈居注《文选》。先是,冯光震奉敕入院校《文选》,上疏以李善旧注不精,请改注,从之。光震自注,得数卷。嵩以先代旧业,欲就其功,奏智明等助之。明年五月,令智明、元成、陆善经专注《文选》,事竟不就。②

---

① 参见王书才《〈昭明文选〉研究发展史》第一章第三节《隋代学者萧该及其〈文选〉研究》。

② (宋)王应麟:《玉海》,江苏古籍出版社、上海书店1987年版,第1017页。

《大唐新语》卷九亦载此事,称冯光震入院校《文选》,兼复注释,解"蹲鸱"为"今之芋子,即是着毛萝卜",闹了笑话。《旧唐书》卷四三《职官志》称玄宗即位,大校群书,开元十二年(724)置集贤殿书院,集贤学士掌刊缉古今之经籍,征求图书,承旨撰集文章,校理经籍。冯光震奉敕校《文选》,当是在玄宗朝大校群书背景下的官方行为,冯氏不止于校勘,以李注不精,上疏改注,但并未完成。而由其校《文选》兼复注释,进一步可证当时《文选》往往注释与校勘并行的特点。

《文选》在隋唐时期极受重视,又极为普及,对这样一部几乎是士子的教科书而人人必读的典籍,无论公私皆收藏整理当无可疑。《册府元龟》卷八一一《总录部·聚书》:"梁孙骘,开平初,历谏议常侍。骘雅好聚书,有'六经'、《史》《汉》百家之言,凡数千卷。洎李善所注《文选》,皆简翰精至,校勘详审。"①孙骘为唐末五代人,其所藏《文选》校勘详审,可作私人藏书校勘之证。

附:李善《文选辨惑》与康国安《注驳文选异义》

《新唐书·艺文志》著录有李善《文选辨惑》十卷、康国安《注驳文选异义》二十卷,从书名看,颇似校勘、考证性质的"《文选》学"专著,故须在此一提。

今知唐代"《文选》学"著作不外注释、续拟两大类,而李、康二书似不在两类中,而其书卷帙又颇为可观,若为考异、纠谬之作,何

---

① (宋)王钦若等编:《册府元龟》,中华书局1960年版,第9647页。"翰"原作"幹",据周勋初等校订本改。

以如此之多？两书均早已亡佚，也未见后世文献有所引据。郑樵《通志》、王应麟《玉海》虽有著录，但都是依据《新唐志》，未必见过原书。章如愚《群书考索》续集卷一八《文章门》有曰：

> 萧统去取未为尽善，有李善之见而后可以辨《文选》之惑，有康国安之识而后可以驳《文选》之异。夫萧统索古文士之作，筑台而选三十卷，自谓立见真而成功卓也。李善辨其惑，国安驳其异，是果何为者耶？盖统之用工虽劳，而统之所选则未善。其陋识拙文且莫逭东坡之诮，又安能使唐人家置《文选》哉？然则《辨惑》《驳异》，真足以起统废疾，针统膏肓矣。①

据章氏此说，则二书似是针对"统之所选则未善"而作，但章氏亦未必见二书。盖苏轼批评《文选》"编次无法，去取失当"，②宋人多有沿其说者，章氏所论亦属此类，然唐学者无有批驳《文选》编撰不当者，故其谓两书"起统废疾、针统膏肓"乃是以今衡古。章氏在同书卷一七曰："今观《唐志》，惟《文选》之注释最多，自萧核（该）、僧道淹、曹宪等为之音，而李善又为之注，又所谓五臣注，唐安国（康国安）、许淹注者，孔（孟）利贞、卜长福之所续，卜隐之所拟，宋朝苏易简之所纂，何其慕者之纷纷也？"此处又以康国安所撰《文选》注释，恐怕是因康氏书名有"注"字而产生的联想，亦可证其未见原书。

　　李善注中存有数量可观的校勘、考辨之语，其著《文选辨惑》或即此类文字。汪习波通过不同版本中李善注的比对，推测"今存众

---

　　①　（宋）章如愚：《群书考索》，台湾商务印书馆《景印文渊阁四库全书》本，第938册，第242页。

　　②　（宋）苏轼撰，孔凡礼点校：《苏轼文集》，中华书局1986年版，第2092页。

本李善注中的辨析文字，……有相当数量当属李善的另一本《文选》专著——《文选辨惑》"，又认为后人可能将《文选辨惑》的内容抄入《文选》李善注中，而"作为一本专著的《文选辨惑》终于散落乃至佚失"。[①] 这种推测有一定道理，但即使将此类注文完全汇总，恐亦不足十卷之多。抑或是限于注解体例，不能深入辨证，遂别撰一书。李善又撰有《汉书辨惑》一书，此书亦早亡。《文选》中有不少文章出自《汉书》，李善在注释《文选》时，多采用、保留《汉书》旧注，故李善的"《文选》学"与其"《汉书》学"当有交叉关系，其《文选辨惑》与《汉书辨惑》两书可能也有密切关联。[②]

至于康国安的《注驳文选异义》究是何种体例，有何内容，由于其人不显，其书早亡，难以得知。唯颜真卿为康国安之子康希铣所撰碑文保留一丝线索。此碑全名《银青光禄大夫海、濮、饶、房、睦、台六州刺史上柱国汲郡开国公康使君神道碑铭》，碑文有云："（康希铣）父国安，明经高第，以硕学掌国子监，领三馆进士教之，策授右典戎卫录事参军，直崇文馆，太学助教，迁博士，白兽门内供奉，崇文馆学士，赠杭州长史。"又曰："君之先君崇文学士府君，有文集十卷，《注驳文选异义》二十卷，《汉书》十卷。"[③]《新唐志》著录"康国安集十卷"，其下有注文"以明经高第，直国子监，教授三馆进士，授右典戎卫录事参军，太学崇文助教，迁博士，白兽门内供奉，崇文馆学士"，或即抄颜碑原文。盖《新唐志》著录康氏著作亦据此碑文，而其书当时恐已不存。唐代的"《文选》学"著作，除李善注、五

---

　　① 　汪习波：《隋唐文选学研究》，第 174—175 页。

　　② 　隋唐以来，"《汉书》学"与"《文选》学"本就关系密切，可参考饶宗颐《唐代文选学述略》《〈敦煌吐鲁番本文选〉代前言》。

　　③ 　（唐）颜真卿：《颜鲁公集》卷七，《四部丛刊初编》本。

臣注外,其他著作入宋大概多已亡佚,虽《新唐志》著录不少,但当时是否存世尚存疑。《新唐志》著录书目可能参考唐代史传杂著,而其所著录之书并不一定在当时存世。①

　　碑文称康希铣开元三年(715)卒,②春秋七十一,则其当生于贞观十九年(645),康希铣为康国安"叔子",假设希铣为国安二十五至三十五岁间所生,则康国安大致生于隋唐之际(610—620)。若如此,其生年则与李善大致相当。③ 而两人又曾任相同官职,李善《上〈文选〉注表》自称"文林郎守太子右内率府录事参军崇贤馆直学士臣李善",而康国安所任"右典戎卫录事参军"与"太子右内率府录事参军"同。《通典》卷三十《东宫官·左右卫率府》曰:"炀帝改左右卫率为左右侍率,兼置副率二人。大唐为左右卫率府。龙朔二年,改其府为左右典戎卫。咸亨元年复旧。"④可知康国安任此职当在龙朔二年(662)至咸亨元年(670)之间,李善任此职在显庆(656—661)年间,二人任职皆为太子属官,前后相距又甚近。《通典》卷三十《东宫官》载:"贞观中,置崇贤馆,有学士、直学士员,掌经籍图书,教授诸生。……后沛王贤为皇太子,避其名改为崇文馆。"⑤盖康国安任崇文馆学士在李贤被立为太子的上元二年

------

　　① 可参考张固也:《论〈新唐书·艺文志〉的史料来源》,《吉林大学社会科学学报》1998年第2期。

　　② 碑文曰:"开元初入计,至京,抗表请致仕,元(玄)宗不许,仍□(阙一字,《全唐文》作'留'字),三年,请归乡,敕书褒美,赐衣一袭并杂彩等,仍给传驿至本州,冬十月二十有二日不幸遘疾,薨于会稽觉胤里第。"据此能否理解为康希铣卒于开元三年稍有疑问,但其卒应在开元初年,至迟在开元十年前,则文中关于康希铣与康国安之生年至多推迟数年。

　　③ 《旧唐书》称李善卒于载初元年(689),其生年大致亦在隋末唐初。

　　④ (唐)杜佑撰,王文锦等点校:《通典》,中华书局1988年版,第835页。

　　⑤ 《通典》,第828页。

(676)之后，亦在李善任此职之后。李、康二人年岁相当，前后所任官职又相近，则二人恐有交往亦未可知。由颜碑可知康氏还著有关于《汉书》的著作，此又与李善同。

以"异义"署书名者早已有之，其著者如许慎有《五经异义》，而郑玄有《驳五经异义》，此类著作校异文、辨疑义、考异说，先唐时多针对经部而作，如郑樵《通志》卷六三著录的先唐《诗》部"问辨"类著作即有《毛诗义驳》《毛诗异同评》《毛诗辨异》《毛诗异义》《毛诗释疑》等十余部，这种著作形式亦及其他典籍，如《旧唐志》著录孙寿《魏阳秋异同》八卷，[①]《新唐志》著录开元间裴杰《史汉异义》三卷，而李善所著《汉书辨惑》大约也是此类著作，又清人李黼平校勘《文选》的著作亦名为《文选异义》。然康国安之书署名稍费思量，据其书名，似先有人著《文选异义》，而康氏著书加以辨驳，正如许、郑之所著，即使无《文选异义》这样一部书，亦当有前人关于《文选》的诸多疑议、异说，否则康氏何所驳斥？又"注"字亦稍难解，故后世或径称之为《驳文选异义》，如郑樵《通志》著录即是如此，而今又多将"注"字置于书名号之外，称"注《驳文选异义》"，亦不大通。

对于康书学者较少论及，傅刚先生说："《新唐志》将康国安列于张九龄之下，当亦为盛唐时人。康书不见录于他书，所谓'注《驳文选异义》'，于义亦不甚通。"[②]许云和先生则对康书有所推测："开元中更有康国安者，著《驳文选异义》二十卷，驳议李善注，国安书固不存，但既以'异义'二字名之，则知是从文义的角度

---

① 章宗源认为孙寿当是孙盛之讹，参章宗源《隋书经籍志考证》卷三，清湖北崇文书局刻本。

② 傅刚：《文选版本研究》，北京大学出版社 2000 年版，第 7 页。

来批评李善的。"①傅、许以康为开元中人,据上文考证,恐不确。
《新唐志》虽著录《康国安集》于《张九龄集》下,但亦著录《驳文选异
义》于许淹《文选音》上,而许淹与李善大约同时,故据其著录顺序
不足断其生年先后。许云和先生推测康书是针对李善注而撰的,
从上文考察康、李二人仕履看,值得思量。

　　总之,据以上推测,李善《文选辨惑》、康国安《注驳文选异义》
盖仿经部考校类著作模式,而开集部考校类著作之先河。

第二节　唐代《文选》注释中的校语

　　如前文所述,唐代《文选》注解与校勘往往并行,从现存文献
看,各家注释中多有考校性的注语。若从后世对校勘方法的总体
概括来衡量,无论是段玉裁所谓的校异同与校是非,叶德辉所谓的
死校与活校,陈垣所谓的四校法,在这些注释校语中都有所体现。
从注文可以看到:唐代《文选》注家或是依据不同的版本校;或是
依据他书校;或是只揭示异文,不出依据;或是以文献、小学等知识
为工具来考证,形式多样。正如叶德辉对其所提出的死校与活校
评价说:"斯二者,非国朝校勘家刻书之秘传,实两汉经师解经之家
法。郑康成注《周礼》,取故书、杜子春诸本,录其字而不改其
文——此死校也。刘向校录中书,多所更定;许慎撰《五经异议》,
自为折衷——此活校也。"②唐代《文选》注家的校勘实际上也是沿
袭前代经史校勘习惯与方法。

---

①　许云和:《俄藏敦煌写本 Φ242 号文选注残卷考辨》,《学术研究》2007 第 11 期。
②　叶德辉:《藏书十约》,长沙叶氏观古堂刊本。

一、李善注中的校语

(一) 李善注校语的概况、分类及其校勘工作的可能性推断

李善注中存有数量可观的校勘、考辨之语,清汪师韩《文选理学权舆》卷三《选注订误》、卷四《选注辨论》、卷五《选注未详》专门汇集李注中的此类注释,王礼卿《〈选〉注释例》标举李善注例,其中如"异文例""明或字得失例""辨各说得失例""未详例""订误例""与旧注异解并存例""自注两义并存例""两说并存例""明正旧注乖谬例"等概属考校之例。① 李维棻《〈文选〉李注纂例》于李注辨正得失之例分为六类:辨识本文正误、订正作者失考、订正《文选》编者、订正各家旧注、兼考他籍得失、众说取舍论断。② 六类中亦多属校勘内容。李善校勘数量甚多,因其学问渊博、注解谨严,且其距《文选》成书时代不远,故其校勘成果甚是珍贵,学者均给以高度评价。李善校勘方法多样,或是依据版本对校,或是顺绎文意理校,或是用小学校正误,③或是以考史辨是非,又往往将以上各法综合运用,故其校勘多有理有据,可信者多。

汪习波在对李善注校勘综合考察的基础上,将其校勘分为四种体式:其一,确信原本为误,则以"当为"引出正字;其二,时以疑问的形式出之,往往以"疑"或"疑是"等字眼引出;其三,以出具异

---

① 王礼卿:《〈选〉注释例》,《中外学者文选学论集》下册,第 643—694 页。
② 李维棻:《〈文选〉李注纂例》,《中外学者文选学论集》下册,第 520—536 页。
③ 龚自珍述王引之自言其学大归曰:"吾之学,……用小学说经,用小学校经而已矣。"[龚自珍《工部尚书高邮王文简公墓表铭》,《龚自珍全集》(第二辑),上海人民出版社 1975 年版,第 148 页。]

文的形式出现,称"或为""或本""或作";其四,对确定无疑的原本或他本文字错误,李善注即以"误也"或"非也"直接加以否定。汪习波认为:

> 李善注的校勘,乃会校众本,而不轻改原本字句。……在具体的校勘过程中,李善注每能资藉考证而断文本是非,遇确当无疑处,或是或非,即直下判断,有时还进而解释会通之;遇有疑处,则书"疑"字或"疑是""疑作"之类以标明之。且李善注的校勘,并非单就一本之是非,而是以原本的文字校订为主,而或本、他本之讹误,《文选》篇章所涉经籍的错误或可疑处,皆在校勘范围之内。①

李善的校勘与他的注解一样,都有极强的文献支撑,从其校语看,他能广备众本以对校,又旁征四部以参校,这一方面因为李善"淹贯古今"(《新唐书·李邕传》),一方面也当与其仕履、经历有关。李善于显庆三年表上注本时署名称崇贤馆直学士,而崇贤馆直学士"掌经籍图书"(《通典》),后又"转秘书郎"(《旧唐书》本传),这些任职无疑为李善提供了"弋钓书部"的条件。

(二) 实例分析——对李善据先唐别集所作他校的检讨

学者对李善的校勘论述已比较全面,②兹不赘述。这里特别

---

① 汪习波:《隋唐文选学研究》第四章第五节《李善注的校勘与考证》,第159—175页。

② 除上列各家外,还可参孙钦善:《论〈文选〉李善注与五臣注》[《中外学者文选学论集》(上册)];顾农:《李善与文选学》(《齐鲁学刊》1994年第6期);黄方方:《颜师古、李善于〈汉书〉〈文选〉相同作品注释对比研究》第二章第八节《关于校勘文本的比较》和第三章第四节《关于校勘术语的比较》(暨南大学2012年博士学位论文)等。

检讨一下李善据先唐别集所作他校,作为考察李善校勘的一个代表。

"他校法者,以他书校本书。凡其书有采自前人者,可以前人之书校之,有为后人所引用者,可以后人之书校之,其史料有为同时之书所并载者,可以同时之书校之。此等校法,范围较广,用力较劳,而有时非此不能证明其讹误。"①《文选》是选集,所选作品自周秦至梁代,多为名篇,流传已久,且流传方式多样:或为单篇,如《隋志》著录的郭璞注《子虚上林赋》、薛综注《二京赋》等;或出史传,《文选》作品仅载入正史者就有一百二十余篇;或收于别集、总集。正由于这种现象,《文选》作品的来源问题就颇为复杂,并牵涉到《文选》的编纂问题,学界或以之为总集的再选本,或以之为取自史传、别集等,此不赘述。故若用他校法校勘《文选》,确实"范围较广,用力较劳",然李善注之最显著特点正在于庞大的文献占有量,由此作他校可谓顺理成章。

据清汪师韩《文选理学权舆》卷二《注引群书目录》(以下简称"汪目")统计,李善注引经史子集四部书目凡一千六百余种(含单篇作品),其中引唐前别集四十二种。② 此四十余种书后世几乎全部亡佚,今凭李注尚能窥唐前部分别集之一斑。尤为可贵的是,李注不仅援引集中资料注释《文选》,还据集中原文与《文选》诗文作比勘与考证,保存了文本的一些异文,显示了《文选》诗文在别集、总集

---

① 陈垣:《校勘学释例》,中华书局1959年版,第146—147页。

② 关于李善注的引书情况还有沈家本:《文选李善注书目》(未刊);洪业等编:《文选注引书引得》(哈佛燕京学社1935年版);[日]小尾郊一等编:《文选李善注引书考证》(日本研文出版社1990—1992年版)等书可参考。汪师韩所统计书目偶有可商榷之处,可参考刘奉文:《〈文选〉李善注引书数量考辨》,《古籍整理研究学刊》,1996年第4期。其中别集部分所列书目须有增删,具体于下文讨论。

中的一些不同面貌,可为探讨《文选》诗文前源文献以及《文选》的成书情况提供线索,并有助于考察唐前别集、总集的编纂体例。

李注据集记录异文的例子如卷二十丘希范《侍宴乐游苑送张徐州应诏诗》"风迟山尚响,雨息云犹积",李注"《集》本作'渍'"。卷二十四陆士衡《赠从兄车骑》"感彼归途艰,使我怨慕深",李注"《集》本云'归途顺'也"。此两例集本当为误,李注仅列异文,未作案断。卷五十六曹子建《王仲宣诔》"振冠南岳,濯缨清川",李注"《集》本'清'或为'淯',误也"。此例则断《集》本为误。

李注亦记录了《文选》诗文在集中的一些异貌,如卷四十二曹子建《与吴季重书》文末李注:

> 《植集》此书别题云:"夫为君子而不知音乐,古之达论,谓之通而蔽。墨翟自不好伎,何谓过朝歌而回车乎? 足下好伎,而正值墨氏回车之具,想足下助我张目也。"今本以"墨翟不好伎"置"和氏无贵矣"之下,盖昭明移之,与季重之书相应耳。

由李注可知《文选》与李善见《曹植集》所载《与吴季重书》有差异。今见五臣本无"夫为君子而不知音乐,古之达论,谓之通而蔽"三句,李注本与六臣本则有,六臣本有校语云"五臣本无此三句"。胡克家《文选考异》曰:"详篇末善注,今本以'墨翟不好伎'置'和氏无贵矣'之下云云,是其本无此三句,恐是后来取善引植集此书别题云者而添之耳。各本所见及校语皆非。"①从各种版本以及《考异》

---

① 李善注《文选》,上海古籍出版社 1986 年版,第 1908 页。本书引胡克家《文选考异》均依据此本。

所言,似可证《文选》只是比《曹植集》少此三句而已,而李注的意思则是指萧统删去了此三句,以"与季重之书相应",但这样理解总觉不安。丁晏《曹集铨评》曰:"据李注,则'夫君子'以下八句,古本别为一通,字句亦稍异。唐本或据《文选》增之。"①力之先生认为李善所谓"别题"即另写,又引丁晏之说以证"别题",盖以丁氏所谓"别为一通"即李善所谓"别题",是指《与吴季重书》的不同写本。② 钱钟书先生则认为:

> 吴质《答东阿王书》:"若质之志,……钻仲父之遗训,览老氏之要言,对清酤而不酌,抑嘉肴而不享,使西施出帷,嫫母侍侧,斯盛德之所蹈,明哲之所保也。……重惠苦言,训以政事,……墨子回车,而质四年。"按曹植《与吴季重书》大言"愿举泰山以为肉,倾东海以为酒"云云,故质以此答之,聊示盍各异撰。植原书有"墨翟自不好伎,何为过朝歌而回车乎"一节,《文选》李善注谓此节乃"别题",昭明"移"入本文,以与质答书"相应"。窃疑植得质答,遂于原书后"别题"此节,正对质自夸之"盛德""明哲"而发。质以植"训以政事",故言己治朝歌之政,植因撮合质所治与质所志,发在弦之矢焉;以"别题"补入原书,则无的放矢、预搔待痒矣。……质戒绝"清酤",谢屏"嘉肴",至恐"西施"之乱心,藉"嫫母"以寡欲。……植察见隐衷,

---

① (清)丁晏撰,叶菊生校订:《曹集铨评》,文学古籍刊行社1957年版,第148—149页。

② 参考力之:《关于〈文选〉的删、增、移与其文字之误等问题——兼论〈文选〉非仓促成书》,《钦州学院学报》2007年第2期;《书〈玉台新咏〉后辨证——朱彝尊说〈文选〉种种之失均不能成立》,《古典文献研究》(第十二辑),凤凰出版社2009年版。

例之墨翟，谓非"不好"声色滋味，乃实"好"而畏避。使植来书
已发此意，而质若罔闻知，报书津津自矜矫情遏性，亦钝于应
对、不知箭拄刃合者矣。①

笔者反复对读《文选》曹、吴二书，颇有疑难之处，钱先生的解
释一定程度上似可解疑，其对"别题"的解释亦颇具启发性。若依
据钱氏之解，则丁氏所谓"别为一通"的八句则全是原书并无而题
于其后者，而《文选》中此八句全部编入正文，非如五臣本独缺三
句，亦非如《考异》所谓后世因李注而添补，五臣之缺亦非其保存旧
貌，而是误读李注"今本以'墨翟不好伎'置'和氏无贵矣'之下"而
将三句删去。当然，此是否为萧统所改易不得而知，力之先生认为
"盖昭明移之"说难以成立，但似亦不能证其必不得成立，而李善用
"盖"字即属推测之语，故其还是谨慎的。②

李注还常据集记录篇题别名，如卷二十四嵇叔夜《赠秀才入
军》，李注："《集》云'兄秀才公穆入军赠诗'。"又同卷陆士衡《于承
明作与士龙》，李注："《集》云'与士龙于承明亭作'。"又卷二十七鲍
明远《还都道中作》，李注："《集》曰'上浔阳还都道中作'。"③又卷
二十六范彦龙《古意赠王中书》，李注："《集》曰'览古赠王中书
融'。"又卷二十八谢玄晖《鼓吹曲》，李注："《集》云'奉隋王教作《古
入朝曲》'。"又卷三十谢玄晖《和徐都曹》，李注："《集》云'和徐都曹

---

① 钱钟书：《管锥编》第三册，中华书局 1979 年版，第 1074—1075 页。
② 钱氏又据此注广征博引以证古人选本"每削改篇什"，而力之先生又有驳证，并
可参考，此处不再详引。
③ 关于此题可参考钱仲联：《鲍参军集注》，上海古籍出版社 1980 年版，第 310—
311 页。

勉昧且出新渚'。"如此等等。古人作诗往往并无题目,其诗在传抄、编集、选采等流传过程中都可能被加上题目,因人而异,比较灵活,李善所记录的这些篇题别名即可作为例证。①

李注还常据集作某些考证,认为有误的地方则指出。如卷二十四曹子建《赠丁仪》,李注:"《集》云:'与都亭侯丁翼。'今云'仪',误也。"另卷二十四《又赠丁仪王粲》,李注:"《集》云:'答丁敬礼、王仲宣。'翼字敬礼,今云'仪',误也。"今所见各种文献中所收二诗题目皆作丁仪,然是《文选》误还是《集》误已不可考,李善判定为《文选》误,似乎过于信从本集,实际上《曹植集》流传数百年,李善所见亦不能确定无疑。黄节《曹子建诗注》于《赠丁仪》下注曰:

> 《文选》李善注曰:"《五言集》②云与都亭侯丁翼,今云仪,误也。"然则善以此诗为赠丁翼,《文选》误为仪耳。考子建复有《赠丁翼诗》,善只据《五言集》以为仪误,他无足证也。节观《艺文类聚》二十六有丁仪《厉志赋》云……,则此诗所谓"在贵忘贱"正与赋意相合,……此诗乃赠仪无疑。③

又于《赠丁仪王粲》下注曰:

> 《文选》李善注曰:"《五言集》云答丁敬礼、王仲宣。翼字

---

① 关于这些同篇异题现象,力之先生论之已详,参《关于〈文选〉与〈集〉同文异题问题——兼论〈文选〉非仓促成书》,《北方论丛》2008 年第 5 期。兹不赘论。

② "五言"指诗为五言诗,黄氏误与"集"字连读为《五言集》,下同。"集"实指《曹植集》。

③ 黄节:《曹子建诗注》卷一,人民文学出版社 1957 年版,第 31 页。

敬礼,今云仪,误也。"节以为《文选》不误,误者殆《五言集》耳。诗言"丁生怨在朝",以丁仪《厉志赋》"凿登险之败绩,顾清道以自闲。瞻亢龙而惧进,退广志于《伐檀》。虽德厚而祚卑,犹不忘于盘桓。秽杯盂之周用,令瑚琏以抗阁。恨骡驴之进庭,屏骐骥于沟壑"等言证之,则诗言"怨在朝"者或即指此,然则其为仪盖无疑也。①

力之先生亦认为李善判定《文选》误为非,"其失乃因一切以《集》为准,而没有注意到这些《集》多非作者手编"②。丁仪、丁翼(廙)在古书中多混,如同一篇《寡妇赋》,或作丁仪妻,或作丁廙妻。今按《文选集注》曹子建《赠丁仪》下李注"误也"作"恐误也",若原注如此,则说明李善仅是推测,并未断定,仍属谨慎。

又卷二十四陆士衡《为顾彦先赠妇二首》,李注:"《集》云为全(全或作令)彦先作,今云顾彦先,误也。且此上篇赠妇,下篇答,而俱云赠妇,又误也。"又卷二十五陆士龙《为顾彦先赠妇二首》,李注:"《集》亦云为顾彦先,然此二篇并是妇答,而云赠妇,误也。"又卷二十六陆士衡《赴洛诗》,李注:"《集》云此篇赴太子洗马时作,下篇云东宫作,而此同云赴洛,误也。"力之先生认为李善此三注均未为得,其说是。③

又卷二十八刘越石《扶风歌》,李注:"《集》云《扶风歌九首》,然

---

① 《曹子建诗注》卷一,第34页。
② 参力之:《关于〈文选〉与〈集〉同文异题问题——兼论〈文选〉非仓促成书》。
③ 参力之:《〈为顾彦先赠妇〉李注辨证》,《南京师范大学文学院学报》2008年第3期,兹不赘论。还可参考刘运好:《陆士衡文集校注》,凤凰出版社2007年版,第429—431页。

以两韵为一首,今此合之,盖误。"关于此注力之先生认为:"崇贤所见之《刘琨集》为后人所编,故无以判其'真'于《文选》。"①李注云"盖误",亦非确定之辞。

李注据集对作者的考证颇有价值,如卷四十一陈孔璋《为曹洪与魏文帝书》,李注:"《陈琳集》曰'琳为曹洪与文帝笺'。《文帝集》序曰'上平定汉中,族父都护还书与余,盛称彼方土地形势,观其辞,知陈琳所叙为也'。"此书于文中称"欲令陈琳作报,琳顷多事,不能得为,念欲远以为欢,故自竭老夫之思",似是曹洪自作,但后世皆以之为陈琳所作,并无异议,《文选》径题"陈孔璋",而李善复引《陈琳集》《文帝集》以证,确凿无疑。唯可留意者,李注所引《陈琳集》"琳为曹洪与文帝笺"当是后人编集者所加,而《文帝集》序云云则当出曹丕自序,可知《文帝集》收有此书,而后世皆以此书为陈琳作,当依据曹氏之序。

又卷四十三赵景真《与嵇茂齐书》,李注:

> 《嵇绍集》曰:"赵景真与从兄茂齐书,时人误谓吕仲悌与先君书,故具列本末。赵至,字景真,代郡人,州辟辽东从事。从兄太子舍人蕃,字茂齐,与至同年相亲。至始诣辽东时,作此书与茂齐。"干宝《晋纪》以为吕安与嵇康书。二说不同,故题云景真,而书曰"安白"。

关于此书作者,自古至今众说纷纭。《文选》"题云景真而书曰'安白'",李善注引《嵇绍集》《晋纪》二说,均处两可之间,并未有按断。

---

① 力之:《关于〈文选〉组诗与〈集〉一诗一题之异——兼论〈文选〉非仓促成书》。

后世或主《晋纪》之说，或主嵇绍之说，兹不述论。此处只讨论一下李注所引《嵇绍集》的一段文字。《隋志》、两《唐志》皆著录《嵇绍集》二卷，当为李注所据，但至宋时已亡。《嵇绍集》何以载有辩白此书作者的文辞？观李注所引一段文字语意，《嵇绍集》似载有赵至《与嵇茂齐书》，又五臣注曰："康子绍集序云景真与茂齐书。"则李注所引似是嵇绍为此书撰的序文，但《嵇绍集》为何要收录赵至写给嵇绍从兄嵇蕃的书信则难以解释。《世说新语·言语》刘孝标注引嵇绍《赵至叙》，叙述赵至生平，此文亦可能收在《嵇绍集》中，若说李注所引或是《赵至叙》的序言跋语，那么李注所引"赵至字景真，代郡人"云云已在《叙》中交代，自不必在序跋中赘言。总之，李注引《嵇绍集》一段文字稍嫌奇特，而且，仅两卷的《嵇绍集》就有这么多与赵至相关的内容，则五臣所谓嵇绍"惧时所疾，故移此书于景真"的推断仍值得重视。[1]

　　当然，李注据集所作的某些校勘与考证并非确凿无疑，力之先生已在多篇论文中有所驳正。但总体上，李注在博极群书的征引训诂之余，还能将《文选》诗文与原集作比勘、考证，值得称许，而且其态度严谨，很少妄下判断。俞正燮在《文选自校本跋》一文中针对《文选》与其他典籍存在异同的情况说："录有取舍，选亦必有取舍，校者详其异同，以见古人之趣，非有彼此是非之见，凡校书皆

---

　　① 当前有数篇论文结论以此书作者为赵至，参丁红旗：《〈文选·与嵇茂齐书〉考》，《涪陵师范学院学报》2007 年第 3 期；樊荣：《〈与嵇茂齐书〉一文应为赵至所写》，《名作欣赏》2008 年第 4 期；王书才：《魏晋之际文学家赵至生平考述》，《盐城师范学院学报》2009 年第 3 期；朱晓海：《赵至〈与嵇茂齐书〉疑云辨析》，《〈文选〉与中国文学传统国际学术研讨会论文集》，2011 年，南京；力之：《〈与嵇茂齐书〉非吕安作辨及辨之方法问题——〈文选〉所录骈文名篇作者考辨之二》，《中山大学学报（社会科学版）》2017 年第 6 期。

然,况其为文辞选集本也。"①虽然俞氏此跋所论并不十分稳妥,②但其所谓"校者详其异同,以见古人之趣,非有彼此是非之见"仍是校勘《文选》这类典籍应持的态度,俞氏这一观点很大程度上是从总结李注所作校勘得出的,而李注也确实当之无愧。

二、五臣注的校语

五臣注中的校语很少,且不甚可靠,如左思《吴都赋》"贝胄象弭,织文鸟章",翰曰:"织,当作帜,字之误也。言旗帜之上,画为鸟文。"按:"织文鸟章"出《诗经·小雅·六月》,"织"虽与"帜"在"旗帜"义上可通,今见文献皆作"织文鸟章",无作"帜文鸟章"者,五臣以"织"为字之误,不知何据。

又,马融《长笛赋》"鐋硐隤坠,程表朱里",翰曰:"程表,谓外不加饰,但见其竹也。朱里,以朱漆染涂其内。程,当为呈字之误也。"按:李注:"《说文》曰:'程,示也。'"又张衡《南都赋》"致饎程盅,偎绍便娟",李注:"《广雅》曰:'程,示也。'"两处李注虽有歧义,但可知"程"有"示"义,且今见各本皆作"程"字,而五臣以之误,未知何据。

又,宋玉《招魂》"涉江采菱,发扬荷些",铣曰:"涉江、采菱、阳阿,皆楚歌曲名。'荷',当为'阿'。"按:"扬荷""阳阿"本通,且《招魂》原文作"荷",无作"阿"者,五臣似为妄断。

① 俞正燮:《癸巳存稿》,辽宁教育出版社 2003 年版,第 361 页。
② 参力之:《俞正燮〈文选自校本跋〉辨证》,《古典文献研究》(第十一辑),凤凰出版社 2008 年版,第 295—309 页。

　　五臣校语偶有袭引李善者。王俭《褚渊碑文》"仰南风之高咏，餐东野之秘宝"，翰曰："《顾命》云：'天球、河图在东序。'此宝器，帝王之美瑞，故致在东序。美圣明之时，故托美此宝。'野'当为'序'，此云'野'者，当书写之误也。"此注实袭自李善，李注曰："东野，未详。一曰，《雒书零准听》曰：'《顾命》云：天球、河图在东序。'……《典引》曰：'御东序之秘宝。'然'野'当为'杼'，古'序'字也。"李善以"东野"未详，又引《尚书·顾命》《典引》疑"野"当为"杼"，甚为谨慎，五臣袭引，亦算不误。①

　　由上可知，五臣为数甚少的校语亦因其不明通假，将一些简单的通假字判断为误，故校勘水平较低，价值不高。

三、古抄《文选集注》中所见《钞》《音决》及编者按的校语②

　　《文选集注》是二十世纪初在日本发现的古抄《文选》集注本，不仅能够反映《文选》版本的早期形态，而且保存了多家久已失传的唐人《文选》注释，其文献价值弥足珍贵。③《文选集注》更析《文选》为一百二十卷，以李善注本为底本，依次汇集抄撮李善注、《钞》《音决》、五臣注以及陆善经注，其下并附有编者按语。《集注》独存的《钞》与《音决》两家注亦间有校勘，而编者按语则多记各家注本

---

　　①　（清）胡绍煐《文选笺证》卷三二："按，'野'古音'墅'，与'杼''序'音并同作'墅'，盖同音之假。"蒋立甫校点，黄山书社 2007 年版，第 894 页。《梁书·到洽传》："昭明太子与晋安王纲令曰：'明北兖、到长史遂相系凋落，伤怛悲惋，不能已已。……皆海内之俊乂，东序之秘宝。'"

　　②　本书所引《文选集注》据《唐钞文选集注汇存》，上海古籍出版社 2000 年版。

　　③　《文选集注》发现之后，相关研究非常丰富。有关此书的基本情况，可参考傅刚：《〈文选集注〉的发现、流传与整理》，《文学遗产》2011 年第 5 期。

的异文。这些材料保存了早期《文选》写本的一些异文异貌,为我们探究抄本时代《文选》的样貌提供了非常重要的参考资料,下文将对其作考察评述。《集注》中的陆善经注风格与五臣注相近,亦不重校勘,间有考证文字,但基本没有校语,兹不论。

(一)《钞》与《音决》的校语

日藤原佐世(847—898)《日本国见在书目录》著录有公孙罗撰的《文选钞》六十九卷,《文选音决》十卷,但《文选集注》中所汇录的《钞》与《音决》是否为公孙罗一人所著,学界尚有争议。①

相较于李善注,《钞》的注解亦相当繁复,其校语虽不及李善注丰富,但考校形式亦多样,略举例如下:

1.《集注》卷五九谢玄晖《直中书省》"兹言翔凤池,鸣佩多清响",《钞》曰:"翔,集也,古本作'集',此恐昭明改之。"以《钞》所谓"此恐昭明改之"推测,其所谓"古本"非指《文选》,恐是谢朓本集。然"翔"是否原作"集"难以确知,至少从各家注本来看似皆作"翔",《集注》编者亦无按语,《钞》仅凭其所见之异文判断"恐昭明改之"嫌草率。此与李善据别集所作校语类似。

2.《集注》卷六八曹子建《七启》"彤轩紫柱,文榱华梁",《钞》曰:"李本'楯'作'柱',非。"《音决》:"楯,时尹反。"可知《钞》与《音决》所见皆作"楯",今所见刻本皆作"柱",若无《集注》,则不知"柱"字有异文。李善注曰:"刘梁《七举》曰:'丹墀缥壁,紫柱红梁也。'"作"柱"字似有所据。又司马相如《上林赋》"宛虹拖于楯轩",李善注:"应劭曰:'楯,栏槛也。'司马彪曰:'轩,楯下版也。'"则"楯"与

---

① 可参考王翠红:《古抄本〈文选集注〉汇录〈钞〉之撰者考》,《广西师范大学学报(哲社版)》2016年第6期。

"轩"亦可对举,作"楯"似亦通。但《钞》以"柱"为非,并未提出依据。

3.《集注》卷八五赵景真《与嵇茂齐书》"平涤九区,恢廓宇宙",《钞》曰:"廓,开也。言大开宇宙以立天地。案,干宝《晋纪》'廓'作'维'。言大维络宇宙也。"又《集注》编者按语于"廓"字无校语,似《集注》所见诸本皆作"廓"字,而奎章阁本有校语曰"善本作'维'",尤刻本亦作"维",则恐为后人校改。

4.《集注》卷九四夏侯孝若《东方朔画赞》"嘲哂豪杰",《钞》曰:"哂,笑也。或为'噱',噱亦笑也。"就后世刻本看,"哂"字并无异文,《钞》仅言"或为",不知所据。

5.《集注》卷一一三潘安仁《汧马督诔》"今追赠牙门将,蜜印绶,祠以少牢",《钞》曰:"蜜,蜡也,凡追赠死者用蜜蜡以为印绶。臧荣绪《晋书》曰:'惠帝赠马敦牙门将蜜印画绶。'今《文选》本并无'画'字,或改'蜜'为'军',非也。"盖"印绶"为常见词,《文选》本遂脱去"画"字,至于是传抄脱还是原本即脱,因无版本依据,不能确定。又"蜜"字不易解,遂改为"军",《集注》李善注亦曰:"王隐《晋书》:'赠马敦诏曰:今追赠牙门将军,蜜印画绶,祠以少牢。'"可知原应作"蜜印画绶"。又《南齐书·宣孝陈皇后传》曰:"追赠竟陵公国太夫人,蜜印画青绶,祠以太牢。"①亦可为证。然后世刻本正文及李善注皆作"牙门将军印绶",《钞》所校推断颇为严谨,可从。

总体上看,《钞》与李善注的校语形式相近,或据别本校,或据他书校,或仅记异文,时亦有所考证,惜大多过于简略,其所谓"古

---

① （南朝梁）萧子显:《南齐书》,中华书局 1972 年版,第 390 页。

本""旧本"指示不明,"或为"云云则更不知何所依据。^①

《音决》以摘字注音为主,若所注之字有异文,则出校,校语颇简,格式亦较为统一。若以异文为误,则曰:某或为某,非。若遇异文义可两通,则曰:某或为某,通。或曰:某或为某,同。金少华《古抄本〈文选集注〉研究》第三章第五节《〈音决〉异文考》汇集《音决》所校异文,并将之分类,逐一详加按语,可参考,此处不再举例。

《音决》所揭异文颇多,对后世探究《文选》异文来源具有启发性,亦可作为文字学研究的材料。但限于注音体例,对异文并不提供文献依据,亦不作考证,其是否可靠就存疑了。金少华即认为:"《音决》异文不见得确有《文选》或本可据,很大一部分极可能只是公孙罗依据字书、韵书或上下文'生造',……因此,大量《音决》异文不过徒增烦扰而已,未必有益于'《选》学'也。"^②这种推测虽稍嫌大胆,但亦不能排除其可能性。

值得注意的是,《钞》有注释即是依据字书提供了一些异文,如《集注》卷八八陈孔璋《檄吴将校部曲文》"伏尸十万,流血漂橹",《钞》曰:"《尚书》:'流血標(漂)杵。'《字林》作'艪'^③,大盾也。""橹"与"艪"虽通,然《集注》与后世刻本此处多作"橹",疑原即为"橹",《钞》称"《字林》作'艪'",实无必要。

又,《集注》卷一一三潘安仁《夏侯常侍诔》"愊抑失声,进涕交挥",《钞》曰:"愊抑,犹哭咽也。《字林》作'揊'。揊,拊胸声也。"按:"愊"与"揊"不同。《说文》:"愊,诚志也。从心,畐声。""愊抑"

---

①　更多例证可参看王翠红:《古抄〈文选集注〉研究》第三章第三节,郑州大学2013年博士学位论文。

②　金少华:《古抄本〈文选集注〉研究》,浙江大学2011年博士论文,第164页。

③　"艪"当为"艪",恐形近而传写误。

亦作"愊臆""愊忆""腷臆"，《集注》引陆善经注曰："愊臆，盈满也。"《后汉书·冯衍传》载冯衍《显志赋》曰："心愊忆而纷纭。"章怀注："愊忆，犹郁结也。"[1]慧琳《一切经音义》卷八十三："腷臆：上披逼反，下应极反。顾野王：'腷臆，犹盈满也。'郭注《方言》：'腷臆，亦气满也。'《玉篇》或从心，作'愊'。"[2]字书解"揊"为"击声"，或作"扑"，故《钞》解"揊，拊胸声也"不误，但其称《字林》作"揊"，似谓与文中"愊"通，不仅无谓，亦属错误。

以上两例皆是《钞》据字书揭示异文，实际并无版本依据，若前引金少华推测不误，则《钞》与《音决》在揭示异文方面有其相似性。

（二）《文选集注》编者按中的校语

《文选集注》以李善注本为底本，在李善注下依次汇集抄撮其他诸家注，并于注尾加"今按"。"今按"主要有两种内容：其一是揭示诸家注本的异文，称某本某作某，或某本某上有某字，如此之类；其二是提示篇目次序的异同。所以，编者按语是重要的《文选》校勘资料。但目前学界对《文选集注》的编者及编纂时代尚有较大争议，[3]故这些按语为何人何时所撰尚难以确定。

总体看，编者校语比较简略，虽较《音决》"某或作某"的校语稍为细致，但校勘水准不高，只将数家注本比对，凡有异文则标出，未能深入考证。唯一例外的是在卷九三刘伯伦《酒德颂》"无思无虑，其乐陶陶"下，编者按语曰："《音决》此下有'兀然而醉'四字。自此

---

①　（南朝宋）范晔：《后汉书》，中华书局1965年版，第992页。

②　（唐）释慧琳：《一切经音义》，《续修四库全书》影印日本元文三年至延亨三年狮谷白莲社刻本，上海古籍出版社2002年版，第494页。

③　诸家观点可参考刘志伟师：《〈文选集注〉成书众说平议》，《文学遗产》2012年第4期。

一句已下至'感情'，言词鄙缓，皆衍字也。非刘公所为，皆当除之，宜从'陶陶'即次'俯观'。陆善经本有'静听不闻雷霆之声，熟视不见太山之形'两句。注云：'思虑既无，所以视听亦泯。'《礼记》云：'意不在焉，视之而不见，听之而不闻。'"此按语甚是独特，斯波六郎据此怀疑《文选集注》非日本人所编，①童岭观点亦类此。② 但毕竟仅此一条，颇显突兀。

编者按语虽然简略，但显示了抄本时期各家注本的异文异貌，具有十分重要的文献价值，比后世仅从李善注与五臣注的刻本讨论异同不可同日而语。这些按语不仅具有珍贵的校勘价值，而且对研究《文选》文本的流变以及在流传过程中各家注本间的相互羼乱，提供了重要依据。由编者按语可以发现，有些按语指出的异文，后世刻本却并未出现，而有些按语虽未提示异文，后世刻本却出现了异文，据此可以推测《文选》文本变迁的痕迹。③

还可由今按校语推测《音决》的体式。《日本国见在书目录》著录有公孙罗《文选音决》十卷，《旧唐书·儒学传》称公孙罗撰《文选音义》十卷，《旧唐书·经籍志》则著录公孙罗《文选音》十卷，《新唐书·艺文志》著录公孙罗《文选音义》十卷，故学者一般认为《文选集注》所引《音决》即为公孙罗撰，诸文献所记为同一书。若如此，则其书当为十卷无疑。从《文选集注》所引看，《音决》全部为注音，间记异文，偶有数条作者注，如卷五六陆士衡《挽歌诗》"陆士衡"

---

① ［日］斯波六郎著、戴燕译：《对〈文选〉各种版本的研究》，《中外学者文选学论集》下册，第935页。

② 童岭《隋唐时代"中层学问世界"研究序说——以京都大学影印旧钞本〈文选集注〉为中心》，《古典文献研究》（第十四辑），凤凰出版社2011年。

③ 可参考王翠红《古抄〈文选集注〉研究》第六章第二节《〈文选集注〉的编者按语》《〈文选集注〉编者案语发微》，《中国典籍与文化》2012年第3期。

下,《音决》:"机,西晋平原相。卌三卒也。"又同卷陶渊明《挽歌诗》"陶渊明"下,《音决》:"潜,宋征士。"卷一一三潘安仁《汧马督诔》"潘安仁"下,《音决》:"岳,西晋黄门侍郎也矣。"卷一一六王仲宝《褚渊碑文》"王仲宝"下,《音决》:"俭,齐太尉。"其他并无训诂释义文字,此于《旧唐书·儒学传》与《新唐书·艺文志》称名为《文选音义》似有矛盾。盖"音义"之书,除注音外,于文字亦当有所训释,有音有义,方称音义。《旧唐书·经籍志》仅称《文选音》,若为此名,则有音无义尚能讲通,然同为一书,《志》与《传》所记不一,亦令人疑惑。而且,若只注音,卷数恐亦无十卷之多。

又,音义之书,多是摘字注音、释义,一般不附所注书之原文。唐前音义之书率已亡佚,《隋志》著录音义之书颇多,主要集中在经、史两部,这些书卷帙普遍较原书(即音义所注之书)少很多,如经部《易》类徐邈《周易音》一卷,《书》类顾彪《今文尚书音》一卷,《礼》类谢氏撰《礼记音义隐》一卷,如此等等,又如史部邹诞生《史记音》三卷、韦昭《汉书音义》七卷、萧该《汉书音义》十二卷等。由此可以推测,这些著作皆不附原文,故卷帙较少。直至后世如宋孙奭《孟子音义》、明陈第《毛诗古音考》等著作,亦皆不附原文。[1] 另敦煌《文选音》残卷(法藏 P.2833)即是摘字注音的。

诸文献著录公孙罗书无论称"音决""音义"或是"音",均作十卷,而《文选》原本即三十卷,衡以音义书的通例,可证公孙罗所著原书并无《文选》原文。但从编者按语看,《音决》附有《文选》正文。《文选集注》卷六一江文通《杂体诗三十首》篇题下编者按语曰:"以

① 关于音义体著作可参于亭:《论"音义体"及其流变》,《中国典籍与文化》2009年第3期。

后十三首《钞》脱,又《音决》、陆善经本有序,因以载之也。"又《文选集注》卷九三刘伯伦《酒德颂》"无思无虑,其乐陶陶"下编者按:"《音决》此下有'兀然而醉'四字。"此可证《音决》并非如一般的音义书摘字词注音释义,而是在正文后加注的。若如此,则《文选集注》所据《音决》底本当非公孙罗所撰原书。那么,《文选集注》中留存的《音决》是否为公孙罗撰,也有了疑问。①

另外,《文选集注》编者按语虽文献价值甚高,但须谨慎对待。首先,《文选集注》编者是谁、书成于何时至今不明,其所据诸家注本的流传情况亦难以得知,虽一般认为是据唐抄本,应较后世刻本更近文献原貌,但抄本的多样性、复杂性不可低估。如《文选集注》中的李善注与后世刻本中的李善注差异甚多,我们似亦不能简单以为《集注》本就更近李善注原貌;另外,由编者按语可知《文选集注》所据的《钞》、五家注本等有所残缺,则其底本似亦非精善;又如上所述,《文选集注》所据《音决》即使是公孙罗所撰,然其书原无正文,而编者按语"《音决》作某"云云,则恐与公孙罗《音决》无关。

其次,如前所述,编者校语比较简略,只是标出各家异文,而某些地方诸家注本明显有异文,而编者按语则失校。按语也未能深入考证,往往误将一些传写讹误之字判断为原本如此,略举例如下:

1.《文选集注》卷五九谢灵运《石门新营所住四面高山回溪石

---

① 还有一个疑点是,《音决》引用有前人注音,其中有"萧""曹",仅称姓氏,学者一般认为应为萧该、曹宪,二人都撰有《文选音义》,而史载公孙罗之"《文选》学"传于曹宪,其在自著中引用师说,无尊称,径称姓氏,似不甚合情理。当然,就目前所能掌握的各种文献看,在没有确凿证据的情况下,《文选集注》中的《音决》仍应基本认定为公孙罗所撰。

瀨修竹茂林》"庶持乘日用",今按曰:"五家本'持'为'恃'。"从后世刻本看,五臣并作"持",而监本则讹作"特",[①]是否后世的五臣注将"特"改为"持"了呢? 答案恐怕是否定的,盖写本中提手旁与竖心旁多相混,《集注》编者所见即是,其误否实处两可之间,五臣本原应作"持",后世刻本亦可证,按语实际上徒增淆乱而已。

2.《文选集注》卷五九谢玄晖《直中书省》"兹言翔凤池",今按曰:"《钞》、五家本'兹'为'丝'。"此一看即知当是因形近传写误,非《钞》、五家原为"丝"也。

3.《文选集注》卷四八陆士衡《为顾彦先赠妇》"翻飞游江汜",今按曰:"《钞》《音决》、陆善经本'浙'为'游'。"按语前一"浙"字应为"游"字。后世刻本中尤刻本作"浙",奎章阁本则在"游"下有校语曰"善本作'浙'",可知"浙"为"游"的异文。胡克家《考异》曰:"袁本、茶陵本有校语云'游'善作'浙'。今按:各本所见皆非也。详善但引'江有汜'为注,而不注'浙江',是'江汜'联文,非'浙江'联文。盖亦作'游',与五臣无异,传写误也。"《考异》推测善本作"游"与集注本合,实际上按语所谓诸家作"浙"字亦不过是因形近而传写误,而且按语本身即误"游"为"浙",将按语所校与《考异》比较,高下立判。

类似的例证所在多有,我们虽不必苛责《文选集注》编者,但对其校勘成果须详加分析,谨慎对待。

总之,从《文选集注》中诸家注释以及编者按语提供的异文看,《文选》在很早就充斥着许多异文,这实际上正是《文选》当然也包括一般文献在抄本时代的存在状态。其中有许多异文在后世刻本

---

① 关于此字校勘可参考胡克家《考异》,兹不详引。

中并未显示出来,这些异文在后世的校勘版刻过程中被抹去了,这也说明文献的异文数量并不是只会直线增多,也会减少。

第三节 抄本时代《文选》校雠探微

由于《文选》注家并未在注本中交代其校雠的实际操作如何,而有关《文选》校雠的史料记载又极有限,我们只能从现存的版本文献来推断抄本时代《文选》校雠的可能情况。

一、隋唐时期《文选》注家的底本问题

从现存写刻本看,可知隋唐时期《文选》注家所用底本各有异同,这些差异产生的原因无外两种:一是其底本在传抄过程中无意产生讹误、窜乱;一是其底本经过前人或注家本人有意校改。前一种无关校雠,兹不论;后一种则牵涉校雠问题,故颇需考索,这里先讨论注家对底本的选择以及是否有意对底本校改的问题。

(一)李善注是否采用了旧注本为底本

先看李善注本,如前所述,李善很注重保存昭明旧式,由于其注本内容增多,不得不将原来的三十卷析分为六十卷,故原书纪卷先后的"赋甲""诗乙"之类已经毫无意义,但李善仍存其首题,以明旧式。从李善的校语看,有诸多处以"误也""当为"等语判定原文有误,但李善并未作校改。有更多地方只是记录异文,不作判断,显示出李善对原本的谨慎态度。那么,李善是否对作注的底本除将原来的三十卷析分为六十卷外,其他皆不作任何改动呢?

　　首先从理论上说，在抄本时代，无论多么精细的抄本恐怕都避免不了一些文字讹误，注家有可能对一些简单讹误径改而不必在注释中标明，李善自不例外，但这在校雠上意义不大，姑不论。

　　这里要特别讨论李善注是否采用旧注本为底本的问题。《文选》所收部分作品原有旧注，①但萧统所编当为白文无注本，②李善作注时，曾采用旧注二十余家，那么李善是将旧注剪裁之后编入其所用的《文选》底本呢？还是直接以旧注本为底本，在旧注本上对原注进行剪裁，并附以己注呢？这一问题学者很少论及，在清代之前版本意识尚较薄弱的时代，李善采用何种底本作注还称不上是问题。清代以来，学者渐讲究版本，并努力复崇贤之旧观，清人对李善注推崇过高，故潜意识里恐也由李善注之严谨推断其既为《文选》作注，必定是选择精良的《文选》抄本为底本，并同时参照其他一些不同的本子，不可能径在旧注本上作注来代替《文选》原本，毕竟旧注本很可能与《文选》原文有差异。但随着《文选》版本研究的深入，渐有学者推测李善可能是以旧注本为底本的，较早有此推测的是王重民，其在敦煌本《文选》残卷伯 2493 的叙录中说：

　　　　《演连珠》第二首："是以物称权而衡殆。"今本"称"作"胜"，李善注曰："胜或为称。"则此卷与善所见或本合。意者善注此卷，采用刘孝标旧注，殆遂以刘本易昭明旧第，而又校其异文以

————————

　　①　关于李善注本留存旧注的基本情况可参考本书附录《李善注〈文选〉留存旧注综论》。

　　②　今见敦煌《文选》写本多为白文本，又五臣注本亦无旧注，此可证萧统原编应为白文本。

入注？然则善所称或本，其即萧统原书耶？故能与此本相同。是李善亦未尝无窜易，则又为李匡乂所不及知也。①

傅刚先生在研究永隆本《西京赋》时曾"怀疑李善径取薛综《两京赋》正文及注文作底本，再另行加注，所以薛综正文中的一些特殊用字也保留下来"。② 其特殊用字主要有两例，其一永隆本"长廊广庑，连阁云蔓"，"连"原作"途"，被改为"连"，其二永隆本"长风激于别岛"，"岛"原作"隯"，被改为"岛"。李善注系统的监本、尤本均作"途""隯"，五臣本、六臣本则作"连""岛"，而据薛综注可知薛注底本作"隯"，③故傅氏怀疑李善径取薛综《两京赋》正文及注文作底本，④而五臣则"依据萧统原书，所以在许多地方显示了比李善本更近萧统原貌的优点"。姑不论五臣是否在许多地方较李善更近萧《选》原貌，唯李善是否采用旧注本为底本颇值得探讨。

当然，后世所见的李善与五臣的同异问题本是非常复杂的，我们从当前的《文选》版本研究成果中可以发现这一点。如上例，《文选》原本作"途""隯"还是"连""岛"，很难找到明确的证据，即使《文选》确实原作"连""岛"，而李善与薛综同作"途""隯"，这些少数的例证亦不足以证明李善是以薛综旧注本为底本。但受此例证启

① 王重民：《敦煌古籍叙录》，商务印书馆 1958 年版，第 317 页。

② 傅刚《文选版本研究》，第 117 页。

③ "途"字未注，故不能定其所用何字。

④ 傅刚先生之后又撰文否定了这一说法，认为李善本原作"连""岛"，而永隆本抄写者是糅合了薛综注与李善注，故李善本将之前的"途""隯"修改为"连""岛"，参见《永隆本〈西京赋〉非尽出李善本说》（《文选版本研究》），这一说法受到范志新先生的反驳，笔者认同范说，参《敦煌永隆本〈西京赋〉的是李善〈文选〉残卷——驳"非尽出李善本"说》（《〈文选〉版本论稿》，江西人民出版社 2003 年版）。

发,笔者以奎章阁本六家注《文选》所标"善本作某"为线索,复举《西京赋》中与"隝"字类似之例证如下,以探究李善本与旧注本的关系:

1."岂稽度于往旧",按:"稽"下校语曰"善本作启",①五臣于"稽"字无注,薛综注:"启,开(监本下有'也'字)。"监本正作"启",可知李善同薛综。

2."状亭亭以迢迢",按:"迢迢"下有校语曰"善本作'岧岧'",五臣注:"亭亭、迢迢,高貌。"薛综注:"亭亭、岧岧,高貌也。"可知五臣作"迢迢",李同薛作"岧岧"。

3."儴佯乎五柞之馆",按:"儴佯"下有校语曰"善本作'相羊'",五臣注:"儴佯,未尽志也。"薛综注:"相羊,仿羊也。"可知五臣作"儴佯",李同薛作"相羊"。

4."礔礰激而增音",按:"音"下有校语曰"善本作'响'",五臣于"音"字无注,薛综注曰:"增响,重声也。"可知李与薛同作"响"。

5."振珠履于盘樿",按:"珠履"下有校语曰"善本作朱屝",五臣注:"言振蹈珠履于盘樿之间。"薛综注:"朱屝,赤丝履也。"可知五臣作"珠履",李同薛作"朱屝"。

此类例证还有"望叫窢以径廷",五臣本作"叫",李善与薛综同作"窃";"飞罕槲简",五臣本"槲",李善与薛综同作"潚";"麏兔联逑",五臣本作"逑",李善与薛综同作"猭"。从这些异文看,凡确能判断薛综注本原为某字的,②李善均与之相同,这似乎隐隐证明李善《二京赋》底本确实为薛综注本。值得注意的是,金少华也通过

---

①　校语为奎章阁本《文选》校语,下同。

②　判断依据为薛综注释用字。

对敦煌写本 P.2528《西京赋》残卷的研究指出"李善所据《西京赋》底本为薛综注本而非萧统《文选》原帙"。①

　　笔者遂进一步依上例考察《思玄赋》的异文情况,结果与《二京赋》的情况相同,在可以确定为旧注用字的异文中,李善同于旧注本,而与五臣异。针对《思玄赋》旧注李善注有曰:"未详注者姓名,挚虞《流别》题云衡注,详其义训,甚多疏略,而注又称愚以为,疑辞非衡明矣,但行来既久,故不去焉。"据李注可知《思玄赋》旧注非张衡自注,然奎章阁本仍于旧注题名"衡曰",本书依据李善说称其注为"旧注"。例证如下:

　　1.“欲肥遁以保名”,按:“欲”字下有校语曰“善本作‘利’”,五臣注:“文君,文王也。文王为我端蓍而筮,遇遁卦,上九飞遁,无不利。谓去代而遁逃也。故云欲使我用飞遁以保其名也。”旧注曰:“上九爻辞云:肥遁,最在卦上,居无位之地,不为物所累,矰缴所不及,遁之最美,故名肥遁。处阴长之时而独如此,故曰利肥遁而保名。”可知五臣作“欲”,李同旧注本作“利”。

　　2.“怨素意之不呈”,按:“呈”字下有校语曰“善本作逞”,五臣注:“亦怨其意不得申呈。”旧注曰:“逞,快也。”可知五臣作“呈”,李同旧注本作“逞”。

　　3.“考治乱于律均兮,意逮始而思终”,“逮”下有校语曰“善本作‘建’”,五臣注:“言考治乱之声于此,自始及终,意而思之。”旧注曰:“建,立也。”可知五臣作“逮”,李同旧注本作“建”。

　　4.“逾蒙鸿于宕冥兮”,按:“蒙”下有校语曰“善本作‘庞’”,五

---

　　①　参金少华:《P.2528〈西京赋〉写卷为李善注原本考辨》,《敦煌研究》,2013 年第 4 期。

臣注:"蒙鸿,元气也。"旧注曰:"庬鸿、宕冥,皆天之高气也。"可知五臣作"蒙",李同旧注本作"庬"。

　　除此之外,如"过少昊之穷野兮",五臣作"昊",李同旧注作"皞";"流目眺夫阿衡兮",五臣作"阿衡",李同旧注作"衡阿";"畴克谟而从诸",五臣作"谟",李同旧注作"谋";"亲所视而弗识兮",五臣作"视",李同旧注作"睼"。此类尚有不少。从《思玄赋》这些异文看,凡确能判断旧注本原为某字的,李善均与之相同,这又似乎隐隐证明李善《思玄赋》底本为署名张衡的旧注本。

　　还有一处李善注中的校语①颇能透露出李注本与旧注本关系:《魏都赋》"吴蜀二客矍然相顾","矍"下有校语曰"善本作懅",五臣注:"矍然,惊也。"旧注:"懅,惧也。"李善注:"张以懅,先垄反。今本并为矍。矍,大视也。"可知五臣作"矍",李同旧注作"懅"。尤需注意的是李善称"懅",今本并为"矍",可知其所见《文选》本皆作"矍",而李注本不从,仍据旧注本。②

　　又如尤刻本卷九潘安仁《射雉赋》"鲸牙低镞,心平望审",下有注曰:"爰曰:鲸当作擎,举也。"爰即徐爰,李善于《射雉赋》取徐爰旧注,而奎章阁本、明州本"鲸"皆作"擎",且脱"爰曰"下"鲸当作"三字,当是故意删去。五臣向注曰:"雉既近,故擎弩牙低矢镞以就之。"可知五臣本作"擎"。徐爰谓"鲸当作擎",可知徐爰注本必作"鲸",而李善本则同旧注本亦作"鲸"。

　　从总体上看,在一些异文处,李注确实有与旧注本往往符合

---

　　①　据奎章阁本。
　　②　关于此字的考证可参考高步瀛:《文选李注义疏》,中华书局 1984 年版,第1472—1473 页。

的特点。初看李善既引旧注，自应与旧注用字同，不能说明什么问题。但凡李善与五臣有异文处李善皆同旧注似乎值得考量。上述李善本异于五臣本的异文多同旧注本的现象似乎并不是巧合，王德华通过对《文选》旧注的总体考察，也得出李善作注的底本原有旧注的推论，他从李善自叙其注例、《隋志》的著录及李善对"旧注"的去取态度等方面综合考察，以为李善之所以用"臣善曰"以别"旧注"与"自注"之间的关系，并非简单的是指"旧注"是引自他人，而是标识出李善所用的底本是有"旧注"的底本，李善在此基础上复又作注，为了以示区别，故以"臣善曰"加以标识。① 其说值得重视，但王先生认为旧注是萧统编《文选》时把一些文章有集注的也一并录入，以便参阅，而李善严格地保持了《文选》原本录有"集注"的面貌。笔者则以为萧统所编《文选》应为白文无注本。

如果李善注确实采用了旧注本为底本，那么旧注本与《文选》原本可能就有差异，由于李注本的盛行，无疑增加了《文选》的异文，这也许可作为李善与五臣文字有异的一个重要原因。

但也有个别反证，如《思玄赋》"素女抚弦而余音兮"，五臣注："素女，神女也。"旧注："素，素女也。……《淮南子》曰：'素女，黄帝时方术之女也。'"李善注："《史记》曰：'秦帝使素女鼓五十弦瑟。'旧注本'素'下无'女'字，今本并有之。"由旧注及李善注可知旧注本应无"女"字，而李注本从今本有"女"字。② 又同篇"汤蠲体以祷祈兮，蒙厖禠以拯民"，李注："祈或为祊，非也。"《后汉书》章怀注则

<hr />

① 　王德华：《李善〈文选〉注体例管窥》，《〈文选〉与文选学》，学苑出版社 2003 年版，第 728 页。

② 　《后汉书》载《思玄赋》无"女"字，据赋文句式无者为是。

曰:"《衡集》'祈'作'祊','祊',祭也。"《衡集》即《张衡集》,由此可
知李善所谓或为"祊"者,盖出于《张衡集》。据唐普研究,李善所引
《思玄赋》旧注可能即出于《张衡集》,①若如此,则是李善未从旧注
本之证。又同篇"无绵蛮以滓己兮,思百忧以自疹",奎章阁本"滓"
下有校语曰"善本作'倖'",五臣注:"滓,引。"旧注曰:"倖,引也。"
如此则五臣作"滓",李同旧注本作"倖"。然《后汉书》则作"滓",章
怀注曰:"滓,音胡鼎反,《衡集》注云:'滓,引也。'"似旧注本作
"滓",李善本与旧注本不同。

　　当然,无论是本证与反证,都须考虑其是否有在后世流传过程
中的改动,而这个问题仍要进一步深入广泛地考察,全面探讨《文
选》旧注与李善注的关系,并充分考虑版本流变的因素,才能得出
更确凿的结论。

(二) 五臣底本及其是否轻改原文的问题

　　从现存文献看,五臣注的底本与李善注的底本存在相当多的
差异,虽然现在看到的一些差异是后世才产生的,但两家注的底本
确实不同,这由两家对异文各自为注以及部分作品排序各自不同
可证。而唐人李匡乂已经注意到两家注本的差异,在其所著《资暇
集》中批评五臣注曰:

　　　　又轻改前贤文旨,若李氏注云"某字或作某字",便随而改
　　之。其有李氏不解,而自不晓,辄复移易。……其改字也,至
　　有"翩翻"对"恍惚",则独改"翩翻"为"翩翩",与下句不相收。
　　又李氏依旧本,不避国朝庙讳,五臣易而避之,宜矣。其有李

---

① 唐普:《〈文选〉赋类研究》,四川师范大学 2011 年博士学位论文,第 126 页。

> 本本作"泉"及年"代"字,五臣贵有异同,改其字却犯国讳,岂惟矛盾而已哉!①

可见,李匡乂认为两家注本的差异是五臣妄改造成的。李匡乂对五臣的批评在后世有一定影响,亦特别符合宋代以来崇李善、贬五臣的主流意见,成为批判五臣的先声。但其立说多非,现已被学者逐一批驳,其声讨五臣的"罪状"几乎无一成立。②

虽然李匡乂批驳五臣并不成立,但亦不必苛责其太甚,当时"世人多谓李氏立意注《文选》过为迂繁,徒自骋学,且不解文意,遂相尚习五臣"(《资暇集》),李氏不满这一现象,为李善注鸣不平,是有为而发的。李氏注意到两家注本文字的不同,已属可贵,例如他说李善注云某字或作某字的,从现存文献看五臣本确有作李注所标异文的例子,李善不解的字,五臣与李善不同的也很多。至于避讳,仅就"渊""世"两字看,确有李善作"泉""代"而五臣作"渊""世"的。但李匡乂恐怕也未必将不同版本认真全面地比对过,仅凭读书时的一些印象立论,他所述这些现象无一不能找到很多反证,但其避而不谈,一偏之见导致结论错误。实际上,李善、五臣之间的差异无论是用字还是避讳都非常复杂。仅就避讳来说,后世刻本中李善、五臣皆是或避或不避,而同一唐写本中亦有或避或不避,这些大概已非李善、五臣本之原貌。清代一些"《文选》学"家已经

---

① (唐)李匡乂:《资暇集》,第5—6页。
② 参江庆柏:《〈文选〉五臣注平议》,《郑州大学学报(哲社版)》1994年第4期;王书才:《〈昭明文选〉研究发展史》第一章第十节;陈延嘉:《〈文选〉五臣本是否"轻改前贤文旨"——驳〈非五臣〉之一》,赵昌智、顾农主编:《第八届文选学国际学术研讨会论文集》,广陵书社2010年版。

注意到这一现象,如张云璈《选学胶言》卷二"李注不避庙讳""渊字不避"两条,皆对此有所讨论。[①] 尽管李匡乂为唐人,但他距两家作注已一二百年,况校雠学在当时也远未发展到对版本高度敏感的地步,他对文献流传变易的复杂性缺乏认识不足为怪。即使到了校雠学高度发达的清代,作为屈指可数的校雠大家顾广圻,也往往在这些复杂问题上判断失误。当今学者对《非五臣》的批驳多属确凿之论,但仅仅驳倒李匡乂所举的例证似乎尚嫌不足,要确证李氏所论是非,还须全面调查李善与五臣二者的差异,从总体上作出判断。

孙钦善先生在评价李善与五臣的校勘时说:

李善校勘,不仅方法科学,而且态度谨慎,故多有创获。五臣则不同,凭臆轻改,随处可见。五臣本与李善本相校,异文甚夥,多为五臣臆改所致。特别在古今字方面,五臣本好改古就今,表面上似乎符合通俗之要求,实际上触犯变乱旧式之大忌,泯灭了古文献用字的历史特点。例如《东都赋》:"克己复礼,以奉终始。"五臣本改"克"为"剋";"铺鸿藻,信景铄","信"读作"申",而五臣本径改为"申"。《甘泉赋》:"逴逴离宫,般以相爥兮。"李注:"《说文》曰:'逴,古文往字也。'"五臣本径改"逴"为"往往";"封峦石关,施靡乎延属",李注:"施靡,相连貌,施,弋尔切。"五臣本径改"施"为"迤"。又五臣本"延"作"连",当亦妄改。按,延、迤声近(声母相同,韵母阴阳对转)义

---

① 关于《文选》的避讳问题可参考范志新:《从避讳学角度论选学中的三个问题》,《〈文选〉与汉唐文化——第十二届〈文选〉学国际学术研讨会论文集》,中华书局2018年版。范氏倾向于认同李匡乂说。

同，皆训连，五臣不明其义，径改为"连"。"延属"本有其词，如《吴都赋》"长干延属"，向注："延属，言邑室相连也。"此处不以为误，是。①

由于孙氏撰文较早，尚未及见到后来的《文选》版本研究成果，故立论与李匡乂的失误相近。但他指出的五臣本在古今字方面好改古就今的特点值得重视，其所举例证虽不能说是五臣所改，但应是五臣本的一个特点，上文所举"隝"字例，李善作"隝"，五臣作"岛"，亦是一例。②

试以《甘泉赋》为例，李善与五臣的异文属异体字、通假字或古今字的有以下数例：李善本"柴虒参差"，"柴虒"五臣本作"傝傂"③；李善本"半散昭烂"，"昭"五臣本作"照"；李善本"下阴潜以惨廪兮"，"廪"五臣本作"懍"；李善本"匈块圠而无垠"，"块圠"五臣本作"軮轧"；李善本"峻嶭隗乎其相婴"，"嶭隗"五臣本作"崒巍"；李善本"回猋肆其砀骇兮"，"砀"五臣本作"荡"；李善本"蝐蛶螑溇之中"，"蝐"五臣本作"蟺"；李善本"风傱傱而扶辖兮"，"傱傱"五臣本作"漎漎"；李善本"徘徊招摇，灵迟迟兮"，"迟迟"五臣本作"栖

---

① 孙钦善：《论〈文选〉李善注与五臣注》，《中外学者文选学论集》（上册），第375—376页。

② 清吴景旭《历代诗话》卷十三："别隝"，司马相如《上林赋》"阜陵别隝"，吴旦生曰："隝"与"岛"同。《汉书》"横虽雄才，伏于海隝"，张衡《西京赋》"长风激于别隝"，古本作"隝"，《文选》俗本改作"岛"字耳。中华书局1958年版，第141页。

③ 清黄生《义府》卷下："柴虒"，《甘泉赋》"柴虒参差，鱼颉而鸟胏"，师古注：柴虒，参差不齐貌。柴，初蚁反，虒音豸。按："柴虒"《即诗》"差池其羽"之"差池"，古字通用，师古音误。观颉肟亦即取其颃杭，可见"柴虒"当即读"差池"也。又《文选》作"傝傂"，《汉书》止作"柴虒"，加人者俗增字也。民国商务印书馆《丛书集成初编》本，第53页。

迟"。同样的例子在他处也甚多,从这些例证可见,李善用字一般较古,五臣用字则近今,这与五臣注较为通俗的特点是相符的。

据王立群先生对敦煌白文本《文选》与宋刻《文选》的比勘研究,在其统计的 99 例异文之中,敦煌本与善注本能够相合者有 59 处,与五臣本相合者有 35 处,其结论认为:

> 两个数字之间的差异亦暗含了这样一种传播现象:李善注本保存《昭明文选》之貌可能要优于五臣本。这从二本的成书时间上亦可进一步推测。李善最初成书于显庆三年(658),五臣成书于开元六年(718),其间有 60 年时间,而永隆二年唐朝科举考试中加强了诗赋的地位,更激发了社会上对《文选》的传抄热情。因此,从理论上讲,距离原本时间越长的本子,变化会愈大。可以说,五臣注释时所用之白文已经与李善注释时所用之本有所变异,更何况五臣又有意别于李善的动机。①

又如敦煌写本斯 3663 号《啸赋》,王重民定为唐以前写本,傅刚先生比勘指出其中二十九处异同,同于李善注本达十五处,同于五臣本者仅有三处,其余是写卷独异的文字。② 与王立群先生研究结果类似。

总的来看,五臣注对校勘问题不甚注意,其作注时《文选》累积的异文只能较李善时更多,但其校语仅寥寥数条。五臣在李善后,

---

① 王立群:《敦煌白文无注本〈文选〉与宋刻〈文选〉》,《长春师范学院学报》2012年第 1 期。

② 傅刚:《文选版本研究》,第 345 页。

其作注虽不能说是剽窃李善注，但无疑多有参据，然五臣底本与李善底本异文颇多，五臣却几乎全未指出，盖其对作注之底本恐也并未仔细校勘。由李善的校语来看，其对底本甚是谨慎，当不会轻改原文。而五臣并不太注重文字异同，在异文之处或是径依底本，或是径改，亦有可能。当然，另一方面，五臣注本用字的讹误情况并不比李善注本严重，两者的异文多属通假或义可两通者，而我们从现存的唐写本看，其中往往讹误颇多，则五臣作注的底本仍属较为准确的《文选》抄本。至于李善与五臣众多的差异问题，笔者倾向于认为主要是因为两家作注的底本不同，而非五臣对底本的轻易改动。

二、从现存文献探讨抄本时代《文选》校勘之迹

抄本时代《文选》异文的产生除了手抄无心的错误外，一大部分可能是有意的校改，这些校改行为是长期的、累积的，依附于抄本流传，非常复杂。而诸家注释中的校语以及史料记载中为数不多的校勘行为不过是抄本时代《文选》校勘的冰山一角，更多的校勘主体究竟是什么人，在什么时间，其校勘成果及影响如何，均难以确知。尤其是《文选》作品流传方式比较复杂，同一篇作品可能亦存于史传、别集、总集中，或单篇流传，如上文提到的旧注本，同篇作品存在于不同文献中，其文本往往有差异，抄写者或可能据其他文献校改《文选》本文，遂造成《文选》文本的变异。再加上抄本流传的灵活性，其文字的变异很难理出头绪，后世对此认识不足，仅据传世的李善、五臣两家注本论异同，易陷于李善作某、五臣作某的简单思维模式，例如宋代六臣本中的校语，论断往往错误，而

且这种思维认识一直延续到清代,直到清胡克家《文选考异》才对六臣本中的一些校语作了比较多的驳正。

清代一些学者已经对抄本时代的校勘有所推测,如俞正燮(1775—1840)《文选自校本跋》曰:

> 然则《文选》不当以拘牵元稿评说是非也,又唐本不必是梁本,《奏弹刘整》明非梁时旧录,王简栖《头陀寺碑》石刻"凭五衍之轼",齐建武时文也,昭明录入《文选》,以梁武名避改"凭四衢之轼",注当明了,而今文及注语意相反,则唐人传写者以其时不讳,改文中"四衢"为"五衍",而写注者不知其意,又以注中"四衢""五衍"互换,是唐本已再改易。①

俞氏所论例证皆有迹可寻,应属唐人校改之迹。又如黄承吉(1771—1842)曰:

> 随取《艺文类聚》节录之《七发》校之,就其所载已与二本互为同异。如"伯乐相其前"句下已有"后"字,"操畅"已作"操张","虞怀"已作"娱怀",证以善注,其误显然,意必当时俗儒缮香为朽,从而改窜,至五臣而所易更甚,其昧夫黑白,则浅之浅者也,其乱夫雅郑,则妄之妄者也。今幸善本犹存,若仅此谬帙流传,则千载之下必致枚乘减色,萧统惭衡矣,岂不冤哉!②

---

① (清)俞正燮:《癸巳存稿》卷一二,第361页。
② (清)黄承吉:《梦陔堂文集》卷三《与梅蕴生书》,咸丰元年黄必庆汇印本。

黄氏主要是沿袭主流意见尊李善本,贬五臣本,但亦通过比对《艺文类聚》指出在五臣之前已存在"改窜",当是事实。

兹就班固《两都赋》试再举三个显著的例证,此赋亦载《后汉书·班固传》,从现存文献看,《后汉书》所载与《文选》所载存在某些异文:

1. "众流之隈,汧涌其西"与"嘉祥阜兮集皇都"。《后汉书》所载《两都赋》无"众流之隈,汧涌其西"八字,而现存诸《文选》版本皆有。清代校勘《文选》的学者或以为《文选》原本并无此八字,陈景云曰:"按范《书》无此二句,以上下文势观之,似更紧健。又善及五臣注本,此八字皆无训释,颇疑昭明定本与范《书》同。"①胡绍煐亦认为"善与五臣'汧水'皆无注,疑是后人以别本增之"。② 或以为五臣本有,而羼入李善本。孙志祖曰:"许氏庆宗云善于此二句无注,盖此二句或五臣本有之,后人羼入善本尔。"③胡克家《文选考异》亦曰:"何云《后汉书》无此二句,陈云善此八字无训释,疑与范《书》同。案:各本皆有,恐五臣多此二句,合并六家,失著校语,尤以之乱善也。"据傅刚先生所见,日本所藏九条本、古抄本及弘安本、正安本等《文选》抄本均无此八字,④似可证《文选》与《后汉书》一样原确无此八字,恐为后人所校添,至于是否五臣本有,而后又"乱善",亦并无证据,胡绍煐以为李善、五臣皆于此八字无注,故两家注本当皆无,推论较合理。与此例类似的还有《白雉诗》"嘉祥阜

① (清)陈景云:《文选举正》,《〈文选〉研究文献辑刊》影印清抄本,宋志英、南江涛编:国家图书馆出版社2013年版,第36册第6页。

② (清)胡绍煐撰,蒋立甫校点:《文选笺证》,第2页。

③ (清)孙志祖:《文选考异》,民国商务印书馆《丛书集成初编》本,第1页。

④ 参傅刚:《文选版本研究》,第146页。又《日本猿投神社藏〈文选〉古钞本研究》,《域外汉籍研究集刊》第三辑,中华书局2007年版,第236页。

兮集皇都"一句,胡克家《文选考异》曰:"何云《后汉书》无此句,陈同。案:各本皆有。袁、茶陵不著校语,今无可考也。"王念孙提出五条可疑之处,证明《文选》原本并无此句。① 据傅刚先生所见日本所藏九条本、古抄本及弘安本、正安本确无此句,可知与上例一样恐为后人所校添。虽有古抄本可证两处文字当为《文选》原本所无,但两句恐亦有来历,且羼入正文较早,否则不会出现后世刻本皆有的现象。

2."度宏规而大起"。李善注:"'度'与'羌',古字通。'度'或为'庆'也。"胡克家《文选考异》针对正文的校语曰:"案:'度'当作'庆',必善'庆',五臣'度'。袁、茶陵二本所载五臣铣注云'度大规矩',作'度'无疑。各本失著校语,尤以之乱善也。"又针对李注的校语曰:"陈云'度'当作'庆',是也。各本皆误,下同。'庆'当作'度'。案:云'庆'与'羌'古字通者,正文作'庆',与所引《小雅·广言》之'羌'古字通也。云'庆'或为'度'者,此赋作'庆',或本为'度',如今《后汉书》之作'度'也。五臣因此改'庆'为'度',后来合并,又倒此注以就之,而不可通矣。"王念孙曰:"'度'与'羌'声不相近,绝无通用之理。盖李善本'度'字本作'庆',今本作'度'者,后人据五臣本及《班固传》改之耳。"②据傅刚先生所见日藏弘安本正作"庆"字。但"庆"字讹作"度"字当甚早,今所见《后汉书》作"度",据五臣注知五臣本亦作"度",李善亦有校语曰:"'庆'或为'度'"。虽可知李善本作"庆",五臣本作"度",而《文选》原本作何字似尚不能确定,《考异》认为五臣改"庆"为

---

① （清）王念孙:《读书杂志·余编下》,中国书店 1985 年版,第 71—72 页。
② （清）王念孙:《读书杂志·余编下》,第 69—70 页。

"度"则嫌武断。不论《文选》原作何字，这一处异文当是抄本时代的校改之迹。

3. "正雅乐"。"雅"，《后汉书》作"予"，今见《文选》各本皆作"雅"。李善注曰："《东观汉记》：'孝明诏曰：《璇玑钤》曰：有帝汉出，德洽作乐，名予。会明帝改其名，郊庙乐曰太予乐，正乐官曰太予乐官，以应图谶。'"①又《文选》卷四六颜延年《三月三日曲水诗序》"大予协乐"，李善注曰："《东观汉记》：'孝明诏曰：正大乐官曰大予乐官。'"由此可知李善本"雅"字当作"予"。五臣注则曰："雅乐，正乐也。"则五臣本作"雅"。王应麟《困学纪闻》卷一三曰："《东都赋》'正予乐'，《文选》李善注亦引'大予'，五臣乃解为正乐，今本作'雅乐'亦误。"②胡克家《文选考异》曰："案：'雅'当作'予'。《后汉书》作'予'。章怀注'正予乐'，谓依谶文改'太乐'为'太予乐'也。……善既引'太予'，则作'予'自甚明。袁本、茶陵本所载五臣铣注云：'雅乐，正乐也。'其作'雅'亦甚明。各本所见正文皆以五臣乱善而失著校语耳。"故李善本"雅"字当是后人校改之迹，且李善注中"名予"，"予"字诸多版本皆作"雅"，唯赣州本作"予"，而作"雅"者则是复据正文改注文矣。

这样的例子在《文选》全书中实际上有很多，说明在抄本时代，《文选》文本已经有较多的校改而发生变异，这应该是一个长期累积的过程，而非仅是注家底本的选择与校勘问题，不能简单用"李善作某""五臣作某"的思维解释这些异同。只有对各种写本、刻本

---

① 注中"会明帝改其名"文意不甚通，或有讹误。可参考吴树平《东观汉记校注》的相关校考，中华书局 2008 年版，第 67 页。

② （宋）王应麟撰，（清）翁元圻注，栾保群、田松青、吕宗力校点：《困学纪闻》（全校本），上海古籍出版社 2008 年版，第 1481 页。

以及其他相关文献综合研究的基础上,才可以大体上推测抄本时代某些校勘的可能及其依据。

<h2 style="text-align:center">小　　结</h2>

通过对抄本时代《文选》校雠的总体梳理,可将此时期的校雠实践大致分为两种类型:一种是显性的校雠,即《文选》诸家注释中的校语,以及通过校语显示的各家注本的不同面貌,这类校雠实践有文献依据,显而可见;另一种是隐性的校雠,即《文选》文本在长期的流传过程中所经过的校改整理,也包括注家对作注底本的选择,这类校雠实践没有明确的文本依据,只能通过现存各种文献大致推断。

本章首先讨论了抄本时代《文选》的显性校雠,指出李善注中的校勘数量多,方法多样,校勘多有理有据,可信者多,成果珍贵,并特别以李善利用先唐别集所作校勘考证作为例证分析,探讨其校雠的具体实践内容;五臣注校语甚少,且价值不高;而《文选集注》中《抄》《音决》与编者按语中皆有校语,具有较高的文献价值,但须谨慎对待。

本章对抄本时代《文选》隐性校雠的讨论主要分两个方面:一是探讨了李善与五臣各自作注底本的一些关键问题,在前人研究的基础上,进一步通过正文与注文的比勘,发现李善注采用旧注本为底本的可能性很大;至于五臣注的底本问题,前人批评五臣轻改原文虽然不一定正确,但亦不能否定五臣改易旧文的可能性。并借助现存文献,大致推测了《文选》在抄本时代长期流传过程中所产生的变异,以及变异背后可能隐含的校雠实践。

　　总体上看,抄本时代《文选》的隐性校雠应远较显性校雠对《文选》文本变异的影响大,但前者较隐蔽,故后世多关注后者,而忽视前者,对《文选》文本的变迁原因多从显性校雠上推断,容易忽视影响更大的隐性校雠。因此,我们应把抄本时代的《文选》校雠视作一个整体,而不再局限于仅就某一家注本或某一抄本论其是非,应用综合而整体的眼光探讨《文选》文献原貌及其文本变迁的原因。

第二章　宋元明时期的《文选》校雠
——从抄本时代到刻本时代

　　《文选》在隋唐时期以抄本流传,唐代之后,雕版印刷逐渐兴盛,《文选》刻本也不断涌现,《文选》流传进入了刻本时代。[①] 抄本和刻本的流传形态有很大不同,因此,由抄本到刻本,是《文选》文本演变的转捩点。

　　一般认为雕版印刷始于唐代,但典籍的大规模版刻则在唐后。最著名的当属五代时人冯道(882—954)于后唐长兴三年(932)开雕"九经",史称五代监本"九经"。而另一著名的刻书者是五代时后蜀的毋昭裔,其所刻正是《文选》等书,与后唐的刻书时间大致相同,故《文选》的刊刻也是雕版印刷史上值得书写的大事。

　　刻本在传播上的优越性使其逐渐取代了抄本,相较抄本较大的灵活性、多样性,刻本基本上将文本固定了下来,后世即有改易,但仍多是以之前的刻本为基础。因此,早期的刻本对文献的流传形态具有决定性的影响,而刻本可能存在的文字讹误问

---

　　① 《文选》出现刻本之后,并非完全取代了抄本,但刻本传播的优势逐渐使抄本失去了在文献传播上的影响力。

题,也往往影响广泛而深远。宋叶梦得(1077—1048)《石林燕语》卷八曰:

> 唐以前,凡书籍皆写本,未有模印之法,人以藏书为贵。人不多有,而藏者精于雠对,故往往皆有善本。学者以传录之艰,故其诵读亦精详。五代时,冯道始奏请官镂六经板印行。国朝淳化中,复以《史记》《前后汉》付有司摹印,自是书籍刊镂者益多,士大夫不复以藏书为意。学者易于得书,其诵读亦因灭裂,然板本初不是正,不无讹误。世既一以板本为正,而藏本日亡,其讹谬者遂不可正,甚可惜也。①

又宋程俱(1078—1144)《麟台故事》卷二记载:

> 景佑二年九月,诏翰林学士张观等刊定《前汉书》《孟子》,下国子监颁行。议者以为前代经史,皆以纸素传写,虽有舛误,然尚可参雠。至五代,官始用墨版摹六经,诚欲一其文字,使学者不惑。至太宗朝,又摹印司马迁、班固、范晔诸史,与六经皆传,于是世之写本悉不用。然墨版讹驳,初不是正,而后学者更无他本可以刊验。②

宋人与此相似的议论尚有不少,都道出了文献从抄本演化到刻本的过程中所产生的问题。因为他们尚处于抄本、刻本更替的时代,

---

①　(宋)叶梦得撰,侯忠义点校:《石林燕语》,中华书局1984年版,第116页。
②　(宋)程俱撰,张富祥校证:《麟台故事校证》,中华书局2000年版,第70页。

其所论应是切实可信的亲身体验。对于抄本日亡而刻本无以校其舛讹的情况,宋人已有如此观感,则后世更无论矣。也正因此,对刻本的校勘工作也受到重视。

文献在版刻之前一般要对所据底本进行校勘,其底本选择与校勘质量决定了该文献的文本质量。具体到《文选》来看也是这样,宋代刊刻的《文选》是后世各种《文选》版本的祖本,决定了《文选》流传的基本形态。在《文选》抄本逐渐亡佚的情况下,宋代的刻本对后世《文选》的流传具有决定性的影响。而其所作的校勘则是影响《文选》文本面貌的重要因素。后人论及《文选》的各种问题如编排、注释等,多是就宋本或更晚的版本而言,故《文选》刻本的校勘对"《文选》学"的影响意义重大。

自宋至清,《文选》刊刻非常兴盛,并形成了庞大而复杂的版本系统。具体来看,宋代的《文选》刊本最为重要,而元明乃至清代的刊本多源于宋刻本,各种宋版《文选》中又以监本、尤刻本、秀州本等数种最为重要。监本《文选》是后世合并六家本、六臣本时采用的底本,许多版本问题须上溯监本方可探讨。尤刻本是影响后世最大的李善单注本,但尤刻本与其他版本的李善注似非出自一个系统,它的复杂性以及来历至今仍困扰学者。秀州本为现今可知最早合并李善注与五臣注的六家本,其采用的监本李善注和平昌孟氏本五臣注《文选》均是较早的版本,且在跋语中说明了校勘情况,为考察《文选》版本的演变提供了重要参考。同时,后来的《文选》合注本也多出自秀州本。

从现存文献看,宋、元、明时期刊本的校勘是《文选》校雠的主体内容,因此,本章对该时期的《文选》校雠即主要从考察重要版本的校勘情况着手。

第一节　宋代李善注《文选》的刊刻与校勘

今可知宋代李善注本有两种,一为北宋天圣年间刊刻的国子监本,一为南宋淳熙年间刊刻的尤刻本。两本虽同属李善注本,差异却相当大,这一方面可能因所据底本不同,一方面也因两本经过各自不同的校勘。宋以后国子监本流传极少,而尤刻本屡经翻刻,后人论李善注多以尤本或其翻刻本为准。当然,监本虽流通极少,但六臣本中的李善注是从监本来的,因此,监本对于后世版本的影响亦不亚于尤本,不过一明一暗而已。

一、北宋国子监本

(一) 两次刊版

北宋官方曾先后两次刊刻《文选》,《宋会要辑稿·崇儒四·勘书》记载:

> (宋真宗景德)四年八月,诏三馆、秘阁直馆、校理分校《文苑英华》、李善《文选》,摹印颁行。《文苑英华》以前所编次未精,遂令文臣择古贤文章,重加编录,芟繁补阙换易之,卷数如旧。又令工部侍郎张秉、给事中薛映、龙图阁待制戚纶、陈彭年校之。李善《文选》校勘毕,先令刻版,又命官覆勘。未几,宫城火,二书皆烬。至天圣中,监三馆书籍刘崇超上言:"李善《文选》援引该赡,典故分明,欲集国子监官校定净本,送三馆雕印。"从之。天圣七年十一月板成,又命直

讲黄鉴、公孙觉校对焉。①

《麟台故事残本》卷二、《玉海》卷五四亦有相似记载。又《宋会要辑稿·职官二八》：

> （天禧五年）七月，内殿承制、兼管勾国子监刘崇超言："本监管经书六十六件印板，内《孝经》《论语》《尔雅》《礼记》《春秋》《文选》《初学记》《六贴（帖）》《韵对》《尔雅释文》等十件，年深讹阙，字体不全，有妨印造。……内《文选》只是五臣注本，切（窃）见李善所注该博，乞令直讲官校本，别雕李善注本。"②

据以上记载可知，景德年间第一次由馆阁官员校勘的李善注《文选》，刻板后未及印刷即毁于火。此次火灾当是发生在大中祥符八年的荣王宫火灾。《宋会要辑稿·崇儒四》："大中祥符八年四月，荣王宫火，延爇崇文院秘阁。"③陈振孙《直斋书录解题》卷七《玉堂逢辰录》二卷下曰：

> 钱惟演撰。其载祥符八年四月荣王宫火，一日二夜所焚

---

① （清）徐松辑：《宋会要辑稿》第五十五册，中华书局 1954 年版，第 2231—2232 页。

② 《宋会要辑稿》第七十五册，第 2972 页。两条资料载刘崇超上言事为一事，然一称天禧五年，一称天圣中。据奎章阁本《文选》卷尾所附的相关记载可知，北宋监本《文选》于"天圣三年五月校勘了毕"，则刘崇超上言事当以天禧五年为是。"六贴"疑当作"六帖"，"切见"疑当作"窃见"。

③ 《宋会要辑稿》第五十五册，第 2238 页。"荣"原误"荥"。

屋宇二千余间。左藏、内藏、香药诸库房及秘阁、史馆,香闻数十里。三馆图籍一时俱尽,大风或飘至汴水之南。惟演献礼贤宅以处诸王。以此观之,唐末五代书籍之仅存者,又厄于此火,可为太息也!①

此次著名的火灾也是文献史上的一大厄难,自景德四年(1007)至大中祥符八年(1015),李善注《文选》的校勘版刻历时近八年即将完成,最终不幸付之一炬。

几年之后,刘崇超复请雕印李善注本,遂有第二次刊刻。此次由国子监负责校勘刻印,终于完成,这应是李善注《文选》的第一个传世印本。但这一版本疑于靖康之难没于金,自南宋恐已流传不多,在后世一直未见翻刻或著录,故不为人知。直到二十世纪初发现残本以及之后的韩国奎章阁本,才使此本进入学者视野。

两次刊刻《文选》,程序相似,先校定净本,然后雕板,板成后又对刻板覆校。由《宋会要》记载看,第一次板已刻成,在覆校时发生火灾,第二次的校勘刻板过程则详细刊载于其上,今存国子监本虽已残,不可见,但却保留在了奎章阁本上。两次刊刻校勘费时均颇久,第一次若自景德四年(1007)算起,至大中祥符八年(1015),历时八年尚未成。② 第二次若自天禧五年(1021)算起,至天圣三年(1025)校勘完毕,至天圣七年(1029)板成,又经覆校,至天圣九年(1031)初印进呈,历时十年,即第二次雕板用了四年,

---

① (宋)陈振孙撰,徐小蛮、顾美华点校:《直斋书录解题》,上海古籍出版社 1987 年版,第 201—202 页。

② 此间校勘不止《文选》,又有《文苑英华》,《宋会要》称“《文苑英华》以前所编次未精,遂令文臣择古贤文章,重加编录,芟繁补阙换易之”,则其工作量恐亦不少。

校勘用了六年。① 最初学者通过避讳字推断此本刻于北宋天圣、明道间,故称"天圣明道本",今奎章阁本既已明确记载有校勘、雕版以及进呈时间,可知印成于天圣九年,故确切当称之为"天圣本"。

第二次刊刻所用底本与第一次所用是否有关呢? 张月云据天圣监本不避仁宗讳推测:"此本既是在大火后重刊,然极可能仍以初刻之底本入梓,此底本既写定于真宗之世,当然不避仁宗名讳。"②这一推测看似有理,但若如此,第一次刊本校勘已基本完成,而第二次刊刻为何又历时如此之久? 故第二次刊刻所用底本当别为一本。张月云另有推测,谓或是北宋初讳制尚不严,依"卒丧则讳,生者不讳"之古法,故刊于仁宗时而不避仁宗讳,似更合理。《续资治通鉴长编》卷八五载:

> (大中祥符八年十二月)甲辰,命枢密使、同平章事王钦若都大提举钞写校勘馆阁书籍,翰林学士陈彭年副焉,铸印给之。初,荣王宫火,燔崇文院、秘阁,所存无几。既别建外院,重写书籍,彭年请内降书本,选官详定,然后钞写。命馆阁官及择吏部常选人校勘。校毕,令判馆阁官详校,两制内选官覆点检。又命两制举服勤文学官五人覆校。其校勘、详校计课用秘书省式,群官迭相检察。每旬奏课及上其勤惰之状,疑舛未辨正者聚议裁之。诏可。惟覆点检官之职,命覆校勘官兼

---

① 唐普研究认为,在此期间负责校勘《文选》的一些人员还参与了其他典籍的校勘工作,真正校勘《文选》的时间约为一年,并不甚长。参见《北宋国子监〈文选〉版本考述》,《四川师范大学学报(社科版)》,2017年第5期。该文对北宋国子监的《文选》版本有比较细致的研究,可以参考。

② 张月云:《宋刊〈文选〉李善单注本考》,《中外学者文选学论集》下册,第783页。

之。乃出太清楼书,令彭年提举管勾,募笔工二百人,彭年仍奏监书籍内侍刘崇超预其事。①

又高似孙《纬略》卷七曰:

> 我祖宗时,内则太清楼藏书、龙图阁藏书、玉宸殿藏书,外则三馆秘阁,凡四处藏书。如咸平八年荣王宫火,延及三馆,于是出禁中本付馆阁传写,则书本岂可无其副?②

据此可知,三馆图书焚毁后,朝廷遂发出宫内藏书组织人员抄写副本。或可推测《文选》二次版刻所用底本亦出自宫中所藏,但其与第一次刊版所用底本是否相同,则难以得知。

(二) 参与校勘者

北宋官方第一次刊刻《文选》负责校勘的人员难以得知,《宋会要》和《玉海》记载的石待问、张秉、薛映、戚纶、陈彭年等人似主要负责《文苑英华》的整理与校勘。第二次刊刻据奎章阁本所附名单可知,负责初校的有公孙觉、贾昌朝、张逵、王式、王植、王畋、黄鉴七人,七人皆署为"国学说书",为国子监属员。其中贾昌朝名位较显,曾官至参知政事、同中书门下平章事,封魏国公,并著有《群经音辨》,《宋史》卷二八五有传云:

> 贾昌朝字子明,真定获鹿人。晋史官纬之曾孙也。天禧

---

① (宋)李焘:《续资治通鉴长编》,中华书局1995年版,第1960—1961页。
② (宋)高似孙:《纬略》,民国商务印书馆《丛书集成初编》本,第101页。高氏称咸平八年荣王宫火当为误记,咸平仅六年。

初，真宗尝祈谷南郊，昌朝献颂道左，召试，赐同进士出身，主
晋陵簿。赐对便殿，除国子监说书。孙奭判监，独称昌朝讲说
有师法。①

奎章阁本署名为"守常州晋陵县主簿国学说书臣贾昌朝"，正与此
合。其他六人名位不显，唯黄鉴在《宋史》卷四四二《文苑四》中有
简短传记云：

> 黄鉴，字唐卿，与（黄）亢同乡里。少敏慧过人，举进士，补
> 桂阳监判官，为国子监直讲。同郡杨亿尤善其文词，延置门
> 下，由是知名。累迁太常博士，为国史院编修官。……国史
> 成，擢直集贤院。②

黄鉴曾纂杨亿异闻奇说名《南阳谈薮》，宋庠删订之，名曰《谈苑》，
见陈振孙《直斋书录解题》卷一一。至天圣七年版成后，公孙觉、黄
鉴负责对刊版覆校，两人皆曾参与初校。

（三）监本校勘的具体操作及其水准

如前所述，刊本出现的同时，抄本则逐渐消亡。对于刊本李善
注来说，大体上只有北宋监本和尤刻本两种系统，这两种版本系统
逐渐泯灭了抄本李善注可能丰富多样的面貌，成为后世所见李善
注的定型。所以这两种版本来源如何，其校勘的具体操作如何，是
十分关键的问题。尤其天圣本，是第一次印刷流传的李善注刊本，

---

① （元）脱脱等：《宋史》，中华书局 1977 年版，第 9613—9614 页。
② 《宋史》，第 13086 页。

对后世李善注本的形态具有决定性的影响。

奎章阁本在李善上表之前有国子监准敕节文，为天圣本原有，云：

> 五臣注《文选》传行已久，窃见李善注《文选》援引赅赡，典故分明，若许雕印，必大段流布。欲乞差国子监说书官员校定净本后抄写板本，更切对读后上板，就三馆雕造，候敕旨。奉敕，宜依所奏施行。

这一准敕节文与前引刘崇超上言可互相印证，大致交代了天圣本的版刻缘由和校勘情况，但文字简略，有关信息不多。

探讨天圣本的来源及其校勘比较困难。首先，天圣本现仅存残卷，[①]且是修补本，其到底是北宋原刻还是覆刻尚难确定。曾收藏天圣本《文选》的周叔弢于 1983 年在家书中云："我意北宋本《文选》缺卷缺页太多，是否北宋原刻，我颇怀疑。以字体及纸张审之，或是金代覆北宋本。"[②]此本首尾不具，有可能遗失关于其渊源的序跋之类文字，虽然奎章阁本（底本即秀州本）照录监本，并未见有序跋文字，但奎章阁本所据监本不一定是此递修本。[③] 其次，天圣

---

① 此本现有两残帙，分藏于国家图书馆与台北故宫博物院，学者一般认为同出一本，合计约存三十二卷有余，但其中尚多为残卷。

② 周一良：《弢翁遗札》，《中国历史文献研究》（一），华中师范大学出版社 1986 年版，第 80 页。另日本阿部隆一《中国访书志》认为是南宋递修本，张月云则认为是北宋递修本。较新的研究成果还可以参考刘明：《谈北宋雕李善注〈文选〉的版本》，《汲古》，日本古典文学研究会编，2016 年总第 70 号。

③ 傅刚比较奎章阁本和此本发现，奎章阁本所据的监本底本与此本有所差异。参《论韩国奎章阁本〈文选〉的文献价值》，《文选版本研究》，第 306—307 页。当然，这种差异也可能是奎章阁本的底本秀州本校改所至。

本采用的是定本式,不录异文,不下校语,看不出校勘之迹,只有通过考察当时校勘的一般特征,并比勘各种版本,大致推测其校勘的可能性。

郭宝军将天圣本与《文选集注》比勘,指出天圣监本的校勘可能包括对字体的规范、对注语的整齐、对引书的复核、参照不同本子刊改补充等方面,认为:

> 监本编纂者首先从其能看到的众多版本中选择一个注释比较规范、比较齐全的本子作为底本,选择这个底本需要对不同的本子进行简单的比对然后才能确定,一是要尽量保存李善注,二是要尽量齐全,这就是清理的过程;在这个基础之上,参校李善所引原书以及其他不同的注本,对底本的字形、讹误、衍文、夺文等诸方面进行更正,比较科段的不同划分、注释的详略不一,参校他本又作个别订正,增加一些注释,这就是整理的过程。经过清整的李善注又经过校勘,然后才写板、刊刻。监本李善注对抄本进行了一次全面的清整,从而结束了抄本时代纷繁不一的传播样貌,给出了一个比较全面准确的李善注的定本,监本的价值正在于此。①

这种推测性的描述亦属合理,但毕竟只是一种推测。李更认为,北宋时期“以刊印颁行为目的的专书校勘,在版本对校方面,还保存了写本时期书籍校勘的显著特点,即不主一本,择善而从,校成新

---

①　郭宝军:《宋代文选学研究》,中国社会科学出版社 2010 年版,第 61—62 页。

本,在这种情况下,通常并不将某一具体写本确立为底本,当然也就只存在对不同文字形式的取舍,而无所谓校改"。① 天圣本的校勘整理可能也符合这种特征。

天圣本校勘的成果如何呢? 一般来看,后世对宋本评价较高,且天圣本为北宋国子监官方刻本,应更值得信赖。但从实际情况看,天圣本疏舛之处颇多。张月云以《西京赋》为例指出此本脱文十余处,云:

> 就上述诸例所见之夺误、脱文现象而言,究竟是北宋本刊行时所据之底本即已有之,而净本时未能校出? 抑或是摹写上板时刻工所犯之错误? 实已难考定,然恐怕是二者兼有之矣。唯这些夺误、脱文处,显然地为北宋本以降之诸家刻本,据而衍刻下来,此亦可兼而引为宋刊诸本之善注殆皆同祖于北宋本之一证矣。总之,就上述藉抄本而校出之诸多刻本之误看来,刻本所存之善注,殆亦已有失善注原貌之旧观。宋刊诸本尚且如此,至若后期晚出各本,则离崇贤旧貌愈远矣。②

王立群先生也通过天圣本与《文选集注》的比勘指出:

> 北宋监本整理《文选》旧注有新增、纠谬、补充三种主要方式,但在整理中也产生了讹误、衍文、失注、脱文、粗疏等项失误,北宋监本整理唐抄本《文选》旧注失误的主要原因一是未

---

① 李更:《北宋馆阁校勘研究》,凤凰出版社 2006 年版,第 182 页。
② 《宋刊〈文选〉李善单注本考》,《中外学者文选学论集》下册,第 788—790 页。

能广泛搜集李善注诸本,二是校勘草率,因此,对北宋监本《文选》的评价不宜过高。[1]

　　俞绍初先生也指出奎章阁本存在一些明显的错误,而主要集中在其所使用的李善本部分,即其底本天圣本。如类目脱去"移""难"两类,"策秀才文"误删"策秀才"三字,但作一"文"字;又如卷三一江文通《杂体诗》三十首《孙廷尉杂述》,"孙"原误作"张",集注本、五臣本皆不误;卷四一朱叔元《为幽州牧与彭宠书》、孔文举《论盛孝章书》,此二书误倒;卷五七潘安仁《马汧督诔》,"马汧督",据《文选集注》李善本原当作"汧马督";又如左思《三都赋》,李善注引臧荣绪《晋书》曰:"《三都赋》成,张载为注《魏都》,刘逵为注《吴》《蜀》,自是之后,渐行于俗也。"李善既引以为注,则各篇题注家姓名必当与臧氏《晋书》相合,而奎章阁本却将"刘渊林注"四字错移于《三都赋序》题下,《蜀》《吴》《魏》三赋则皆失书注家姓名,其误亦当源自天圣本,遂造成后世刻本中注家署名的混乱。对此俞先生推测天圣本的底本是一个残损的副本,而又校勘不精所致。天圣本这些显著的讹误为后世李善注本与六臣注本大率沿袭,影响很大。[2]

　　总之,天圣本是最早刊刻的李善单注本,而且是依据写本李善注整理而成,应属于比较纯正的李善本系统,尽管存在不少缺陷,但大体应接近李善注的面貌。当然,天圣本校勘不够精审,是要为后世刊本以讹传讹负责的。

---

　　① 王立群:《从左思〈三都赋〉刘逵注看北宋监本对唐抄本〈文选〉旧注的整理》,《河南大学学报(社会科学版)》2007年第1期,第115页。
　　② 参俞绍初:《新校订六家注文选前言》,郑州大学出版社2014年版,第3—4页。

二、尤刻本

(一) 尤刻本的刊刻

尤刻本由尤袤(1127—1193)①主持,刊成于南宋淳熙八年
(1181),故清代学者多称之为淳熙本。关于尤刻本的刊刻缘由经
过,大概可从此本所附尤袤、袁说友(1140—1204)的两篇跋文略窥
端倪。尤袤跋曰:

> 贵池在萧梁时实为昭明太子封邑,血食千载,威灵赫然,
> 水旱疾疫,无祷不应。庙有文选阁,宏丽壮伟,而独无是书之
> 板,盖缺典也。往岁邦人尝欲募众力为之,不成。今是书流传
> 于世,皆是五臣注本。五臣特训释旨意,多不原用事所出。独
> 李善淹贯该洽,号为精详。虽四明、赣上各尝刊勒,往往裁节
> 语句,可恨。袤因以俸余锓木,会池阳袁史君助其费,郡文学
> 周之纲督其役,逾年乃克成。既摹本藏之阁上,以其板置之学
> 官,以慰邦人所以尊事昭明之意云。淳熙辛丑上巳日晋陵尤
> 袤题。②

袁说友跋曰:

> 某到郡之初,仓使尤公方议锓《文选》板,以实故事。念费

---

① 尤袤生卒年据吴洪泽:《尤袤诗名及其生卒年解析》,《文学遗产》2004 年第
3 期。

② 尤、袁跋文据中华书局 1974 年影印尤刻本《文选》。

差广,而力未给。某言曰:"是固此邦阙文也,愿略他费以佐其用,可乎?"乃相与规度费出,阅一岁有半而后成,则所以敬事于神者厚矣。江东岁比旱,某日与池人祷之神焉。盖有祷辄应,岁既弗登,独池之歉犹什四也,顾神贶昭答如此,亦有以哉!《文选》以李善本为胜,尤公博极群书,今亲为雠校,有补学者,是所谓成民而致力于神者欤! 淳熙辛丑三月望日建袁说友题。

由跋文可知,尤袤刊刻《文选》与池州昭明太子遗迹有关,袁跋所谓"以实故事"也。在尤刻之前,池人即"尝欲募众力为之",但未成。刊本费时一岁半即成,较之监本可谓甚速。《宋史》卷三八九载尤袤"除淮东提举常平,改江东。江东旱,单车行部,核一路常平米,通融有无,以之振贷",[①]与两跋文所述背景相合。袁跋称尤袤博极群书,亲为雠校,大概属实。尤袤是南宋著名的藏书家,学问渊博,具备校雠之条件。尤刻本之成,时任知州的袁说友亦颇有力焉,据跋文知其曾为刊刻筹集资费。

　　时与《文选》同刻者又有《昭明太子集》,中华书局影印的尤刻本书末载有袁说友刻《昭明太子集》的跋文,曰:

　　　　池阳郡斋既刊《文选》与《双字》二书,于以示敬事昭明之意,今又得《昭明文集》五卷而并刊焉,呜呼,所以事于神者至矣! 夫神与人相依而行也,吏既惟神之恭,神必惟吏之相,则神血食,吏禄食,斯两无愧。淳熙八年,岁在辛丑,八月望日,

---

① 《宋史》,第 11924 页。

郡刺史建袁说友书。①

从以上资料看，尤刻本并非尤袤私人所刻，乃是与地方政府、学校合作完成的，所以也具有官方性。袁跋称池阳郡斋刊《文选》，郡斋指郡守起居之处，此或即指池阳知州官署，故尤刻本旧亦称池阳郡斋本。又尤袤跋称"郡文学周之纲督其役"，②则可知地方学官亦参与校勘，并负责雕板工作，制成的雕板并存放于本州学宫。尤刻本绍熙壬子修补本有计衡跋曰"池頖《文选》岁久多漫灭不可读"，"頖"即州学，又阮元《南宋淳熙贵池尤氏本文选序》亦称"是书宋孝宗淳熙八年辛丑无锡尤延之在贵池学宫所刻"，故尤刻本《文选》应是尤袤提议并主持校勘，最终由池州州府、州学刊刻完成的。

（二）尤刻本底本的来源与校勘

尤、袁的跋文未说明尤刊本的来源，至清代顾广圻疑其出自六臣合并本（见胡刻本《文选考异序》），学者多从其说。二十世纪五十年代日本学者斯波六郎撰《对〈文选〉各种版本的研究》，亦以之为"不易之论"，而至今仍有范志新先生力主此说，并进一步论证尤刻本是以赣州本的早期刻本为底本，并参据其他版本、文献校补而成。③

但尤刻本出自六臣本的观点在清代已有人质疑，陆心源

---

① 此跋文何以附在尤刻本《文选》卷尾，稍嫌蹊跷。观其文意，《昭明太子集》乃刻在《文选》之后，那么尤刻《文选》原本应是没有此跋的，或是后来再次刷印时补上的。此跋亦载袁说友《东塘集》卷一九。

② 高似孙《剡录》卷一载淳熙二年詹骙榜有进士周之纲，《浙江通志》卷一二六亦载淳熙二年乙未詹骙榜进士周之纲，为嵊人，婺州教授。

③ 参《文选版本论稿》中《李善注〈文选〉尤刻本传承考辨》《李善注〈文选〉尤刻本的成书》等文。

(1834—1894)《仪顾堂续跋》卷一三《影宋抄尤本文选考异跋》曰：
"第二十叶有云：'自《齐讴行》至《塘上行》，五臣与善本伦次不同。'
是文简所据必有善注单行本，非从六臣本摘出。"①但这一问题至
二十世纪七十年代才得到深入研究，首先是程毅中、白化文撰《略
谈李善注〈文选〉的尤刻本》②，认为尤袤的《遂初堂书目》著录有李
善本，故不能说尤刻本是从六臣本摘出的；其后张月云撰《宋刊〈文
选〉李善单注本考》，通过比勘众本认为尤刻本是兼取监本与赣州
本，一并参校取舍而来，复于二本注文未尽满意处擅作增补；其后
傅刚先生撰《文选版本研究》，大致与张氏观点相同；又王立群先生
的《尤刻本〈文选〉增注研究》，试图通过考察尤刻本所谓"增注"的
来源以探讨尤刻本的渊源，推测尤袤在校本的选择上不主一本，其
与监本、赣州本以及抄本都有密切关系，并推测尤刻本的底本是一
个增加了大量旁注的李善注本。③ 当然，就当前的研究看，诸家多

---

① 陆心源：《仪顾堂续跋》，《续修四库全书》影印清刻潜园总集本第 930 册，上海
古籍出版社 2002 年版，第 341 页。

② 《文物》，1976 年第 11 期。

③ 文载《河南大学学报（社会科学版）》2011 年第 5 期。另参王立群：《〈文选〉版
本注释综合研究》上编第七章《尤刻本〈文选〉研究》，大象出版社 2018 年版。关于尤刻
本的来源问题还可看看［日］冈村繁：《〈文选集注〉与宋明版本的李善注》《文选之研
究》第七章）；［日］森野繁夫：《关于〈文选〉李善注——集注本李善注与刊本李善注的关
系》《中外学者文选学论集》下册）、《宋代的李善注〈文选〉》《山西师大学报》1986 年第
4 期）；跃进：《从〈洛神赋〉李善注看尤本〈文选〉的版本系统》《文学遗产》1994 年第 3
期）；常思春：《尤刻本李善注〈文选〉阑入五臣注的缘由及尤刻本的来历探索》《四川师
范大学学报》社会科学版 2003 年第 1 期）；王立群：《尤刻本〈文选〉李善注二题》《河南
大学学报》社会科学版 2005 年第 3 期）；王书才：《论尤刻本〈文选〉的集大成性质及其
成因》《楚雄师范学院学报》2007 年第 1 期）；王翠红：《〈文选〉李善注增注考》《中国典
籍与文化》2013 年第 2 期）；刘明：《宋尤袤池阳郡斋刻本文选考略》《澳门文献信息学
刊》2013 年第 8 期）、《谫议宋淳熙本〈文选〉的刊刻与修版》《扬州文化论丛》2019 年第
1 期）等。

是择取部分卷帙或选取某些特例,通过不同版本的比勘得出结论,都可能冒以偏概全的风险。而同时由于各自选取的研究对象不同,结论往往也彼此矛盾,互不相服。故尤刻本来源仍有待深入全面的研究。

总的来看,尤刻本确是一个非常复杂的本子,各家研究结论虽有所不同,但基本都承认这是一个杂糅的版本。比如有些注文明显袭取赣州本,近乎铁证,以上诸家研究基本上都注意到这一现象;有些注文似乎又沿袭天圣本,王立群先生曾举《文选集注》中《三都赋》注释有綦毋邃五条注释,在天圣本被改造混入了刘逵注中,而尤刻本与天圣本完全相同;①学者又通过比勘《文选集注》,指出尤刻本除混有五臣注外,还阑入有唐代其他诸家如公孙罗、陆善经等人的注释;另外尤刻本中还存在相当数量其他版本皆无的注释,其来源有些在其他文献中可以找到出处,有些则难以寻绎;又如尤刻本中的音释、夹注位置等,都显示出或同此或同彼的杂糅特征。如果这种杂糅确属刊刻时的校勘结果,则尤刻本的校勘简直可以称之为编纂,而非校勘那么简单了,工作量可想而知不会很小。然而,在一岁半的时间既要完成如此大工作量的校勘,又要完成雕板,似乎并非易事。那么,推测其所据是一个有大量旁注的李善注本亦有可能。

署名胡克家实际为顾广圻、彭兆荪所撰的《文选考异》对尤刻本有全面的校理,从中可以发现尤刻本与其他版本相异处非常多,《考异》往往谓一些差异是尤袤校改所致,有曰:"凡各本所见善注,

---

① 王立群:《从綦毋邃注看唐写本至宋刻本〈文选〉注释的演变——〈文选〉注释研究之一》,《文献》2004 年第 3 期;《北宋监本〈文选〉与尤刻本〈文选〉的承传》,《文学遗产》2007 年第 1 期。

初不甚相悬,逮尤延之多所校改,遂致迥异。"(胡刻本《两都赋序考异》)这种说法并不可靠,但也不能排除其校改的可能性。但要确定哪些异文是尤刻本底本即如是,哪些是尤袤校改所致,则很难找到确切证据,我们也只能比对诸本,大致推测其中一些异文当是尤刻本所改,略举数例:

1. 奎章阁本卷二张平子《西京赋》"左有崤函重险,桃林之塞,缀以二华",李善注"二华"曰:"《山海经》曰:'太华之山,小华之山。'"尤刻本"太华之山"独作"太华之西","西"字恐是刻意校改。

2. 尤刻本卷六左太冲《魏都赋》"西门溉其前,史起灌其后",李善注:"《河渠书》曰:西门豹引漳水溉邺,以富魏之河内。《汉书》曰:史起为邺令,遂引漳水溉邺,人歌之曰:邺有贤令兮为史公,决漳水兮灌邺旁,终古舄卤兮生稻粱。""河渠书",其他宋本皆作"史记",独尤本作"河渠书",此盖尤袤所改。所以如此判断,则又因下一处异文:"汉书曰",其他宋本皆作"又曰",独尤本作"汉书曰",而李善所引"史起为邺令"至"生稻粱"不见于今本《史记》,而见于《汉书·沟洫志》,诸宋本"又曰"乃是以其文字出自《史记》,误,故尤刻本改为《汉书》。当然,这或许误自李善,诸宋本乃是旧貌。

3. 奎章阁本卷一六潘安仁《闲居赋》"岳尝读《汲黯传》,至司马安四至九卿,而良史题之以巧宦之目","题"字下有校语曰"善本作书",明州本、赣州本校语同,而尤刻本则作"书之题"三字,则"题"属下读,与《晋书·潘岳传》同,故胡克家《考异》谓盖尤依《晋书》改,似是。

4. 奎章阁本卷三六王元长《永明十一年策秀才文》"朕思念旧民,永言攸济","念"下有校语云"善本作'命'字",明州本、赣州本校语同,北宋监本正作"命"。而尤本则作"念",当是尤袤所改,作

"命"者,盖传写之误。

　　实际上,这样的例证举不胜举。总之,就目前所存的尤刻本看,说是意主增多、他多误取也好,说是故意标新立异、近于书贾行径也好,总之其刊刻校勘的目的显然不是要复崇贤之旧观,其校勘方法实际上与监本相类,只不过走得更远。如果不纠结于尤刻本注释的羼杂情况,只从阅读的角度考虑,尤刻本实际上提供了一个质量不错的本子,其中存在的讹误并不比费时十余年的天圣本多,而其注文却更丰富,后世不断的补板重印、翻刻流传似乎也印证了这一点。

　　另外,从所谓"增注"的角度看,尤刻本存在不均衡性,即某些篇章"增注"特别多,而某些篇章很少或基本上没有,这种现象值得探讨。也许是因全书由不同人分工校勘而各人操作有所差异所致。

　　又,从现存的数部版本来看,尤刻本在宋代已经过多次修补,其中比较明确的一次是绍熙壬子(1193)的修补,此本有计衡[①]跋云:

　　　　池頮《文选》岁久多漫灭不可读,衡到□(疑作"郡"),属校官胡君思诚率诸生校雠,董工人而新之,亡虑三百二十二板,廿万□□九十二字,阅三时始讫工,今遂为全书。书成,以其板移置郡斋,而以新本藏□昭文(疑当作"明")庙文选阁云。

――――――――――

　　① 《(康熙)江西通志》卷八八:"计衡,字致平,浮梁人,绍兴进士,官徽州教授,检法监察御史,转朝奉大夫,得祠。衡博洽强毅,游太学时,上书言天下大计者四:留介使以款敌国之谋,下诏书以感河北之士,先举士以决进取之策,用人望以激忠义之气。及入官,每著善政,死之日,家无余赀,吴草庐澄尝称为清白吏。"

绍熙壬子十一月□旦,假守番阳计衡书。①

据此可知,尤刻本初刻仅十余年,便有如此大规模的补板,而在补板的同时,又作校勘,故较原版改动不少。计跋称校官胡君思诚率诸生校勘,则亦是由州学人员负责,进一步证明尤刻本具有州学本的性质。而每次的递修补板都可能存在一些校改。例如据郭宝军的研究,清代胡刻本《文选》的底本虽也是尤刻本,但至少经过了十次递修,在递修过程中,有对讹误进行更正者,亦不乏增加新的讹误。② 而较胡刻本的底本更晚的还有阮元曾收藏的一个本子,有"景定壬戌(1262)重刊本"记,③已是南宋末年。④

(三)《李善与五臣同异》

中华书局 1974 年影印尤刻本附有《李善与五臣同异》一卷(下简称《同异》),专录五臣本与李善本正文的异文,是宋代一部《文选》校勘专书。此书尤袤《遂初堂书目》与《宋史·艺文志》皆有著录,至明代《文渊阁书目》《秘阁书目》亦有著录,但均未著录作者。从书目著录看,此卷在明代为朝廷藏书,为单行本。清初,这种单行之本已不见著录。直至清中叶之后,始又有学者提及。叶廷琯(1792—1868)《吹网录》卷五曰:

---

① 此本今藏北京大学图书馆。此处文字综合参据杨守敬《留真谱》初编卷九、李盛铎《木樨轩藏书题记及书录》卷四、王文进《文禄堂访书记》卷五,各本文字略有异同。

② 郭宝军:《胡刻本〈文选〉底本的几个问题》,《中州学刊》2012 年第 1 期。

③ 参阮元:《南宋淳熙贵池尤氏本文选序》,《揅经室三集》卷四,中华书局 1993 年版,第 665 页。

④ 关于尤刻本的递修情况还可以参考王玮:《台湾藏尤延之贵池刊理宗间递修本〈文选〉论略》(《文献》2016 年第 4 期);刘明:《谫议宋淳熙本〈文选〉的刊刻与修版》(《扬州文化论丛》2019 年第 1 期)等。

　　《文选李善五臣同异》一卷，凡四十一叶，不著作者名氏，
附于淳熙辛丑尤文简所刻《文选》后，应即是文简所为。其所
列异同不知是用五臣集注原书对校，抑从当时六臣本钞出。
昔胡中丞重刻淳熙本《文选》时，惜所得祖本适少此《同异》一
卷，故未及附刻，而考异时亦未获用以参校也。……此本《文
选》后有《同异》者，闻是吴中陆氏旧物，今归海虞杨氏，余于陆
氏初出时，幸先影钞《同异》一卷藏焉。①

叶氏所见《同异》是附在尤刻本之后者，又称此尤刻本归海虞杨氏，
而中华书局影印本的底本原即为杨氏宝选楼藏书，则叶氏所见即
此本。

　　之后陆心源撰《影宋抄尤本文选考异跋》曰：

　　《李善与五臣同异》，四十一叶，影写宋刊本。行款与尤本
《文选》同。又摹尤延之手书刻《文选》题，及淳熙辛丑袁说友
跋，又说友《刻昭明太子集跋》，不著撰人姓氏。袁跋有"尤公
博极群书亲为校雠"语，则此四十一叶亦必文简所为，无
疑也。②

陆氏所见《同异》与叶氏所叙相同，但为影写本，陆氏并将《同
异》收入《群书校补》。另铁琴铜剑楼藏尤刻本所附影抄本
《同异》及《常州先哲遗书》所收影抄本《同异》当与陆心源所见

---

　　① （清）叶廷琯：《吹网录》，《续修四库全书》影印清同治八年刻本第1163册，上
海古籍出版社2002年版，第72—73页。
　　② （清）陆心源：《仪顾堂续跋》卷一三，第341页。

渊源相同。^① 可知清人所见《同异》已非之前目录著录的单行本，而是出自尤刻本，更确切应是杨氏宝选楼藏本，即中华书局影印本，而各种影写本也以其为底本。也因清人所见《同异》皆出自尤刻本，故多以为《同异》即尤袤所撰，并为近现代学者所遵从。至范志新先生始提出质疑，又经郭宝军进一步考证，二人都认为《同异》应非尤袤所撰。^② 两家主要从历代目录著录以及《同异》的具体内容和撰著体例作出推断，其结论比较可信。

对于《同异》，笔者也发现一些疑难问题，并尝试作出一些推断：其一，清代之前目录著录的《同异》恐与清人所见来源不同，宋明目录著录皆为单行本，均不著作者姓名，亦不知是抄本抑或刻本，而清代所见皆出自尤刻本，故清人才误以为是尤袤所撰。其二，今所存数部尤刻本，除中华书局影印本所据底本外，其他多未附《同异》，^③即清代目录所著录的尤刻本，也只有铁琴铜剑楼藏本附有《同异》，但却是影抄本，是后配补的，而非原本即存，翻刻尤本的胡刻本亦无《同异》，学者遂多以为其所据底本亡佚，但也有可能其原本就没有《同异》。其三，中华书局影印的尤刻本是一个初印本，除目录有十数页补板、正文有一页补板外，他无补板，正文字体

---

① 《铁琴铜剑楼藏书目录》卷二三、《艺风藏书记》卷六均有著录。

② 范志新：《余萧客的生卒年（外一篇）——文选学著作考（二）》，《晋阳学刊》2005 年第 6 期；郭宝军：《宋代文选学研究》，第 239—245 页。

③ 江庆柏先生认为尤刻本有两个系统，一种有《同异》，一种无。（《关于宋代的几种〈文选〉版本》，《山西师大学报》1988 年第 1 期）笔者原认为只有中华书局影印的尤刻本附有刻本《同异》，后见王玮所撰《台湾藏尤延之贵池刊理宗间递修本〈文选〉论略》一文，指出台北故宫博物院所藏的一部尤刻本也附有刻本《同异》（见《文献》2016 年第 7 期）。但仍有疑点，详见下文。另国家图书馆所藏另有一部尤刻本附有《同异》，但为抄本补配，非原刻所有。

均比较清晰,而《同异》有不少板面却比较漫漶,还经人用墨笔描改,好像已非原貌,①而王玮在台北故宫博物院见其收藏的一部屡经递修的尤刻本,印刷应在中华书局影印本的底本之后,但其所附《同异》却比较清晰,颇令人费解。② 总之,《同异》与尤刻本的关系还比较复杂,仍须进一步探究。

据郭宝军的研究,《同异》记录的异文与尤刻本多有不合,却大致与奎章阁本中记录的异文相符,但《同异》所录异文数量远不及奎章阁本所出校语多,则《同异》当撰写在最早的合并本秀州本之前。或许可以推测《同异》是某一版本刊刻前的校勘成果,但不是合并本,因合并本已在文中注明校语,无必要再专门汇总。而校语格式为"五臣作某",故亦非五臣本,则必定是李善本。北宋刊李善注本传世者只有天圣本,则《同异》有可能是国子监刊刻时的副产品。北宋时已存在校刊典籍时专门汇录异文的情况,如《玉海》卷四三记载:

> 景德元年正月丙午,任随等上覆校《史记刊误文字》五卷,赐帛。丁未,命刁衎、晁迥、丁逊覆校《前后汉书》,二年七月壬戌,衎等上覆校《前汉书》板本,刊正三千余字,录为六卷上之。赐器帛。

① 参中华书局影印本说明。金少华在《国家图书馆藏尤刻本〈文选〉系修补本考论》(《在浙之滨:浙江大学古籍研究所建所三十周年纪念文集》,中华书局2016年版)一文中认为中华书局影印的尤刻本也存在一些修版之处,故其当为修补本。笔者也注意到这一现象,但推测这些修改之处或是在雕板之后印刷之前的勘改,不一定是后来的递修。刘跃进、王玮撰《尤袤的文献学思想与实践》(《求索》2016年第5期)也认为尤刻本初刻时当是刊刻与校勘同时进行,故留下修版之迹。

② 也许清晰者为后来重刻,因未能寓目此本,难以论断。

又曰：

> 景佑元年四月丙辰，命宋祁等覆校《南北史》，九月癸卯，诏选
> 官校正《史记》《前后汉书》《三国志》《晋书》，二年九月壬辰，诏翰
> 林学士张观刊定《前汉书》下胄监颁行。秘书丞余靖请刊正《前汉
> 书》，因诏靖尽取秘阁古本对校，逾年乃上《汉书刊误》三十卷。[①]

《同异》或许与此类似。虽然《同异》所录校语比较简略，[②]其校勘
稍嫌粗疏，乃至舛讹，但毕竟撰著时间早，尚在《文选》进入刻本流
传时代的初期，对于探究李善本与五臣本的早期面貌及其差异有
相当的参考价值。

第二节　宋代五臣注《文选》的刊刻与校勘

一、五代两宋五臣注《文选》的刊刻

据文献记载，自五臣注成书以来，直至北宋间，其流行程度甚
于李善注。[③]五臣注本早期的刊刻亦较李善注本多，最早的是后
蜀毋昭裔刻本，其后有所谓两浙印本、北宋天圣四年的平昌孟氏
本、南宋初杭州钟家刊本、南宋绍兴三十一年建阳陈八郎本等。[④]

---

① 　（宋）王应麟：《玉海》，第 813 页。
② 　郭宝军统计《同异》共录校语 1034 条。
③ 　如天圣监本书前所附准敕节文云"五臣注《文选》传行已久"，又尤刻本尤衮跋
曰"今是书流传于世皆是五臣注本"。
④ 　关于五臣注本的研究较新的成果可以参看赵蕾：《〈五臣注文选〉的流传与版
本考略》，《河南大学学报（社科版）》2018 年第 6 期。

（一）毋昭裔刊本

今所知最早的《文选》刻本由毋昭裔①刊刻于后蜀（934—966）时，此本已佚，学者一般认为是五臣注本。宋代五臣注的刊刻流行很可能与毋昭裔本密切相关，故探讨宋代的五臣注本，须从毋氏刊本溯源。

关于毋氏刊刻《文选》，北宋初陶岳《五代史补》和秦再思《洛中纪异录》均有记载，两书亦佚，但分别为宋王明清（1127—约 1202）《挥麈录》、委心子《新编分门古今类事》转载。《挥麈录·余话》卷二：

> 毋昭裔贫贱时，尝借《文选》于交游间，其人有难色，发愤异日若贵，当板以镂之遗学者。后仕王蜀为宰，遂践其言刊之。印行书籍，创见于此。事载陶岳《五代史补》。②

宋委心子《新编分门古今类事》卷一九：

> 毋公者，蒲津人也，仕蜀为相。先是，公在布衣日，尝从人借《文选》及《初学记》，人多难色。公浩叹曰："余恨家贫，不能力致，他日稍达，愿刻板印之，庶及天下习学之者。"后公果于蜀显达，乃曰："今日可以酬宿愿矣。"因命工匠日夜雕板，印成

---

① 毋昭裔生卒年不详，《续资治通鉴长编》卷八载宋乾德五年（967）十一月，毋昭裔子毋守素坐居父丧纳妾被免工部侍郎，可知此前毋昭裔已去世，其主要生活于十世纪前六十年。

② （宋）王明清：《挥麈录》，中华书局 1961 年版，第 309—310 页。"毋昭裔"原误作"毋丘俭"，另，毋昭裔刻书在后蜀即孟蜀时，非在王蜀。

二部之书。公览之,欣然曰:"适我愿兮。"复雕九经诸书。两蜀文字,由是大兴。洎蜀归国……上好书,命使尽取蜀文籍及诸印板归阙,忽见板后有毋氏姓名,乃问欧阳炯,炯曰:"此是毋氏家钱自造。"上甚悦,即命以板还毋氏,至今印书者遍于海内。①

毋昭裔印书是雕板印刷史上非常重要的事件,也开《文选》板刻之先河。② 但遗憾的是,毋昭裔刊刻的《文选》没有流传下来,但其对宋代的《文选》刊刻应该有很大影响。从上引《古今类事》的记载看,后蜀被宋灭后,毋昭裔刊刻的书籍雕板被收入北宋朝廷。又《宋史》卷四七九《毋守素传》曰:

> 昭裔性好藏书,在成都令门人勾中正、孙逢吉书《文选》《初学记》《白氏六帖》镂板,守素赍至中朝,行于世。大中祥符九年,子克勤上其板,补三班奉职。③

两处记载大体相近,唯《古今类事》称镂板先为朝廷所取,后又归还毋氏,而《宋史》称镂板是由毋守素携至中朝,至大中祥符九年(1016)始由毋守素子克勤献给朝廷。毋克勤上板大概与大中祥符八年四月荣王宫火灾有关,前文已述,北宋国子监第一次《文选》刊

---

① (宋)委心子撰,金心点校:《新编分门古今类事》,中华书局1987年版,第293—294页。此条后有注曰:"出秦再思《纪异录》。""委心子"为《古今类事》编者自称,非真名。

② 可参考李致忠:《"宰相出版家"——毋昭裔》,《北京图书馆通讯》1989年第3期。

③ 《宋史》,第13894页。

板即毁于此次火灾,《续资治通鉴长编》卷八五载:

> 火灾燔崇文院,秘阁所存无几。……既别建外院,重写书籍。……又请募人以书籍鬻于官者,验真本酬其直,五百卷以上优其赐,或艺能可采者别奏侯旨。前后献书者十九人,悉赐出身及补三班,得一万八千七百五十四卷。①

如果《古今类事》不误,则是毋氏印板先入朝廷,后又归还,最后又献上。前引《宋会要辑稿·职官二八》载天禧五年七月,内殿承兼管勾国子监刘崇超言国子监藏有五臣注《文选》印板,又载:

> (天圣)三年二月,国子监言:"准中书札子,《文选》《六帖》《初学记》《韵对》《四时纂要》《齐民要术》等印板,令本监出卖。今详上件《文选》《初学记》《六帖》《韵对》并抄集小说,本监不合印卖。今旧板讹阙,欲更不雕造。"从之。②

两次提到国子监藏有五臣注《文选》印板,学者一般认为此即毋氏所刻。而关于国子监藏五臣注《文选》还有一处记载,宋田况《儒林公议》卷上:"孙奭敦守儒学,务去浮薄,判国子监积年,讨论经术,必诣精致。监库旧有五臣注《文选》镂板,奭建白内于三馆,其崇本抑末,多此类也。"③《宋史》卷四三一《孙奭传》曰:"仁宗即位,宰相

---

① 《续资治通鉴长编》,第 1960—1961 页。
② 《宋会要辑稿》第七十五册,第 2973 页。
③ (宋)田况:《儒林公议》,民国商务印书馆《丛书集成初编》本,第 9 页。

请择名儒以经术侍讲读,乃召为翰林侍讲学士,知审官院,判国子监。"①可知孙奭(962—1033)判国子监在天圣之后,与《宋会要》所记相符。②

综合各书所载可知,毋昭裔刊版流传颇久,恐印本亦不少。大中祥符中,书板归国子监后,已年久讹缺,是否刷印不得而知。至天圣年间,国子监上言其书"不合印卖""更不雕造",则至此逐渐退出流通。毋氏刻板历经数十年,作为第一部刻本,对《文选》,特别是五臣注本的流传影响应很大。

还值得补上一笔的是,毋昭裔所刻《文选》是令门人勾中正、孙逢吉书写的。《宋史·文苑传三》载勾中正精于字学,曾与徐铉校定《说文》,并参与撰定《雍熙广韵》,孙逢吉尝为蜀国子《毛诗》博士,检校刊刻石经。③ 这无疑保证了毋昭裔本《文选》的刊刻质量。

(二) 平昌孟氏本

元佑九年秀州州学刊刻六臣合注本,其所用五臣注本为平昌孟氏本,此本不传,赖奎章阁本大致可见其面貌。孟氏本有沈严所

---

① 《宋史》,第 12806 页。

② 还值得一提的是,上引《宋会要》称朝廷令国子监印刷《文选》《六帖》《初学记》等书售卖,而国子监上言《文选》《初学记》诸书"抄集小说",不合印卖。多有学者将此与尤刻本《洛神赋》下的题注联系起来,因其所记"感甄"故事实属传奇,而认为乃国子监校勘李注《文选》时,以之为小说家言,特将其删去,故此条注文仅存尤刻本系统中。这个推理恐不足为凭。国子监所谓"小说"当是与"大道"相对之意,非指传奇小说,主要针对的应是《六帖》《初学记》这类抄撮艺文的类书,国子监上言以之为"小说",即孙奭"敦守儒学、务去浮薄"之意,也即"讨论经术、崇本抑末"之意。而当时正是孙奭判国子监,故此上言或即孙奭之意。盖唐代以来,科举特重艺文,这也是《文选》等书盛行之原因,但同时,对因提倡艺文而导致士风"浮华"的批评也所在多有。

③ 《宋史》卷四四一,第 13049—13050 页。

撰后序曰：

　　《文选》之行，其来旧矣。若夫变文之华实，匠意之工拙，梁昭明序之详矣。制作之端倪，引用之典故，唐五臣注之审矣。可以垂吾徒之宪则，须时文之掎摭，是为益也，不其博欤？虽有拉拾微缺、衒为己能者，《兼明书》之类是也。所谓忘我大德而修我小怨，君子之所不取焉。二川、两浙先有印本，模字大而部帙重，较本粗而舛脱夥。舛脱夥则转迷豕亥，误后生之记诵；部帙重则难置巾箱，劳游学之负挈。斯为用也，得尽善乎？今平昌孟氏，好事者也，访精当之本，命博洽之士，极加考核，弥用刊正，旧本或遗一联，或差一句，若成公绥《啸赋》云"走胡马之长嘶，回寒风乎北溯"，又屈原《渔父》云"新沐者必弹冠"，如此之类，及文注中或脱误一二字者，不可备举。咸较史传以续之。字有讹错不协今用者，皆考"五经"、《宋韵》以正之。小字楷书，深镂浓印，俾其扶轻可以致远，字明可以经久。其为利也，良可多矣。且国家于国子监雕印书籍，周鬻天下，岂所以规锥刀之末，为市井之事乎？盖以防传写之草率，惧儒学之因循耳。苟或书肆悉如孟氏之用心，则"五经"、子、史皆可得而流布，国家亦何所藉焉？孟氏之本新行，尚虑市之者未谅，请后序以志之。庶读者详焉，则识仆之言不为诬矣。时天圣四年九月二十七日，前进士沈严序。

序称平昌孟氏，故学者多以为此本刻于平昌，但据葛云波的研究，所谓平昌当是指郡望而言，非指孟氏居于平昌，而书亦刻于平昌。葛氏通过对作序者沈严事迹以及孟氏居住地的考察，推测此本实际刻于杭州,其考证确可信从。[1] 沈严序提到二川、两浙的印本,类似后来尤袤在淳熙本序中称四明、赣上印本,语气皆为指斥别家印本,却隐隐透露出与这些版本的关系,尤刻本参据赣州本基本可以认定,则孟氏本出自二川、两浙印本亦未可知。二川印本一般认为当即毋昭裔本,序中称其"模字大而部帙重",符合宋蜀大字本的特点。两浙印本后世无闻,序中将其与蜀本并列,或亦出自毋昭裔本。

(三) 杭州钟家本

杭州钟家本五臣注《文选》现仅存二十九、三十两残卷,卷二十九存北京大学图书馆,卷三十存国家图书馆。卷三十末行题"钱唐鲍洵书字",底页有"杭州猫儿桥河东岸开笺纸马铺钟家印行"木记,因建炎三年(1129)升杭州为临安府,学者一般认为此本应刻在建炎三年之前,在两宋之交或南宋初。当然,坊刻本署名或是习用旧称也未可知。《中国版刻图录》称绍兴三十年刻本释延寿《心赋注》卷四后有"钱塘鲍洵书"五字,与杭州本所题鲍洵当为同一人,故此本应刻在南宋初。[2] 上文已述平昌孟氏本当刊刻于杭州,故杭州本恐亦自孟氏本来。学者将此本与奎章阁本比对,发现两者多同,亦可印证。[3]

(四) 陈八郎本

陈八郎本是现存唯一比较完整的宋刻五臣注本,此本今存台

① 葛云波:《孟氏刊五臣注〈文选〉考论》,程章灿、徐兴无编:《〈文选〉与中国文学传统——第九届〈文选〉学国际学术研讨会论文集》,中华书局 2014 年版。
② 北京图书馆编:《中国版刻图录》(增订本)第一册,文物出版社 1961 年版,第8 页。
③ 参傅刚:《文选版本研究》,第 171 页。

湾"中央图书馆"。书前有两木记,其一曰:"凡物久则弊,弊则新。《文选》之行尚矣,转相摹刻,不知几家,字经三写,误谬滋多,所谓久则弊也。琪谨将监本与古本参校考正,的无舛错,其亦弊则新与!收书君子,请将见行板本比对,便可概见。绍兴辛巳,龟山江琪咨闻。"学者据此认为其刊成于南宋绍兴辛巳(1161)。其一曰"建阳崇化书坊陈八郎宅善本",学者据此称之为"陈八郎本"。① 由于宋代之后,中土再未刊五臣注本,清人已罕见之,陈八郎本虽有数卷配补,较仅存两卷的杭州本尚属完备,故学者颇为珍视。但此本讹误较多,亦有学者斥其书贾坊本,非为佳刻。②

二、宋代五臣注《文选》的校勘

相较于李善注的不断修订,五臣注自表上之后基本定型,又五臣注引书不多,注解较浅近简明,注文总量也远较李善注少,故五臣注文本面貌相对简单,没有李善注那样复杂,出现讹误淆乱的可能性自然要小。也有学者提出我们看到的五臣注虽然是一个集注本,但最初五人是各自为注的,五家注成后,始将五家注本综合编纂为一个集注本。最早提出此说的应是游志诚先生,③后唐普撰文进一步深入考证,④此说值得考究。但所谓五家各自的注本并

---

① 刘明认为该本鉴定为绍兴三十一年与江琪的牌记有关系,而与陈八郎宅的牌记无关,陈八郎宅的牌记并不反映该书"确凿"的刊刻者,将版本定为南宋绍兴三十一年江琪刻建阳崇化书坊陈八郎宅印本,较为符合实际。参《谫说拓展〈文选〉研究的三种视角》,《南京师范大学文学院学报》2018年第1期。
② 屈守元:《绍兴建阳陈八郎本〈文选五臣注〉跋》,《文学遗产》1998年第5期。
③ 参游志诚:《文选学新论》,骆驼出版社1995年版,第51页。
④ 唐普:《文选五臣注编纂探微》,《中国文学研究》(辑刊),2012年第2期。

无线索可稽,游志诚先生谓永青文库藏敦煌本《文选注》可能是五家注合刊前的单注本,目前看尚非定论。总之,无论五臣注编纂实情如何,对后世流通的五臣注本当并无影响。

和李善注一样,五臣注也经过从抄本到刻本的演变过程。毋昭裔最初刻五臣注本,大约和北宋国子监校刻李善注本有类似的校勘行为。毋氏印板传藏甚久,印本当亦流行颇广,如前引《宋史》称毋守素将毋氏所刻印板"赍至中朝,行于世",《洛中记异录》亦称毋氏印板所印书籍"遍于海内"。印本的流行必然使抄本日稀,五臣注抄本传于今者,唯日本三条家藏有一帙,仅存卷二十,此本与一些李善注抄本一样,讹误颇多,这大概也是抄本的一般特征。另《文选集注》所存的五臣注也大致可视之为唐抄本,但经过《集注》编者的删省。将《集注》与后世五臣注相校,存在一些异文,这不足为奇,唯值得注意的是《集注》中注家署名有不少地方与后世刻本署名不同,这可能是由于《集注》编者的失误,也可能是《集注》所据的抄本原本如此,这些地方后世刻本是一致的,若非《集注》编者失误,则可证后世五臣注本应来自一个系统,而最可能的就是均源于毋昭裔刻本。①

宋代可知的三种五臣注本皆属于坊刻本,这似乎也说明了五臣注的通俗性。书商刻印图书以求利为目的,在校勘上恐不会投入太多,又加条件有限,校勘水准亦不高,故历来对书贾的坊刻本评价不高。但坊本又往往自诩校勘精善,并指斥别本舛脱、误谬,故终究还是要在校勘上下一番功夫。

---

① 参考王翠红《古抄〈文选集注〉研究》第四章第二节《集注本与刻本五家署名淆乱现象之考察》,共指出淆乱之处 160 例。

　　具体看宋代的三种五臣注《文选》版本，各家校勘亦各不同。平昌孟氏本的校勘，据沈严后序称"访精当之本，命博洽之士，极加考核，弥用刊正"，校补了一些脱误；并"咸较史传以续之"，似是指参校史传文献作了校改；"字有讹错不协今用者，皆考'五经'、《宋韵》以正之"，大概主要是对文字字体以及音注的规范。从沈氏所序看，此本的校勘尚属用功，能够选择一个精当的底本，并参校史传，做了他校的工作，又对字体、音注作了规范，对于一个坊刻本来说，已属可贵，体现了北宋早期刊本校勘的讲究。当然，参照史传的他校以及对字体、注音的规正，无疑会改变版本的原貌，若校勘者水平有限，误校、误改亦不可避免，而规正的操作也会以今改古，使古貌尽失。例如常思春的研究指出陈八郎本有许多俗体字，这些俗体字很可能是保存了唐写本的特征，对俗体字的规正就抹去了这些特征；①又认为宋刻合注本中的五臣音注多源自平昌孟氏本，但此本的音注用宋韵规正，故五臣音注已非原貌，而是宋音。② 可见，这些校勘工作改变了文献原貌，而使后人往往无迹可寻。

　　至于陈八郎本，虽为五臣本，但与奎章阁本的五臣注、杭州本以及朝鲜正德本相校，异文较多，后三种相比则差异较小，大概属同一系统，而陈八郎本似别有所出。平昌孟氏本沈严后序称旧本成公绥《啸赋》脱"走胡马之长嘶，回寒风乎北溯"一句，而陈八郎本亦脱此句，故可知陈八郎本确有来历，学者推测其来自平昌孟氏本

---

　　① 　常思春：《谈南宋绍兴辛巳建阳陈八郎刻本五臣注〈文选〉》，《西华大学学报》（哲社版）2010 年第 3 期。
　　② 　常思春：《读北宋本李善注残卷》，《〈昭明文选〉与中国传统文化》，吉林文史出版社 2001 年版。

的底本毋昭裔本,或不出沈严所谓的二川、两浙本。①

　　陈八郎本与其他五臣本差异的原因也可能是校改的原因,江琪所撰木记即称"谨将监本与古本参校考正,的无舛错",并特别强调一个"新"字,显然是特意要与其他五臣注本区别开来,以利销售。信誓旦旦请读者将见行版本比对,可知必是与其他版本有较多不同之处,不排除特意标新立异的可能。江氏称参校监本,学者一般以为监本即北宋国子监刊刻的李善注本,故陈八郎本的校勘应该是混入了李善注本的特征,这也是陈八郎本与其他五臣本差异较多的一个原因。但常思春研究认为,所谓监本应指国子监所藏的五臣注刊版的印本,此刊版也即毋克勤所献上者,又经过修补。② 赵蕾也通过比勘陈八郎本与天圣国子监残本,指出两者吻合之处很少,故江琪所谓监本非李善注本,而是国子监的五臣注本。③ 但前文亦指出国子监所藏五臣注本似未再修补印行,故江氏所谓监本仍须探讨。

　　比对发现,陈八郎本与其他五臣本的差异有不少与李善本相同,很可能是参校了李善本。略举例证,如奎章阁本卷一《两都赋序》有"抑国家之遗美"六字,明州本同,赣州本无,但有校语云:"五臣有'国家之遗美'五字。"说明五臣本有而李善本无,但陈八郎本

---

　　①　赵蕾将陈八郎本与奎章阁本(所采用五臣注为平昌孟氏本)相互比对,发现两个本子虽有着显著差别,但是在正文的舛误、注文的舛误及与古抄本的差异等方面皆存在一致性,这说明它们应来源于相同的祖本。参《宋刻〈五臣注文选〉孟氏本与陈八郎本关系考》,《西华大学学报》(哲社版)2013 年第 1 期。

　　②　常思春:《谈南宋绍兴辛巳建阳陈八郎刻本五臣注〈文选〉》,《西华大学学报》(哲社版)2010 年第 3 期。

　　③　赵蕾:《南宋陈八郎本〈五臣注文选〉来源辨析》,《牡丹江师范学院学报》(哲社版)2012 年第 5 期。

并无此五字,与李善本同。《西都赋》"举烽命爵","爵",赣州本校语曰:"善作醮。"陈八郎本同尤刻本作"醮"。《东都赋》"览四戳","戳",陈八郎本同尤刻本作"铁"。又"飞者不及翔,走者不及去",两"不"字,陈八郎本同尤刻本皆作"未"。① 卷二《西京赋》"隅目高眶","眶",陈八郎本同尤刻本作"匡"。"颁赐获虏","虏",陈八郎本同监本、尤刻本作"卤"。李善注引《汉书音义》"卤与虏同",赣州本校语云:"五臣作'虏'。"亦可证李善本作"卤"。卷二一王仲宣《咏史诗》"秦穆杀三良,昔哉空尔为","昔"下校语云:"善本作'惜'字。"陈八郎本同尤刻本作"惜"。此类例证实际上有很多,虽未必都是陈八郎本参据李善本而校改,但亦不能排除其可能性。

第三节　宋代六臣注《文选》的刊刻与校勘

北宋后期,出现了将李善注与五臣注合并编纂而成的六臣注《文选》,这种合注本最大的好处是一书兼存两注,便于研读。屈守元曰:"北宋末,经书有合注、疏、释文为一的'注疏本',或称'三合本'。《史记》出现了把《索隐》《正义》和《集解》合起来的所谓'三家注'本;杜诗有所谓'千家注'本;韩集有所谓'五百家注'本。这种合诸本为一的本子,诚便于读者,读者买一书而并得诸家。"② 可见,六臣注《文选》的出现一方面与版刻的发展有关,一方面与合注本的编纂风气有关。

---

① 胡克家《文选考异》曰:"《后汉书》此二字皆作'未',或尤依之改耳。"
② 屈守元:《文选六臣注跋》,《文学遗产》2000 年第 1 期。

六臣本在刊刻前最重要的工作是将两家注合并编纂。由于两家注本面貌有所差异,特别是下注位置不同,合并时要有所取舍移动,另外一些相同相近的注文则有所删省。这些工作都属于编纂,而非校勘,但合注本的编纂也难免影响其校勘。一个好处是六臣本在合并时,遇有李善与五臣的异文大多出校语,正文或取五臣,或取李善,而以校语指明善本作某,或五臣作某,虽然简单,仍大致保存了一些刊本时期两家注本的不同面貌。但是合并本也容易造成一些混乱,段玉裁曰:

> 自宋人合《正义》《释文》于经注,而其字不相同者,一切改之使同,使学而不思者,白首茫如;其自负能校经者,分别又无真见,故三合之注疏本,似便而易惑,久为经之贼,而莫之觉也。①

这是段玉裁论经书合并本的弊端,一定程度上也适用于《文选》合注本。

今所知宋代刊刻的六臣合注本有秀州本、明州本、赣州本、广都本、建本等数种,除建本刻于南宋末外,其他几种大致刻于两宋之交数十年间,说明自合并本出现之后,一时仿效者众,其中明州本、赣州本流行最广,修补印刷最多。据目前学者的一般研究认识,这些版本虽彼此互有差异,但大致属于同一系统,其差异一在于注释排列先后之别,一在于剪裁编辑各异,这与各本经过各自的

---

① （清）段玉裁撰,钟敬华校点:《经韵楼集》卷一二《与诸同志论校书之难》,上海古籍出版社 2008 年版,第 336 页。

校勘有关。

一、秀州本

今所知最早的六臣注合并本是秀州州学本,刊于元佑九年(1094),此本不存,然赖以此本为底本的韩国奎章阁本①可见其面貌。秀州本后世未见流传,亦不见于文献书目记载,屈守元怀疑与元佑党禁有关:

> 此书元佑九年二月刻成,其年四月癸丑(十二日)即改元绍圣。此后,政局变化很大,一行绍述之政,凡元佑重臣文献,皆在贬斥遭禁之列。至哲宗亦云:"元佑亦有善政乎?"(见《宋史纪事本末》卷四十六)且秀州曾归杭州刺史管辖,而苏轼元佑中任杭州刺史,凡与苏轼有关诗文,禁之尤烈。秀州(庆元中,1195,升为嘉兴府)曾隶属杭州刺史,故其书刻成,即遭禁锢,未得流行。②

此本幸流入高丽,虽经翻印,但基本保存原本面貌,由书后所附几种文献可知,其底本分别为天圣国子监李善注本与平昌孟氏五臣注本,其文献价值弥足珍贵。③

---

① 朝鲜世宗十年(1428)用铜活字翻印秀州州学本《文选》,珍藏于奎章阁,其后多次翻印。此本流传较多,目前韩、日皆有收藏,其中一部藏韩国汉城大学中央图书馆奎章阁,并由韩国正文社于1983年影印出版,学界称此本为奎章阁本。
② 屈守元:《文选六臣注跋》。
③ 参傅刚:《论韩国奎章阁本〈文选〉的价值》,《文献》2000年第3期;熊良智:《韩国奎章阁六臣注本〈文选〉的传本价值》,《四川师范大学学报》(社科版)2016年第2期。

秀州本是第一个合并本，后来的六臣本皆从此出，故其编纂校勘对后世影响很大。秀州本五臣注居前，李善注居后，后来亦称这种类型的合并本为六家本，以区别李善注在前五臣注在后的六臣本。一般认为，六家本既然五臣注置于前，那么便是以五臣注本为底本，而将李善注附于其中，六家本中动辄可见"善本作某"的校语也加深了这种印象。但实际上，秀州本虽然在正文文字上多依据五臣本，但在许多方面也遵从了李善注本，首先秀州本为六十卷，与李善注本同，另秀州本的分卷体例、子目、行款以及文体分类等皆遵从李善本。①

另，李善注与五臣注下注位置不同，一般认为既是将李善注合并入五臣本，则注文科段必是依据五臣注，但实际上，秀州本的下注位置或依据五臣本，或依据李善本，并无一定之规，"依从李善注处与依从五臣注处大致相当，而更为甚者，为了依从李善注，不惜破坏五臣注原貌，对五臣注进行了拆分；却没有为了依从五臣注而拆分李善注的情况"②。

合并本的一个重要工作就是将两家注文相同或相近者删省一家，若以五臣为本，则应将善注同于五臣注处删除即可，但秀州本并非只删李善注，同时也删除五臣注，而保留李善注，"这种省略还有规律可寻，即当两注文意相同，且李善注更为详尽时，保留李善注，省略五臣注"③。这些地方往往标"五臣注同""某同善注"等语。这些现象说明秀州本虽五臣注居前，但并非以五臣本为主，以李善本为辅，而是两家并重，无所偏废。

---

① 参傅刚：《论韩国奎章阁本〈文选〉的价值》。
② 孔令刚：《奎章阁本〈文选〉断句下注体例探微》，《中州学刊》2012 年第 2 期。
③ 孔令刚：《奎章阁本〈文选〉省略五臣注研究》，《汉语言文学研究》2013 年第 2 期。

实际上,秀州本将五臣注居前本身就是一个编纂失误。其一,李善注产生在五臣注之前,五臣同于善注者,不少是因袭李善,删省早出原创的李善注,却保留后出而因袭的五臣注,无疑不公;其二,李善注以释典为主,宜居前,五臣注以释义为主,正可居后,如此便于阅读学习。故于学理,于实用李善注皆当置于五臣注前,而秀州本恰相反,唯一可以解释的就是五臣注确较李善注更为流俗接受,五臣注居前不过是迎合读书人。

当然,如上所述,秀州本的编纂者明是以五臣居前,暗里却很多地方依据李善本,恐怕也是一种弥补。但这一做法令后出的六臣本在编纂上的失误愈演愈烈,如明州本沿袭秀州本更大地删李善注,失之弥远,而似乎要纠正六家本的赣州本,则因秀州本删李注留五臣,遂将五臣注改头换面为李善注,使五臣乱善,贻误不穷。总体上,秀州本的编纂还是比较严谨的,但也不能不为后世六臣本的差错负一定的责任。

关于秀州本的校勘,其所附跋语曰:

> 秀州州学今将监本《文选》逐段诠次编入李善并五臣注。其引用经史及五(疑当作"百")家之书,并检元本出处,对堪写入。凡改正舛错脱剩约二万余处。二家注无详略,文意稍不同者,皆备录无遗。其间文意重迭相同者,辄省去留一家。

由此可知,秀州本属州学刊本,其校勘较为用功,最值瞩目的是跋文中说其引用经史及五家之书,并检元本出处,对勘写入,这种校勘方法在今天可称之为他校,而且据其语气似乎是针对注文的校勘,尤其是以征引为主的李善注,秀州州学将注文中所征引的资料与原始文献比勘,跋文称改正约两万余处,可见校改之多。而鉴于文献流传变化的复杂性,这种他校方法并不十分稳妥,且李善所征引文献至宋代恐有不少已经亡佚,故亦无从比勘,其跋文称经史及五家之书,也说明其参校的文献也以常见的经史文献为主,故其校勘的对象也是有限的。其所校改,自然有正确的,但也不排除一些误改。乔秀岩、宋红指出:

> 一般而言,朝鲜版本对其底本比较忠实,很少进行积极的校改。秀州本跋语称改正底本舛错脱剩约二万余处,而此朝鲜翻印秀州本仍然有不少显误字,如卷二十二谢灵运《从游京口北固应诏》"玉玺戒诚信,黄屋示崇高"句录善注误"汉书"为"书汉"。此类显误,明州本、《四部丛刊》本中往往不误,不知是秀州本改而不尽者,朝鲜本传其原貌,明州本、《四部丛刊》本已经校改,还是秀州本原来不误,朝鲜本翻印时产生讹误。然而也有明州本、《四部丛刊》本误而朝鲜本不误的情况,如谢灵运《游赤石进帆海》"虚舟有超越"句,朝鲜本录善注作"《庄子》曰有虚舟来触舟",胡刻李善本同,而明州本、《四部丛刊》本作"触月"。《庄子·山木》原文曰:"方舟而济于河,有虚船来触舟,虽有惼心之人不怒。"是知明州本、《四部丛刊》本误。①

这些情况多是刻本所不能避免的。②

---

① 　乔秀岩、宋红:《关于〈文选〉的注释、版刻与流传——以日本足利学校藏宋刊明州本六臣注〈文选〉为中心》,《东南大学学报》(哲社版)2009年第2期。
② 　还可参看解梦(Martin W. Hiesboeck):《〈昭明文选〉奎章阁本研究》第二章第三节《奎章阁本独误》,台湾师范大学2000年博士学位论文。

秀州本在合并两家注时,遇两家注本正文有异者,则于其下标校语曰"善本作某",之后的六臣本都沿袭了这种体式,这也可作为后世六臣本源自秀州本的一个证据。当然,这种简单的校语只是将合并者所见的两家本子互校所得,虽然确实标显了不少异文,但其中的一些并不确切,胡克家《文选考异》就指出不少。

二、明州本

明州本属五臣注在前、李善注在后的六家本系统,之所以称明州本,盖源自此本于绍兴二十八年(1158)的修版跋语,云:

> 右《文选》板岁久漫灭殆甚,绍兴二十八年冬十月,直阁赵公来镇是邦,下车之初,以儒雅饰吏事,首加修正,字画为之一新,俾学者开卷免鲁鱼三豕之讹,且欲垂斯文于无穷云。右迪功郎明州司法参军兼监卢钦谨书。

由此可知,明州本与秀州本一样也属地方官刻本。但除卢钦跋外,再无其他序跋题记,故明州本的刊刻渊源难以详知。以往有学者据卢钦跋称绍兴二十八年其刻板已经漫灭殆甚,推测明州本可能刊刻于北宋时,后学者通过刻工、避讳等研究,大致认可其刻于南宋初。[①]

明州本的特征基本与秀州本同,故学者一般认为明州本即出

---

① 刘九伟《明州本文选研究》(河南大学 2009 年博士学位论文)认为刻在南宋初;郭宝军《宋代文选学研究》认为刻在南宋建炎四年(1130)前后,大致可从。

自秀州本,两本的刊刻时间以及刊刻地域也大致可证。但明州本与秀州本差异也不少,这些差异当出自刻印者进一步的编纂和校改。这种编纂和校改一方面是刻印前的正常程序,另一方面也当有刻意与底本互有异同的用意在。秀州本的编纂体例之一是两家注文意重叠相同者,辄省去留一家,但秀州本的删省比较审慎,跋语谓"二家注无详略,文意稍不同者,皆备录无遗",这是基本可信的。明州本的编纂者在删省上变本加厉,往往是文意稍同者即删一家,既删李善注,也删五臣注,甚至一些地方径行删除,并不注明,故斯波六郎以省略善注为明州本之短。但明州本李善注亦偶有多出秀州本处,如刘九伟举卷一有十三处,[1]傅刚先生举卷五八《褚渊碑文》,称秀州本多处脱漏李善注,明州本一一补足,[2]实际上这些注文大多原本确属李善注,在其他版本中亦多存,秀州本之所以不存,当是五臣注中有相同或相近的注文,故被删节。[3] 如此则明州本是否出自秀州本尚须探讨,当然,也可能是明州本的校勘者据其他版本校改所致。[4]

　　斯波六郎认为明州本的优点一在于比袁本、赣州本、建本有更接近李善注、五臣注旧式处,一在于凡善注文字,胡刻本、袁本、赣州本、建本俱经后人窜改,独此本存其旧处不少。[5] 傅刚先生亦指

---

①　《明州本文选研究》,第 63—64 页。

②　傅刚:《文选版本研究》,第 178 页。

③　严格来讲,秀州本已亡佚,我们已不能详知其面貌,学界一般认为奎章阁本忠实地保存了秀州本的原貌,故这里所述秀州本的特征实际是间接由奎章阁本而来的。

④　关于明州本与秀州本的差异还可参看刘九伟:《论明州本〈文选〉的文字的变化》,《淮海工学院学报》(社会科学版)2011 年第 17 期;丁红旗:《关于明州本〈文选〉减注现象的考察》,《兰州学刊》2011 年第 10 期。

⑤　《对〈文选〉各种版本的研究》,《中外学者文选学论集》下册,第 888—889 页。

出秀州本的一些讹误,明州本作了校改。① 游志诚先生提到明州本每独有之校语,为各合并本所无,此校语又与敦煌写卷合,知明州本校刊者所见之善本与五臣注本,为更早之本,或为他刻者未见之本。②

另,相较于秀州本,明州本多出不少善本与五臣相异的校语,刘九伟举卷一共七条例证,③但这些例证情况各异,如"五谷垂颖,桑麻敷纷"下,秀州本无校语,明州本有校语曰"善本作铺菜",查天圣本、尤刻本、赣州本皆作"铺菜",则应该是秀州本失著校语;又"投文竿,出比目","投"下秀州本无校语,明州本有校语曰"善本作揄",查尤刻本、赣州本作"揄",陈八郎本作"投",则应是秀州本失著校语。以上两例大致可判定为秀州本失著校语,而明州本增补。其他例证如"雕玉瑱以居楹","瑱"下秀州本无校语,明州本有校语曰"善作磌",查尤刻本作"瑱",赣州本作"磌",校语云"五臣本作瑱",诸本皆有善注曰:"《广雅》曰:'磌,礩也。''瑱'与'磌'古字通。"据此注可知善本亦作"瑱",明州本校语恐是据善注所引《广雅》而作。有些例证更复杂一些,如"轶埃壒之混浊","壒"下明州本有校语曰"善本作堨",赣州本同,尤刻本正作"堨",但诸本善注曰:"许慎《淮南子注》曰:'堨,埃也。''堨'与'壒'同。"据此注则善本亦作"壒",作"堨"者或是后人据善注引《淮南子注》妄改,明州本校勘者所见可能确有异文,但也不排除其据注下校语,而赣州本、尤刻本沿误。总之,明州本在秀州本所出示校语的基础上,比勘增

① 傅刚:《文选版本研究》,第178页。
② 游志诚:《文选学新探索》,骆驼出版社1989年版。
③ 《明州本文选研究》,第86页。

补了一些校语,在异文标举上较秀州本进了一步。

三、赣州本

赣州本每卷末多列校对、校勘、覆校者衔名,皆赣州僚属,当为赣州州学刊本,故称赣州本。此本传世较多,且是第一本李善注在前五臣注在后的六臣合注本,是后世此系统版本的祖本,故赣州本影响较大。

关于赣州本的刊刻年代,清代以来说法颇多,目前学者考定赣州本刊刻于南宋高宗绍兴末 1160 年前后,基本可作定论。[①] 但有一条参证诸家研究皆未注意,即赣州称名始于高宗绍兴二十三年(1153),《宋史》卷三一载绍兴二十三年二月辛未,改虔州为赣州,故可知赣州本必刊刻在 1153 年之后。

赣州本是第一个李善注居前的合注本,但斯波六郎经深入研究认为,赣州本并非是据李善注本和五臣注本合并编纂而成,不过是将一个五臣李善注本颠倒注释次序而已,其所举七条证据大率确凿,故结论可信。那么赣州本是依据什么版本改编而来呢? 斯波六郎将赣州本与明州本、袁本比对,发现赣州本与后两本也存在较多差异,故斯波六郎推测赣州本或者并非依据明州本或袁本系统的版本改编而来,或者是以之为底本,但参照其他版本作了修订。[②] 斯波六郎并未见奎章阁本,那么赣州本与奎章阁本相校又如何呢? 范志新先生举五处赣州本异奎章阁本而同明州本的例

---

① 范志新先生研究结论在 1156—1161 年之间,参见《文选版本论稿》第 19 页;郭宝军考定在 1160 年前后,参见《宋代文选学研究》第 136—140 页。

② 《对〈文选〉各种版本的研究》,《中外学者文选学论集》下册,第 899—907 页。

证,故其推测赣州本并不出自秀州本,而是近于斯波六郎的第二种推论,即赣州本可能是以明州本为底本,并参酌其他版本修改而成。① 王立群先生通过版本比对也印证了这一说法。② 从当前的版本研究看,赣州本之前仅有秀州本、明州本两种合并本,秀州本流通较少,若赣州本确是据合并本改编而来,则据明州本的可能性比较大,而其异于明州本的诸多地方,则只能从赣州本的编纂校勘工作中找原因了。

赣州本每卷末大多题校勘者姓名,共计二十余人,可见参与这一工作者之多。这些人员均是赣州僚属,其中任职赣州州学者居多,另有一些人为乡贡进士,皆与地方文化教育有关。秀州本的跋文记载了秀州州学编纂合注本的操作内容,赣州本则记录了参与校勘的人员,为探究这些刊本的编纂校勘情况提供了珍贵的文献线索。在赣州本的校勘人员中,州学司书萧鹏负责校对较多,而覆校者多为州学教授张之纲,二人承担工作最多,而张之纲大概也是校刻的主持者。另,陈辉曾于绍兴三十一年(1161)在赣州郡斋刊刻其四世从祖陈襄(1017—1080)的《古灵先生集》,又据《(康熙)江西通志》卷四六知陈辉曾知赣州,则赣州本的刊刻或即陈辉知赣州时,若参考尤袤、袁说友刊刻淳熙本的情况,则陈辉恐亦对刊刻赣州本有所提议、支持。

赣州本对校勘人员的题名又区分为校对者、校勘者、覆校者,大致可见其校勘程序,即先做校对,后做校勘,最后再覆校。但其所谓校对、校勘、覆校究竟是如何操作的,其工作内容如何,不易得

---

① 《文选版本论稿》,第 23—25 页。刘九伟也指出赣州本与明州本更为接近,参《论赣州本〈文选〉李善注的特点》,《甘肃社会科学》2010 年第 3 期。
② 王立群:《六臣本〈文选〉李善注研究》,《内江师范学院学报》2012 年第 5 期。

知。或可推测校对侧重不同本子之间的对校,记录异文;校勘侧重文字校改,整理出可供雕板的定本;覆校可能是最后进一步的审定,或者参考天圣本在雕板之后又作覆校的情况,则赣州本的覆校或者也是在板成之后。如前所述,赣州本是将一个五臣李善注本颠倒注释顺序而成,其编辑工作量并不比将李善、五臣的单注本合并起来小,但赣州本并无序跋、题记对其编辑工作有所说明,和明州本一样也没有显示其底本来源,大概是有意讳言其出处。赣州本的编纂应该是由书中所署的校对、校勘者承担的。

斯波六郎对赣州本有较细致的研究,他指出赣州本与明州本、袁本都有不少差异,其中一些差异显是因赣州本的编纂而产生,如明州本、袁本李善注的音释,赣州本往往因正文中已夹注音释而删除,又明州本、袁本李善注再见从省处,赣州本几乎全部复出;另有一些差异不易确定原因,如赣州本对一些注文的取舍与明州本、袁本详略不同,一些注文的分合也不尽相同,这可能是编纂所致,也可能是底本不同。所以,赣州本虽近于明州本,但绝非仅据明州本改编而来。又如明州本较秀州本进一步删省李善注,标"善同某注",实际上这些地方两家注文往往并非全同,赣州本李善注居前,故须对明州本中"善同某注"进行改编,以突出李善注,最简单的方法当然是把明州本的五臣名改为"善曰",然后标"五臣同善"即可,赣州本有些地方即是这样操作的,但也有不少地方并非如此,而是重新补足了李善注,与五臣注并存,这也可证赣州本参照明州本之外的版本作了校改。①

---

① 参刘九伟《论赣州本〈文选〉李善注的特点》,其举例如卷十潘安仁《西征赋》"曲阳僭于白虎,化奢淫而无度"下,明州本仅录吕向注,而标"善同向注",而赣州本详出李善注,与奎章阁本同,且善注并不同向注,是明州本误作删省,赣州本补足之。

斯波六郎指出赣州本较明州本、袁本多出一些李善、五臣同异的校语，这可能是赣州本校对更细致，也可能是参校了不同的版本。如奎章阁本、明州本《西都赋》"堤封五万，疆场绮纷"，"堤"下无校语，而赣州本作"提"，有校语云："五臣本作'堤'。"天圣本、尤刻本正作"提"，李善注引《汉书》曰："天子畿方千里，提封百万井。臣瓒按：'旧说云：提，撮凡也。'"五臣济注曰："堤，积土也。"故知善本作"提"，五臣本作"堤"，秀州本、明州本失校，赣州本所校是。① 就斯波六郎所举卷一的数条例证看，这些地方明州本、袁本与奎章阁本同，均无校语，而赣州本较明州本、袁本多出校的异文全与尤刻本相同，似乎可证赣州本所校异文确有出处，当然尤刻本与赣州本的密切关系也是一个解释。

斯波氏亦指出赣州本的一些出校未必是与别本相校而得，有些似乎是据注释而出校，如卷五八王仲宝《褚渊碑文》"餐东野之秘宝"，赣州本于"野"下有校语曰："善作'杼'，古序字，五臣作'序'。"实际上，善本、五臣本原皆作"野"，善注曰："东野，未详。一曰《雒书零准听》曰：《顾命》云：'天球河图在东序。'……《典引》曰：'御东序之秘宝。'然'野'当为'杼'，古序字也。"五臣注翰曰："《顾命》云：'天球河图在东序。'此宝器，帝王之美瑞，故致在东序。美圣明之时，故托美此宝。'野'当为'序'，此云'野'者，当书写之误也。"由此可知，赣州本此处校语实际上是据注释而下，并无版本依据。"东序"典籍中常见，李善引班固《典引》有"御东序之秘宝"，《文选》卷三八任彦昇《为萧扬州作荐士表》亦作"东序之秘宝"，萧统《与晋安王令》亦有"东

---

① 关于此处异文的考证可参考梁章钜《文选旁证》卷一。

序之秘宝"，①故李善以"野"字当作"杼"字。② 赣州本既有两家注释，却又别加校语，未免前后矛盾。这种据注文下校语的作法前述明州本似亦存在。

下面再略举几处赣州本与奎章阁本、明州本的异文，这些异文或许即是赣州本校改的例证：

1. 赣州本卷二张平子《西京赋》"结重栾以相承"，其相应的注文为："综曰：'栾，柱上曲木，两头受栌者。'善曰：《广雅》曰：'曲枅曰栾。'《释名》：'栾，体上曲拳也。'"奎章阁本、明州本以及监本、尤刻本都没有"善曰"二字，当是脱误，因为注《西京赋》的薛综在《广雅》的撰者张揖之前，必不能引《广雅》，胡克家《考异》、梁章钜《旁证》都指出了这一脱误，而独赣州本不误，或即是赣州本所校添。

2. 赣州本卷十潘安仁《西征赋》"疢圣达之幽情"，李善注："《尔雅》曰：'疢，病也。'《舞赋》曰：'幽情形而外扬。'""扬"，奎章阁本、明州本皆误作"伤"，傅毅《舞赋》原文即作"扬"，可证赣州本是。

3. 赣州本卷一三潘安仁《秋兴赋》"逼侧泌濔"，注："司马彪曰：'泌濔，相楔也。'""楔"，奎章阁本、明州本皆误作"搏"，《史记索隐》引司马彪、《汉书》颜注亦并作"楔"，可证赣州本是。

4. 赣州本卷二二谢灵运《晚出西射堂》题下李善注曰："永嘉郡射堂。"而奎章阁本、明州本标"善注同"三字，盖因五臣注而删，但实际上此善注与五臣注并不相同，赣州本当据别本校补，尤刻本正同此。

---

① 　（南朝梁）萧统撰，俞绍初校注：《昭明太子集校注》，中州古籍出版社 2001 年版，第 186 页。

② 　前文已引胡绍煐《文选笺证》认为："'野'古音'墅'，与'杼''序'音并同作'墅'，盖同音之假。"

5. 赣州本卷四十任彦昇《百辟劝进今上笺》"匪叨天功,实勤濡足",李善注:"《左氏传》:'介子推曰:窃人之财,犹谓之盗,况贪天功,以为己力!'《韩诗外传》曰:'申屠狄非其世,将投于河,崔嘉闻而止之曰:"圣人,仁人,民之父母。今为濡足,故不救人,可乎?"'"奎章阁本、明州本皆无此注,盖因五臣注而删,但实际上五臣注当袭自善注,又不注《左传》与《韩诗外传》出处,赣州本或据别本补足,尤刻本正同此。

这样的例子很多,若赣州本确实是从之前六家本改编而来,这些例证就说明赣州本必是参据其他版本,如李善注本做了校勘。

赣州本编纂也有不少失误之处,其最大的失误是将李善本保留的一些旧注归置在"善曰"下,将旧注混同李善注。[①] 另一个较严重的失误是将六家本中的一些五臣注径改为李善注,这些注文在六家本中系在五臣名下,而标"善注同"之类注语,以删省李善注,[②]但实际上两家注文往往并非全同,六家本删省已属失误,而赣州本则径将五臣名改为"善曰",后标"五臣同善",则更误,这是五臣乱善最明确的例证。

总之,赣州本也是一个颇为复杂的版本,既有很多同于明州本的特征,也有许多差异,异文和注释虽多以李善为主,但也有不少地方用五臣,在六家本(特别是明州本)"善同五臣"之处,或是沿六家本不改,或是仅颠倒注家姓名,或是补足善注,故其编纂校改并无一定之规可循,这也可能与其书校勘成于众手有关。

赣州本刊板至明代尚存,傅增湘《藏园群书经眼录》即著录有

---

① 可参考本书附录《李善注〈文选〉留存旧注综论》。
② 这种情况在秀州本中较少,在明州本中较多,袁本则大致处于两者之间。

一本赣州本,称是宋赣州州学刊元明递修本。半叶九行,行十三至十六字不等,注双行二十字。每卷后有左从政郎充赣州州学教授张之纲等校勘三行,卷中有弘治十八年重刊及正德元年补刊叶。故可知赣州本刷印较多,目前也存世不少,[①]但多属残卷,且屡经修补,虽同属赣州本,但彼此已互有差异,这也给研究造成了困难。

四、广都裴氏本

广都裴氏本于萧统《文选序》后有"此集精加校正,绝无舛误,见在广都县北门裴宅印卖"木记,故因此得名。此本传世甚少,至嘉靖己酉(1549)袁褧翻雕于嘉趣堂,学者多据袁本知有广都本。

由于一方面广都本稀见,一方面袁本影刻精妙,"匡郭字体,未少改易",足以乱真,故书贾每用袁本割补、挖改以充宋本,更有甚者用翻刻袁本充宋本,或即充袁本,不但将广都本蒙上层层迷雾,即袁本也疑窦纷呈。《天禄琳琅书目》卷十在《明版集部》中著录十部袁本,其中有九部即冒充宋本,"其间变易之计,狡狯多端,或假为汴京所传,或托之南渡之末,虽由书贾谋利欺人,亦足见袁氏此书模印精良,实为一时不易得之本"[②]。

实际上,综观清代以来目录著录,大致可以确定是广都裴氏本的只有两部:其一是《天禄琳琅书目》著录的一部,称是袁氏昌安堂珍藏,袁氏即袁褧,即影刻广都本者,故此部应比较可靠,惜《天禄琳

---

① 关于赣州本的流传存藏情况可参考刘明:《宋赣州本〈文选〉递藏源流考》,《文津学志》2010 年。

② (清)于敏中等撰,徐德明标点:《天禄琳琅书目》,上海古籍出版社 2007 年版,第 365 页。

琅书目》未详载行款、题记等，后又因遭火灾，天禄琳琅藏书被焚毁，
此书亦不传；另一部今藏台北故宫博物院，原亦为清宫藏书，傅增湘
《藏园群书经眼录》卷一七曾详细著录，云此本"存二十六卷。缺卷
十八至二十六、二十九至五十、五十八至六十，计缺三十四卷，用明
嘉靖袁褧嘉趣堂刊本配补。……是书字体古茂疏劲，版式阔大，与
眉山刊苏文忠、苏文定、秦淮海诸集相类，盖即蜀中刊本。考其行
格，与明袁褧嘉趣堂翻宋广都裴氏本同，当为裴氏原刊本。余生平
未见二帙，洵罕秘矣。"①另《天禄琳琅书目后编》亦著录有广都本，
然著录既粗疏，又乏考证，据后来学者审查，多是误将袁本著录为
宋元本，不足为据。而今存的广都本残帙亦非《后编》所著录者。

　　关于广都本的刊刻年代，以往学者多遵从朱彝尊说，其《曝书
亭集》卷五二《宋本六家注文选跋》称广都本"宋崇宁五年镂板，至
政和元年毕工"②。朱氏既言之凿凿，后人又难睹广都本真貌，故
至今学者仍多以此为准。但《天禄琳琅书目》著录广都本称"未载
刊刻年月"，前已述此本乃袁褧所藏，比较可靠，故朱氏所见附有镂
板毕工年月的本子恐不可靠。又有目录题跋提到有一种广都本，
附有题记曰："河东裴氏考订诸大家善本，命工锓于宋开庆辛酉季
夏，至咸淳甲戌仲春工毕，把总锓手曹仁。"③故亦有学者以为广都
本刻于宋开庆辛酉至咸淳甲戌，台北故宫博物院所藏残卷即曾著
录为开庆咸淳本，④然开庆为宋理宗年号，仅一年，且干支为己未，

----

① 傅增湘：《藏园群书经眼录》，中华书局 1983 年版，第 1473 页。
② （清）朱彝尊：《曝书亭集》，《四部丛刊初编》影印原刊本。
③ 见《天禄琳琅书目后编》卷七彭元瑞《知圣道斋读书跋》。
④ 据游志诚《论广都本〈文选〉》一文知其后又改为绍熙庆元间刊本，中国文选学
研究会编：《文选与文选学——第五届文选学国际学术研讨会论文集》，学苑出版社
2003 年版，第 617 页。不论如何，可知此本亦未附有明确的刊刻时间。

故此题记有作伪嫌疑。① 另《天禄琳琅书目》卷十著录有一部袁本曰：

> 阙袁聚识语，……而四十四卷末叶李宗信之名及五十六卷末叶李清之名俱被书贾割去，故纸幅均属接补。袁聚识语亦经私汰，而于六十卷末叶改刊"河东裴氏考订诸大家善本，命工锓于宋开庆辛酉季夏，至咸淳甲戌仲春工毕"，并于末一行增刊"把总锓手曹仁"，其字画既与前绝不相类，版心墨线亦参差不齐，且考订"订"字误作金旁，则伪饰之迹显然毕露矣。②

可见，这一题记很早就有作伪，则这一刊刻时间也不可靠。

近有郭宝军通过刻工、避讳的研究，并结合当时《文选》刊刻的历史背景，认为广都本大约刊刻在南宋淳熙年间，③较为可信。若如此，则广都本刊刻不仅在秀州本之后，亦在明州本、赣州本之后，而之前一般把广都本列在明州本、赣州本之前。刊刻时间先后的定位对广都本的研究很重要，但由于文献存留有限，广都本的真相仍存在很多疑问。

广都本既疑云重重，则其来源如何，经过怎样编纂与校雠，也不易得知。屈守元曾推测广都本既刻于蜀地，则其所用五臣本底本或即毋昭裔本，④然并无证据。目前学者一般认为广都本与秀

---

① 参傅刚：《文选版本研究》，第 88 页。
② 《天禄琳琅书目》，第 357—358 页。
③ 郭宝军：《广都裴氏本〈文选〉刊刻年代考》，《中国韵文学刊》2011 年第 2 期。
④ 《文选六臣注跋》。

州本、明州本等六臣本大致属同一系统，广都本在可知的宋代六臣本中是唯一的坊本，其前既已有六臣本，则书贾恐不会再费力编纂一部合并本。据奎章阁本可知秀州本采用了北宋天圣本，并保留了国子监准敕节文，广都本也附有这一准敕节文，似乎透露出两者的关系，而宋代其他六臣本如明州本、赣州本、建本皆无此节文。另外，学者指出广都本的目录、内容、篇序及刻本款式与奎章阁本相当类似。[①]

但广都本与其他六臣本也有不少差异，之前无论合注本还是李善、五臣单行本，皆题名"文选"，至广都本始题名"六家文选"，后建本始题名"六臣注文选"，故又以"六家本""六臣本"的名目区别两类注释排序不同的合并本。斯波六郎将明州本与袁本比对，认为两本颇近但不尽相同，袁本的注较明州本详，并举有两例证。[②] 因袁本为覆刻广都本，故大致可视作广都本。袁本较明州本详，似说明广都本非从明州本出，前文已述，明州本对李善、五臣相同、相近的注释大加删削，斯波六郎所据例证即属此类，将此处注文与奎章阁本比对，发现奎章阁本同袁本，可知在这些地方广都本与秀州本同。

游志诚先生曾将广都本卷二十八鲍照乐府八首与众本斠证，凡异文处广都本多与明州本、奎章阁本同，且各本所下校语也大致相同，此进一步证明秀州本、明州本、广都本之间的密切关系。[③] 其中

---

① 解梦：《〈昭明文选〉奎章阁本研究》，第 100 页。文中并举多条例证证明广都本与奎章阁本当同出秀州本，可参考。

② 《对〈文选〉各种版本的研究》，《中外学者文选学论集》下册，第 893 页。

③ 游志诚：《文选综合学·论广都本文选》，台北文史哲出版社 2010 年版，第 21—40 页。

有例证如《东门行》"行子夜中饭","饭"下广都本同明州本、奎章阁本皆有校语云:"善本作'饮'字。"但尤刻本作"饭",不作"饮",赣州本亦作"饭",无校语,且敦煌写本、集注本并同,可知作"饮"字当为传写之讹,而广都本与明州本、奎章阁本所作校语非,三本同误,更见其当为同一系统。[①]

刘九伟通过明州本与奎章阁本、袁本比对,亦认为三种版本属于同一个系统,但三本互有异同。例如卷一明州本所有的增注袁本全同,所谓"增注",即上文论明州本时所举明州本李善注较奎章阁本多出的一些注文,实际上是因秀州本删节而明州本未删节之故,而这些地方袁本又与明州本相同,似乎说明广都本与明州本近,但在其他卷次中,明州本所略的二家之注,袁氏本不同明州本,而是全同秀州本,这与斯波六郎的研究相合。[②] 这种现象颇有意味,当是广都本编纂校勘之迹,若广都本确在明州本之后,则当是广都本参酌秀州本与明州本而来,否则不易解释其兼有两本特征。

广都本亦有明显的校改之迹,如斯波六郎指出卷四四钟士季《檄蜀文》注引《蜀志》,袁本将"先主"皆改为"昭烈""曹公"皆改为"曹操"。[③] 袁本沿袭广都本,盖广都本为蜀本,其改动所以尊蜀地,然以春秋笔法施诸文献校勘,不足为训。

---

① 胡克家《文选考异》曰:"'行子夜中饭',袁本有校语云善作'饮'。按:所见非也。茶陵本作'饭',无校语,与此皆不误。凡此等必详出,以为合并六臣本校语皆据所见而为之证。知乎此,始能得善真矣。"

② 《明州本〈文选〉研究》第三章第三节《广都裴氏本与明州本之关系》,第40—45页。

③ 《对〈文选〉各种版本的研究》,《中外学者文选学论集》下册,第895页。

五、建本

《四部丛刊》收有影宋本六臣注《文选》,张元济《涵芬楼烬余书录》著录此本云:"是本无刻板时地,审其字体,当为建阳刊刻。避宁宗嫌讳,则必在庆元以后也。"①傅增湘《藏园群书经眼录》亦有著录曰:"此本刊工棱角峭厉,是建本之至精者,与上海涵芬楼藏本同(即印入《四部丛刊》者),然涵芬楼本缺卷三十至三十五、六卷,印本亦差晚,此则六十卷完整,纸如玉板,墨光如漆,初印精善,经明陈道复收藏。传世建本《文选》,当推甲观。"②故一般称此本为建本。

然建本传世不多,明清目录皆未见明确著录。张元济据字体判定为建本,据避讳认为刻在庆元后,③傅增湘亦以之为建本,为后来学者所沿袭。常思春据周密《癸辛杂识后集》"贾廖刊书"条进一步认为此本乃廖莹中所刊,当在度宗咸淳七年(1271)前后。④ 就刻时、刻地来看,颇相符合。唯廖氏所刻"九经""韩柳集"皆有凡例,对刊本校雠叙述颇详,传世的"韩柳集"备受学者推崇,书中亦记有刻工姓名,书口有"世彩堂"字样,而建本既乏序跋题记,亦不载刻工,毫无刊刻信息,其为廖氏所刊并无力证。或者贾、

---

① 张元济:《张元济全集》卷八《涵芬楼烬余书录》,商务印书馆 2009 年版,第439 页。

② 《藏园群书经眼录》卷十七,第 1472—1473 页。

③ 斯波六郎亦指出此本避讳至宁宗。《对〈文选〉各种版本的研究》,《中外学者文选学论集》下册,第 908 页。

④ 常思春:《〈四部丛刊〉影宋本〈六臣注文选〉刊刻时地及刊刻者信息》,《四川师范大学学报》(社科版)2007 年第 2 期。

廖败后,书中有关刊刻者的信息悉被删除,也有可能。

　　建本是赣州本后又一李善五臣注本,目前学界基本认定建本即出自赣州本。斯波六郎指出,其所认定赣州本为颠倒六家本注释顺序而来的七条证据,也都适用建本,另赣州本异于明州本、袁本的一些例证,建本也全同赣州本,故两本甚为相似。[①] 又赣州本李善注发凡起例处,皆作阴文白字,杨守敬已注意及此,认为此当有所承,[②]而建本这些地方则于文字右方标有墨线,当是沿袭赣州本而来。[③]

　　但建本与赣州本也有差异,最明显的是赣州本只题名“文选”,而建本题名“六臣注文选”。其他文字上的差异也很多,常思春谓“《四部丛刊》影宋本《六臣注文选》为翻六臣注赣州本,仅改赣州本诸卷首题‘文选’为‘六臣注文选’,及删赣州本诸卷末附校雠者姓名。”[④]这种说法过于简单,实际上斯波六郎早已举出不少建本不同于赣州本的例证,不过斯波六郎认为其中多数差异当是建本改动所致,例如赣州本主要以善本为主,但有不少地方正文从五臣本,而在校语中注明善本的异文,而建本在这些地方多改用李善,而在校语中注明五臣本的异文,这说明建本有意识地加强六臣本以李善为主的特征。当然。六臣本文字用李善的还是用五臣的,似乎并不是由谁的注释居前决定的,也可能是校勘者以优劣取舍。以往学者主观上认为合注本五臣注在前就是以五臣本为主,李善

---

　　①　《对〈文选〉各种版本的研究》,《中外学者文选学论集》下册,第908页。

　　②　杨守敬:《日本访书志》卷一二,辽宁教育出版社2003年版,第200页。

　　③　李善自明注例的文字条目不少,如卷一《两都赋序》“赋者,古诗之流也”下,李注有云:“诸引文证,皆举先以明后,以示作者必有所祖述也。他皆类此。”

　　④　《〈四部丛刊〉影宋本〈六臣注文选〉刊刻时地及刊刻者信息》。

注在前就是以善本为主,实际上并非完全如此,前文已指出六家本也有许多地方是以善本为主的,则六臣本亦不妨在异文处采用五臣本。总之,最初的合注本于李善、五臣当并无轩轾。

另外,建本一些注文与赣州本详略不同,注文分合亦有不同,斯波六郎认为或是建本校改赣州本所致,或是据别本修订而致,总之,此本有较多的人为加工痕迹。①

总体上,建本出自赣州本,但也作了不少校改,在异文上几乎全取善本,善注再见从省处较赣州本复出更多,纠正了一些赣州本的错误,但为数不多,而误书、误刻处却不少。建本虽传世不多,但后世翻刻不少,如元时陈仁子校刻的茶陵本即据此本,胡克家重刻尤刻本,则以茶陵本作校本,明代又有不少翻刻茶陵本者,故建本之影响不可忽视。

第四节　元明时期《文选》的刊刻与校勘

今知元代只有两种《文选》刊本,一为茶陵本,一为张伯颜本,两本皆出自宋刻本,又是明代大部分版本的祖本,故具有承上启下的重要作用,对明清《文选》的传承影响很大。

明代中前期,刻书尚严谨,此时的唐藩本、汪谅本、袁本等较为精善,后期的汲古阁本亦较重要。由于宋版乃至元版《文选》在清代已为学者所稀见,当时学者校勘《文选》多是据明版为底本,故明版《文选》的校刻直接影响到清代学者的校雠实践。另有明张凤翼

---

① 李佳将《永乐大典》所收《文选》文章与诸本比对,也指出赣州本与建本的一些差异,其性质与斯波六郎所举例证相似。参见李佳:《从永乐本〈文选〉看六臣注〈文选〉版本系统》,中国文选研究会编:《〈文选〉与文选学》,学苑出版社 2003 年版。

所刻《文选纂注》,用功较多,汇集了一些考证资料,具有一定的校勘内容和价值,明清以来影响亦较大。

一、茶陵本及其翻刻本的版刻与校勘

元大德年间(1297—1307),茶陵陈仁子刻《增补六臣注文选》六十卷,世称茶陵本。记载陈仁子生平的资料不多,《四库全书》存目著录有陈仁子《牧莱脞语》,《提要》曰:"仁子字同俌,号古迂,茶陵人,咸淳十年(1274)漕试第一,宋亡不仕。"①王重民《中国善本书提要》曰:

> 仁子字同俌(《茶陵州志》作甫),博学好古,咸淳十年漕试第一,宋亡不仕。营别墅于东山,教授后进。其校刻《文选》,既载《文选补遗自序》,因得推知在大德三年以后。仁子之父名桂孙,父子以"子""孙"命名,后人不达,辄生舛错。明张凤翼撰《续文选纂注》题为"陈仁",余已纠其谬。(倪国琏重刊《文选补遗序》云:"张君之刻,竟失其真名。"即指此,则已先我纠之矣。)曾廉撰《元书》,始列入《隐逸传》(卷九十一上),亦同斯误。《四库存目》载仁子文集有《牧莱脞语》十卷,《二稿》八卷,必多有资于考证其事迹者。惜补作《元史》诸家未之见,而曾氏以同乡之故,仅据方志补之,所得不多,又误其名为陈仁。

---

① 另明廖道南《楚纪》卷四三、清丁丙《善本书室藏书志》卷三八引《茶陵州志》有简略记载,明凌迪知《万姓统谱》卷一八记仁子祖父陈天福事,误将仁子之事迹属于其父,《天禄琳琅书目》卷十于《文选补遗》下引《万姓统谱》而沿其误。

抚卷追昔,能不怅然![1]

今据陈仁子文集《牧莱脞语》还可以对其生平有所补充。卷七《牧莱少年稿自序》称作序时"年几二十四矣",而此序作于宋德佑乙亥(1275),则陈仁子当生于1252年。据此则陈仁子大半生皆生活在元代,而前人多因其宋亡不仕而题为宋人。傅增湘《牧莱脞语跋》曰:

> 按集中之文字多署纪元年号,于宋则有咸淳、德佑,于元则有至元、元贞、大德。其于至元辛卯诛桑哥也,则撰《诛大奸颂》;于至元庚寅诏免儒人差役也,则上《儒户免役颂》。是仁子入元代已三十余年矣,虽未入仕于朝,然已歌颂功德,不在遗逸之列,应改入元代。《提要》题作宋人,殆未及详考耶![2]

据书前王梦应序云:"咸淳天子在位之十年,故左丞相江文忠公以湘帅宾兴乡漕士,得公甫、道甫、同甫计闱,与余皆公门生。"[3]可知陈氏为江万里(1198—1275)所举。卷一八又有《古迂翁传》一篇,可略见陈氏家世与志趣。文集中还有不少文章亦可考其行迹交往。陈氏入元不仕,从事讲学,《脞语》收有于各书院、郡学讲义多篇。陈氏并营建东山书院,是元代著名书院之

---

① 王重民:《中国善本书提要》,上海古籍出版社1983年版,第430页。
② 傅增湘:《藏园群书题记》,上海古籍出版社1989年版,第774页。
③ (元)陈仁子:《牧莱脞语》,《续修四库全书》第1320册,影印清初影元抄本,第252页。此书文字多有不通,盖底本年代久远,摹写失真之故,此节文字亦然,兹据祝尚书编《宋集序跋汇编》引录,中华书局2010年版,第2269页。

一。讲学著述外,陈氏并于书院刻印书籍,据历代书目记载其刻书有十余种。① 因其距宋不远,又刻印精善,故后世多以陈氏刊本为宋刻本。

茶陵本《文选》书前有陈氏识语曰:

> 《文选》一编,皆纂辑秦、汉、魏、晋文墨,中间去取,或不免涉诸君子议论,谨录卷首,因广其意。收拾遗漏者,亦起秦、汉,迄昭明所选之时,得四十卷刊行,名曰《文选补遗》云。大德己亥冬茶陵古迁陈仁子书。

其后有"茶陵东山陈氏古迁书院刊行"木记。可知陈氏《文选》与《文选补遗》并刊于大德年间。《文选补遗》收入《四库全书》,书前赵文序曰:

> 吾友陈同俌少讲学家庭,阅《文选》即以网漏吞舟为恨:以为存《封禅书》,何如存《天人三策》;存《剧秦美新》,何如存更生《封事》;存《魏公九锡文》,何如存蓄、固诸贤论;列《出师表》,不当删去《后表》;《九歌》不当止存《少司命》《山鬼》,《九章》不当止存《涉江》;汉诏令载武帝,不载高、文;史论赞取班、范,不取司马迁;渊明诗家冠冕,十不存一二。又以为诏令,人主播告之典章;奏疏,人臣经济之方略,不当以诗赋先奏疏,矧诏令,是君臣失位,质文先后失宜。遂作《文选补》,亦起先秦,迄梁间,以先儒之说及其所以去取之意附

---

① 参刘志盛:《元代湖南的雕板刻书》,《图书馆》1987 年第 6 期。

于下方,凡四十卷。此书传,非特萧统忠臣,而三代以后君
臣政治之典章,辅治之方略,皆可考见,而为世教民彝之助,
不细文云乎哉?①

自苏轼批评《文选》"编次无法、去取失当"(《题文选》),宋元以来讨
论《文选》编选者颇多,赵文序中所论也属此类文字,反映了陈仁子
对《文选》的认识。

斯波六郎曾据明翻茶陵本考察,指出此本与《四部丛刊》本(即
建本)行款全同,并具备《四部丛刊》本的特征,其李善注引文复出
几同,故茶陵本似承《丛刊》本系统。② 后世目录著录茶陵本者不
甚多,且诸家所记款式有所差异,主要有两种:其一为半叶十行,
行大字十八,小字二十三,黑口;其一为半叶十行,行大字十八,小
字则十八九,白口。故范志新先生推测茶陵本在元有两刻。③ 今
国家图书馆有一部,其款式为第一种,但仅残存九卷。将此本与建
本比对,行款全同,字体亦酷肖,且字句起讫亦同,当是初刻本。斯
波六郎所据明翻本亦出自此本,而另一种款式者则恐非原本。总
之,陈氏刻六臣本出自建本无疑,但与建本也有一些差异。斯波六
郎据明翻茶陵本与《丛刊》本比对指出其差异多是此本校者以意改
之,或删或脱误所致,其校改往往正确少而错误多,而《丛刊》本的
一些讹误亦沿袭不改,甚至增加新的讹误。

---

① (宋)陈仁子:《文选补遗》,台湾商务印书馆《景印文渊阁四库全书》第 1360
册,第 3 页。
② 《对〈文选〉各种版本的研究》,《中外学者文选学论集》下册,第 914 页。
③ 关于茶陵本的版本以及诸家目录著录可参考斯波六郎:《对〈文选〉各种版本
的研究》;范志新:《文选版本论稿·论茶陵本》。

　　茶陵本的校改有一显著特点,就是对其底本建本的注文有很多的删减,如斯波六郎所据例证:"《方言》曰"删去"曰"字,"某与某古字通"径删为"某与某通","《左氏传》然明曰"径删为"《左传》"。今就国图藏本比对,此类删减确实很多,如"《尚书》云"删去"云"字,"翰同善注"径删为"翰同",还有一些句尾虚字如"也"字也被删去,如此之类不一而足,可知茶陵本此种校改是一通例,其删减似乎是为了在不失原意的前提下节省一点刻工,或是使注文更加清省。因其每页文字起讫仍袭建本,故删减处有空格,还算是留下了删减之迹。茶陵本的这种校改虽然只删减了一些与文意关系不大的文字,没有产生很多讹误,但其改窜原书仍不足为训。而后世一些版本多空格当即源出于此。

　　总之,此本的校勘基本依据建本,作了较多注文删省,纠正了一些建本的明显讹误,也沿袭并新增了一些讹误,[①]但大体上保存了建本的面貌,尚不失为较好的版本,对后世的六臣本影响很大。顾广圻、彭兆荪为胡克家校刊尤刻本,即以茶陵本为两部参校本之一。[②]彭兆荪曰:"北宋单行善本未之获觏,吴门袁褧以家藏崇宁旧籍影写刊行,虽并五臣,要为近古。茶陵陈仁子本亦当宋末,其所据依,足资考镜。可证尤刻,惟此二书。余如元张伯颜以后,递有摹雕,要皆宋本之重儓,遂初之别子也。"[③]

　　明代的多种六臣本皆出自茶陵本,除了明翻本外,尚有洪楩清

---

　　①　可参斯波六郎所举例。又如卷三七孔文举《荐祢衡表》"平原祢衡","平"字误作"干"。

　　②　据范志新先生研究,其所据茶陵本当为明翻本。参《文选版本论稿》,第71页。

　　③　(清)彭兆荪:《小谟觞馆文集》续集卷一《与刘芙初书》,《续修四库全书》影印清嘉庆十一年刻二十二年增修本第1492册,上海古籍出版社2002年版,第703页。

平山堂本、潘惟时潘惟德本、吴勉学本、项笃寿万卷堂本、崔孔昕本、徐成位本等。① 这些版本大多自诩校勘精善,如洪楩本田汝成序曰:"钱唐洪君子美,得宋本而重锓之,校雠精致,逾于他刻。"此序被项氏万卷堂本移用,唯将上语改为"今观项氏所刻,校雠精致"云云,可见其语不实。② 又如徐成位本有识语曰:"郡斋旧有六臣《文选》刻,久而残失,山东崔大夫领郡,重为剞劂。但校雠者卤莽,中多舛讹,甚以俗字窜古文,观者病之。余暇日属二三文学详校,凡正一万五千余字,庶几复见古文之旧。"各本虽皆经校勘,但其质量反不及祖本。值得一提的是,《四库全书》所收的六臣注《文选》也出自这一系列。

二、张伯颜本及其翻刻本的刊刻与校勘

稍后于茶陵本,元延祐年间(1314—1320),池州路同知张伯颜刊李善注《文选》,世称张伯颜本。元郑元佑《侨吴集》卷一二有《平江路总管致仕张公圹志》一篇,记张氏生平较详,有曰:

> 张氏世占吴都籍,而为长洲之相城人。至先公始以谨饬小心入仕于朝,傪直殿庐。久之,成皇以先公忠勤,爱之,赐名伯颜。……延祐元年,除庆元路同知。七年,升授奉政大夫池

---

① 对这些版本的研究可参考斯波六郎《对〈文选〉各种版本的研究》、范志新《文选版本论稿》的相关论述。

② 田汝成似又有家刻本,《田叔禾小集》亦载此序,而云:"予尝得宋善本,将重锓之于家塾,因命蘅儿严加校雠。"同一序而三个版本共用,其所谓校雠云云显得不足信据。可参考范志新:《田汝成〈重刻文选序〉有三种结尾》,《文学遗产》2000 年第 4 期。

州路同知。……至元二年丙子,先公年六十有五,是夏代归。先公素有止足意,即告老于朝。于是以正议大夫平江路总管致仕,归卧吴下,春容丘园。而以三年夏六月十四日卒于相城之私第。①

据《圹志》张氏至元二年(1336)六十五岁,至元三年卒,则其生卒为1272至1337。

此本前有余琰序曰:

> 梁昭明享池祀,夫岂徒哉? 如有所为者,知其有《文选》也。必人永其传,则人寿其享矣。惟大德九祀,予以贰郡是承,以坠典是询。父老具曰,伯都司宪新《文选》之梓于烬,告厥成,因相与乐之。越十有三载,予时备遣皇华,诹诹炎服,还,有以梓蹈灾辙而告厥废者,乃相与叹之。再明年,即池故处,吾归老焉。聿感迫兹,徒念罔济,吾既不果宪斯道,又不复政斯郡,末如之何矣。几将来者,岂不有我心之同然者乎。未几,同知府事张正卿来,思惠而为政,将桓复斯集。俾邑学吴梓校补遗缪,遂命金五十以自率,群属靡不从化。……嘉议大夫前海北海南道肃政廉访使余琰序。②

据此序知大德间池州曾刻《文选》,但毁于火,后张伯颜于延祐七年(1320)任池州同知,再次主持刊刻。池州在萧梁时为昭明太子封

---

① (元)郑元佑撰,(明)张习编:《侨吴集》,台湾商务印书馆《景印文渊阁四库全书》本第1216册,第603—604页。
② 此据明成化唐藩重刻张伯颜本。

邑,境内有不少关涉萧统的古迹,其中文选阁尤著。宋淳熙间尤袤曾在池州郡斋刻李善注本,是为著名的尤刻本,而张伯颜重刻,其事与尤袤颇为相似,其刻本亦出自尤刻本。

清人目录对张本及其翻刻本著录相当多,但详略不同,其中或不免疏舛,也不排除后人以明翻本充元本的可能,故关于张本系统仍有不少疑点。[①] 今国家图书馆藏有一部张伯颜本,仅存十一至六十卷。[②] 张本出自尤刻本,其行款及每页文字起讫全同,字体亦肖,基本保存尤刻本的原貌。大概张本即据尤刻本翻刻,虽然余瑅序称"俾邑学吴梓校补遗谬",但恐并未作多少校改。如《思玄赋》"纕幽兰之秋华兮",李善注:"《楚辞》曰:结深兰之亭亭。"张本同尤刻本皆脱一"亭"字。"庶斯奉以周旋兮,要既死而后已",张本同尤刻本皆误"要"为"恶"。"嘉群臣之执玉兮,疾防风之食言",李善注"善曰:《国语》曰:吴伐越,隳会稽,获骨节专车。吴子使来问之,仲尼曰:丘闻之,昔禹致群神于会稽之山,防风后至,禹乃杀而戮之,其骨节专车,此为大矣。"张本同尤本误李注"群神"为"群臣",《国语·鲁语下》即作"群神"。

其在细微处也略有改动,如《天禄琳琅书目》著录曰:"其橅刻此书,颇得宋椠模范,第书中只收李善一人之注,而又录吕延祚《进五臣注表》,未免自淆其例矣。"[③]陆心源《元张伯颜椠本文选跋》曰:"其行款起讫皆与尤延之本同,惟尤本《两都赋序》注'亦皆依违尊者,都举朝廷以言之',六臣本'都'上有'所'字,'举'上有'连'

---

① 对张本及其明翻本较有研究的当推斯波六郎与范志新,但两家所述亦有所不同。

② 范志新先生谓此本是张氏原本,但国图著录称是重修本。

③ 《天禄琳琅书目》卷六,第 201 页。

字,此本有此二字,与尤本不同,似是既刻成而挖改者,当是伯颜据六臣本所改,以掩其袭取尤本之迹耳。"①

总之,张伯颜本大体保存尤刻本原貌,一方面使宋本得到传承,一方面在宋本难得的情况下,大致可以代替宋本使用。故彭兆荪曰:"《文选》只要李善注,五臣竟不必看。鄱阳胡果泉漕督在苏藩任时重刊淳熙本为第一……元张伯颜本次之。"②

与茶陵本相似,张伯颜本在明代翻刻甚多,如成化唐藩本、嘉靖汪谅本、嘉靖晋藩本、万历邓原岳本等,或直接或辗转皆出自张本。有的保持原貌,有的改易款式,阮元《揅经室三集》卷四《南宋淳熙贵池尤氏本〈文选〉序》曰:"元人张正卿翻刻是书,行款一切颇得其模范,第书中字句同异未能及此。若翻张本及晋府诸刻,改其行款,更同自郐矣。"③

三、《文选纂注》等《文选》改编本

至明中后期,板刻愈趋繁荣,又加明人好改窜古书,此时出现了很多《文选》的改编本,有的图清省删去注文成白文本,有的以己意删减原文,或变换次序,有的改窜原注而增入补注评点,这种风气一直持续到清代。改窜原书的行为一定程度上与校雠宗旨是背道而驰的,但一方面这些删节版本流行颇广,影响很大,另一方面删节者偶或也作了一定校勘,故亦稍作叙述。

---

① （清）陆心源:《仪顾堂续跋》卷一三,第340页。
② （清）彭兆荪:《忏摩录》,《丛书集成续编》影印《喜咏轩丛书》本第42册,台北新文丰出版公司1989年版,第281页。
③ （清）阮元撰,邓经元点校:《揅经室集》,中华书局1993年版,第666页。

　　由于世所通行的李善注本以及六臣注本注释颇为繁博,明人兴起了删减改编《文选》注的风气。较早对《文选》注释作删减的当属张凤翼《文选纂注》。

　　张凤翼(1527—1613)字伯起,号灵虚,苏州府长洲人,以戏曲创作著名,有《处实堂集》。张氏撰《文选纂注》十二卷,书前有万历庚辰(1580)年序,叙述其编纂之意,有云:

　　　　《文选》之选于梁昭明太子也,低昂两汉,臧否三国,进退六朝,代不数人,人不数首,集英略秒,汇聚类分,固谈艺者之所必资也。唐李善注,又有五臣注,其间参经例传,探赜索隐,亦云博矣。顾错举则纷遝而无伦,杂述亦纠缠而鲜要。或旁引效颦,或曲证添足,或均简而重出,或比卷而三见。盖稽古则有余,发明则不足。宜眉山氏有俚儒荒陋之讥,而令览者不终篇而倦生也。予弱冠即知其然,以困于监车,未遑订定。丁丑之役,则摈于礼闱者四矣,此而不止,人寿几何! 于是慕潘岳闲居奉母之乐,修虞卿穷愁著书之业。闭门却扫,凝神纂辑。语有背驰,则取其长而委其短;事多叠肆,则笔其一而削其余。时或鼎新乎己意,亦期不诡于圣经。故每因一字之益而义以彰,缘片言之损而辞以达。非若齐丘攘《化书》于谭峭,郭象窃解义于向秀也。尔乃王、曹之后先,赠答之倒置,五言古之宜首苏李,十九首之析为二十,皆当绳以定则,不必例以阙疑。又如篇下题名以字者十之八,以名者十之二,既无褒贬之义,殊乖协一之体,故惟称帝则不名,余则皆以名,而字与爵里系焉。至如《文选增定》之以骚先赋,以无续有,虽不无所见,特以非昭明本旨,不敢雷彼易此。[1]

由序文可知张氏编纂着力在取长去短,删繁就简,稍加己意,并对原书的一些次序、署名等作了改动。在编纂中张氏亦留意校勘,其集中有《宋板文选跋》曰:"近留意'《选》学',将纂诸注,闻此书已归云间,因遣人借留案头,校对月余。"[2]此本即赣州本,《天禄琳琅书目》曾著录,先后有赵孟頫、王世贞、董其昌、王稚登、周天球等人题识,极为珍贵。

张氏对《纂注》甚用心,亦颇自负,其《处实堂集》中有不少往来书信提及《纂注》,卷五《答陆京卿进士书》曰:"《文选》之注,已三易稿,可语粗就,然非敢以冰虫之技自雄也。"又《与君典书》曰:"《文选》之役,本欲尽洗故笺,一出胸臆,弟恐岁不我与,或不能竟,故不得不有所因。然创自己见者,十亦恒二三,自谅于艺林不无小补。"张氏一些友朋对《纂注》亦有所揄扬,如梅鼎祚(1549—1615)《答张伯起》曰:"《文选纂注》删繁会简,提要钩玄,兼以剖剧都工,豕鱼悉正,一加拭目,便知苦心,实足羽翼斯文,岂徒橐钥后进。"[3]

但总体上,《纂注》编纂之力较多,发明之处较少,作一般的简明读本较为适宜,学术价值不高,且有不少舛误,故明时已有批评。孙能传曰:

---

[1]　(明)张凤翼:《文选纂注》,《四库全书存目丛书》影印明万历刻本集部第 285 册,齐鲁书社 1997 年版,第 22—23 页。

[2]　(明)张凤翼:《处实堂集》续集卷十,《续修四库全书》影印明万历刻本第 1353 册,上海古籍出版社 2002 年版,第 547 页。

[3]　(明)梅鼎祚:《鹿裘石室集·书牍》卷四,《续修四库全书》影印明天启三年玄白堂刻本第 1379 册,上海古籍出版社 2002 年版,第 514 页。

> 吴中近刻《文选纂注》，一时盛行，几掩五臣而凌李善矣。乃其谬妄处，正自不少。……以上数则辞旨甚明，本非艰晦，而注皆舛错不通。如此序中乃盛自夸诩，谓"因一言之益而义以彰，缘片言之损而辞以达"，宁不为李、吕诸君所笑！①

至清代，批评更多，《四库全书总目提要》曰：

> 是书杂采诸家诠释《文选》之说，故曰"纂注"，然所引多不著所出。夫诠释义理，可以融会群言，至于考证旧文，岂可不明依据？言各有当，不得以朱子集传、集注藉口也。其论《神女赋》"王"字讹"玉"，"玉"字讹"王"，盖采姚宽《西溪丛语》之说，极为精审。其注无名氏古诗，以"东城高且长"与"燕赵多佳人"分为两篇，十九首遂成二十，不知陆机拟作，文义可寻，未免太自用矣。②

但正如孙能传所言，《纂注》出，几欲掩五臣而凌李善，可见其符合一般读书人之口味，故在刻书甚为发达的明代，翻刻、改编《纂注》者一时蜂起，然多为一般书商取利行径，校勘愈趋鲁莽，每况愈下矣。③

自《纂注》盛行，效颦者众，嗣后又有《文选章句》《文选尤》《文选瀹注》等改编本出现，其中《文选章句》较有学术价值。

---

① （明）孙能传：《剡溪漫笔》卷五，《续修四库全书》影印明万历四十一年孙能正刻本，上海古籍出版社 2002 年版，第 371 页。孙氏所驳，文繁不录。

② 《四库全书总目》卷一百九十一。

③ 参考范志新：《文选版本论稿·张凤翼〈文选纂注〉的版刻源流》，第 120 页。

《文选章句》二十八卷，陈与郊(1544—1611)撰。与郊字广野，海宁人，万历二年(1574)进士，累官至太常寺少卿。与张凤翼相似，陈氏亦以传奇戏曲创作著名。陈氏尚留意学术，《四库全书》著录其《檀弓集注》《方言类聚》等书。陈氏在《文选章句序》中批评当时学风，有曰：

> 时学士狭《左》《国》迁、固不谭，谭二氏，往往阐析孔孟，亦不忌外猎而妄渔，五尺之童耻不涉佛书者，不可胜道，有识惧之。……余闻诸师曰，士当其扶舆元气尽泄时，势不得不日趋于文，殆趋极而之佛尔。夫鳌士习、扶世教，莫近于文章，文胜则离，离则欲反之经传，且藉口前闻，反之唐宋诸家，且因绪论无已，姑导之昭明。①

由此可知陈氏撰著之旨。陈氏在序中交代著述凡例，有曰："文成数千，数乙未竟，句裂字缀，若断若续，疾读则遗雅故，寻解则令正义差池，故分章。"《文选》原本一句一注，阅读时不免割裂文气，故陈氏将原文分章，而将句下注汇总于章后，故书名曰章句。与张凤翼《纂注》类似，《章句》对注文也作了大量删减，据其凡例知所删注文是浅近者、重复者、所引经书无人不知者、本书互引者等。《章句》只留李善注，不存五臣注。凡例又曰："嗟善注乎，五臣窜诸，或窜诸五臣，版于大彰，②主客焚乱，故本善善本。"可见陈氏亦注意到五臣、李善注的窜乱，并有意择取善本。同时陈氏又加以考韵、

---

① （明）陈与郊：《文选章句》，《四库全书存目丛书》影印明万历二十五年刻本集部第285册，齐鲁书社1997年版，第532—533页。

② 此句疑有讹误。

释名等,间附已说,又能参据前人,偶有考证。^① 故《四库全书总目提要》曰:

> 此书以坊刻《文选》颠倒棼乱,每以李善所注窜入五臣注中,因重为釐正,汰其重复,斥五臣而独存善注。凡善所录旧注,如《楚辞》之王逸,《两京赋》之薛综,《咏怀诗》之颜延之、沈约,皆仍存之,亦时时正其舛误,较闵齐华、张凤翼诸本差为胜之。^②

四、汲古阁本

明末,常熟汲古阁毛氏刊李善注《文选》,世称汲古阁本。此本在清中期胡刻本出现之前影响极大,前后翻刻凡十余家。盖清代学者尊李善贬五臣,当时流行李善单注本,又加汲古阁之盛名,故其刻本独盛行于世,学者囿于闻见,或目之为善本。但汲古阁本实非精良,其中讹脱甚众,清人因多研读之,故每有所论。如孙志祖《文选考异序》曰:"毛氏汲古阁所刻《文选》,世称善本,然李善与五臣所据本各不同。今注既载李善一家,而本文又间从五臣,未免舛驳,且字句讹误脱衍不可枚举。"陈鳣《元本李善注〈文选〉跋》曰:"余十二岁时诵《文选》,乃汲古阁所刊李善注本,在近时读本中为最善,犹恨其脱误良多。即何义门学士评校,尚有未尽,疑莫能明。"^③朱锡

---

① 如卷首列高斋十学士名,但有所质疑。文中并多引杨慎说。
② 《四库全书总目》卷一百九十一。
③ (清)陈鳣:《简庄文钞》卷三,《续修四库全书》影印清光绪十四年刻本第1487册,上海古籍出版社2002年版,第262页。

庚《李善注文选诸家刊本源流考》曰:"今之所行,明毛晋汲古阁本,章句多脱落,注且不全。如枚乘《七发》遗'太子有悦色也''然而有起色矣'一节,司马长卿《上林赋》不标郭注,《宣德皇后令》失载任彦昇,至一篇中脱遗数句,不可殚述。"①

汲古阁本虽不佳,但较之一般坊本为优。故余萧客《文选音义序》曰:"前辈何侍读义门先生,当士大夫尚韩愈文章、不尚《文选》学,而独加赏好,博考众本,以汲古为善。晚年评定,多所折衷,士论服其该洽。"②故汲古阁本是当时学者校勘《文选》的主要版本,如何焯、陈景云、孙志祖、许巽行等人的校勘对象皆是此本,尤以何焯批校本最为盛行,学者移录传抄不绝。何氏批校于汲古阁本,抄录者亦多择汲古阁本为底本,故进一步加重其影响。《四库全书》所收李善注《文选》即汲古阁本,《提要》指出此本舛互甚多,但称"惟是此本之外,更无别本,故仍而录之",亦可见当时汲古阁本之盛行。

汲古阁本也是一个很复杂的本子,此本来源不明,并无序跋交代,唯书中卷首多有"琴川毛凤苞氏审定宋本"篆印,其所谓宋本颇可疑。从其版式上亦看不出与之前版本的承袭痕迹,而其为李善单注本,扉页却题"梁昭明文选六臣全注",不知何故,存世宋本皆无此体式。③ 汲古阁本有重刻本以及诸多翻刻本,清人往往泛称之为汲古阁本,但彼此差异也很多,各就所见而论,不免互相矛盾。

---

① （清）朱锡庚:《朱少河先生杂著》,《雅言》第七卷,1943 年。

② （清）余萧客:《文选音义》,清乾隆静胜堂刻本。

③ 对此余萧客在《文选音义自叙》中推测说:"然汲古阁本独存善注,而总题'六臣',又误入'向曰''铣曰'注十数条。盖未考六臣、五臣之别,漫承旧刻讹杂,未必汲古主人有意欺世,乃以所刻数条五臣注为善也。"

如针对同一处脱误,黄承吉《梦陔堂文集》卷三《与梅蕴生书》曰:"抑有异者,近见坊刻《文选》,于此篇游猎一则,自'客见太子有悦色也'至'然而有喜(起)色矣',删去几二百字,其书袭毛氏汲古阁字样,然实于毛本大异。今乡塾盛行皆此本,误人甚矣,诬古人甚矣。"①而如上文引朱锡庚则称汲古阁本于枚乘《七发》脱"太子有悦色也"至"然而有起色矣"一节。阮元《南宋淳熙贵池尤氏本文选序》亦曰:"《七发》'客见太子有悦色'下(宋本卷卅四,九下),毛本脱数百字。"

汲古阁本混有少数五臣注,故《四库全书总目提要》曰:"此本为毛晋所刻,虽称从宋本校正,今考其第二十五卷陆云《赠兄机》注中有'向曰'一条,'济曰'一条,又《赠张士然诗》注中有'翰曰''铣曰''济曰''向曰'各一条,殆因六臣之本削去五臣,独留善注,故刊除未尽,未必真见单行本也。"斯波六郎复举多条混入的五臣注,但指出这些注文亦存于明翻张伯颜本中,故汲古阁本当出自明翻张本。② 范志新先生也进一步论证汲古阁本出自明唐藩本。③ 实际上,清代一些学者已通过比对脱误与混淆,大致确定汲古阁本当属张伯颜本系统,如陈鳣《元本李善注文选跋》曰:"惟司马长卿《封禅文》脱'上帝垂恩储祉,将以庆成'二句,元刊已脱,又如《西都赋》注引《三仓》之作'王仓',《闲居赋》注引《韦孟诗》之作'安革猛诗',元刊亦然,汲古本盖仍其误,而义门亦未之校正也。"曾钊《面城楼集钞》卷三《延祐本文选跋》曰:"《文选》李善注单行本宋有尤氏本,元

---

① (清)黄承吉:《梦陔堂文集》,咸丰元年黄必庆汇印本。
② 参斯波六郎:《对〈文选〉各种版本的研究》,《中外学者文选学论集》(下册),第881页。
③ 参范志新:《文选版本论稿·汲古阁毛本散论》。

有此本而已。国初毛氏本称从宋本校刊,而二十五卷陆士龙《答兄机》诗注有'向曰''翰曰'之文,与此本正同,殆即据此本耶?"①杨守敬《日本访书志》卷十二云:"元时张伯颜刊善注,则更多增入五臣注本,明代弘治间唐藩刊本、嘉靖间汪谅刊本、崇祯间毛氏汲古阁刊本,又皆以张本为原,而递多谬误,各本余皆有之。"②

　　但傅刚先生则不同意汲古阁本出尤、张版本系统,认为汲古阁本是一个杂糅的本子。③ 屈敬慈亦通过比对异文指出毛氏本所据底本确出宋刻,而且是早于尤本的宋刻。④ 斯波六郎以来的研究较清人的略论细密许多,但结论仍如此歧异,亦可见汲古阁本的复杂。诸家立说皆有理据,但或是限于版本闻见不足,或是仅抽样调查,结论都还不是十分确定,总体上笔者认为仍以斯波六郎之说较为可信。

　　汲古阁本与尤、张系统版本的差异很可能是校改的结果,如屈敬慈指出:"毛氏本与尤刻本、胡刻本相歧异的文句,毛氏本十之八九同于天圣国子监本残卷及《六臣注》本的韩国奎章阁本、袁氏嘉趣堂本、明州本。"这种情形恐并非如屈先生认为的汲古阁本所据是早于尤刻本的宋本,而是汲古阁本参考六臣本作了校改。又如李善注本及六臣注本皆无"移""难"两个类目,诗类下又没有"临终"这一次类目,而汲古阁本同五臣本皆存这三个类目,这大概是汲古阁本参据五臣本校改的痕迹。又如此本卷中的标目,不同于

---

　　① （清）曾钊:《面城楼集钞》,《续修四库全书》影印清光绪二年学海堂丛刻本第1521 册,上海古籍出版社 2002 年版,第 536 页。
　　② 杨守敬:《日本访书志》,辽宁教育出版社 2003 年版,第 198 页。
　　③ 参傅刚:《文选版本研究》,第 153—156 页。
　　④ 参屈敬慈:《校〈文选李善注〉应当重视汲古阁毛氏刻本》,《中华文化论坛》2000 年第 4 期。

之前李善本与六臣本各卷标目,而是合两卷子目于奇数卷,偶数卷不标,故其子目似乎恢复了三十卷本的原貌,大概也是据五臣本而改,但亦保留有六十卷本的特征,如乐府类三十卷本在卷十四,只标"乐府",六十卷本分置二十七、二十八两卷,故分标"乐府上""乐府下",汲古阁本将二十八卷子目合并在二十七卷,但仍保留"乐府上""乐府下",显然是杂糅了三十卷本和六十卷本。又五臣本卷目有"策秀才文",李善本与六臣本皆误脱为"文",汲古阁本亦同,则是未据五臣本改。

当然,若谓汲古阁本据其他版本作了校改,似乎也有点疑问,因为汲古阁本中脱误情况实在太多。阮元在《南宋淳熙贵池尤氏本文选序》中就有所质疑,有曰:"此册在明曾藏吴县王氏、长洲文氏、常熟毛氏。……独怪册中皆有汲古阁印,而毛板讹脱甚多,岂刊板后始获此本,未及校改耶?"实际上汲古阁不仅藏有尤刻本,又有赣州本、明州本、广都裴氏本、陈八郎本等,若据以参校,不当有很多讹误,如斯波六郎指出其较翻张本脱误更多。亦或是汲古阁本校勘过于粗疏,难以得知。

另外,汲古阁毛氏似曾修订重刻过《文选》,故汲古阁本《文选》当有初刻、修订之别。《读书敏求记校证》卷四"李善注《文选》六十卷"下,章钰引黄丕烈语云:"此宋刻,毛氏曾以勘家刻本,秉笔者陆敕先也。"①黄氏所称毛氏家刻本即汲古阁本,据黄氏所云,则陆贻典据宋本校汲古阁本似是为毛氏刻书之用。许巽行《文选笔记》卷首所附《密斋随录》曰:"乙酉官浙东,复得新刻汲

---

① （清）钱曾撰,（清）管庭芬、章钰校证:《读书敏求记校证》,上海古籍出版社2007年版,第431页。

古阁本,校阅再三。"①亦可为证。阮元《南宋淳熙贵池尤氏本文选序》指出汲古阁本脱文甚多,序中有注曰:"以上毛初刻本脱,后得宋本改。"②若阮氏所云不误,则汲古阁确有《文选》修订本,而陆贻典所校盖为毛氏重刻之用。③ 又汲古阁毛扆为陆贻典之婿,④可作进一步证明。笔者所见国家图书馆所藏一部汲古阁本,扉页右上题"汲古阁新镌",左下题"本衙藏板",⑤似即是修订本。而清代一些重刻汲古阁本如怀德堂本、儒缨堂本、光霁堂本等,扉页右上皆题"汲古阁校订"字样,其所据底本或是汲古阁初刻本。⑥ 又依汲古阁修订本为底本的钱士谧本,正题"汲古阁新镌"字样,则是初刻本题"汲古阁校订",而修订本题"汲古阁新镌"。惜初刻本至今未见,是否属实仍须实物凭证。⑦

第五节　例证分析
——由现存版本探讨《文选》刊刻的校勘之迹

如前所述,探讨《文选》版刻的校雠并非易事,历代版本除了胡

---

① （清）许巽行:《文选笔记》,《丛书集成续编》影印《文渊楼丛书》本第103册,台北新文丰出版公司1989年版,第14页。

② 但如前所述,阮氏所云亦不见得十分可靠。

③ 关于汲古阁本的重刊本可参考范志新《文选版本论稿》第89—90页。

④ 参叶昌炽撰,王欣夫补正,徐鹏辑:《藏书纪事诗》(附补正),上海古籍出版社1989年版,第329—330页。

⑤ 关于"本衙藏板"可参考沈津:《说"本衙藏板"》,《昌彼得教授八秩晋五寿庆论文集》,台湾学生书局2005年版。

⑥ 阮元曾在一儒缨堂重刊汲古阁本上过录陆贻典、冯武、顾广圻的批校,阮氏在书前题曰:"今所用乃翻刻汲古阁初印本。"亦可为证。

⑦ 一般目录著录汲古阁本并未区别有初刻本、修订本,又因翻刻本甚多,清人泛论汲古阁本,实际上彼此有差异,故各家所述歧异颇多,莫衷一是。

刻本专门附有考异外,其他版本皆为定本式,其所作勘改并无痕迹可寻。一个方法是通过不同版本之间的比对,分析各版本异文异貌产生的原因,可大致推测其可能作的校勘。本节即以六十卷本《文选》的第六卷左太冲《魏都赋》为例,比对各种代表性的版本,从异文实例出发探讨刻本可能存在的校勘,也通过一些例证说明版本系统间的差异和同系统版本的承传关系。所列并非全部异文,只选择可能存在主观校勘的例证。

所比对版本基本上以台湾藏北宋监本为底本,如监本有残损或原无其文,则以奎章阁本或尤刻本为底本,并说明,其他版本包括全部现存宋刻本以及元明时期的一些代表性版本,因下章亦述及《四库全书》所收两种《文选》版本,故附带在此处一并比对。其中李善注本有监本、尤刻本、唐藩本、汪谅本、汲古阁本、四库李善注本,这其中监本与尤刻本明显为两个系统,而其他版本基本上属于尤刻本系统。五臣本有陈八郎本、正德本两种。六臣本有奎章阁本①、明州本、赣州本、建本、吴勉学本、四库六臣本。② 据学者研究,六臣本虽然有李善注在前在后的差别,但基本上属于同一系统,其中秀州本、明州本、广都本、袁本等六家本则属于关系更近的所谓六家本系统,而赣州本、建本、茶陵本以及大部分明翻茶陵本属于关系更近的六臣本系统。又,六臣本的李善注出自监本,故仅从李善注而言,监本与诸六臣本属于一个系统,尤刻本及其翻刻本

---

① 一般认为奎章阁本比较忠实地保存了最早的六臣本秀州本的原貌,秀州本早亡,为明确显示版本源流起见,文中径称奎章阁本为秀州本。

② 元代茶陵本是六臣本传承过程中的重要一环,明代六臣本大抵从此出,但国图藏本亦为残本,第六卷不存,此处选择明翻六臣本吴勉学本,大致可作代表,另胡克家《文选考异》以茶陵本为校本,故一些异文可参据胡氏《考异》。

属于同一系统。

　　另须说明的是,李善注此赋保留有旧注,一些六臣本题作刘渊林即刘逵注,但学者一般认为当是张载注,因与此处比对分析关系不大,故仍依据版本原貌在所引旧注前题"刘曰"。

　　下面就按原文顺序逐条列举异文例证,并作分析:

　　1. 尤刻本《魏都赋》题下有注曰:"魏曹操都邺,相州是也。太冲赋三都,以吴、蜀递相顿折,以魏都依制度。"监本则无此注。据《元和郡县志》,北魏孝文帝始于邺立相州,至北周大象二年(580)自故邺城移相州于安阳城,知相州之名始于北魏,而580年之后,相州治所已不在邺,推测此条注释当产生于上述两个时间之间,故其必非李善所援引的西晋张载旧注,恐也非唐人注释,但应非尤袤所增,当有来历。又《吴都赋》下监本、尤刻本以及诸六臣本皆有题注曰:"吴都者,苏州是也。后汉末,孙权乃都于建业,亦号吴。"两处题注非常相似,亦可证《魏都赋》题注当为李善注本所原有。六臣注本的李善注源自监本,故秀州本(奎章阁本)、明州本、赣州本、建本、吴勉学本、四库六臣本等六臣注本和监本一样都没有这条题注,而与尤刻本大致同系统的汪谅本、唐藩本、汲古阁本、四库李善注本等皆有此注。此类注文最能说明版本系统间的传承关系。

　　2. 李善于《魏都赋》采有旧注,依例当在作者名下题注家名,但监本"左太冲"下并无注家名,秀州本(奎章阁本)、明州本、赣州本与尤刻本亦无,说明此处很早即有脱误,但上述几种六臣本皆在文中旧注前题"刘曰",是认旧注为刘渊林撰。建本有"刘渊林注"四字,当是其校补,而属建本系统的茶陵本、[①]吴勉学本等皆有。属

————————————

① 茶陵本的情况据胡克家《文选考异》。

尤刻本系统的汪谅本、唐藩本无,但汲古阁本有,可能是据建本系统的版本校补,四库李善注本亦沿袭。实际上,学者多以《魏都赋》旧注当是张载注,故题"刘渊林注"或是"刘曰"均有误,但此处讹误恐很早。

3. "魏国先生有睟其容",刘曰:"《孟子》曰:君子所性,仁义礼智根于心,其生色睟然于面,不言而喻。"奎章阁本同,明州本、赣州本及尤刻本"于面"上有"见"字,与《孟子》原文合。当是监本脱误,①秀州本(奎章阁本)沿误,后世版本或是别有所据,或是校补。

4. 秀州本(奎章阁本)"异乎交益之士",善曰:"《汉书》有交州。又改梁曰益,有益州。"明州本、赣州本、建本及之后的六臣本同。监本"有交州"三字残损,但应与以上诸本相同。尤刻本作"《汉书》曰武帝置交州",稍有差别。《汉书·地理志》曰:"至武帝攘却胡、越,开地斥境,南置交趾,北置朔方之州,兼徐、梁、幽、并夏、周之制,改雍曰凉,改梁曰益,凡十三部置刺史。"②李善注当本此。但"《汉书》有交州"句式不合李注例,尤刻本作"《汉书》曰"云云则较合李注例。或是监本有误,而六臣本沿误,或是尤刻本校改,而为尤刻本系统的版本沿袭。但称交州仍有小误,因《汉书·地理志》称置交趾,东汉初始改交趾为交州。总之,此处文字恐有问题。

5. "盖音有楚夏者,土风之乖也",李注:"《史记》曰:淮北、陈、汝南、南郡,此西楚也。颍川、南阳,夏人之居,故至今谓之夏人。""淮北"下尤刻本有"沛"字,与今《史记·货殖列传》合,或是尤刻本校补,与尤刻本同系统的注本皆有此字。而秀州本(奎章阁本)、明

---

① 这种脱误或是监本刊刻造成的,当然也可能是监本的底本原误,但因无更早的版本作证,故只能追溯至监本。下面的一些例证与此性质类似。

② (汉)班固:《汉书》卷八上,中华书局1962年版,第1543页。

州本、赣州本、建本、吴勉学本等六臣本无,当是沿袭监本。而四库六臣本有"沛"字,不知是其底本原有,还是馆臣校补。又"颖川",当是"颍川"之误,秀州本(奎章阁本)作"颕川","颕"与"颖"同,秀州本当是沿袭监本,但因字体形近而变异。明州本、赣州本、建本等六臣本与尤刻本作"颍川",不误,或有校改。而属尤刻本系统的唐藩本、汪谅本则与秀州本(奎章阁本)一样作"颖"字,颇为奇怪,又不像是校改所致,而是有所依据。

6."虽则生常,固非自得之谓也",善曰:"《孟子》曰:使自得之。赵岐曰:使取得其本善也。"秀州本(奎章阁本)、明州本同,赣州本、尤刻本"善"下有"性"字,与《孟子》赵岐注合。或是监本脱,秀州本、明州本沿袭,赣州本、尤刻本校补。但出自赣州本的建本亦无,不知是误删还是别有所据。吴勉学本、四库六臣本以及唐藩本、汲古阁本等皆有"性"字。

7."夫太极剖判,造化权舆",善曰:"《淮南子》曰:大丈夫无为,与造化逍遥。权舆,始也。"秀州本(奎章阁本)、明州本、赣州本、建本等六臣本同,尤刻本"权舆始也"上有"尔雅曰"三字,属于尤刻本系统者皆同,"权舆始也"出自《尔雅·释诂》,此或是监本脱,六臣本沿袭,尤刻本校补。

8."列宿分其野,荒裔带其隅",善曰:"《汉书》曰:秦地,于天官、东井、舆鬼之分野。杨雄《州箴》曰:交州荒裔,水与天际。""州箴",尤刻本作"交州箴",与尤刻本同系统的汪谅本、唐藩本、汲古阁本同。而明州本、赣州本、建本同监本无"交"字。胡克家《文选考异》曰:"《汉书》曰'作州箴',余所引有某州箴者,疑皆后人所添。"则"交"字或是尤刻本校添,或本有所据。另,吴勉学本有此字,或为明代的六臣本据尤刻本系统校补。四库本六臣亦有,可证其与明翻六臣本的关系。

9."蛮陬夷落,译导而通者",善曰:"杜笃《边论》曰：亲译导缓步。"尤刻本善注为:"杜笃《通边论》曰：亲译录导,缓步四来。"按,尤刻本是,而监本当是脱误,秀州本(奎章阁本)、明州本、赣州本、建本、吴勉学本、四库六臣本等六臣本沿误,尤刻本系统诸本不误。

10."而子大夫贤者","贤者",秀州本(奎章阁本)作"之贤",明州本、赣州本、建本等六臣本系统皆同秀州本(奎章阁本)。或是善作"贤者",五臣作"之贤"。尤刻本作"之贤者"三字,或是校改,尤刻本系统皆如此。

11."尚不曾庶翼等威",李善注:"《尚书》曰：庶明其教,而自勉励,翼戴上命。""庶明其教",尤刻本作"庶明厉翼孔安国曰众庶皆明其教",与今《尚书·皋陶谟》及伪孔传合,监本当是脱误,秀州本(奎章阁本)、明州本、赣州本、建本等六臣本沿误,尤刻本系统皆不误。此当是尤刻本底本不脱,或是尤刻本校补。另,袁本亦脱误,唯"《尚书》曰"作"尚书注",[①]或是袁本底本广都本校者觉其有误,改"曰"为"注",但亦不确。

12."荣其文身,骄其险棘",善曰:"蔡雍《楚陵碑》曰：进路孔夷,人情险棘。""楚陵",尤刻本作"樊陵",《艺文类聚》卷六引蔡邕此碑作"樊陵",樊陵史有其人,"楚"字是"樊"字之讹,秀州本(奎章阁本)、明州本、赣州本、建本等六臣本沿袭监本之误。尤刻本或是底本不误,或是校改。而尤刻本系统的唐藩本、汪谅本则作"楚",与尤刻本不同,或是其底本张伯颜本校改。汲古阁本、四库李善注本同尤刻本。

---

① 此据高步瀛《文选李注义疏》校语。

　　13."非醇粹之方壮,谋踏驳于王义",刘曰:"班固云:不变曰醇,不离曰粹。""离"当作"杂",《楚辞·远游》"精醇粹而始壮",洪兴祖补注引班固曰:"不变曰醇,不杂曰粹。""离"字当是形近而讹,秀州本(奎章阁本)沿误,其他诸本皆作"杂",不误,或经校改。

　　14."剑阁虽嶙,凭之者蹶",善曰:"剑阁,蜀境也。郦元《水经注》曰:小剑去大剑,飞阁惧,故谓之剑阁。"尤刻本"小剑"下有"戍"字,"惧"字作"通衢"二字。按,《水经注·漾水》:"白水又东南,清水左注之,庾仲雍曰:清水自祁山来合白水,斯为孟浪也。……又东南径小剑戍北,西去大剑三十里,连山绝险,飞阁通衢,故谓之剑阁也。"①李善注本此。监本脱"戍"字,"通衢"误作"惧"字,秀州本(奎章阁本)、明州本、赣州本、建本、吴勉学本等六臣本沿误,而四库六臣本作"通衢",或是据尤刻本系统校改。尤刻本不脱,但"戍"讹为"戊",汪谅本无"戊"字,但有一空格,当原有,后挖去。唐藩本、汲古阁本、四库李善本无"戊"字,亦无空格,当是删改而不留痕迹。另外,李善此注节引《水经注》,文不甚通,或是简省过甚,或是仍有脱文。至于"戍"字,或是李注原误,或是脱文,而尤刻本校补。

　　15."翼翼京室,耽耽帝宇",李善注:"谢承《汉书》曰:阳球为司隶校尉,虎视帝宇。"赣州本、尤刻本"汉书"作"后汉书",是,或是校改,后世建本等六臣本以及尤刻本系统皆同。

　　16."殷殷寰内,绳绳八区",善曰:"毛苌《诗》曰:殷,众也。""毛苌《诗》",赣州本作"毛苌《诗传》",是,而秀州本(奎章阁本)、明

----

　　①　(北魏)郦道元撰,陈桥驿校证:《水经注校证》卷二十,中华书局2007年版,第484—485页。

州本沿袭监本脱误,或是赣州本校补,建本、吴勉学本、四库六臣本等六臣本同赣州本。尤刻本亦脱,汪谅本、唐藩本同,而汲古阁本、四库李善本有"传"字,或是据六臣本校补。

17. "培塿之与方壶也",善曰:"方壶,二山名。"明州本、赣州本、建本等六臣本同,尤刻本亦同,唯"二山名"下有"已见上文"四字,尤刻本系统诸本同。但此注文似不通,胡克家《文选考异》谓"二"当作"三",并无依据,亦嫌不通。《西都赋》"滥瀛洲与方壶,蓬莱起乎中央",李注:"《列子》:渤海之中有大壑,其中有山,一曰岱舆,二曰员峤,三曰方壶,四曰瀛洲,五曰蓬莱。"尤刻本"已见上文"或是指此,但李注例:同卷再见者,并云已见上文,异篇再见者,并云已见某篇。《西都赋》与《魏都赋》不同篇,不当云"已见上文"。总之,此处注文或有问题。秀州本(奎章阁本)"二山"独作"神山",盖即是疑其有误而校改,但其他版本未见有同此者。

18. "虽则衰代,而盛德形于管弦",向曰:"形,见也。衰代,谓春秋风雨时也。言虽遇衰微之时,而盛德形于管弦,则吴季札所美也。""风雨",明州本、赣州本、建本等六臣本作"风德",正德本同,独陈八郎本作"衰微",当是,但"风德""风雨"当沿误已久,陈八郎本或是校改。这是不多的五臣注异文情况。

19. "鉴茅茨于陶唐,察卑宫于夏禹",刘曰:"荀卿曰:宫室台榭,以避温凉,养德,别轻重也,非为夸泰,将以明人之大通仁顺也。"秀州本(奎章阁本)、明州本、赣州本、建本等六臣本同。尤刻本"温凉"作"燥湿"。《荀子·富国篇》:"为之宫室台榭,使足以避燥湿,养德,辨轻重而已,不求其外。"[①]似以尤刻本为是。但胡氏

---

① (清)王先谦撰,沈啸寰、王星贤点校:《荀子集解》,中华书局1988年版,第180页。

《考异》曰："此尤以今《荀子》校改之，孟阳引不必同，改者未是。"《考异》说亦有理。五臣翰注曰："荀卿子云：宫室台榭，以避燥湿，非为奢侈也。"又《景福殿赋》"昔在萧公，暨于孙卿，皆先识博览，明允笃诚"，李注："荀卿子曰：宫室台榭，以避燥湿，养德，别轻重也。"则唐时李善、五臣所见《荀子》即作"燥湿"。

20．"遐迩悦豫而子来"，善曰："《西都宾序》曰：众庶悦豫。"秀州本（奎章阁本）、明州本、赣州本、建本等六臣本同。按，"众庶悦豫"出《两都赋序》，作"西都宾序"似误。但监本李善注引《西都赋》多作"西都宾"，其引《东都赋》则或作"东都主人"，不知何故，但似有所据。尤刻本则作"西都赋序"，或是以其有误而校改，但作"西都赋序"亦不确。又，尤刻本多将李注中"西都宾"改为"西都赋"，但亦校改未尽。

21．"仪刑宇宙，历象贤圣。图以百瑞，缀以藻咏"，刘曰："《尚书》咎繇荐舜曰：予欲观古人之像，日月星辰，山龙华虫，作绘粉米。"胡氏《考异》引何、陈校改"荐"作"暮"，"暮"即"谟"。咎繇即皋陶，但皋陶无荐舜之事，"荐"当是"谟"形近之讹。注引《尚书》文今在《益稷篇》中。各版本同监本皆作"荐"，其误当甚早。唯秀州本（奎章阁本）"荐"字作"篇"，则或是以"荐"字有误而校改，但未见其他版本相从。

22．"右则蔬圃曲池，下晼高堂"，刘曰："《离骚》曰：滋兰九晼。"诸六臣本皆如此，尤刻本系"滋"上有"既"字，"兰"下有"之"字，与《离骚》文合。但原注或是节引，而尤刻本校补，实无必要。

23．"飞陛方辇而径西，三台列峙而峥嵘"，刘曰："铜爵园西有三台，中央有铜爵台，南有金凤台，北则冰井台。""金凤台"，尤刻本作"金虎台"。秀州本(奎章阁本)、明州本、赣州本、建本等六臣本同监本。按,《魏志·武帝纪》建安十八年九月,作金虎台。《邺中记》曰:"金凤台初名金虎,至石氏改今名。"①故此注无论是张载注还是刘渊林注,当时尚未改名,故旧注原文当作"虎"字。姚范《援鹑堂笔记》卷三七曰:"盖旧名金虎,至后赵避石虎之讳,易名金凤,石氏既灭,后复故名……唐人复讳虎,故从石氏之名,非刘张之本注尔也。"②高步瀛曰:"姚说似得之,尤刻本作'金虎'或后人复就原名改正也。"③五臣向注曰:"三台,铜雀台、冰井台、金凤台也。"似亦可证唐时称"金凤台"。尤刻本或是校改,尤刻本系中汪谅本同尤刻本,而唐藩本、汲古阁本、四库李善本则作"金凤台",或是又据六臣本校改。

24."亢阳高于阴基,拟华山之削成。上累栋而重溜,下冰室而沍冥",刘曰:"《山海经》曰:文华之山,削成四方。坚也。""高",秀州本(奎章阁本)作"台",下有校语云:善本作"高"字,明州本、赣州本、建本等六臣本同。大概善本作"高",而五臣本作"台",尤刻本系统诸本皆作"台",大略是依据五臣本。又,注"文华",尤刻本作"太华",是,诸六臣本皆沿监本之误;"坚"上尤刻本有"沍"字,是,监本脱,诸六臣本沿误。

25."晷漏肃唱,明宵有呈",善曰:"程,犹限也。程与呈通。""呈",秀州本(奎章阁本)作"程",诸六臣本同,五臣向注曰:"程,节也。"当是李善作"呈",五臣作"程",六臣本用五臣文,但未著校语。

---

① (晋)陆翙:《邺中记》,民国商务印书馆《丛书集成初编》本,第2页。
② (清)姚范:《援鹑堂笔记》,《续修四库全书》影印清道光姚莹刻本第1149册,上海古籍出版社2002年版,第33页。
③ 高步瀛:《文选李注义疏》,第1335页。

尤刻本系统亦作"程",或为五臣窜乱。

26."西门溉其前,史起灌其后",善曰:"《史记》曰:西门豹引漳水溉邺,以富魏之河内。又曰:史起为邺令,遂引漳水溉邺,人歌之曰:邺有贤令兮为史公,决漳水兮灌邺旁,终古舄卤兮生稻梁。"诸六臣本同监本。"史记",尤刻本作"河渠书","又曰"作"汉书曰"。按,注"史起为邺令"至"生稻梁"不见于《史记》,而见于《汉书·沟洫志》,此或为李善原注误记,而尤刻本校改。汲古阁本、四库李善本同尤刻本。又"河渠书",唐藩本、汪谅本误作"何梁书",或是"渠"初讹作"梁",汪谅本"梁"字下半"木"又似讹作"六",校者又据何之元《梁典》妄改"河"为"何"。

27."水潪梗稌,陆莳稷黍",善曰:"《方言》曰:莳、植,立也。时吏反。"诸六臣本同。"植立也",尤刻本作"更也"二字,下有"郭璞曰谓更种也"七字。按,今《方言》卷十二:"莳、殖,立也。莳,更也。"郭璞注:"谓更种也。"①尤刻本或是据《方言》校改,尤刻本系统诸本同。

28."家安其所而服美自悦,邑屋相望而隔逾奕世",刘曰:"《老子》曰:甘其食,美其服,乐其俗,安其居,邻里相望,鸡犬之声相闻,人至老死不相与往来。"诸本皆同,唯秀州本(奎章阁本)"老子"作"庄子"。按,《老子》第八十章、《庄子·胠箧篇》皆有此段文字,与此稍有差异。此或是秀州本校改。

29."毕出征而中律,执奇正以四伐。硕画精通,目无匪制。推锋积纪,芒气弥锐。三接三捷,既昼亦月。克剪方命,吞灭咆然。云撤叛换,席卷虔刘。祲威八纮,荒阻率由。"秀州本(奎章阁本)李

---

① 华学诚汇证:《扬雄方言校释汇证》,中华书局 2006 年版,第 827—828 页。

善注曰:"《周易》曰:师出以律。《汉书》曰:祲威盛容。《淮南子》曰:八泽之外,乃有八纮。"①尤刻本"汉书曰"下有"杨雄上疏曰:石画之臣甚众。《史记》曰:秦穆公与晋惠公战于韩地,秦人见穆公窘,亦皆推锋争死。《尚书》曰:方命圮族。《春秋感精符》曰:楚图宋,更相吞灭。《春秋推诚图》曰:诸侯冰散席卷,各争恣妄。《西都赋》曰"七十七字,与正文对照,显是秀州本(奎章阁本)脱文,此当源自监本,而明州本、赣州本、建本等六臣本沿误,尤刻本系统诸本皆不脱。胡氏《考异》认为是"尤所添,但亦未是",恐不确。

30."置酒文昌,高张宿设。其夜未遽,庭燎晰晰",②善曰:"《汉书》曰:夜未央。郑玄曰:未渠央也。《毛诗》曰:庭燎晢晢。"善注"汉书曰"下,尤刻本有"高张四县。晋灼曰:乐四县也。《周礼》曰:凡乐事宿县。《毛诗》曰"二十二字,与正文对照,可知监本显是脱误,秀州本(奎章阁本)、明州本、赣州本、建本等六臣本沿误,四库六臣本"《汉书》曰夜未央"作"《毛诗》曰夜未央",当是知其误而校改,但未参考李善单注本。胡氏《考异》认为"尤所添,但亦未是",同上例,似对尤刻本此类注文猜疑过甚。

31."冻醴流澌,温酎跃波",③刘曰:"《楚辞·小招》曰:挫糟冻饮,酎清凉。""小招",尤刻本作"小招魂",尤刻系统诸本同,秀州本(奎章阁本)、明州本、赣州本、建本等六臣本则同监本。按,前人或比照《大招》而称《招魂》为《小招》,《楚辞·招魂》洪兴祖补注曰:"李善以《招魂》为《小招》,以有《大招》故也。"④大概即是据此注而

---

① 此处注文监本残损。
② 此节正文监本参损。
③ 此节正文监本参损。
④ (宋)洪兴祖撰,白化文等点校:《楚辞补注》,中华书局1983年版,第197页。

言,不过此注实际上是李善所采旧注。高步瀛曰:"《大招》者,犹言本《招魂》之义而广大之耳。后人误认为大、小字,乃以《招魂》为《小招》,殊可笑也。"①尤刻本或以之非,校添"魂"字,但称"小招魂"则更误。

32."延广乐,奏九成,冠《韶》《夏》,冒《六茎》",善曰:"贾逵《国语》注曰:延,陈也。《尚书》曰:箫韶九成,凤凰来仪。《乐动声仪》曰:帝喾乐《六英》,帝颛顼曰《五茎》,舜曰《大韶》,禹曰《大夏》。宋衷曰:《六英》能为天地四时六合也,《五茎》能为五行之道,立根本也。《汉书》曰:颛顼作《六茎》,《夏》,大承二帝也,《韶》继尧也。""冒六茎",秀州本(奎章阁本)、明州本、赣州本、建本等六臣本作"冒六英五茎",陈本、正德本等五臣本亦同,六臣本多有校语曰:善本无"六英"二字,实际上善本无"英五"二字,校语不确。王念孙《读书杂志·余编下》曰:"冒六英五茎,句法甚累,且英茎与韶夏相对为文,若加'六''五'二字,则与上句不协。后人以李善注引《乐动声仪》帝喾乐曰《六英》,帝颛顼乐曰《五茎》,因加'六''五'二字。不知李注自解'英''茎'二字,非善解'六''五'二字也。"②其说有理,但无版本依据,大概此处讹误已久。尤刻本系的唐藩本作"六英五茎",盖是据六臣本校改。

33."亿若大帝之所兴作,二嬴之所曾聆",善曰:"《史记》曰:赵简子病,扁鹊视之,曰:昔缪公尝曰:帝告我晋国且大乱。今主君之疾与之同。二日,简子寤之,曰:我之帝所甚乐,与百神游于钧天,广乐九奏万舞,不类三代之乐。""昔缪公尝曰",尤刻本无

①　高步瀛:《文选李注义疏》,第 1396 页。
②　王念孙:《读书杂志·余编下》,第 78 页。

"曰"字,而有"如此,七日而寤。寤之日,告公孙支曰:'我之帝所甚乐'"二十字。此当是监本脱文,而诸六臣本沿误。

34."藉田以礼动,大阅以义举",刘曰:"建安二十一年三月,魏武帝亲耕藉田于邺城东。建安二十二年十月甲午,训兵,上亲执。""训兵",尤刻本作"治兵"。诸六臣本同监本。盖善本避唐讳改"治"为"训",尤刻本则改回。

35."矞云翔龙,泽马丁阜。山图其石,川形其宝。莫黑匪乌,三趾而来仪。莫赤匪狐,九尾而自扰",刘曰:"杨雄《太玄》曰:紫霓、矞云、泽马见于上党郡。瑞石、灵图出于张掖之柳谷,始见于建安,形成于黄初。二年,醴泉出,河内郡玉璧一枚。延康元年,三足乌、九尾狐见于郡国。嘉禾生,醴泉出。"尤刻本注文"黄初"下有"又备于大和。周圆七寻,中高一仞,旁厚一里,苍质素章,龙马凤皇仙人之象,粲然盛著。是以有魏诗云鸟之书。黄初"四十四字,与监本注文对照,则当是监本脱文,秀州本(奎章阁本)、明州本、赣州本、建本等六臣本同监本,唯四库六臣本重"黄初"二字,当是觉原文不顺而校添。尤刻本系统诸本皆不脱。胡氏《考异》曰:"疑此乃记《三国志》注文于旁,尤取以增多,而又有讹误也。"则是怀疑尤刻本多出注文非原注所有,似乎疑虑过甚。《三国志·魏书·明帝纪》裴松之有注曰:"《搜神记》曰:……及魏之初兴也,张掖之柳谷有开石焉,始见于建安,形成于黄初,文备于太和,周围七寻,中高一仞,苍质素章,龙马、麟鹿、凤皇、仙人之象,粲然咸著,此一事者,魏晋代兴之符也。"[①]高步瀛曰:"《魏志·明帝纪》注引《搜神集(记)》多与此同,故《考异》疑后人记《三国志》注文于旁,而误入注

---

① （晋）陈寿撰,（宋）裴松之注:《三国志》,中华书局1959年版,第106页。

中者。又'是以有魏诗云鸟之书'句，未详，又非注，故谓又有讹误。然袁、茶二本无此四十四字，上下文亦不连属，且'旁厚一里'句亦非注中所有，则胡氏以为《三国》注非也。此亦偏信二本之失。"①总之，此节注文虽有问题，但当是旧注原有。另外，"又备于大和"，胡刻本作"文备于大和"，作"又"乃形近而讹，《魏书·明帝纪》注引《搜神记》正作"文"，盖胡刻本底本有校改，汪谅本、唐藩本、汲古阁本、四库李善本皆作"又"。另，"大和"汪谅本误作"弋和"，唐藩本误作"戈和"，或是因其祖本张伯颜本而误。"大和"即"太和"。

36."旼旼率土"至"匪蘖形于亲戚"，奎章阁本此段正文下旧注与李善注脱三百余字，恐是沿袭监本，但监本原文残损，明州本、赣州本、建本等六臣本皆沿误，尤刻本系统诸本则不脱，胡氏《考异》曰："盖无者脱，而尤得之。计当时存本尚众，或有不失善旧者，惜尤延之未能精择，每误取增多。若准此条，固无嫌耳。"《考异》每指尤袤误取增多，这种说法不见得可靠，就上文一些例证看，监本不少脱文，尤刻本则不脱，很可能是尤刻本底本与监本不同，而不是尤刻本的校勘所致。

37. 奎章阁本"英辩荣枯，能济其厄"，善曰："曹植《辅臣论》曰：英辩博通。张升《及论》曰：嘘枯则冬荣。"②"及论"当作"反论"，形近而讹，《文选》善注多引《反论》，刘孝标《广绝交论》善注引《反论》并与此处同，③明州本、赣州本及尤刻本、汪谅本等本皆误，可见此处沿误已久。袁本、汲古阁本与四库本作"反"，或经校改。

---

① 高步瀛：《文选李注义疏》，第 1408 页。
② 37、38 两条例证监本原文残损。
③ 详细考证可参高步瀛：《文选李注义疏》，第 1452 页。

38. 奎章阁本"览《麦秀》与《黍离》,可作谣于吴会",善曰:"《尚书大传》曰:微子将相朝周,过殷之墟,见麦秀之渐渐,曰:此父母之国,宗庙社稷所立也。""微子将相朝周",明州本、赣州本、建本等六臣本同,尤刻本无"相"字,有空格,当为挖改。"相"字似为衍文,或有讹误,唐藩本、汲古阁本、四库李善本作"往",当为后人校改。

由于现存版本有限,而版本之间大多也并没有十分确定的延续传承关系,这些例证大致只能推测可能存在的校勘,而到底是这些版本自身的校勘,还是其依据的底本所作的校勘,难以定论,但不管是自身校勘,还是底本校勘,都可以认作是版本刊刻总体过程中的校勘实践活动。

通过以上例证可以作如下几点总结:其一,同系统的版本有明显的传承痕迹,彼此之间差异不多,虽然都存在一些可能的勘改,但总体上并不显著,这也说明祖本对后世版本具有很强的规范性。其二,监本的注文有一些很显著的脱误,说明监本的校勘并没有想象的精审,后世依据监本系统李善注的六臣本基本沿袭了这些脱误,并未校补,说明这些版本的校勘也比较简略,甚至没有参考尤刻本系统的版本,可见这些版刻基本上是尽量遵从底本,而不作过多校改,其结果是以讹传讹,但好的一方面则是较好地保存了版本原貌。其三,比对发现异文多出现在旧注以及李善注中,五臣注异文较少,这大概是因为旧注流传更久,变异更多,而李注经过不断的修订,较为复杂,故异文也较多。其四,宋代之后的一些刻本经过校改,出现不同系统版本间互相渗透的情况,尤其是汲古阁本,虽然大体上符合尤刻本系统,但也出现了不少六臣本系统的特征,体现出杂糅的性质,这种杂糅虽然让后人难以寻绎,但毕竟是《文选》校勘的一种发展。其五,关于不同版本间的差异问题,尤其是监本李善注与尤刻本李善注的差异,清代之前的校勘基本上没有特别针对处理,①直到清代,学者才开始较多关注,但也没有提出比较深入的解释,即如胡氏《考异》,每以尤刻本较六臣本多出的注文是尤衰所增,未免失之草率。

第六节　宋元明时期《文选》的著录概况

由于《文选》的高度普及,自《隋书·经籍志》始,历代目录对《文选》大率皆有著录,反映出《文选》的撰者、注家、刊刻、收藏、版本源流演变、学术评价等多方面的信息,具有重要的"《文选》学"价值。目录学是传统校雠学的重要组成部分,因此,对历代《文选》著录的研究是《文选》校雠史研究的应有之义。须要说明的是,目录学本有"辨章学术、考镜源流"的学理性评论、研究一面,而就历代《文选》著录情况看,则以记录《文选》传藏、版本为主,这些内容也与本书所称"校雠"关系更近,故本书研究主要围绕这一方面。

一、宋元时期目录对《文选》的著录

宋元时期流传至今的目录并不多,但因其时代较早,具有较高的文献价值。这些目录大致可以分为史志目录、官藏目录和私家目录几种类型,其对《文选》的著录也各有不同的参考价值。

---

① 虽然监本传世不多,但六臣本基本上保存了监本的面貌,只要比对李善本与六臣本,是很容易发现的。

　　首先看几种史志目录,主要有《新唐书·艺文志》《通志·艺文略》《宋史·艺文志》《文献通考·经籍考》等几种。史志目录著录典籍比较全面,如《新唐书·艺文志》和《通志·艺文略》,都比较详细地著录了唐代的多家"《文选》学"著作,除流传后世的李善注、五臣注外,还包括萧该、曹宪、许淹、公孙罗等较早亡佚的唐人注本,还有李善《文选辨惑》、康国安《注驳文选异义》这类后世不传的"《文选》学"专著。而到元代时的《宋史·艺文志》和《文献通考·经籍考》,唐人"《文选》学"著作几乎只著录李善注、五臣注两家,而增加了一些宋人的著作如苏易简《文选双字类要》、高似孙《选诗句图》等,这说明唐代的不少《文选》学著作已逐渐亡佚,并淡出了目录著录。

　　另外还值得一提的是王应麟(1223—1296)的《玉海·艺文》,名义上虽非史志目录,但其性质比较相近。《玉海》卷五四《艺文》"总集文章"门下,集中抄撮了前代目录对《文选》的著录情况,以及史书中有关"《文选》学"史的记载资料,可以视为最早对"《文选》学"史的梳理。其抄撮的目录包括《隋志》《唐志》《崇文总目》《中兴馆阁书目》①等重要目录,史书主要有《唐书》《唐会要》《集贤注记》等书。《玉海》所引用的一些书后世亡佚,其所保存的这类资料就更为珍贵。如《玉海》引《中兴馆阁书目》于《文选》著录文字后有小字注称"与何逊、刘孝绰等选集",成为后世,特别是现当代讨论《文选》编者的一条重要参考资料。又如引《唐会要》记载李善上《文选注》在"显庆六年正月",与后世传本所记"显庆三年九月"有所差异。又如引《集贤注记》记载唐开元

———————

　　① 《玉海》称"中兴书目"。

中萧嵩、陆善经等人注解《文选》的事迹,与日藏《文选集注》中保存的陆善经注可作参证。①

其次是官藏目录,主要有《崇文总目》《中兴馆阁书目》两家。这两部目录主要反映了两宋时期国家的藏书情况,惜原书均不传。就现存辑本来看,其所著录唐人"《文选》学"著作仅有李善注、五臣注两家,相较于史志目录,官藏目录更能代表当时的典籍存藏情况,因此可知,上文提到史志目录著录的诸家唐人《文选》注本、著作在宋代恐已不存。

再次是私家目录。宋代流传后世的私家目录主要有晁公武《郡斋读书志》、尤袤《遂初堂书目》、陈振孙《直斋书录解题》,均为目录学史上著名的私家藏书目录。各家对《文选》的著录也有重要的参考价值。如晁公武(约 1105—1180)《郡斋读书志》著录李善注《文选》,其解题有云:"窦常谓统著《文选》,以何逊在世,不录其文,盖其人既往,而后其文克定,然则所录皆前人作也。"②这条资料是后世推断《文选》编纂年代的重要参考。③ 又云:"苏子瞻尝读善注而嘉之,故近世复行。"唐代至北宋,五臣注颇盛行,似在李善注之上,《读书志》所云可作为当时《文选》注本流传情况的参考。④

尤袤《遂初堂书目》为其家藏目录,此目较为简略,所著录经史之书多加注版本,具有开创性。因尤袤主持刊刻的李善注《文选》在《文选》版本系统中非常重要,故《遂初堂书目》对《文选》的著录

---

① 《玉海》,第 1017—1018 页。

② (宋)晁公武撰,孙猛校证《郡斋读书志校证》,第 1054 页。

③ 关于此说是否可信,学界多有争议。

④ 可参考穆克宏:《文选学笔记·〈郡斋读书志〉李善注〈文选〉提要志疑》,《福建师范大学学报》(哲社版)2012 年第 1 期。

可以作为考察尤刻本的参照。《书目》"总集类"著录有李善注《文选》和五臣注《文选》，因清代以来学者多认为存世李善单注本即尤刻本系统是从六臣注本中摘出的，而尤袤家藏目录分明著录有李善单注本，若谓其刊刻李善注本却须从六臣本中摘出善注，似不易解释。《书目》又著录有五臣注《文选》，又加尤袤在刻《文选》的跋文中提到四明、赣上刊刻的六臣注本，说明尤袤当时能够见到的《文选》版本是比较丰富的，这些也可为探讨尤刻本复杂的来源情况提供一些参考。《书目》并著录有《文选同异》，关于此书的情况，前文已有介绍，因《书目》并不著录尤袤本人著作，此也可证《同异》当非尤袤本人所撰，但尤袤藏有此书，也一定程度上能够解释尤刻本所附《同异》的来历。

陈振孙(约1179—1162)①《直斋书录解题》著录有李善注《文选》和六臣注《文选》，关于六臣注有云："唐工部侍郎吕延祚开元六年表上，号'五臣集注'。……以李善注惟引事，不说意义，故复为此注，后人并与李善原注合为一书，名'六臣注'。"②"六臣注"之名最早见于此书著录。今所知最早的六臣合注本是北宋元祐九年的秀州本，但其书题名仍为"文选"，无"六臣注"字样，其后南宋初期的明州本、赣州本亦皆题"文选"，唯广都裴氏本题名"六家注文选"，至南宋末年的建本始题"六臣注"，并为元茶陵本、明翻诸六臣本沿袭。《解题》所称"六臣注"不知是当时一般称名，还是确有《文选》版本题名为"六臣注"，尚值得考究。

《解题》又云："东坡谓五臣乃俚儒之荒陋者，反不及善，如谢瞻

---

① 参何广棪：《陈振孙生卒年新考》，《文献》2001年第1期。

② （宋）陈振孙：《直斋书录解题》，第437页。校记云："卢(文弨)校本无'名六臣注'四字。"

诗‘苛慝暴三殇’，引‘苛政猛于虎’，以父与夫为殇，非是。然此说乃实本于善也。”此处涉及一个聚讼颇多的问题。苏轼《书谢瞻诗》云：“谢瞻《张子房》诗曰：‘苛慝暴三殇。’此礼所谓上中下三殇。言暴秦无道，戮及孥稚也。而乃引‘苛政猛于虎，吾父吾子吾夫皆死于是’。谓夫与父为殇，此岂非俚儒之荒陋者乎？”①苏轼此跋是批评五臣注的代表性言论，颇为著名。

　　今据奎章阁本《文选》卷二一谢宣远《张子房》诗“苛慝暴三殇”下，李善有注云：“《礼记》曰：孔子过泰山侧，妇人哭于墓者而哀，夫子式而听之，使子贡问之曰：‘子之哭也，一似重有忧者？’而曰：‘然。昔者吾舅死于虎，吾夫又死焉，今吾子又死焉。’夫子曰：‘何不去也？’曰：‘无苛政。’夫子曰：‘小子识之，苛政猛于虎也。’苛，犹虐也。”五臣翰注亦引《礼记》此段文字，且前有“横死曰殇”，后有“秦之苛法天下怨之，其暴甚于此三殇也”等注文。尤刻本李善注与奎章阁本大致相同，而明州本、赣州本则因两家注相近而删去李注。

　　苏轼批评五臣注解“三殇”错误，不应将父与夫称为“殇”。但粗看两家注，似五臣是沿袭李善注，故陈氏《解题》对苏轼批评有所质疑，特注明云“此说乃实本于善也”。而清俞正燮据苏轼文推测苏轼所见为别本李善注，其在《癸巳存稿》卷十二“校《文选》李注识语”云：“前见《东坡志林》，言李注有本末，极可喜，五臣至浅，谢瞻《张子房诗》‘苛慝暴三殇’，言上殇、中殇、下殇，五臣乃引泰山侧妇人事，以父与夫为殇，真俚儒之荒陋者。今汲古阁及胡氏之宋本李注，正引‘泰山侧’云云，则北宋时苏氏所见之李注与此不同，是宋

本之别有三也。"①这一推测恐不确,据《解题》所云,可知陈氏所见李注《文选》亦引《礼记》"孔子过泰山侧"的故事。②

　　实际上,关于"三殇"的注解,陈氏《解题》谓五臣"乃实本于善",当有误解。细读两家注可以发现,李善引《礼记》孔子故事本是注解"苛"字,并非注解"三殇",其引文后复曰"苛,犹虐也",可证。若为注解"三殇",则其所引《礼记》当在"苛,犹虐也"后,而非在前。至五臣沿袭李注,乃以《礼记》引文注解"三殇",引文后并释义云:"秦之苛法天下怨之,其暴甚于此三殇也。"明显是以父、夫、子为"三殇",故两家引文虽相同,实际所注对象并不同,而苏轼批评五臣是讲得通的。③ 但自陈氏《解题》以来,多误认为五臣此注沿袭李善,而苏轼批驳五臣的误注实际上是李善的误注。关于此点,清许巽行《文选笔记》已有分辨云:"善此《礼记》只释'苛'字,《九锡文》'吏无苛政'注亦引《礼记》文,可证。东坡但讥五臣,直斋并诬李氏,坐读书不细心耳。"④

二、明代目录对《文选》的著录

　　明代留存的目录数量较宋元大为增加,但普遍比较疏略,学术价值逊于宋元目录。明代目录对《文选》的著录总体也比较简单,

---

① (清)俞正燮:《癸巳存稿》,第361—362页。
② 或以为此处今本李善注为五臣注窜入,非李注原貌,恐非。
③ 至于苏轼认为"三殇"是"礼所谓上中下三殇",即《仪礼·丧服传》所云:"年十九至十六为长殇,十五至十二为中殇,十一至八岁为下殇,不满八岁以下为无服之殇。"此说亦恐不确。宋姚宽《西溪丛语》卷下、清胡绍煐《文选笺证》卷二二等认为"三殇"当指为秦穆公殉葬的三良,较合谢瞻诗意。
④ (清)许巽行:《文选笔记》,第93页。

如官修的《文渊阁书目》《内阁书目》，仅著录册数，几无参考价值。焦竑《国史经籍志》汇录前代《文选》注本及著作较详，但仅据所见目录抄撮，不论存亡，不加考证，参考价值亦不大。

明代私家目录较多，其中对《文选》的著录有一定文献价值。某些目录简单著录了一些《文选》版本，反映了当时《文选》的传藏和刊刻情况，并可与现存版本相印证。如晁瑮《晁氏宝文堂书目》著录有元版《文选》、南监刻六臣注《文选》①、徽刻六臣注《文选》②、苏刻六家注《文选》③等。其他如李廷相《濮阳蒲汀李先生家藏书目》、赵琦美《脉望馆书目》等也简单著录版本情况。值得一提的还有周弘祖《古今书刻》，此目录专记明代各公私机构所刻印的书籍，《文选》方面著录有都察院、南京国子监、应天府、苏州府、徽州府、山西布政司等机构或地方的刻本，可见明代《文选》刊刻的盛况，而其中如都察院、应天府所刻的《文选》，今不见传本，唯赖其著录可考。

三、宋、元、明时期《文选》著录显示的一些"《文选》学"信息

综观宋、元、明时期《文选》著录的情况，可以从中发现一些有意义的"《文选》学"信息，略述数端如下：

（一）宋元时期目录著录所显示的《文选》文体分类情况

《文选》所收赋、诗、文依据文体分类编纂，但现存各种不同版

---

①　当为赣州本《文选》在明代的递修本，参范志新《文选版本论稿·南监本〈文选〉》，141—142 页。明成化唐藩刻《文选》朱芝址序云："今板本藏在南廱者，岁久刓缺不完。"

②　明徽州有潘惟时、潘惟德，吴勉学，崔孔昕等相继翻刻的茶陵本六臣注《文选》。

③　当为嘉靖袁褧覆宋广都裴氏本。

本在类目上互有差异,对《文选》分类的讨论也是"新《文选》
学"的一个重要问题,这也牵涉到《文选》版本的研究问题。而宋元时期
的一些目录对《文选》的文体有所著录,对探讨《文选》分类有一定
参考价值。如晁公武《郡斋读书志》比较详细地记录了三十六种
《文选》的文体类别,其中有"移"和"难"二体,此二体在后世多种李
善注、六臣注版本中均不存,据目前相关研究看,学界倾向于认为
《文选》原有此二体,而《读书志》著录可作印证。① 另外《读书志》
著录的"册秀才文",后世李善注、六臣注版本多作"文",恐为脱文,
五臣注本与《文选集注》即作"册秀才文"。因此,《读书志》对《文
选》文体分类的著录是很有文献价值的。又如《中兴馆阁书目》著
录了二十六种《文选》文体,其中也有"难"体。其后《玉海・艺文》
抄录了《中兴馆阁书目》的分类,《文献通考》则抄录了《郡斋读书
志》的分类,均可互相参证。②

(二) 五臣注《文选》著录逐渐减少

五臣注《文选》成书之后颇为盛行,在宋代也屡有刊刻,刻本较
李善注本为多。宋代目录也多著录有五臣注本,如《崇文总目》《郡
斋读书志》《遂初堂书目》《中兴馆阁书目》等皆有著录。但到明代,
目录中对五臣注的著录已比较少见,明代明确著录五臣注的目录
仅有董其昌《玄赏斋书目》,③可见五臣注《文选》版本在明代流传

---

① 关于《文选》文体分类的研究相当多,兹不赘述。较新的成果可参看力之:《关于
〈文选〉分体之三十九类说与其研究方法问题》,《中山大学学报》(社科版)2014 年第 6 期。

② 当然,这些目录所录分类或不全,或与现行《文选》版本不尽合,可能是原貌如
此,也可能是在后世流传过程中出现舛讹,故并不完全可以依据。

③ 明代不少目录未注明注家情况,其中是否有五臣注难以得知。另朱睦㮐《万卷
堂书目》著录"《文选》五臣注六十卷",祁承㸁《澹生堂藏书目》著录"五臣注《昭明文选》
二十册六十卷,李善等注",均当是误"六臣"为"五臣"。

已比较稀少。这大概一方面是因为六臣注出现后,更为盛行,一方面也因为自南宋后,李善注更受推崇,故五臣注明代以后未再刊刻,而流传至今的五臣注本极其稀少。

(三) 关于《李善与五臣同异》的著录情况

前文已述,中华书局影印尤刻本附有《李善与五臣同异》一卷,此卷在清代曾被影写流传。清代以来普遍认为是尤袤所著,目前学者研究大致推翻了这一说法。但关于其来历,还存在疑问。宋、元、明时期的一些目录著录有此卷《文选》校勘文献,为考察其流传提供了一些参考。最早的是尤袤的《遂初堂书目》,著录名为"文选同异",但宋代的官目《崇文总目》和《中兴书目》并未著录此卷。至明代的《文渊阁书目》《秘阁书目》《内阁书目》均著录此卷,著录名为"文选五臣同异",说明明代宫廷藏有此书。其他私家目录未见著录,说明此卷流通不广。明末清初的黄虞稷所撰《千顷堂书目》是一部主要著录明代著作的书目,并附有宋元时期的文献,其中也著录了"文选五臣同异",可能是依据上述几部明代宫廷藏书目录。就这些著录看,《同异》曾长期单篇流传过,其与尤刻本所附《同异》关系如何,值得思考。

小　　结

通过对宋、元、明时期《文选》刊刻与校勘的总体考察,我们可以看到,《文选》以刻本流传之后,其文本面貌较抄本的稳定性大大加强,不同版本之间虽然各有差异,但同系统的版本之间可以找到明显的趋同特征。而且,《文选》版本虽然很多,但其源流系统还不是非常庞杂,所以,在版本文献较为充足的前提下,我们还可以通

过对比大致推测版刻的校勘情况，这就为探讨《文选》刻本时代的
校雠史提供了可能。

当然，刊刻本虽然使《文选》文本趋于固定，但不同的版本之间
还是存在很多差异，而版刻的校勘正是抄本时代《文选》文本变异
的主要因素。版本愈多，变异也愈复杂。不同版本之间会互相渗
透，即使同属一种版本，经过校改的修补本与原本也有很多差异，
修补本里又会混入可能较其原本刻印晚的其他版本的特征，这对
后人的研究就更增难度。

因此，探讨宋、元、明时期刻本的校勘并非易事。此时人们的
版本意识远未达到清人的认识高度，其刻本往往讳言出处，不明来
源，甚至存在故意标新立异的弊端，而其到底作了怎样的校勘，刻
本也难以显示，只有通过现存版本之间的比对作大致推测。同时，
刻本往往存在校改文字的做法，以正字替俗字，以今字代古字，以
简字代难字，以今音改古音，以他书改本书，以注文改正文等等，这
些改动无疑增加了《文选》文本演变的复杂性。

总体上看，宋、元、明时期的版刻校勘，其目的更多在于主观上
求文本的正确，而非保存或恢复文献的原貌，故多是以意校改，得
失互陈。《东坡志林》卷五曰："近世人轻以意改书，鄙浅之人好恶
多同，故从而和之者众，遂使古书日就讹舛，深可忿疾。"①可见宋
人已注意到凭臆校改典籍的危害，但这种认识并未能在校勘中得
到充分重视。随着版刻的日趋兴盛，书籍刊刻的校勘甚至有总体
下降的趋势。故清人每指责明人版刻校勘不精，且妄意改窜古书。

---

① （宋）苏轼：《东坡志林》，台湾商务印书馆《景印文渊阁四库全书》本第 863 册，
第 50 页。

顾炎武曰：

> 凡勘书，必用能读书之人。偶见《焦氏易林》旧刻有曰"环绪倚鉏"，乃"环堵"之误，注云："'绪'疑作'佩'。""井堙水刊"，乃"木刊"之误，注云："'刊'疑当作'利'。"失之远矣。幸其出于前人，虽不读书，而犹遵守本文，不敢辄改。苟如近世之人，据臆改之，则文益晦，义益舛，而传之后日，虽有善读者，亦茫然无可寻求矣。然则今之坊刻不择其人而委之雠勘，岂不为大害乎！①

可见，版刻的校勘情况往往取决于校勘者水平的高下，校勘态度是否严谨，以及对校勘是否有较深入的认识储备。而即使是高明的校勘者，失误也是多有的。在校改无迹可寻的版本中，这些失误就会以讹传讹。故段玉裁《重刊明道二年国语序》曰："古书之坏于不校者固多，坏于校者尤多。坏于不校者，以校校之；坏于校者，久且不可治。"②顾广圻《书文苑英华辨证后》曰："余性素好铅椠，从事稍久，始悟书籍之讹，实由于校，据其所知，改所不知，通人类然，流俗无论矣。"③又《礼记考异跋》曰："盖以校书之弊有二：一则性庸识暗，强预此事，本未窥述作大意，道听而途说，下笔不休，徒增芜累；一则才高意广，易言此事，凡遇其所未通，必更张

---

①　（清）顾炎武撰，（清）黄汝成集释，栾保群、吕宗力校点：《日知录集释》，上海古籍出版社 2006 年版，第 1074—1075 页。

②　段玉裁：《经韵楼集》卷八，第 191 页。

③　（清）顾广圻撰，王欣夫辑：《顾千里集》卷二三，中华书局 2007 年版，第 376 页。

以从我,时时有失,遂成疮疢。二者殊途,至于诬古人惑来者,同归而已矣。"①这些都是清代具有代表性的校勘学家对版刻校勘弊端的认识,是深有体会之论。

另外,宋、元、明时期目录对《文选》的著录虽然不够丰富、细致,但因其时代较早,有不少资料对探讨《文选》的版刻流传、文本面貌都具有相当的参考价值,是"《文选》学"史上的重要文献。

---

① 《顾千里集》卷一七,第265页。

第三章　清代的《文选》校雠(上)

——《文选》校雠的繁盛期(总述)

　　《文选》在清代仍很盛行,无论是刊刻、阅读、学习、研究都非常普遍,尤其是清代的"《文选》学"是在隋唐之后又达到的一个高峰:研究的方法多样,领域广泛,成果丰富,并初步具备了现代"《文选》学"研究的萌芽。① 阮元《文选旁证序》曰:"《文选》一书,总周、秦、汉、魏、晋、宋、齐、梁八代之文而存之,世间除诸经、《史记》《汉书》之外,即以此书为重。读此书者,必明乎《仓》《雅》《训纂》许、郑之学,而后能及其门奥。渊乎,浩乎,何其盛也!"这一评价体现了清代学者对《文选》的高度重视。

　　张之洞(1837—1909)《輶轩语》云:"《选》学有征实、课虚两义:考典实,求训诂,校古书,此为学计;摹高格,猎奇采,此为文计。"②大致概括了清代"《文选》学"的两个主要方面。而其中"征实"之学更为具体,成果更为显著。张之洞将"征实"之学概括为考典实,求训诂,校古书,可见校雠是清代"《文选》学"的重要组成部

---

① 参江庆柏:《清代的文选学》,《华南师范大学学报》(社科版)1987年第3期;王立群:《清代〈选〉学与20世纪现代〈选〉学》,《河南大学学报》(社科版)2002年第4期。

② (清)张之洞:《輶轩语》,《慎始基斋丛书》本。

分。当然,张氏所谓校古书当也不仅是指校勘《文选》,也包括利用《文选》来校勘其他典籍。《文选》是古文古注的一大渊薮,清代精于考据的学者大多熟悉《文选》,将其作为考据学的重要工具。黄承吉曾将《文选》与《说文解字》并论,其于《梦陔堂文集》卷九《梅文学塾中祀曹宪、徐铉诸公记》曰:"《说文》《文选》二书,皆于文籍有镕金入冶之功,为世间必不可无之模范,几于江河并注,日月共悬,而其中训诂、音声、制度、名物,莫不相为表里,盖必如《说文》《文选》而后可谓之文。"①颇能说明《文选》对清代学者的价值。对《文选》的重视和利用无疑也是清代"《文选》学"兴盛的一个因素,同时,也有益于《文选》的校雠整理。

大体上,清代的《文选》"征实"之学可概括为两大方面:一方面继承隋唐的《文选》注释学,或是在文字、音韵、训诂等方面补正、深化、扩展,以小学治"《文选》学",或是对典故、史实等方面作考证,属考据学范畴;一方面则是校雠,研究版本,考订异文,属传统校雠学范围。当然,两个方面是互相渗透、互相借助、互为补充的。

校雠学是清代学术的重要组成部分,而清代的《文选》校雠也是清代典籍校雠的重要成果。整体来看,清代《文选》校雠发轫于清初的钱陆灿、潘耒、何焯、陈景云等人,兴盛于朴学全盛的清中期,其后随着社会现实和思想学术的激变,《文选》校雠未取得更大成就,但随着中外交流的增加,一些海外的《文选》版本文献被学者传至中国,无疑对《文选》的校雠意义重大。

----

① （清）黄承吉：《梦陔堂文集》,咸丰元年黄必庆汇印本。

第一节　清代《文选》校勘概况

《文选》校勘是清代《文选》校雠的重点,本节略以时代为序,择要叙述清代《文选》校勘的学人、事迹、著作,以显示清代《文选》校勘的总体概括。其中一些重要的学者、专著,则于下章别作专门述论。

一、清初的《文选》校勘概况

清初的《文选》学主流仍是沿袭明代以来的评点之风,在评点中间有注意及校勘者,可称之为批校。批校因多以批评为主,以校勘为辅,故在校勘上用力不大,校语一般也比较简略,多是圈点误字,写出正字,不出依据。批校的形式一直在清代延续,今天仍存世有不少附有批校的《文选》版本,一些至今仍有参考价值。清初也有学者专门对《文选》作比较全面深入的校勘,如陆贻典、冯武据宋本校勘汲古阁本,陈景云亦有《文选》校勘专书,开启了后世《文选》校勘的盛况。

傅山(1607—1684),字青竹,后改字青主,山西阳曲人,明诸生,明亡隐居,康熙中举鸿博,屡辞不得免,至京,称老病,不试而归。傅山曾评点《文选》,其在《家训》中曰:“记吾当二十上下时,读《文选》京都诸赋,先辨字,再点读,三四上口,则略能成诵矣。”①可

---

① （清）傅山：《霜红龛集》卷二五《家训》,《续修四库全书》影印清宣统三年丁氏刻本第 1395 册,上海古籍出版社 2002 年版,第 610 页。

见其曾对《文选》用功。傅山的评点今保存在《傅山全书》中，其中有少量校语。其所批点之《文选》当为汲古阁本，如傅武仲《舞赋》"动朱唇，纡清扬"，"清扬"典出《诗经》，傅氏批本"扬"误作"阳"，傅氏墨笔改"阳"为"扬"；又"吐哇咬，则发皓齿"下李注："咬，淫声也，鸟交切。"傅氏批本"交"误作"文"，盖形近致误，傅氏墨笔改"文"为"交"。此类错误尚属简单，点读中皆能发现，而一些错误非细读深思不能辨，如任彦昇《王文宪集序》"自营部分司，卢钦兼掌，誉望所归，允集兹日"，李注云："应劭《汉官仪》曰：'献帝建始四年，始置左右仆射，以执金吾营部为左仆射，卫臻为右仆射。'今以'策郚'为'营部'，误也。营，役琼切，郚，乌合切。"由李注可知其所注《文选》正文中"营部"作"策郚"，李善以之为误，然今见各种版本皆作"营部"，无作"策郚"者，关于此傅山特引《文选》别篇注文以互证，校读甚是细致。①

钱陆灿（1612—1698），字尔韬，号湘灵，又号圆沙，江苏常熟人。钱氏喜藏书校书，于晚年批阅《文选》，流传颇广，在清代前期影响较大，至今尚存过录其批语的《文选》多部。

陆贻典（1617—1686），一名陆典，早年名陆行，又名陆芳原，字敕先，江苏常熟人。冯武（1627—？），字窦伯，别字简缘，江苏常熟人，冯舒之侄。冯、陆皆为清初著名的藏书家、校雠家，二人曾合校《文选》，后顾广圻曾借阅二人校本，复加校勘。

潘耒（1646—1708），字次耕，一字稼堂、南村，晚号止止居士，藏书室名遂初堂、大雅堂，江苏吴江人，师事徐枋、顾炎武，博通经

---

① 参徐华中：《傅山的评点学——以〈文选〉评点为例》，《中华文史论丛》2008年第2期。关于此处的问题，许巽行《文选笔记》、胡克家《文选考异》等亦有考证，并可参考俞绍初：《新校订六家注文选》第五册，郑州大学出版社2015年版，第3077页。

史、历算、音学。潘氏曾批校《文选》,有一定影响。

何焯(1661—1722),字屺瞻,学者称义门先生,江苏长洲人。何氏博学强识,蓄书数万卷,凡经传子史诗文集、杂说、小学,多参稽互证,以得指归。于其真伪、是非、密疏、显隐、工拙、源流,皆各有题识,如别黑白。及刊本之讹阙同异、字体之正俗,亦分辨而补正之。^① 何氏曾批校《文选》,被广为传抄、过录,乃至板刻以行,无论其评点还是校勘,皆深受推崇,黄侃称清代治"《选》学"者简要精核,未有超于何氏。

陈景云(1670—1747),字少章,私谥文道先生,江苏常熟人,博闻强识,能背诵《通鉴》。少从何焯游,焯殁,独系吴中文献几二十年。陈景云著述大多为典籍校勘著作,亦曾校勘《文选》,并汇集成书,然未付梓,以抄本行世,故称名卷数皆不一,或称《文选校正》三卷(《国朝先正事略》卷三三),或称《文选举正》六卷(《曝书杂记》卷二),或称《文选举正》二卷(《清史稿·艺文志四》)。今国家图书馆藏有清咸丰间周镇抄本《文选举正》两册,不分卷。孙志祖《文选考异》于陈氏校语有所征引,而顾广圻撰《文选考异》征引尤多。

二、清代中期的《文选》校勘

清代中期尤其是嘉、道之间,是"《文选》学"最为兴盛的阶段,在《文选》的校勘方面成果尤多,著述方式也从批校发展到专著。

姚范(1702—1771),初名兴涑,字已铜,后改名范,字南菁,号姜坞,晚号几蓬老人,安徽桐城人。姚范是桐城派的著名文人、学者,能诗文,颇用力治学,"博闻强记,于书无所不窥。……生平论学大旨以骏博为门户,以沈潜为堂奥,而议论笃实粹然,一轨于先儒。"①然不希著述,多将读书心得记录于书上,后人整理摘录成《援鹑堂笔记》五十卷。姚范批阅典籍非常重视校勘,《书目答问》曾列清代校勘名家 31 人,姚范即在列。姚氏亦曾批阅《文选》,《援鹑堂笔记》录有姚氏批阅《文选》文字三卷,其主要内容是抄录何焯批点,并附以己说,于保存何焯批点颇有价值,同时亦多有发明。

汪师韩(1707—?),字抒怀,号韩门,又号上湖居士,浙江钱塘人。② 汪氏著有《文选理学权舆》八卷,据其自序书成于乾隆三十三年(1768),《书目答问》列之为"《文选》学家"。汪书内容共分九门,③讨论"《选》学"问题,虽抄撮内容居多,但颇具综合研究的现代学术意识,故王立群先生《现代文选学史》第一章即论述汪书。

此书亦偶有涉及校勘的条目,其中卷三"选注补阙"门数条汇集李善注中对《文选》作品的考异之语,如最后一条:

> 羊祜《让开府表》"中谢"注曰:"裴氏《新语》曰:若荐其君,将有所乞请。中谢,言臣诚惶诚恐,顿首死罪。"按后陆机《谢平原内史表》,前后载"中谢"者二,又殷仲文《解尚书表》末

---

① 《援鹑堂笔记》附姚莹《闵刻原后序》,《续修四库全书》本,第 190 页。

② 关于汪师韩生平可参考王刘学《汪师韩与〈文选〉学》(苏州大学 2010 年硕士论文)、陈鸿森《清儒汪师韩生卒年小考》[《中国经学》(第十九辑),广西师范大学出版社2016 年版]。

③ 自序曰:"余尝取《选》注,以类别为八门,末则缀以鄙说。"所谓"鄙说"指卷八《质疑》,合《质疑》总计九门。

载"臣某"云云，皆选本省文也，至任昉诸表，则俱有"诚惶诚
恐"云云。①

汪氏据李注指出《文选》在选录作品时对原文有所删省，此本李善
所揭，前文已有所述，兹不赘论。值得注意的是，汪氏指出"中谢"
是选本的省文之迹，颇有意义。所谓"中谢"，古时臣子上谢表，例
有"诚惶诚恐顿首死罪"之类套语，以示恭敬，后人编选文集往往从
略，而旁注"中谢"二字。奎章阁本《文选》此处则误将"中谢"混入
李注，遂作："善曰：中谢。裴氏《新语》曰：'若荐其君，将有所乞
请。'中谢，言臣诚惶诚恐，顿首死罪。"盖不明"中谢"之义致误。又
汪氏所摘陆士衡《谢平原内史表》，奎章阁本《文选》亦有两处标注
"中谢"皆混入李注。又尤刻本此表"拜受祗竦，不知所裁"下有"臣
机顿首顿首死罪死罪"十字，胡刻本《考异》曰："茶陵本无此十字，
有'中谢'二字，是也。袁本并无'中谢'，非。尤用善《谢开府表》注
所云添改，益非。"可见关于"中谢"各本之间歧异甚多，这一方面与
选本的删省有关，一方面或因"中谢"一词稍生僻而使人误解，汪氏
此条无疑有助于解决这些问题。

　　汪书卷八《质疑》为考证《选》文《选》注的条目，其中亦有关涉
校勘者，如第一条"顺改填"，《东都赋》"填流泉而为沼"，李善注曰：
"昭明讳'顺'，故改为'填'。"汪氏质疑曰："然下文'顺时节而搜
狩'，何以'顺'又不改他字？"李善谓"昭明讳'顺'"，值得考究，但汪
氏质疑他处"顺"字何以不避，似更有理。《文选》传本避讳颇为复
杂，诸本或避或不避，不独"顺"字，其他如"民""渊"等字，避讳尤甚

① （清）汪师韩：《文选理学权舆》，第81页。"裴氏"误作"裴表"，据李注改。

混乱,是颇需探讨的问题。[1]

　　其他条目如"王梦玉梦"条引沈括《梦溪笔谈》辨《神女赋》"玉""王"二字的混淆,"胥母"条进一步考证李善辨《七发》"骨母"当为"胥母"之说,"恕"条判《养生论》"恕可与羡门比寿"李注解"恕"为"人心度物也"实误,而"恕"字当是"庶"字之讹,[2]此类条目皆有助于订正《文选》。

　　卢文弨(1717—1796),字召弓,一作绍弓,号矶渔,又号檠斋,晚年更号弓父,人称抱经先生,浙江仁和人,清代校雠学家的杰出代表。卢文弨曾于乾隆丁卯(1747)、甲戌(1754)两次受诏参与校勘《文选》,其于乾隆辛未(1751)为钱在培撰《丽景校书图记》,详细记载了乾隆丁卯参与校勘《文选》的经过,有曰:"书成,又录考证二册进呈,上命分置各卷之后,并书校写者衔名。"[3]可知当时有专门的校勘成果别录为册。陈康祺《郎潜纪闻初笔》卷三则记录了卢文弨参加的另一次校勘:"乾隆甲戌夏,命翰林工楷书者梁国治、秦大士、梁同书、庄培因等,缮录昭明《文选》。又命朱珪、戈涛、卢文弨、翁方纲等,校对于翰林院后堂东宝善亭内。发出宋版《文选》一部,纸墨精好,古香袭人。每册有前贤手题墨迹,第一册前有御笔题云'此书在天禄琳琅中亦不可多得'。"[4]翁方纲《复初斋文集》卷一二

---

①　学界对《文选》的避讳问题研究较少,已有成果可参范志新:《从避讳学角度论选学中的三个问题》,刘志伟主编:《文选与汉唐文化——第十一届文选学国际学术研讨会论文集》,中华书局 2018 年版,第 3—12 页;朱晓海:《从尤刻本善注〈文选〉宋代避庙讳字臆推其祖本时代并申论》,陈延嘉主编:《文选学研究》(第一辑),中华书局 2018 年版,第 74—108 页。

②　《嵇康集》正作"庶"字。

③　(清)卢文弨:《抱经堂文集》卷二五,《四部丛刊初编》本。

④　(清)陈康祺撰,晋石点校:《郎潜纪闻》,中华书局 1984 年版,第 48 页。此书即《天禄琳琅书目》卷三著录之赣州本。御题曰:"天禄琳琅中若此者,亦不多得。"

《送卢抱经南归序》亦曰："予同岁进士二百三十一人，予尝自谓抱经校雠之精，用力之笃，惟予知之最详。……君所校正书目甚繁，予初成进士时，喜读迁、固之书，则借君所校三史录之。甲戌授馆职后，借所校《文选》录之。"①

卢文弨对《文选》的校勘当在其早年于京师任职内阁中书、翰林院编修时，其后未再着力于此，而其校勘在学者中似亦影响不大，翁方纲称其曾迻录卢氏所校，但之后未见有从事《文选》校勘的学者征引。卢氏还藏有何焯校本，吴寿旸《拜经楼藏书题跋记》卷五著录一部《文选》，称"汲古阁刊，何义门先生七校本，先君子从卢学士抱经堂借本手录"。② 据《中国古籍善本书目》，山西省图书馆藏有一部蒋锦和过录何焯、卢文弨批校的《文选》。

这里顺便略述乾隆年间的几次《文选》校录。乾隆颇留意《文选》，天禄琳琅所藏《文选》版本甚多，里中多有乾隆御批。他还曾多次召集馆阁学者校录《文选》，今尚存多种当年御藏的《文选》写本，其中即有卢文弨参与校勘的《文选》写本，分别由欧阳正焕、梁国治等人誊录。③

这些校勘有利有弊，有利之处是人力充裕，条件优厚，如卢文弨《丽景校书图记》称当次参加校勘李善注《文选》的翰林、中书各十人，且赏赉优渥，而陈康祺所记一次虽则人数较少，但校勘者学识更高，且称发出精良的宋版《文选》一部，这在当时宋版《文选》非

① （清）翁方纲：《复初斋文集》，《续修四库全书》影印清刻本第 1455 册，上海古籍出版社 2002 年版，第 461 页。

② （清）吴寿旸撰，郭立暄标点：《拜经楼藏书题跋记》，上海古籍出版社 2007 年版，第 176 页。

③ 参陶湘：《故宫殿本书库现存目》，故宫博物院图书馆民国二十二年铅印本。

常难得的情况下,无疑十分利于校勘。

　　但相较利处,弊处似更大,一方面众人合作,往往不易统筹,卢氏在《图记》中即曰:

　　　　前辈钱赤岸先生,性慎密而多闻识,褎然为中书领袖,选
　　与兹事。文弨时亦从诸君子后,移席近先生。先生校勘精审,
　　孜孜不倦,然诸人或各行其意。先是中使宣上旨云:"尔等俱
　　是有学人,若书内误处,皆当改正。"而大臣恐或蹈妄改之咎,
　　又私相戒约,非灼知其误,万不可轻改。以故明达之人多务更
　　正,慎重之士惮于改为。予因知事无大小,总其成者为要也。

可见卢氏对这种校勘活动是有微词的,在各行其是的操作下,成果可想而知。

　　另一方面,此类奉旨校书往往时间有限,难以深加研讨。翁方纲《坳堂集序》记与戈涛同校《文选》曰:"及予授馆职,甲戌夏,诏择翰林十人于院廨校勘《文选》,芥舟与予同研席者匝月。"[①]可见其校勘时间不过匝月。再者,此类校录之本呈进之后便成御玩之物,不得流转,故其校勘成果亦难以公开。惟翁方纲过录卢文弨校本,恐即是卢氏奉旨所校《文选》的成果,但终亦未有所影响。而《四库全书》所收李善注《文选》,提要称"乾隆四十六年十一月恭校上",皆在乾隆时多次校录《文选》之后,但所采为汲古阁本,书后亦未附考异,显然对之前的校录成果完全未加利用,不能不说遗憾。

　　许巽行(1726—1798),字六葵,号密斋,华亭人,著有《文选笔

---

　　①　(清)翁方纲:《复初斋文集》卷四,第388页。

记》八卷,为清代一部重要的"《文选》学"专著,据书前所附《密斋随录》称书成于嘉庆戊午(1798)。许氏先后十数次校勘《文选》,用功颇巨,《笔记》内容即以校勘为主。许氏原有多种《文选》校本,"各本逐篇逐段皆有更正之文,而多未载入《笔记》,此所记者,乃校本所未及详焉者耳"①。许氏本欲校刊《文选》行世,但终未果,即《笔记》一书,亦是由其玄孙许嘉德至光绪十年(1884)整理刊行完毕,距其成书已近百年矣。而《笔记》未详之内容,亦终随许氏校本归于散佚。②

余萧客(1729—1777)③,字仲林,别字古农,长洲人,撰《古经解钩沉》三十卷,"采掇旧诂,最为详核"(《文选音义》提要),"捃摭亦可谓备矣"(《钩沉》提要)。余氏撰有《文选音义》八卷、《文选纪闻》三十卷两种"《文选》学"专书。《音义》为摘字词注音训诂之书,自序于乾隆二十三年(1758)。《纪闻》辑录前人典籍中关涉《文选》篇章语句的相关资料,涉及典故、名物、训诂、音韵等方面,与汪师韩《权舆》一书之《前贤评论》门类似,而十数倍之,生前未刊,由其门人朱邦蘅校录收于方功惠《碧琳琅馆丛书》中。余氏著书多以钩沉钞撮为主,《音义》多录何焯校语,《纪闻》所录部分考证文字,皆关涉校勘,虽发明不多,要亦省却学者搜讨之功。

段玉裁(1735—1815),字若膺,号懋堂,江苏金坛人。段氏是乾嘉学派的主要代表,精通小学,在校勘上学者多将之归为"理校

---

① 《文选笔记》卷首所附许嘉德附识。

② 《中国古籍总目》著录中央党校图书馆尚藏有一部许巽行批校的《文选》,为清乾隆间怀德堂重刻汲古阁本。

③ 余萧客生平可参范志新:《余萧客的生卒年(外一篇)——文选学著作考(二)》,《晋阳学刊》2005年第6期。另钱振宇:《历代〈文选〉学及其周边研究》第四章第二节也有较详细考证,河南大学2015年博士学位论文。

派"的代表。段玉裁治学集中在经学、小学,没有专门的"《文选》学"专著,①但他对《文选》也非常精熟,在其众多著述,尤其是《说文解字注》《经韵楼集》中有很多地方涉及《文选》,并有不少关于校勘的内容,故近代著名"《文选》学"家李详《媿生丛录》卷六称段氏是"真治'《文选》学'者"。② 值得一提的是,段氏与顾广圻曾发生过著名的争执事件,在他们的学术论争中,即涉及《文选》校勘。段氏对顾广圻《文选考异》的一些校勘理念以及具体的校勘条目都提出了尖锐的批驳,成为清代《文选》校勘史上的重要事件。③

　　孙志祖(1737—1801),字诒谷,或作颐谷,号约斋,浙江仁和人,"生而颖悟,自云读群经及《文选》等书,一似素所熟习者"④。孙氏撰有《文选理学权舆补》一卷、《文选考异》四卷、《文选李注补正》四卷,《文选考异》为校勘专书。孙氏所撰《文选理学权舆序》曰:

　　　　志祖不揣梼昧,补辑《评论》一卷,复以国朝潘稼堂、何义门、钱圆沙三家熟精《选》理,各有勘本,而先生俱未之见,因为研核参考,别撰《文选考异》四卷、《选注补正》四卷,皆以补先生之《质疑》也。顾君蒹厓笃学嗜古,见而好之,欲广先生之书以示世之为'《选》学'者,且采鄙人二书

　　① 梁章钜在《文选旁证序》中自称参考段玉裁说甚多,其所列"引用各部《文选》书目"中有"段氏评《文选》",似段氏有《文选》批校本,但仅见于此,尚存疑。
　　② 李详:《李审言文集·媿生丛录》卷六,江苏古籍出版社1986年版,第548页。
　　③ 对段玉裁《文选》校勘的研究和评价可参考刘跃进、徐华:《段玉裁〈文选〉研究平议》,《文史》2017年第一辑;王书才:《〈昭明文选〉研究发展史》,第300—302页。
　　④ (清)阮元:《两浙輶轩录》卷三二,《续修四库全书》影印清嘉庆刻本第1684册,上海古籍出版社2002年版,第240页。

附焉。志祖于'《选》学'无能为役，乃因先生之书得挂名于后，何其幸也！

可知其撰著之缘由，孙氏诸书初刻于嘉庆戊午（1798）。《考异》所校以《文选》正文为主，多采何、潘、钱等前人之说。

张云璈（1747—1829），字仲雅，号简松居士，浙江钱塘人。"博学雄才，颇工于诗"，著《选学胶言》二十卷，序曰：

> "《选》学"向无专书，所有者，前人评骘而已，如孙月峰、俞犀月、李安溪、何义门诸先辈，字栉句比，不留余蕴，足为词人之圭臬、艺苑之津梁矣。然大都于行文之法綦详，撷实之义多略，一二订正，如寸珠尺璧，令人视为希世之宝。其中义门先生考核较多，最称该洽，视诸家尤长，故学者宗之，具在《读书记》中。……云璈读《文选》久矣，凡诗赋之源流，文章之体格，得其解，心领而神会之，不得其解，则有诸家之说在，一展卷可以了然，诚无所置喙。顾文义不无舛误，注家尚多异同，与夫名物典故、字句音释有出于诸说所备之外者，不能无疑，随疑随检，随检随记，简眉牍尾间，久而渐满，翻之如黑蚁相杂于白蟫趁趄之中，几不复辨。乃取而件系条录，凡诸说未及者补之，诸说已有者删之，诸说未尽者详之，诸说未安者辨之，且因此以见彼，有不必为《文选》设者，触类而引申。最后得鄱阳胡中丞克家据尤延之贵池锓本及袁本、茶陵本，详加雠校，更为《考异》十卷，刻之吴中，尤称周密。书中多采取之，而间纠其失，共存二十卷。《魏都赋》曰"牵胶言而逾侈"，注引李克书云："语辨聪之说而不度于

义者,谓之胶言。"取以颜其书,盖志愧也。①

由此可见张氏著书之大略。据自序知书成于道光壬午(1822)。《胶言》是一部博洽的札记型考据著作,全书一千二百余条,涉及校勘者十之一二,虽不算多,但因不必受校语简明之限,能博引深究。

阮元(1764—1849),字伯元,号芸台,谥文达,江苏仪征人,清嘉道间名臣,被尊为一代文宗。阮元提倡骈文,推崇《文选》,与桐城派相抗。阮元撰《文韵说》《书梁昭明太子文选序后》等文,皆从《文选》立论,影响甚大。李详于《书目答问》所列"《文选》学家"汰去数人,而补入阮元等人,以其"乃真治'《文选》学'者"。② 阮元藏尤刻本《文选》一部,以之镇文选楼,当时学者惟知尤刻本有两部,③一部即胡克家据以翻雕者,另一部即阮氏所藏。阮元为此书特撰《南宋淳熙贵池尤氏本文选序》,有曰:"元幼为'《文选》学',而壮未能精熟其理。然讹文脱字,时时校及之。昔但得元张伯颜、明晋府诸本,即以为秘策。嘉庆丁卯,始从昭文吴氏易得南宋尤延之本,为无上古册矣。"④阮氏自称时时校及《文选》,序中复举此本与汲古阁毛本、翻张本、晋府本等对校所得脱文、异文十数条。序又曰:"独怪册中皆有汲古阁印,而毛板讹脱甚多,岂刊板后始获此本,未及校改耶?"可谓细心。序末云:"元既构文选楼于家庙旁,继得此册藏之楼中,别为校勘记,以贻学者。装订既成,因序于卷

① (清)张云璈:《选学胶言》,清道光十一年刻本。
② 李详:《李审言文集》,第548页。
③ 阮元《文选旁证序》曰:"尤本今有两本:一本余所藏以镇隋文选楼者也,一本即嘉庆间鄱阳胡果泉中丞据以重刻者也。"莫友芝《邵亭知见传本书目·总集类·文选注六十卷》曰:"宋淳熙本有二,一胡果泉本,一阮相国本。"
④ (清)阮元:《揅经室集》,第666页。

首。"视此则似阮氏专门撰有校勘记,但其在《文选旁证序》中又说:
"余昔得宋本,即欲重刻之,又欲汇萃诸本为校勘记,以证晋府、汲
古之误,而胡中丞已刻尤本,是以辍作。今又读梁中丞此书刻本,
得酬夙愿,使元为校勘记,亦必不能如此精博也。"据此则阮氏未尝
撰校勘记。今国家图书馆藏有一部阮元过录冯武、陆贻典、顾广圻
批校本《文选》,为儒缨堂重刊汲古阁本,阮元在书前"文选序"三字
下题曰:"嘉庆十一年扬州阮氏集宋元本校字于选楼巷文选楼。"阮
氏过录非常认真,其识语曰:

> 冯窦伯据晋府诸本校本。原用紫色笔校,又用硃笔覆校
> 过,今以硃笔临校。原本涂改甚繁,今悉照旧,一笔不省,以全
> 本来面目。陆敕先据遵王宋本校本。原用蓝色笔校,今以黄
> 笔代。原校有漫灭不辨字者,粘签叶中,以备考核。又原本有
> 墨笔校者,今亦以墨笔临校。顾涧蘋据周氏藏宋尤袤椠本校
> 本。原用黄色笔校,今以绿色笔代。又顾另有案语,用墨笔,
> 皆著名,今亦以墨笔临写。又今所用乃翻刻汲古阁初印本,有
> 与原刻不对处,皆用浅黄色笔涂改,盖改从原本,以尽画一。

书中过录文字一笔不苟,并记校录起讫时间,历时两年始完成。

顾广圻(1770—1839),字千里,号涧蘋,别号思适居士,江苏元
和人,清代校雠学家的杰出代表。彭兆荪(1769—1821),字湘涵,
又字甘亭,晚号忏摩居士,江苏镇洋人,工诗、骈文。顾、彭二人于
嘉庆戊辰(1808)、己巳(1809)间为胡克家校勘尤刻本《文选》,翻刻
以行,并撰《考异》十卷附后,世称胡刻本,成为之后最通行的《文
选》版本,至今不废。

朱珔(1769—1850),字玉存,一字兰坡,安徽泾县人。"珔爱书
如命,学有本原。主讲席几三十年,教士以通经学古为先,与桐城
姚鼐、阳湖李兆洛并负儒林宿望,盖鼎足而三云"(《清史稿》列传二
六九)。撰《文选集释》二十四卷,自序于道光十六年(1836),然生
前未刊,书稿在太平天国战乱中散佚,后经其子葆元搜集刊刻于同
治十二年(1873),然部分已非最终定稿。《书目答问》列朱珔为
"'《文选》学'家"。《集释》内容以地理、名物考证为主,亦间及
校勘。

李黼平(1770—1833),字绣子,又字贞甫,广东嘉应州人。幼
颖异,年十四,精通乐谱,及长治汉学,工考证。嘉庆十年(1805)进
士,选翰林院庶吉士。粤督阮元开学海堂,聘阅课艺,遂留授诸子。
黼平精熟《文选》,撰《文选异义》二卷,书不传,然视书名盖校勘考
证之类。①

俞正燮(1775—1840),字理初,安徽黟县人,一生游幕,佣书为
业。俞氏学问博洽,尤精考证,"承其乡先贤江、戴诸儒之绪,而扩
充之,故生平自治经外,于史学、诸子、天文、舆地、医方、星相以及
释道之说,无不探究"②。撰《癸巳类稿》《癸巳存稿》,为清代学术
笔记名著。俞氏曾批校《文选》,《癸巳存稿》中收有《文选相沿误
字》《文选注引书字识语》《文选自校本跋》《校文选李注识语》等文,
另有多条涉及《文选》作品的考证文字。

俞氏《文选自校本跋》末曰:"舟中读《文选》,所记烂然于眉上

① 参清陈璞:《尺冈草堂遗集》卷四《拟广东文苑传》,《续修四库全书》影印清光
绪十五年刻本;(清)桂文灿:《经学博采录》卷五,中国书店1985年影印民国刻敬跻堂
丛书本。
② 张舜徽:《清人文集别录》卷十三,中华书局1963年版,第364页。

行间,四十日始毕,非改《文选》也。丙戌九月朔,夏镇舟中。"①知其校勘《文选》在道光丙戌年(1826)。王立中在《俞理初先生年谱》中自称曾购得一部汲古阁本《文选》,有朱笔点勘,一至十八卷眉上行间烂然殆遍,余卷亦始终不懒,校补夺文误字甚多。王氏初不知为何人所批校,后将校本与《存稿》诸文对读,断其为俞氏手校。②可知俞氏对《文选》曾做过比较全面的校订。

《俞正燮全集》辑有俞氏《文选》批语仅五条,称其批本藏于安徽博物馆,恐为过录不全之本,或所辑太略。③国家图书馆藏有一部邓传密(1795—1870)过录俞正燮批校汲古阁本《文选》,邓氏于卷一题曰:"道光乙未三月十八日丁丑,在杭州借得黟俞正燮理初孝廉手校本,依式录之。"另,张穆(1808—1849)《殷斋文集》卷一《阳冰说答祁叔颖尚书》称"昔俞君理初尝为穆校《文选》",④则俞氏之校《文选》或即是为张氏。

俞氏校勘有两个特点,其一是他校,《文选自校本跋》曰:"《文选》见于史策者极多,一一校存之,备异同斟酌耳。"这与王立中所见俞氏校本卷一至卷十八批校尤多可以印证,盖前十八卷为赋,多载于史策,故所校处多。通过《选》文与"史策"比对,俞氏在跋文中举出十数例《文选》不同于"他本"者,对这些不同之处,俞氏多以之为昭明所改,所谓"选家例有甄别增删"也,其说颇具启发性,然稍

---

①　(清)俞正燮:《癸巳存稿》卷十二,辽宁教育出版 2003 年版,第 361 页。

②　王立中:《俞理初先生年谱》,《北京图书馆藏珍本年谱丛刊》本第 134 册,北京图书馆出版社 1999 年版,第 619—620 页。

③　(清)俞正燮撰,于石、马君骅、诸伟奇校点:《俞正燮全集》,黄山书社 2005 年版。

④　(清)张穆:《殷斋文集》,《续修四库全书》影印清咸丰八年祁寯藻刻本第 1532 册,上海古籍出版社 2002 年版,第 255 页。

嫌武断。^①但又称"校者详其异同,以见古人之趣,非有彼此是非之见,凡校书皆然,况其为文辞选集本也",所校"非改《文选》也",亦可见其谨慎。

俞氏校勘的另一特点是通过精读文本、深入考证,以辨文中之误,虽无版本依据,然立说颇精审。如《文选相沿误字》摘三处相沿已久的讹误,其中一条曰:

> 二十八卷陆韩卿《中山王孺子妾歌》:"安陵泣前鱼。"注云:"泣鱼是龙阳,非安陵,疑陆误也。"今按,二十三卷阮嗣宗《咏怀诗》:"昔日繁华子,安陵与龙阳。"颜延年、沈约等注引安陵悲兕、龙阳泣鱼,而于诗末注云:"安陵君所以悲鱼也。"盖"悲"下遗落者,"兕龙阳君所以泣"计七字。梁时陆韩卿得颜注本已如此。颜注世所珍爱,陆奉颜注为典故,颜注脱漏,则由梁至唐俱不知增补也。^②

俞氏认为陆韩卿之所以误用典故,恐是因《咏怀诗》颜、沈旧注有脱文所致,思致颇深细,兼用本校与理校,值得参考。^③

又《蒴解脱文说》曰:

> 潘安仁《寡妇赋序》:"孤女藐焉始孩。"注云:"《广雅》云:

---

① 参力之:《俞正燮〈文选自校本跋〉辩证——兼论〈文选〉的〈报任少卿书〉和〈答客难〉与〈汉书〉之关系》,《古典文献研究》(第十一辑),凤凰出版社,2008 年。

② (清)俞正燮:《癸巳存稿》卷十二,第 357 页。

③ 关于《咏怀诗》此处旧注"安陵君所以悲鱼也",胡刻本《文选考异》曰:"'以'字下当有脱文。"梁章钜《文选旁证》亦曰:"两事撮为一句,恐有脱误。"

'薿,小也。'《字林》曰:'小儿笑也。'《孟子》:'孩提之童,无不知爱其亲者。'赵岐曰:'孩提谓二三岁之间始孩笑、可提抱者。'"惠氏栋《左传补注》引《文选注》吕谌《字林》"薿,小儿笑也",解"以是薿诸孤",谓顾注"薿为小义"未当。按,薿无笑义。寻《文选》注语次,当云:"《字林》曰:'小貌。'《说文》曰:'孩,小儿笑也。'"所脱去者,"貌说文曰孩小"计六字,各本皆同。①

此说亦颇令人叹服其精细。②

另外,俞氏亦通过校勘对李注版本有所考辨,其《校〈文选〉李注识语》有曰:

《文选》李注,宋人刊刻,今通行者二本,一为汲古阁仿宋本,嘉庆甲子见其正本于德州粮道署,一为鄱阳胡氏仿宋本,二皆真宋本也,二本已多不同。前见《东坡志林》,言李注有本末,极可喜,五臣至浅,谢瞻《张子房诗》"苛慝暴三殇",言上殇、中殇、下殇,五臣乃引泰山侧妇人事,以父与夫为殇,真俚儒之荒陋者。今汲古阁及胡氏之宋本李注,正引"泰山侧"云云,则北宋时苏氏所见之李注与此不同,是宋本之别有三也。又见《西溪丛语》,言潘岳《闲居赋》"房陵朱仲之李",李善注云:"朱仲李未详。"今汲古阁宋本李注引《荆州记》"房陵县有朱仲者,家有缥李,代所稀有",胡氏宋本李注引"仙人朱仲窃

_____

① (清)俞正燮:《癸巳存稿》卷十二,第356页
② 但俞氏未注意到六臣本善注仅引《左传》与《孟子》,并未引《说文》《字林》云云,其是否善注尚有疑问。这是俞氏不注重对校或是所见版本太有限的后果。

房陵好李"，则南宋时姚氏家传之李注又与此不同，是宋本之别有四也。凡古人写本、刻本多岐出，校者存其异同以俟采择可耳。……近人刻书喜仿旧本，存其误字而后载校勘语，以为古雅。而旧本不误之字，仿本多转写致误，是未能仿旧而反诬旧本也。自汉至唐，校书者盖不如此，难与迂拘而嚚讼者道也。①

俞氏能够注意利用前人引文以探究《文选》版本，颇具启发性，但其考证尚嫌浅率，盖其忽略《文选》不仅有李注本，尚有六臣本，姚宽所引恐即是六臣本，非别本李善注也。至于苏轼驳五臣解"三殇"为荒陋，是针对五臣"秦之苛法天下怨之，其暴甚于此三殇也"这一注语，李善亦引《礼记》泰山侧妇人事，不过不是注"三殇"，俞氏误解苏轼所见李注本并未"引'泰山侧'云云"，作出错误结论，此亦是所见版本有限而致。② 至于文末又讥刺"近人刻书喜仿旧本，存其误字而后载校勘语，以为古雅"，当是针对胡刻本而言。仿本多转写致误，未能仿旧而反诬旧本，当然是不足取的，但存其误字而后载校勘语的刻书方式一方面保存古籍原貌，一方面亦不废订正，这本是清人极好的发明，不得以"自汉至唐校书者盖不如此"之古制指摘也，实际上正是古人不断的校改使文献往往窜乱而难以寻绎，这也说明了俞氏轻于版本的认识。

总之，俞氏学问渊博，校勘精细，其成果颇值得参考。俞氏校勘之失一是轻率论断称《文选》有所删改，一是所见版本有限，校勘

---

① （清）俞正燮：《癸巳存稿》卷十二，第361—362页。
② 关于"三殇"注解问题可参第二章第六节的相关论述。

投入时间不多,故成果亦有限。

梁章钜(1775—1849),字闳中,一字茞林,晚年自号退庵,祖籍福建长乐,清初迁居福州,故又自称福州人。梁氏著述宏富,所撰《文选旁证》四十六卷,以校勘为主,兼及训诂考证,自序曰:

> 《文选》自唐以降,乃有两家:一李注,一五臣注。李固远胜五臣,而在宋代,五臣颇盛,抑且并列为六臣,共行于世,几将千年。近者何义门、陈少章、余仲林、段懋堂辈,先后校勘,咸以李为长,各伸厥说。但阅时已久,显庆经进原书竟坠,淳熙添改重刊孤传,居乎今日,将以寻绎崇贤之绪,不綦难哉!伏念束发受书,即好萧《选》。仰承庭训,长更明师。南北往来,钻研不废。岁月迄兹,遂有所积。最后得鄱阳师新翻晋陵尤氏本,乃汲古之祖。其中异同,均属较是。合观诸刻,窃谓李氏斯注,引用繁富,为之考订校雠者,亦宜博综,详哉言之。爰聚群籍,相涉之处,悉加荟萃,上罗前古,下搜当今,期于疑惑,得此发明,未敢托为抱残守阙自限。至于五臣之注,亦必反复推究,虽似与李无关,然可以观之,益见李注精核,正一助也。①

由此大概可知其著书之宗旨。所谓"旁证",指广泛引据考证之意,故本书的特点即在于旁征博引,荟萃众说,凡例自谓所采书籍一千三百余种,可见其搜讨之广。

胡绍煐(1792—1860),字耀庭,一字药汀,号枕泉,安徽绩溪人。胡氏著《文选笺证》三十二卷,是清代"《文选》学"专著的代表

---

① (清)梁章钜撰,穆克宏点校:《文选旁证》,福建人民出版社2000年版,第13页。

作之一。胡氏在序中高度评价李注之价值，但亦指出李注有失当之处，"择焉不精，往往望文生训，转失本旨"，故此书名为笺证，盖即本之李注而为之作笺证也。自序曰：

> 国朝名儒辈出，前有余氏之《文选音义》，何氏、陈氏之评《文选》，汪氏之《文选理学权舆》，孙氏之《李注补正》，林氏之《文选补注》，胡氏之《考异》，近梁氏又有《旁证》，皆足以羽翼江都。惟王氏、段氏独辟畦径，由音求义，即义准音，能发前人所未发，虽仅数十条，而考核精详，直驾千古，《文选》之学，醇乎备矣。绍煐涉猎《文选》，即窥此秘，以之校读李注，触类引伸，为王、段二君所未及订者尚夥，并及薛综之注《两京》，张载、刘逵之注《三都》，曹大家之注《幽通》，徐爰之注《射雉》，王逸之注《离骚》，颜延年、沈约之注《咏怀》，与《史》《汉》旧注，朝夕钻研，无间寒暑，阙者补之，略者详之，误者正之，稿经屡易，最后删定，乃厘为三十二卷。①

《笺证》以音韵训诂为主，考证之间亦多涉校勘，考订《文选》足资参考。

三、清代晚期的《文选》校勘

清代晚期《文选》校勘的盛况逐渐低落，一方面受社会学术风气转变的影响，一方面就当时条件，很难超越前人，可谓兴盛之后

---

① （清）胡绍煐撰、蒋立甫校点：《文选笺证》，第9—10页。

的余绪。但此时目录版本之学愈趋深细,对《文选》版本的研究则较之前深入,而且《文选》版本文献颇多新的发现,是《文选》学的一大亮点。

陈倬(1825—1881),字培之,江苏吴县人,少熟《文选》,能背诵,好讲明古人制度。师陈奂,教以吉禘、时禘之辨,殷学、周学之分,路寝太庙与昭穆太庙不当合一制,遂作禘祫、宗庙、学校诸大典数篇,奂以为然。咸丰壬子(1852)次场题《"勿士行枚""行枚"作"行微"解》,从奂《疏》说,主司沈兆霖知此说,爰举于乡。己未(1859)成进士后,官至户部郎中。著有《隐珠盦文集》。① 国家图书馆藏有陈倬撰《文选笔记》七卷,为民国时合众图书馆抄本。此书未曾刊刻,故学者很少提及。

《文选笔记》以考证为主,亦有不少校勘条目,属考校类的"《文选》学"专著。其校勘以本校、理校为多。如辨《魏都赋》当为张载注,而全书注文或作刘渊林、或作张孟阳,参互不齐,恐非善旧。又如辨《文选》卷二三诗类"临终"类目的问题,胡克家《文选考异》已指出"临终"当自为一类,之后学者据陈八郎等五臣本进一步证明。但将欧阳建《临终诗》列入"临终"类后,下面"哀伤"类也有问题,即嵇康的《幽愤诗》列在曹植《七哀诗》之前,针对此孙志祖《文选考异》引钱枚说认为嵇康不应在曹植之前,也当列入"临终"一类,而移"哀伤"于《七哀诗》之前。陈倬则不同意钱枚之说,因为这样移动以后,嵇康列在欧阳建之后,顺序还是不对,故其认为另有"幽愤"一类目,即"临终"一类,"幽愤"一类,"哀伤"一类。这种说法并

---

① 《民国吴县志》卷六八上《列传》,《中国地方志集成·江苏府县志辑 12》,江苏古籍出版社 1991 年版,第 163 页。陈倬有著作多种,《骰经笔记》一卷刻入《槐庐丛书》中,较著名,其他多为稿本。

无版本依据,但也不失为一个解释。总之,此处问题颇为复杂,目前诸家之说尚存争议,仍需进一步探讨。[①]

《笔记》对前人校勘偶有征引,并有驳议。如刘琨《答卢谌诗》"庭虚情满",李善注引《白虎通》曰:"哀痛愤满。"奎章阁本、明州本"情"字作"愤",有校语云:善本作"情"字。五臣注曰:"使愤怨之情满于虚庭也。"亦可证五臣本作"愤"。《笔记》曰:"某氏校云:'情满'依注当作'愤满',五臣作'愤满'。倬按:某氏说非也。'庭虚'与'情满'对文,李引《白虎通》释'满'字,谓'满'同'懑'耳,下文'虚满伊何'即承此句言之,若改作'庭虚愤满',文不成义。"此说亦有理。又如杨恽《报孙会宗书》"雅善鼓琴",《笔记》曰:"胡校云:袁本善作'琴',茶陵本五臣作'瑟',按各本所见皆传写讹也。《汉书》作'瑟',即所谓'赵之鸣瑟',不得作'琴'明甚。倬按:胡说非也。《文选》本不必与《汉书》同,善本自当作'琴',石崇《思归引序》注引'雅善鼓琴',是《汉书》亦作'琴'。"

《笔记》第六、七两卷多录校语,似是从批校本中摘出,据《中国古籍善本书目》,南京图书馆藏有陈倬批校《文选》一部,惜未寓目。

李长霞(1825—1879),字德霄,柯蘅妻,柯绍忞母,清末颇有声望的女诗人和女学者。《清史稿》卷五百八称其"邃于'《选》学',著《文选详校》八卷"。[②] 李慈铭《越缦堂诗话》卷中称肯夫(朱逌然)言绍忞"少孤,被母教《史》《汉》《文选》,皆全读成诵,过目不忘,著

---

① 目前学者多信有"临终"一类,但亦有不同意见,朱晓海先生即反对,其指导的罗志仲的博士论文《〈文选〉诗收录尺度探微》亦有详细论证,台湾清华大学 2008 年博士论文,第 38—40 页。

② (清)赵尔巽等:《清史稿》,中华书局 1976 年版,第 14051 页。

有《文选补注》，洵异才矣"，①可见其家学不坠。然李氏所著今已不存。

谭献（1832—1901），初名廷献，字仲修，号复堂，浙江仁和人，近代著名词人、学者。谭献工骈文，规仿六朝，高出时人。谭氏颇留意《文选》，曾有意撰《文选疏》。《复堂日记》卷二曰：

> 今春校《文选》卒业。胡氏《考异》大旨矜慎，顾涧蘋、彭甘亭有力焉。顾精于雠校，彭熟于《选》理，宜是编详而不滥也。予欲撰《文选疏》，盖泰兴吴师为衣钵之授。先求善注真本，传校考异讫，将益以余氏《音义》、梁中丞《旁证》，写定善本，乃力疏通。不欲执古人例不破注之谊，而申注订注，仿佛胡仪部之治《仪礼》。特以今年草创，明年粗就，四十生日前得成书，以告先师为幸。举节目于左：先读正，次章句，次列本注引书存亡同异——以上始事。次略刺五臣精语，次申注训诂，次申注名物，次申注说谊（注中说谊多非善旧，一一审正，去芜存真）——以上草创。次补注训诂，次补注名物，次补注说谊，次订注——以上成书。次音（旧音多改失当，用《经典释文》例别撰附焉）。②

后曰："治《文选》逾两月矣。杂校群籍，短晷寂寥，颇谢人事，萧然庭户，从事铅椠，虽生事非裕，亦颇自怡。但此日不多得耳！"又曰：

---

① （清）李慈铭：《越缦堂诗话》，《清诗话访佚初编》本第八册，台北新文丰出版公司1987年版，第78页。
② （清）谭献撰，范旭仑、牟晓朋整理：《复堂日记》，河北教育出版社2001年版，第42页。

"治《文选》三十卷一过。校雠甫毕,已将一年,可愧。"①以上为己
巳年(1869)所记。《日记》卷四有曰:"《文选注疏》亦例定,而无属
草告成之日。"②周贞亮《文选学·导言》曰:"往者先师仁和谭复堂
欲为李注作疏,已作略例,未及成书。"③可知谭氏《文选注疏》终未
成书,但据《日记》可知谭氏初步将《文选》校勘一过。今上海图书
馆藏有一部谭献批校的《文选》。

程先甲(1872—1932),字鼎臣,又字一夔,江苏江宁人,光绪二
十九年举人,精训诂、音韵之学。程氏撰有"《文选》学"著作多部,
其中《选雅》二十卷,摭拾李注训故,依《尔雅》分类,有光绪二十八
年刻本,另有《选学管窥》六卷、《文选古字补疏》八卷、《文选校勘
记》三卷、《选学源流记》二卷等,皆未刊,④可见程氏颇用功于
"《选》学"。

清代校勘过《文选》的人很多,以上仅就较著名或有专门著作
者,略作叙述。其他有文献记载可考者所在多有,如阮元《揅经室
集》续集卷六《题严厚民杰书福楼图》有曰:"严子精校雠,馆我日最
长。校经校《文选》,十目始一行。"潘衍桐《两浙辅轩续录》卷五十
载沈镜煌有《校订胡刻李善注文选》。邵懿辰《增订四库简明目录
标注·总集类·文选注六十卷》称曾见俞理初(正燮)、王箓友
(筠)、张石舟(穆)、许印林(翰)等四家批校本。朱学勤《结一庐书
目》卷四著录明吴郡袁氏仿宋刊本,临冯窦伯、陆氏敕先、何氏义
门、惠氏定宇、顾氏涧滨校宋本。其他记载于各种史志、目录等文

---

①　《复堂日记》,第 44 页。

②　《复堂日记》,第 87 页。

③　转引自王立群:《现代〈文选〉学史》,中国社会科学出版社 2003 年版,第 86 页。

④　《选学管窥》卷一卷二曾分别在《制言》1939 年第 55、59 期发表。

献的也有很多。

四、清代一些有关《文选》校勘的零散资料

以上所述主要是清代学者对《文选》的专门校勘，除此以外，清代还有很多文献资料虽非专门的《文选》校勘，但关系比较密切，下文略举其要：

1. 清代一些学术笔记、学术专著中的《文选》校勘资料

本书绪论已述，唐代以来很多文献中保存有一些零星的与《文选》校勘相关的资料，尤其是清代的学术笔记、学术专著保存这类资料较多，且学术价值较高。这类校勘一般不注重版本，而是依据各种相关知识，以判断文字是否讹误及其讹误之因。《文选》本身疑难之处甚多，其中奥文古义、典故名物、史事制度纷繁复杂，又加李注征引载籍浩博，故非多方面的知识学养，不易厘定。学者各有专长，或精通小学，或博于名物，或长于典故史事，故以之考校《文选》，所得不同，互有所见，皆有资于后人参考。这里略述一些代表性的学者和著作。

最具代表性的当属王念孙（1744—1832）的《读书杂志》，本书《余编》存关于《文选》的条目一百余条，其中多涉及校勘。这些条目以赋类作品为多，并遍及《文选》全书，可见王氏对《文选》有全面深入的研读考究，故李详将王氏与段玉裁并列为清儒"真治'《文选》学'者"。《读书杂志》中关于《文选》的条目虽总体数量不算很多，但因其学问渊博，考证精深，在学者中影响较大。胡绍煐《文选笺证序》称其"能发前人所未发，虽仅数十条，而考核精详，直驾千古"。这里略举数例，以见此类校勘内容的特色：

《东京赋》"天子乃抚玉辂,时乘六龙,发鲸鱼,铿华钟",李善注:"《周易》曰:'时乘六龙。'此谓各随其时而乘之。"王念孙曰:

> 如李注则正文本作"乘时龙",故先引《周易》"时乘六龙",而即继之曰:"此谓各随其时而乘之。"言此与《周易》异义也。"各随其时"谓若春乘苍龙、夏乘赤骝之属是也。《东都赋》亦云"登玉辂,乘时龙",此作"时乘六龙"者,因注引《周易》而误。"抚玉辂"以下四句,句各三字,此句独多一字,与上下不协。①

又《蜀都赋》"酌清酤,割芳鲜","清"或作"醪",王念孙曰:

> "醪酤"与"芳鲜"相对为文,则作"醪"者是也。今作"清酤"者,后人以李注引诗"既载清酤"而改之耳。不知李注自解"酤"字,非兼解"清酤"二字。其"醪"字已见《南都赋》,故不重注也。《北堂书钞·酒食部八》引此正作"酌醪酤"。②

今见《文选集注》正作"醪"字。又如:

> 《西征赋》:"当音、凤、恭、显之任势也,乃熏灼四方,震耀都鄙,而死之日,曾不得与夫十余公之徒隶齿,才难,不其然乎。"今李善本如此。六臣本作"名才难,不其然乎",五臣作"名难,不其然乎"。吕延济曰:"音、凤之流,其死之日,曾不得

---

① （清）王念孙:《读书杂志·余编下》,第74—75页。
② （清）王念孙:《读书杂志·余编下》,第76页。

与萧、曹等十余公之仆隶齿列,名器之难,其如此矣。"念孙按:
作"名难"者是也,音、凤、恭、显生前赫奕,而死后无名,是富贵
易得,而名难得,故曰"名难,不其然乎",此用《论语》句法,故
李善引"才难,不其然乎"为证。其实《论语》言"才难",此言
"名难",句法虽同,而意不同也。六臣本作"名才难"者,后人
以李善引《论语》"才难",故旁记"才"字,而传写者遂误合之
也。今李善本作"才难"者,又后人以"名才难"三字文不成义,
而删去一字也。乃不删"才"字而删"名"字,斯为谬矣。①

　　这些校勘综合各种知识,多方援证,推理细密,故一些判断虽无版
本依据,但结论可信。除《读书杂志》外,王念孙的名著《广雅疏证》
中也有很多关涉《文选》的材料,此与段玉裁《说文解字注》类似。
张之洞《书目答问》称"国朝汉学、小学家皆深'《选》学'",点出了清
代以段、王为代表的小学家与"《文选》学"的密切关系。
　　与《读书杂志》类似,还有不少专门设有"《文选》学"条目的学
术笔记,如姚鼐(1731—1815)《惜抱轩笔记》卷八存十余条,洪颐煊
(1765—1837)《读书丛录》卷一一存三十余条,宋翔凤(1779—
1860)《过庭录》卷一五存十余条,其间也均有涉及校勘者。其他如
倪思宽(1729—1787)《二初斋读书记》,虽未专设"《文选》学"条目,但
全书中有关《文选》条目颇多,大部分为评论、训诂,也有涉及校
勘。② 总之,这类文献资料分布十分广泛,既显示了清代学者对《文
选》的重视与研究风气,也是《文选》校勘整理值得参考的学术成果。

---

① (清)王念孙:《读书杂志·余编下》,第80—81页。
② 据《二初斋读书记》卷首所附倪思宽行略可知其著有《文选音义订正》,此书不传,
但据此可知倪氏亦专治《文选》。

2. 其他典籍校勘与《文选》校勘

《文选》作为一部重要的经典文献,不但关于其自身的研究非常丰富,而且还被普遍利用于其他相关研究中。顾广圻曰:"至其为经史之鼓吹,声音训诂之键钥,诸子百家之检度,遗文坠简之渊薮,莫或及也。"①代表了清代学者对《文选》学术价值的高度推崇。故学者也多将《文选》应用到其他典籍的校勘中,这里仅略述一些与《文选》关系密切的典籍校勘。

《文选》所收作品有不少并见于其他典籍,文字彼此有所差异,可供互相比勘。其中比较重要的如《玉台新咏》,两书中所收诗歌有不少重合,但从题目、作者署名、具体文字等方面皆互有异同,故学者多注意及此。如朱彝尊认为两者的差异是因为《文选》编者改易的原因,其《书〈玉台新咏〉后》云:"(《文选》)裁剪长短句作五言,移易其前后,杂糅置十九首中,没枚乘等姓名,概题曰'古诗',要之皆出文选楼中诸学士之手也。徐陵少仕于梁,为昭明诸臣后进,不敢明言其非,乃别著一书,列枚乘姓名,还之作者,殆有微意焉。"②朱氏的这种说法证据不足,难以服人,故倪思宽《二初斋读书记》卷九即有所辩驳。③ 又如沈涛(1792—1861)云:

　　竹垞谓《玉台新咏》可勘《文选》之伪制,余谓今本《文选》误字甚多,亦有赖是书以订正者。如曹子建《七哀诗》云"云是客子妻",《玉台》"客子"作"宕子",古"宕""荡"通用,宕子妻即

① 顾广圻:《顾千里集》卷二十三《文选校宋本跋》,第372页。
② (清)朱彝尊:《曝书亭集》卷五二。
③ 后世学者对朱氏观点的讨论很多,可参考力之:《〈书玉台新咏后〉辨证》,《古典文献研究》(第十二辑),凤凰出版社2009年版。

所谓荡子妇也。陆士衡《前缓声歌》云"游山聚灵族",《玉台》"游山"作"游仙";陆士龙《为顾彦先赠妇诗》云"佳丽良可美",《玉台》"良可美"作"良可羡";刘休玄《拟行行重行行》诗"遥遥行远之",《玉台》"行远之"作"行远岐"。细阅诗意,皆当从《玉台》为是,乃《选》本传写之误。惟颜延之《秋胡诗》云"戒徒在昧旦",《玉台》"戒徒"作"戒途"。案:《选》注引《易归藏》曰"君子戒车,小人戒徒",自当作"徒"为是。盖浅人不识"戒徒"之义,妄改为"途"耳。[①]

此即以两书互相比勘文字之例。再如朱绪曾(1805—1860)专门撰有《〈玉台新咏〉与〈文选〉考异》(《开有益斋读书志》卷六)一文,对两书所收诗作的篇题、作者、文字异同都作了一些细致的考证。[②] 至于吴兆宜(约 1672 前后在世)《玉台新咏笺注》、纪容舒(1685—1764)《玉台新咏考异》这类专著,其中校勘自然更多要涉及《文选》。

《文选》作品载于史书者甚多,尤其是《汉书》达三十余篇,两者亦可互校。骆鸿凯云:"史籍载文,例有删削,而选家则多存原本。两者相对,往往详略不同,异同间出。盖不特校勘之资,亦修辞之鉴也。"[③]以王先谦《汉书补注》为例,此书为汇集前人校勘、注释

---

① (清)沈涛:《瓞庐诗话》卷下,蔡镇楚编:《中国诗话珍本丛书》本第十八册,北京图书馆出版社 2004 年版,第 379 页。所举各例,"宕",李善本作"客",五臣本作"宕";"游山",各宋本《文选》亦作"游仙",未见作"游山"者,恐沈氏误记,或其所见《文选》版本误;其他三例现存《文选》版本与沈氏说相符。

② 可参考汪春泓:《朱绪曾〈玉台新咏与文选考异〉小笺》,《东吴学术》2018 年第 5 期。

③ 骆鸿凯:《文选学·余论第十》,中华书局 2015 年版,第 229 页。

《汉书》的集大成著作,其中关涉《文选》作品处,即可见前人及其本人参据《文选》所作的校勘。

其他如《楚辞》以及汉魏六朝诸别集,作品并见于《文选》者也颇多,学者对这些典籍的校勘自然也非常重视与《文选》的互校,如朱绪曾《曹集考异》之类,所在多有,兹不赘述。

总之,这类典籍校勘虽非专门的《文选》校勘,但具有特殊的学术价值,对考察作品、典籍的原貌及其流传变迁特具意义。[①]

第二节　清代学者对《文选》版本的著录与研究

自《隋书·经籍志》始,历代对《文选》版本的著录与研究也不断发展,前文已综述了宋、元、明时期的基本概况。目录版本之学至清代更为兴盛,是清代朴学的重要组成部分,对目录版本的讲求、研究也随着朴学的发展而发展,从清初发轫,而盛于乾嘉。但与乾嘉之后朴学逐渐式微不同,清代对《文选》版本的著录与研究则是愈趋详密,至清末民初始达高峰。[②]

一、清初的《文选》目录版本研究

清初的目录沿袭前明余绪,著录大略较简单,如钱曾《述古堂书目》《也是园书目》、朱彝尊《曝书亭书目》、季振宜《季沧苇书目》、

---

① 需要说明的是,这种校勘并非创自清代,前代学者早有应用,但清代学者应用最为广泛。

② 严格讲,民初学者的研究已不属于清代学术范畴,但这些学者皆为跨代之人,在《文选》版本目录方面的研究也具有较强的延续性,故在此一并叙述。

徐乾学《传是楼书目》等，其人皆是清初藏书大家，其书目也是清初著名的藏书目，但各家目录不过是略记书名卷数的簿录而已，从中看不到藏书的具体版本。其中季振宜藏宋版《文选》尤多，其书目就著录六部，尚不全面，但从季氏的书目看不出其究竟藏何种宋版，故对后世版本研究参考意义不大。

当然，清初也有一些涉及《文选》具体版本著录、研究的成果，如钱曾（1629—1701）《读书敏求记》称"善注有张伯颜重刻元板，不及宋本远甚，余所藏乃宋刻佳者，中有元人跋语"，①明确提到了张伯颜重刊李注本。但钱氏此语稍嫌费解，其所谓宋本盖是指尤刻本，但既有尤刻本，却先提张本，既然不及宋本远甚，何不曰余藏有宋版尤刻本，远较张伯颜重刊本为胜？故其所谓宋本仍模糊不清。

另外朱彝尊（1629—1709）《曝书亭集》卷五二《宋本六家注文选跋》曰：

> 《六家注文选》六十卷，宋崇宁五年镂板，至政和元年毕工，墨光如漆，纸坚致，全书完好。序尾识云"见在广都县北门裴宅印卖"，盖宋时蜀笺若是也。每本有吴门徐贲私印，又有太仓王氏赐书堂印记。是书袁氏褧曾仿宋本雕刻以行，故传世特多，然无镂板毕工年月，以此可辨伪真也。②

这是今可见最早对宋广都本与袁褧覆刻本的叙述，对后世影响较

---

① 《读书敏求记校证》卷四之下，第 432 页。
② （清）朱彝尊：《曝书亭集》，《四部丛刊初编》影印原刊本。"袁氏褧"原作"袁氏褎"，误。袁褎为袁褧弟，然覆刻裴氏本《六家注文选》者实为袁褧。

大,至今仍有学者据此认为广都本初刻于北宋。另,朱氏称袁褧覆
刻本无镂板毕工年月,作为区别宋本的特征以辨真伪,由此也可以
隐隐察觉当时已多有以袁本充宋本的作伪之举。

但朱氏跋文亦有语焉不详之处,袁本书末附有袁褧跋,袁跋
明确记载有此书始刻与毕工年月,而朱氏却称袁本"无镂板毕工
年月",不免龃龉。另广都本若载有刊刻年月,最足证明其为宋
本,而袁褧何以一字不提?且袁本据原书覆刻至为细致,自序称
"命工翻雕,匡廓字体,未少改易",《天禄琳琅书目》亦曰:"其成
也经十六载,则袁氏之择工选艺以求毫发无憾之意,亦概可见
矣。"①原书中所附跋语,亦保留不删,则原书若有刊刻年月,袁本
何以漏掉?另《天禄琳琅书目》所载唯一的一部广都本《文选》"亦
未载刊刻年月",与朱氏说亦矛盾,《天禄琳琅书目》又载有多部以
袁本伪冒宋本者,据此则朱氏所记恐不足信。而之后《读书敏求
记》章钰补正引冯柳东称其亦曾见"每卷首有宋崇宁五年镂版至政
和元年毕工字一行"的六臣本《文选》,此或即朱氏所见本,其说亦
不足信从。

虽然清初对《文选》版本研究尚未深入,但初步的著录和研究
为后世提供了线索和基础。

二、清中后期的目录版本研究

(一) 两部官修目录对《文选》的著录

至清代中期,随着朴学达到高潮,《文选》著录与版本研究的内

---

① （清）于敏中等:《天禄琳琅书目》,第 357 页。

容渐丰,而两部官修目录《天禄琳琅书目》和《四库全书总目》具有重要的奠基意义,两者对《文选》的著录侧重不同,但都对后世产生了重要影响。

清乾隆四十年(1775)于敏中(1714—1779)等奉敕编撰而成的《天禄琳琅书目》,是著录清宫昭仁殿所藏善本图书的目录,每书详记版式、行款,兼及纸张、墨色、字体、刀法、讳字、刻工、牌记、校勘衔名及前后序跋,并考刊刻之时地,孰为抄配,孰为递修,孰为作假,亦一一说明,著录之详尽实属空前。《天禄琳琅书目》对《文选》版本的著录亦远度前人,约略有以下数端:

其一,著录部数多,且著录版本详尽、具体。《书目》共著录宋、元、明版《文选》十六部,其中宋版五部,即赣州本四部、广都本一部,元版一部,即张伯颜本,明版十部,皆袁裦覆刻广都本。版本种类虽不过四种,但大致皆细密周翔,确凿可信。如对第一部赣州本的著录,细致描述字体、刻工,并详录书中自赵孟頫、王世贞以下共十人的跋文以及众多的印章,不仅显示其递藏渊源,且跋文亦保存了诸多前人评论、掌故,皆有益于"《选》学"。又如第一部袁本之著录,亦详录书中标记、识语,基本明确了袁本的版本特征,有助于后世对此本的考索。

其二,著录之中考证、评论,尤其是对版刻者、题跋人以及印章主人每能考索其生平,又对版本的刊刻时间、地点亦多有考证,足资参据。

其三,严加鉴定作伪之本。《书目》著录十部袁本,其中有九部皆经刊改以冒充宋本。《书目》曰:"合计此书共成十部,而作伪者居其九。其间变易之计,狡狯多端,或假为汴京所传,或托之南渡之末,虽由书贾谋利欺人,亦足见袁氏此书橅印精良,实为一时不易得之本。"①这些伪本多将原书标记、识语刊除,伪造刊刻年月,如其中一本"六十卷之末伪刊'奉议郎充提举茶盐司干办公事臣朱奎奉圣旨广都县镂版,起工于嘉定二年岁次己巳,毕工于九年壬子腊月',并标'督工把总惠清',亦系割去原纸,别刊半叶粘接于后。且嘉定九年系丙子,而非壬子,则其作伪益显然矣"。② 这些辨伪于考察《文选》版本颇具参考价值。

《书目》在《文选》版本的著录上亦有不惬之处,主要是著录版本种类仍嫌少,就后世著录与传藏看,清宫内所藏宋版《文选》尚有北宋国子监本、尤刻本、明州本等,《书目》均未著录。

清嘉庆二年(1797),昭仁殿藏书被焚毁,修葺后,复汇善本入藏,并诏彭元瑞(1731—1803)编撰《天禄琳琅书目后编》。《后编》亦著录宋元明版本十余部,其中值得注意的是较《前编》多出明州本。彭元瑞参与《前编》的修撰,又是《后编》的总编修,按理《后编》即便不能后出转精,亦当踵武前修,但总体上,《后编》著录之详尽远逊《前编》,且其中多将明本误著录为宋元本,显得比较草率,不知何故。或是因《前编》已详,《后编》从简? 然亦不得作误录之借口。

实际上彭元瑞于《文选》版本并不陌生,其所撰《知圣道斋读书跋》卷二《昭明文选跋》曰:"古今书籍版行之盛者,莫若《文选》,予所见宋本夥矣,细校字画、款式、题识,确然无疑者凡四。"③四种分别为国子监本、赣州本、明州本、广都本。特别是国子监本,清代目

---

①　(清)于敏中等:《天禄琳琅书目》,第365页。

②　《天禄琳琅书目》,第365页。

③　(清)彭元瑞:《知圣道斋读书跋》,民国商务印书馆《丛书集成初编》本,第26页。

录几乎绝无著录。彭跋曰:"其一有国子监准敕序文云:'五臣注
《文选》传行已久,窃见李善《文选》援引该赡,典故分明,若许雕印,
必大段流布,欲乞差国子监说书官员,校定净本后,钞写版本,更切
对读后上版,就三馆雕造,候敕旨。奉敕,宜依所奏施行。'是为国
子监本。"这是宋代之后对国子监本《文选》最早的明确著录,可惜
过于简略,仅凭此准敕节文还难以确证其所见一定是北宋监本,但
这一著录的文献价值还是非常珍贵的。[①] 另彭氏提到的广都本,
"识云'河东裴氏考订诸大家善本,命工锼于宋开庆辛酉季夏,至咸
淳甲戌仲春工毕,把总锼手曹仁'",此本《后编》有著录,而后来书
目题跋如陆心源《仪顾堂书跋》、耿文光《万卷精华楼书目》等亦皆
著录,皆以为宋本。但《前编》著录一部六家《文选》,即有此识语,
但判定系书贾伪作,[②]前后似矛盾,或是《前编》著录者乃据《后编》
著录之本伪造? 然毕竟颇为可疑。据郭宝军研究,此所谓开庆咸
淳本亦属伪造,则恐是《后编》误。由此亦可见《前编》鉴定之精审。

　　《四库全书》收入一部李善注《文选》,一部六臣注《文选》,两书
的《提要》涉及颇多"《选》学"问题。

　　《文选注提要》主要论及以下两点: 其一,驳《新唐书》所载李

---

① 　彭氏可能是在宫中见到的国子监本,或即现存的残本,但此残本卷首已佚,并
无国子监准敕节文。载有此段文字的《文选》版本另有广都本、奎章阁本,彭跋也提及广
都本,故其所谓国子监本当非据广都本,而彭氏恐未必见奎章阁本,故彭氏所说的国子
监本确实可能是北宋监本。

② 　《天禄琳琅书目》卷十《明版集部·六家文选》:"篇目同前,阙袁褧识语。此即
袁氏所刊之版,而四十四卷末叶李宗信之名及五十六卷末叶李清之名俱被书贾割去,故
纸幅均属接补。袁褧识语亦经私汰,而于六十卷末叶改刊'河东裴氏考订诸大家善本命
工锼于宋开庆辛酉季夏至咸淳甲戌仲春工毕',并于末一行增刊'把总锼手曹仁',其字
画既与前绝不相类,版心墨线亦参差不齐,且考订'订'字误作金旁,则伪饰之迹显然毕
露矣。"

邕补益善注说,后高步瀛复深入考证,虽不认可《提要》对李善生年的推断,但亦赞同《提要》所驳,而李邕是否曾补益善注至今仍是一个有争议的问题。其二,认为自合并六臣注之后,善注单行之本,世遂罕传,汲古阁本虽称从宋本校正,但却杂有五臣注,殆因六臣之本削去五臣,独留善注,故刊除未尽,未必真见单行本也。惟是此本之外,更无别本,故仍录之。此说全误,但对后世却影响极大,为不少学者信从,顾广圻谓尤刻本亦是从六臣本摘出,亦当有受此说启发处。实际上,尤刻本及其翻刻本后世并非罕见,《提要》竟谓此本之外更无别本,可见《提要》撰者闻见之寡。

《六臣注文选提要》讨论所及主要有以下三点:其一,评价五臣注,沿袭前人批驳五臣迂陋鄙倍,实属清人主流意见,但亦谓五臣注疏通文意,间有可采,唐人著述,传世已稀,固不必竟废之,亦属通达。其二,据陈振孙《直斋书录解题》始有六臣《文选》之目,判定南宋以来始有六臣注合刻本,此说虽误,然北宋合刻本难见,未足多怪,但下文称四库所收为袁褧刊本,又引朱彝尊跋谓是从宋崇宁五年广都裴氏本翻刻,朱跋明谓有北宋刊六臣本,不免前后矛盾,且四库所收并非袁本,其差错如此。其三,《提要》亦论及田汝成、徐成位所刊六臣本,又引及朱彝尊跋、钱曾《读书敏求记》,对《文选》版本亦算有所闻见。

就此两种《提要》看,稍长于考镜,但疏于版本,适足与《天禄琳琅书目》互补,《提要》成于《书目》后,但论及版本,《提要》似绝未见《书目》,不能不谓失之眉睫。总之,两种《文选提要》颇有所考证,提出了不少《选》学问题,值得后人进一步探讨,但叙录多误,难负《提要》盛名,贻误后人不少。

总之,两种官修目录对《文选》的著录都在后世有很大影响,而

《提要》声名虽远较《书目》显赫,但后来目录尤其是藏书目录却少继踵《提要》,而多沿袭《书目》,大多详于考述版本,而疏于辨章学术,这一任务也留给更专门的"《选》学"家了。

(二)几篇重要序跋对《文选》版本的研究

在《文选》版本研究方面,清中期学者有几篇序跋值得注意:

其一是钱大昕(1728—1804)《十驾斋养新录》卷十四《文选元椠本》。[①] 此文主要贡献在于考定张伯颜生平。张伯颜于元延祐年间在池州重刊宋尤刻本,元明时期的李善注本即多出自张本。[②]

其二是陈鳣(1753—1817)《简庄文钞》卷三《元本李善注文选跋》。[③] 陈氏于跋文中叙其购得一张伯颜本,书凡六十卷,目一卷,每叶二十行,行二十一字,每卷首题"奉政大夫同知池州路总管府事张伯颜助率重刊"。复引钱大昕跋知张氏生平。跋文又曰:"钱遵王《读书敏求记》云:'善注有张伯颜重刊元版,不及宋版远甚。'以余所闻,中吴藏书家所有宋本已多不全,似未若斯之完善。复借钮君非石所藏元本校之,惟末卷后钮本有'监造路吏刘晋英郡人叶诚'十一字,此已剥蚀,其行款字画纤豪毕合,或云明万历间金台汪谅所刊,未必然也。"陈氏所记版本款式与今藏国家图书馆的张伯颜本吻合。陈氏将此本与汲古阁本校对,指出汲古阁本多处脱文,而此本不脱。而司马长卿《封禅文》脱"上帝垂恩储祉,将以庆成"二句,元刊已脱,又如《西都赋》注引"三仓"之作"王仓",《闲居赋》注引"韦孟诗"之作"安革猛诗",元刊亦然,汲古本盖仍其误,而义

---

① 　(清)钱大昕:《十驾斋养新录》,上海书店出版社1983年版。

② 　钱氏据元郑元佑《侨吴集》中《平江路总管致仕张公圹志》一文,考定张氏生平,本书第二章第四节已引。

③ 　(清)陈鳣:《简庄文钞》,第261—262页。

门亦未之校正,亦隐约透露出汲古阁本出张本的痕迹。

其三是朱锡庚(1762—?)为其所藏张伯颜本所撰跋文,收入《朱少河先生杂著》,后转载于《雅言》第七卷,题名《李善注文选诸家刊本源流考》。[①] 朱锡庚为朱筠(1729—1781)次子,[②]学者称筠为筠河先生,称锡庚为少河先生。[③] 朱氏父子富藏书。少河此文较为全面地叙述了李善注本的刊刻源流,自宋尤刻本、元张伯颜本、明晋藩本、汪谅本、汲古阁本直至清海录轩本、胡刻本,大致涵盖了历代主要的李善注本,并对这些版本优劣有所评价,是一篇较早对李善注本进行系统梳理的文章。

但此文亦有不少硬伤,如朱氏曰:"南宋时尤延之衮独取李善注专刻之,是为遂初堂本,注内间有'臣吕向曰''臣张铣曰'等处,盖于五臣注本采取未能尽者。"尤刻本并未混有五臣注,朱氏亦并未见尤刻本,不知何以有此说。或者是因胡克家《文选考异序》致误,序中有曰:"夫袁本、茶陵本固合并者,而尤本仍非未经合并也。何以言之?观其正文,则善与五臣已相羼杂,或沿前而有讹,或改旧而仍误,悉心推究,莫不显然也。观其注,则题下篇中,各经阑入吕向、刘良,颇得指名,非特意主增加,他多误取也。"所谓"题下篇中,各经阑入吕向、刘良,颇得指名",似指尤刻本混有标注五臣姓

---

①　《雅言》第七卷,1943 年。另江庆柏、刘志伟主编:《文选资料汇编(总论卷)》收录此文,中华书局 2017 年版,第 145—147 页。

②　《汉学师承记》卷四载朱筠有子二,次锡庚,字少白。《清稗类钞·鉴赏类二》"朱少河富藏书"条称"大兴朱少河孝廉锡庚为竹君学士筠次子"。傅增湘《藏园群书题记》卷十七《朱少河杂著稿本跋》则称锡庚为朱筠长子,恐误。刘仲华《朱锡庚治学转变及其与章学诚、阮元的学术交往》一文称朱锡庚字少白,一作少河,文载《安徽史学》2013 年第 4 期。似当以字少白为是,少河或是号。

③　傅刚先生误以此文属之朱筠,见《文选版本研究》,103 页;范志新先生则误以朱少河即朱筠,亦以此文属朱筠,盖沿傅先生之误,见《文选版本论稿》,160 页。

名的注文，但实际上胡刻本并无此现象，《考异》不知何有此说，遂使朱氏以讹传讹。①

朱氏又曰："尤延之本未几烬于兵燹之中。元初知池州路总管府事张伯颜重刊于池，旋亦毁于火，传之者绝罕，是为张伯颜本。越十三载，同知府事张正卿俾邑学吴梓校补遗谬，复刊于池，海北海南道肃政廉访使余琏为之序，是为三黑口本，亦称余琏本。"张伯颜即张正卿，观朱氏表述似以之为二人，然下文又引钱大昕说，则当知伯颜即正卿，其可怪一也。又余琏序本即张伯颜本，张本非有二本，而朱氏称有张本，又有余序本，其可怪二也。从余序看，②当时伯都司宪先有刻版，未几即毁于火，之后张伯颜复刻，则朱氏恐是将伯都司宪与张伯颜误为一人，遂将两刻皆属之张伯颜。余琏序"文理涩谬"（陆心源语），也许是朱氏多有误解的原因。

以上失误尚属小眚，朱氏所藏恐是作伪之本，而非元版，这才是关键所在。朱氏曰：

> 余家所藏为张伯颜初刻本，虽在延之之后，实为余琏序刻之所祖。其镂版工致，笔画遒劲，纸光墨色，纯似宋刻之精者，绝非三黑口本之所能方拟。第三黑口本当余琏序刻时，张伯颜衔名相沿未改，故世人但以余琏序刻本即张伯颜本，不知别有伯颜真本在也。近来胡果泉中丞假得长洲周漪塘所藏本，

---

① 《四库全书总目提要》指出其所收的《文选注》底本汲古阁本混有五臣注，"第二十五卷陆云《答兄机》注中有'向曰'一条，'济曰'一条，又《答张士然诗》注中有'翰曰''铣曰''向曰''济曰'各一条，殆因六臣之本削去五臣，独留善注，故刊除未尽，未必真见单行本也。"但尤刻本并无这一特征，据笔者所见，此或源于明翻李善注本，如晋藩本即是如此。

② 余序参本书第二章第四节所引。

仿照刻之,谓即尤延之本。以是本相较,其格式长短,字数多寡,竟与无二。而卷首张伯颜衔名胡刻独少此一行,其下页行款字数,仍与此本毫无差别,殊未能明,岂胡中丞所刊,或即是本耶?

朱氏所谓三黑口本当是元翻张伯颜本,[①]而其所谓张伯颜初刻本则恐是明汪谅本,盖汪谅本覆刻张本几可乱真,书贾或以之作伪。

朱氏藏本后归杨氏海源阁,杨绍和《楹书隅录》卷五著录此本,录有孙星衍跋:

> 《文选》善本行世最少,此为元初知池州路总管府事张伯颜刊板,字画工致,雠校精审,与宋绍熙间尤延之遂初堂原刻无异,较明人翻刻已不啻霄壤,况汲古阁之脱误,更何足论耶!近胡果泉中丞亦取尤本重刊,然此视之尚在其前五百年,良可宝贵矣。大兴朱少河家多藏书,因得假观,展玩赏叹,为识其后。时嘉庆庚午初夏,阳湖孙星衍记。

杨绍和曰:"是书乃茶花吟舫朱氏藏本,癸卯先大夫展觐时购于都门。旧册残敝,卷首孙渊如先生题语亦多漫漶。"[②]孙、杨也都以此本为元本,但傅刚先生曰:"此本今归北京图书馆,但据《中国版刻综录》介绍,它并非元刻本,而是明嘉靖元年汪谅刻本,因为目录后

---

①　参范志新:《文选版本论稿·张伯颜刊元延祐本考论》,第76—78页。

②　(清)杨绍和:《楹书隅录》,《续修四库全书》影印清光绪二十年聊城海源阁刻本第926册,上海古籍出版社2002年版,第25—26页。

镌有北京书肆汪谅鬻书广告。不过这样明显的标志,为什么朱筠、孙星衍、杨氏父子等都没有发现呢?"①这确实很奇怪,若是书贾将书后的鬻书广告割去,误认还有情可原,今广告仍在,主人似不至如此粗心。故其是否伪本,仍须存疑。另斯波六郎曾将日本静嘉堂文库所藏明覆张伯颜本(范志新先生谓即汪谅本)与胡刻本对照,两本行款相同,字体相似,字句几乎相一致,这与朱氏所述符合,则据汪本亦可作出"胡中丞所刊或即是本"的推测,如此,朱氏也有可能反将汪本当作张伯颜初刻本,却轻视本属元本的翻刻本。

　　其四是阮元的《南宋淳熙贵池尤氏本文选序》。阮氏在序中称从昭文吴氏易得南宋尤延之本,并将此本与毛本、翻张本、晋藩本等对校,指出各本的差异,有曰:"元人张正卿翻刻是书,行款一切颇得其模范,第书中字句同异未能及此,若翻张本及晋府诸刻,改其行款,更同自郐矣。"又曰:"独怪册中皆有汲古阁印,而毛板讹脱甚多,岂刊板后始获此本,未及校改耶?"②推测似亦有理。尤刻本传世不多,阮元在《文选旁证序》中说:"尤本今有两本:一本余所藏以镇隋文选楼者也,一本即嘉庆间鄱阳胡果泉中丞据以重刻者也。"称只有两本虽非事实,但足以见当时尤刻本之难见。自胡克家于嘉庆十四年(1809)重刻尤刻本后,尤刻本面貌不再神秘,不过胡刻本所据尤刻本屡经修补,已非原貌,阮氏所藏与胡刻本底本亦非同版,序文记载了此本的一些特征,值得参考。

(三) 清中后期一些重要藏书目录对《文选》版本的著录与研究

　　清代私家藏书长盛不衰,而所编目录则从初期略记书名的簿

---

① 傅刚:《文选版本研究》,第103页。
② (清)阮元:《揅经室集》,第666页。

录逐渐发展为巨细无遗的鸿册,由于《文选》的普及性,一般目录皆有著录,其中清代中后期的一些目录著录细致详尽,是研究《文选》版本的重要参考资料。

张金吾(1787—1829)《爱日精庐藏书志》①是清中叶私家藏书目录的代表作,此志著录有两种《文选》,一为明州本,后有卢钦跋。明州本在清代目录中著录较少,之前唯《天禄琳琅书目后编》曾简要著录,与张氏藏本同为绍兴二十八年(1158)修补本。明州本初刻年代不明,张氏推测此本为北宋刊版,南宋重修。

张氏著录的另一本《文选》六十卷,称是冯窦伯、陆敕先校宋本,又经顾广圻覆校,殊为可珍。张氏并全录冯、陆、顾三人手跋,可见当时诸人校勘情状,尤其顾跋,实是一篇极重要的'《选》学'文章。唯张氏称此本为校宋本,终不知其底本究是何本。傅刚先生以为是尤刻本,则恐是误解"校宋本"而致。② 所谓"校宋本",当是据宋本校刊的本子,其底本并不就是宋本。据张氏著录,此本陆贻典手识曰:"庚子正月二十四日,借遵王宋刻本校,其有宋本误字,亦略标识,以便参考。"又冯武手跋曰:"二十二日对此卷,先有对者与钱氏宋本不同,今一依钱本改窜,亦有明知宋版之误而不必从者亦依样改之。"据其语气,其所校之底本并非宋本。《读书敏求记校证》卷四之下"李善注《文选》六十卷"下,章钰引黄丕烈云:"此宋刻,毛氏曾以勘家刻本,秉笔者陆敕先(贻典)也。此校本今归予家,丙寅夏予亦得宋刻,与此甚合。"③"此宋刻"者指钱曾所藏尤刻本,"毛氏曾以之勘家刻本","家刻本"者,当即是毛氏汲古阁本,则

---

① (清)张金吾:《爱日精庐藏书志》,清光绪十三年吴县徐氏印本。
② 傅刚:《文选版本研究》,第93页。
③ 《读书敏求记校证》,第431页。

陆敕先所校者即汲古阁本。据范志新先生推测,毛氏汲古阁本确
有修订本,又据黄丕烈所云,则陆敕先是为毛氏修订《文选》而校。
冯、陆皆与毛氏关系密切,故黄说当可信。阮元曾将此本的批校与
跋语过录在一汲古阁本上,前文已述,据阮元识语亦可看出其底本
必非尤刻本,之所以用汲古阁本过录,盖原本即是汲古阁本,如此
方能原原本本复制一个新的校本。阮元过录本今存国家图书馆,
故原本虽亡,据阮本仍可见此校本的面貌。

瞿镛(1794—1846)《铁琴铜剑楼藏书目录》①较张金吾《爱日
精庐藏书志》可谓后出转精,王欣夫评价说:“常熟的藏书风气是有
历史根源的,钱谦益、钱曾、毛扆虽有目录流传,但都没有解题,《读
书敏求记》偏重鉴赏,《爱日精庐藏书志》后来居上,至瞿镛《铁琴铜
剑楼藏书目录》而始称完美。”②瞿氏《目录》著录四部《文选》,其一
为尤刻本,乃一残本。《目录》详叙此本的行格与讳字,称其“行款
字体与淳熙辛丑年尤文简刻本无异,惟尤刻板心中分注大字若干
数,小字若干数,此本作总数若干字”,著录可谓细致。但从中华书
局影印尤刻本看,版心所注字数并不一律,或是分注大小字,或是
只注总数,胡刻本亦是如此。胡刻本所据底本屡经修补,所注字数
格式的区别或是前后刻板的差异,但中华书局影印本为早期印本,
所注亦不一律,或是原本如此。《目录》又曰:“其卷五十五《演连
珠》注‘日月发挥’以上及‘下愚由性’以上,尤本有‘善曰’二字。
案:下文既有‘善曰’,则此处为刘孝标注甚明,实不当有‘善曰’,
是本皆无之而空二字。又卷五十九《头陀寺碑文》注刘虬曰‘菩萨

① (清)瞿镛:《铁琴铜剑楼藏书目录》,上海古籍出版社 2000 年版。
② 王欣夫:《文献学讲义》,上海古籍出版社 1986 年版,第 118 页。

员净’以上,此本有‘《法华经》曰慧日大圣尊久乃说是法’十四字,尤本无之,是此本刻在尤本之后,重加校正矣。”《目录》称“尤本”所阙的十四字,中华书局影印本并不阙,倒是胡刻本阙。而且值得注意的问题是,按理《目录》所著录的本子虽然与其所谓的“尤本”有所差异,但实际上都是尤本,不过有先后之别,《目录》称“尤本”如何,此本如何,似乎是两部不同的版本,稍嫌龃龉。当然,就其著录来看,大致不影响理解,唯耐寻味的是,《目录》所谓的“尤本”是何来历呢?《目录》称其藏本刻在“尤本”之后,则当是以“尤本”为先,然此“尤本”当非其所藏,瞿氏是从何处取来对校呢?颇疑其所谓“尤本”即据胡刻本而言,而其所藏的残本并非在胡刻本所据底本之后。

《目录》著录的第二本是赣州本,第三本是袁褧覆广都本,皆详述版本样式。赣州本为宋本,故于行格、讳字、校勘人名尤详尽。特别是与第一本尤本一样,详列书中讳字,是之前《文选》著录较少见的,无疑有助于考察版刻时间。《目录》著录的第四本是唐藩重刻张伯颜本,称“淳熙辛丑尤延之刻本外,即推张本为善”,并将此本与汲古阁本相校,指出多处汲古阁本脱误而此本不误的例证。值得考究的是,有学者认为汲古阁本出张本系统(斯波六郎说),确切即是唐藩本(范志新先生说),但《目录》指出两本差异亦十分明显,尤其是汲古阁本脱文甚多,这不免让人怀疑其是否出自张伯颜本系统,傅刚先生即认为汲古阁本并非出自张本,故汲古阁本的来源仍需进一步探讨。

耿文光(1830—1908)《万卷精华楼藏书记》是一部颇具特色的藏书目录,自序云:“余著目之意犹有四:一自课,一训俗,一考藏书,一当笔记。”可见其著书意旨。《藏书记》著录李善注《文选》三种,六臣注本一种,皆为明清版本。之前目录往往于宋元本著录较详,而于明本较疏略,耿氏于《文选》未著录宋本,但对明清的版本则著录细致,在今天看来也颇具参考意义。《藏书记》著录的李善注本其一为明汪谅覆张伯颜本,这是第一次对汪本的详细叙录,比较全面地说明了汪本的特征。耿氏复引录钱曾、钱大昕关于张伯颜本的论述考证,又引录杨慎"高斋十学士"说(此说实误)、阮元《扬州隋文选楼记》,虽与汪本无关,但关涉"《选》学"。耿氏并间下按语,互有得失,如谓:"宋本难见,汲古阁所刻亦是从六臣注中摘出善注,间有未净者,故知非李注原书。汪刻虽依元本,与今本迥然不同。今所通行者,为叶氏海录轩本,订讹补阙,功实不少,然大非宋本面目。元本有前海北海南道肃政廉访使余瑝序,汪刻本失载。"[1]谓汲古阁本是从六臣本摘出,乃沿袭《四库全书总目提要》说,并不确。而谓海录轩本"订讹补阙,功实不少,然大非宋本面目",则颇中肯綮。

《藏书记》著录的第二本李善注《文选》为胡刻本,胡刻本通行,故不费笔墨于版式,唯引胡刻《考异》序文,按曰:"据胡氏所见宋本已杂五臣注,想毛氏亦是照宋本翻刻,未必亲从六臣注中摘出善注。钱曾所藏之宋本,不知尚在人间否,其为善注原本与否,亦不能知。胡氏《考异》虽竭尽心力,恐亦未必能尽复其旧也。"[2]这些议论颇有见地,谓毛氏本未必从六臣注摘出,与前一本叙录所说不同,但更合理。《藏书记》复引录俞正燮《癸巳存稿》中《校〈文选〉李注识语》与《〈文选〉自校本跋》两文,按曰:

---

①　(清)耿文光:《万卷精华楼藏书记》卷一三三,北京图书馆出版社1997年版,第4364页。

②　《万卷精华楼藏书记》卷一三三,第4368页。

　　胡氏《考异》多据袁本、茶陵本、何评、吴（疑当作"陈"）评
及尤本《考异》辨其异同，间有订正，亦未能宏征博引，证佐分
明。若多聚唐以前古书并各家说部、类书、山经、地志，细为搜
讨，当不止东坡所见之一条，惜无好事者为之也。梁茝林有
《文选旁证》四十卷，其书索之已久，竟不能得。孙批《文选》能
挈其纲维，与义门之穷究片言只字者迥异，读《文选》者宜入
"《选》学"之门，慎不可株守一本，遂谓精于《文选》也。俞理初
每考一事，便有数十百种书为之佐证，不必自下己意，而旧说
历历分明，确实可据。人患不搜检，不患无书也。今之石刻出
土者更多，以之证史，最为切要，尤宜多聚也。①

俞正燮关于《文选》校勘的数篇文章，颇有见地，上文已论及，耿氏
盛赞之，可谓慧眼。又历来学者多钦服胡氏《考异》校勘之精审，耿
氏独有不慊，以其未能宏征博引、证佐分明，亦非吹求。耿氏在俞
正燮的启发下，以为多聚唐以前古书并各家说部类书、山经地志，
细为搜讨，可为校勘《文选》之助，思路甚好。故其欲索《文选旁
证》，盖以其书即实践此校勘思路之作。至于对孙鑛、何焯"《选》
学"的评价，虽为一家之言，亦可为攻"《选》学"者参考也。

　　《藏书记》著录的第三本李善注《文选》为叶树藩海录轩本，称
叶本"在今为善本"，并录叶氏序，间下按语。如叶氏谓汲古阁本杂
入五臣注，耿氏则称"张本不杂五臣之说"，指出了张伯颜原本的一
个特征，盖明翻张本已有混入五臣注者，汲古阁本因袭之，但此非
张本原貌。叶氏又谓汲古阁本多处脱误，耿氏则称"凡所指脱遗

处，张本具备"，此亦是张本与汲古阁本的一大区别。叶氏又谓"四十卷任彦昇《奏弹刘整》，昭明删'谨案'至'记主'一段"，汲古阁本"仍载入弹文之类，有乖体制，因悉为改正"。《奏弹刘整》一文，《文选》原只收弹文，至唐代诸家作注，或复引本状、供词，以便理解弹文，而注家所引或混入正文，在刻本中的表现即是与正文字体相同，而非小字注文，汲古阁本即是如此，叶氏遂以之"有乖体制"，"因悉为改正"，即将混入正文的文字仍修改为注文形式，这种处理亦属合理。耿氏指出张伯颜本与汲古阁本相同，也是本状、供词皆混同弹文的，认为叶氏的校改遂使"古本面目不可复见"，颇有见地。此处注文混同正文来源甚早，不仅张伯颜本，即尤刻本已如此，故若为存古本原貌起见，不改方为得，且李善注明谓"昭明删此文太略，故详引之，令与弹相应也"，读者一看即知其非原文所有，故虽混同正文，但易于辨识。由此亦可见耿氏存古本面目的文献见识。耿氏复引《四库全书总目提要》，并对《提要》之说有所补正。四库所收李善注《文选》为汲古阁本，如上所述，有学者认为汲古阁本出自张伯颜本系统，故讨论汲古阁本须参照张本，然《提要》作者并未见张本，耿氏则于张本甚熟，故能将《提要》所摘汲古阁本"舛互"之处与张本互校，发现这些"舛互"之处张本多同，可知汲古阁本与张本确有渊源。耿氏在此本的叙录内还录入尤刻本袁说友、尤袤的跋文，又录阮元为此本所作的序（前文已述），以及阮元《文选旁证序》，按曰："观阮氏二序，可知毛本及诸本之脱误，并可知梁氏《旁证》之大凡，余因全录之，以为读《选》之助。"又对"熟精《文选》理"之"理"字有所论述，虽已越出版本范畴，然确能"为读《选》之助"。

　　《藏书记》著录的第四本《文选》为袁褧覆广都本，对此本的叙述以《天禄琳琅书目》为精审，耿氏即录之。其后又录苏轼、吴仁

杰、杨慎、洪亮吉等人的评论、考证文字，无关版本，唯可作"读《选》
之助"而已。

　　总之，耿氏《藏书记》于版本考辨稍欠精到，且抄撮之功居多，
但著录内容颇丰，而欲考版本源流，非博综前人之说不能，又于版
本叙录之余，讨论"《选》学"问题，是藏书记又兼读书记之用矣。

　　丁丙（1832—1899）《善本书室藏书志》①著录六种《文选》版
本，皆为明刊本：汪谅本、晋藩本、洪楩本、袁本、明翻茶陵本、明刊
六家本，著录文字平实，大体反映了明代几种主要版本的面貌。

　　陆心源（1834—1894）《皕宋楼藏书志》②著录三种《文选》版
本，一赣州本，一唐藩本，一袁本。《藏书志》唯叙各本样式，亦不甚
详，又无所发明，故于考索《文选》版本价值不大。然陆氏别撰有数
篇跋文，颇有考证。其所撰《宋板〈文选〉跋》③是为一赣州本所撰，
陆氏在跋文中称宋刊六臣注《文选》之存于今者凡三，一为明州本，
一为广都本，一即此赣州本，初步汇总了宋版六臣注的版本种类。
陆氏又撰有《元张伯颜椠本文选跋》，④是叙录张伯颜本的重要文
字之一。⑤ 张本出尤本无可疑，然张本并无明文显示其传承关系，
后人唯从版式行格来判断，然尤、张二本亦颇有歧异，阮元称："元
人张正卿翻刻是书，行款一切颇得其模范，第书中字句同异未能及

　　① （清）丁丙：《善本书室藏书志》卷三八，《续修四库全书》影印清光绪二十七年
丁氏刻本第 927 册，上海古籍出版社 2002 年版，第 361—362 页。
　　② （清）陆心源：《皕宋楼藏书志》，清光绪八年十万卷楼刊本。
　　③ （清）陆心源：《仪顾堂集》卷一九，《续修四库全书》影印清光绪刻本第 1560
册，上海古籍出版社 2002 年版，第 589—590 页。
　　④ （清）陆心源：《仪顾堂续跋》卷一三，第 339—341 页。
　　⑤ 陆氏所跋实际上是明汪谅翻张伯颜本，参傅刚：《〈文选〉版本研究》，第 68 页。
但汪本覆刻张本，可以乱真，故据汪本亦大致不影响对张本的论述。

此。"故张本的来源仍值得考究。同时,张本为研究尤本的演变也提供了例证。陆跋称张本"行款起讫皆与尤延之本同,惟尤本《两都赋序》注亦'皆依违尊者都举明廷以言之',六臣本'都'上有'所'字、'举'上有'连'字。此本有此二字,与尤本不同。似是既刻成而挖改者,当是伯颜据六臣本所改,以掩其袭取尤本之迹耳"。张伯颜本前有余璠序,本是了解张本的最佳信息,然此序"文理涩谬",故前述朱锡庚乃至误读余序,而陆氏解读似得之,跋曰:"文简始刻善注,置版学宫,见淳熙辛丑文简序。元初毁于火。大德中,司宪伯都尝新之,延祐中复毁。伯颜重刻之,见余璠序。"则是认为余序称当时有先后两刻,司宪伯都在先,张伯颜在后。但到底有没有伯都本,也还是一个问题,若有,何以后世绝无线索? 陆氏对张本复有所疑,曰:"独怪淳熙距大德不过百余年,板虽毁,印本必非难得,伯颜不以原刻重雕,而必改写重刻,既改写重刻矣,又惟恐失尤本之真,于每卷首叶缩小排密以就之,何也?"范志新先生对陆氏的疑问有作解答,认为张本非据尤本,而是据伯都本。其实亦不见得是张伯颜"改写重刻",盖尤刻本本身已经屡次修补,此由胡刻本可知,虽同为尤本,不同的补板印本又有不同,故陆氏据一尤本与张本比对,其不同之处亦非必张本"改写重刻"的例证。陆跋又评张本曰:"尤本无吕延祚序,及元张伯颜据五臣本增之,不免画蛇添足。"张本为李注本,而阑入五臣进表,确实可疑。

(四)清中后期一些知见书目对《文选》版本的综合著录

知见书目不限于收藏,凡所见所闻皆可著录,这就扩大了著录范围。清中后期知见书目较为盛行,这些书目大致上荟萃了《文选》的历代版本,并对李善注、六臣注等版本系统进行梳理,虽叙录简明,但基本上可以显示《文选》版本的源流传承,是最初对《文选》

版本所作的系统排查,为之后的进一步深入研究奠定了基础。

邵懿辰(1810—1861)《四库简明目录标注》①专门标注四库书目的各种版本,对《四库全书》所收的李善注与六臣注两部《文选》分别罗列了历代的版本,其中李善注系统大致包括尤刻本、张伯颜本、汪谅本、唐藩本、晋藩本、邓原岳本、汲古阁本、海录轩本、胡刻本,另《标注》称"常熟张芙川有北宋刊本",疑即北宋监本,因北宋无别本李善注,若如此,则《标注》基本涵盖了李善注历代的主要刊本。《标注》间有讨论,如称"真汲古阁刊本字小,翻刻本甚多,其字较大,且字句又与原刻本大不相同,未知何故,翻板中以有'钱士谧校'一行者稍胜"。《标注》对六臣本系统罗列有赣州本、广都本、明州本、茶陵本、袁本、崔孔昕本、徐成位本、洪梗本、吴勉学本、田汝成本、潘维时本等,亦基本涵盖了宋、元、明时期主要的六臣本《文选》。另邵章(1872—1953)对《标注》的增订补充了一些版本,如清末开始发现的一些旧写本。

另莫友芝(1811—1871)《郘亭知见传本书目》、朱学勤(1823—1875)《朱修伯批本四库简明目录》和邵氏《标注》性质相同,所叙录的《文选》版本与邵氏亦大同小异,综合参考,皆有助于考《文选》版本之系统源流。

三、清末民初学者对《文选》版本的著录研究

(一) 敦煌写本及日本藏本的发现与研究

清末民初《文选》版本研究的最大成果莫过于敦煌写本以及海

---

① (清)邵懿辰撰、邵章续录:《增订四库简明目录标注》,上海古籍出版社 1979年版。

外版本的发现。国内最早整理敦煌《文选》文献的当属罗振玉(1866—1940),罗氏编的《鸣沙石室古籍丛残》收入四种《文选》写本,并撰《敦煌本文选跋》。在跋文中罗氏推测了两种写本的抄写年代:"二卷中第廿五卷'虎'字已缺笔,写于唐之初纪,《王文宪集序》内'衷'字缺笔作'哀',为隋代写本,尤可珍也。"[①]对这些写本撰写题跋的还有蒋斧、刘师培等人。[②] 早期《文选》写本的发现与研究对于探讨《文选》原貌及其流传变迁具有重要的学术价值。

《文选》在古代日本的某些阶段很盛行,彼处不但有传自中土的版本,又有众多本土的抄本、刻本,国内学者最早著录日藏《文选》文献的当属杨守敬(1839—1915)。杨氏所撰《日本访书志》卷一二著录有四种日本的《文选》藏本,[③]两种无注抄本,一种仅存卷一,一种存二十卷,[④]两种刻本,一为尤刻本,一为赣州本。

仅存卷一的古抄本,森立之《经籍访古志》曾著录,杨氏即得自森立之,其在叙录中详细记载了抄本与其他版本文字以及样式的异同,据此判定抄本非如森立之所认为的是从李注本中录出,而是"原于未注本"。《访书志》著录的另一部古抄本存二十卷,杨氏通过细校发现此本"同善注者十之七八,同五臣十之二三,亦有绝不与二本相同而为王怀祖、顾千里诸人所揣测者",并结合卷子的抄写式样,认为其"必从古卷抽出"。又说:"今中土单行善注原本已不可得,尚何论崇贤以前! 其中土俗字不堪缕举,然正惟其如此,

---

① 罗振玉:《罗振玉校刊群书叙录》,江苏广陵古籍刻印社 1998 年版,第 333 页。

② 这些题跋多收入王重民《敦煌古籍叙录》,可参看。

③ 杨守敬:《日本访书志》,辽宁教育出版社 2003 年版,第 195—200 页。

④ 傅刚《文选版本叙录》将两种抄本并为一处叙录,但两种抄本一为行十三字,一为行十七字,恐非非同一帙。且同为古钞三十卷的无注本尚不止此两种,若因之同为无注三十卷,则皆可并为一谈,似不妥。

可以深信其为六朝之遗。"杨氏对两种抄本的判断大致得到了后世
学者的认同。

　　《访书志》著录的尤刻本为绍熙壬子（1192）修补本，距尤刻本
初版的淳熙辛丑（1181）仅十一年，但据书末计衡跋称补版有三百
二十二，亦可见修补之多。杨氏叙录重在考究版本源流，所论颇具
启发性，但失误亦较多。杨氏谓："唐代《文选》李善注及五臣注并
各自单行，故所据萧《选》正本亦有异同，至五代孟蜀毋昭裔始以
《文选》刊板，传记虽未言以何本上木，然可知为五臣本。"所论尚大
体得当。然杨氏似过于信从《四库全书总目提要》以及胡氏《考异》
序所说，认定世无李善单注本，虽注意了袁本所载国子监准敕节
文，却做出了错误解读。实际上对此文稍加研读，亦可知宋时国子
监刊有李注本。杨氏又以尤袤所称的四明、赣上刻本亦为从六臣
本摘出的李注本，则属草率。① 杨氏随手抽第十三卷与胡刻本对
勘，发现两者有所差异，有胡刻本误而此本不误者，故"以斯而例，
则胡本亦未可尽据"，这是不错的。由于尤刻本经过多次修补，故
虽同为尤刻本，若为不同的修补本，则二者亦有所差异。而杨氏又
称"原本俗字胡本多改刊，原本中缝下有刻工人姓名，胡氏本则尽
刊削，是皆足资考证者"，所谓胡本多改刊，恐是胡本所据底本所
为，非胡刻本所改，而今见胡刻本中缝亦有刻工姓名，不知杨氏何
以有此说，或其所据乃胡刻本的翻刻本。

　　杨氏叙录称在日本时又见枫山官库藏宋赣州刊本，足利所藏
宋本（当即明州本），又得日本庆长活字重刊绍兴本及朝鲜活字本

━━━━━━━━━━

　　① 李盛铎《木犀轩藏书题记》录有杨守敬为此本所作题跋，文字与《访书志》叙录
稍有差异，在此跋中杨氏已注意到尤袤所称的赣上本可能即其所见的赣州本，亦即六臣
本，但"仍疑赣州、四明别有善注单行本"。

（当即奎章阁本），据诸本校胡氏本，认为"延之当日刻此书，兼收众本之长，各本皆误，始以书传校改"，这是较早对尤刻本性质所作的推测，值得重视。版本所见既多，前人校勘之局限则愈明，故杨氏曰："胡氏勘尤本，仅据袁本、茶陵本，凡二本与尤本不同者，皆以为尤氏校改，此亦臆度之辞。如《西都赋》'除太常掌故'，袁本、茶陵本并作'固'，尤作'故'，《考异》谓尤氏校改，不知绍兴本、朝鲜本及翻刻茶陵本并作'故'，非尤氏冯臆也。"从今天看，《考异》误认尤衺臆改的例子确实不胜枚举，亦足见版本在校勘中的重要意义。

　　《访书志》著录的另一种刻本为赣州本。"书中善注居前，五臣居后，今以袁褧本校之，凡五臣所引书与善注复者则删之，其不复而义意浅者亦多删之，其善注往往较袁本为备，盖袁本以五臣为主，故于善注多削其繁文，此以善注为主，故于五臣多删其枝叶也。"杨氏所述甚是。"又其中凡善注之发凡起例者，皆作阴文白字，如《两都赋序》'福应尤盛'下，善注'然文虽出彼'以下十九字作阴文，又'以备制度'下，善注'诸释义'至'类此'二十字亦作阴文，此当有所承。"可谓细心，而此种特点还值得探讨。杨氏又曰："善注单行之本久佚，余疑袁氏刊本即从此本录出，若元茶陵陈仁子刊六臣本及明吴勉学刊六臣本，虽亦善注居前，而又多所删节改窜，更不足据。"对茶陵本、吴勉学本的论断属实，然疑袁本从赣州本录出则误。杨氏曾见明州本、奎章阁本，皆六家本，不知何以有此疑，或是在见诸本之前所作叙录耶？总之，从杨氏《访书志》所作叙录看，其收藏或寓目版本颇多，且多为珍本，其对《文选》版本的研究也值得参考，但其中失误不少，与其所见版本的贵重不相符，大概是因未深入综合研究之故。另杨氏还曾应田潜之邀为田氏所得《文选集注》撰有题跋，是较早对《文选集注》的研究成果之一，杨氏

结合自己所见诸多古抄本，认为"可知当唐时，《文选》流传异同甚
夥，不得以善注、五臣本遂谓足尽《文选》之蕴也"，认识较前人更趋
深入。

另，日藏《文选集注》残卷的发现是这时期《文选》版本的一大
收获，罗振玉、杨守敬、田潜、董康等人对此皆有贡献，罗、杨诸人还
对《集注》作了初步的研究。①

（二）《文选》著录的进一步规范、深化以及版本的整合研究

至清末民初，在前人著录、研究的基础上，学者对《文选》版本
了解、掌握愈趋全面深入。同时，随着版本目录学的进一步发展，
《文选》著录也愈趋规范、科学，这样，对《文选》版本源流系统的整
合梳理研究就有了可能。

缪荃孙（1844—1919）是奠定近现代古籍著录规范的目录学
家，其所撰《艺风藏书记》②以及参与修撰的《嘉业堂藏书志》③虽著
录《文选》版本不多，但著录内容更加详细、规范，较之《天禄琳琅书
目》更进一步。又《艺风藏书记》著录一赣州本，缪氏通过研究刻工
认为刻于南宋乾淳间，而之前目录或以赣州本为北宋本，或避而不
谈，缪氏定为乾淳间，更具体，也接近事实。

傅增湘（1872—1950）对《文选》版本的著录、研究度越前人，可
以说达到了一个高峰。傅氏曾寓目的《文选》版本不仅他人难以比
肩，尤为可贵的是只要条件允许，他总是力图将不同版本互相比
勘，故其著录、研究结论更加坚实、可靠。

---

① 参傅刚：《〈文选集注〉的发现、流传与整理》。

② 缪荃孙撰，黄明、杨同甫标点：《艺风藏书记》，上海古籍出版社 2007 年版。

③ 缪荃孙、吴昌绶、董康撰，吴格整理点校：《嘉业堂藏书志》，复旦大学出版社
1997 年版。

　　傅氏《藏园群书经眼录》[①]著录《文选》版本近二十种,分为李善注、五臣注、六臣注三个系统。李善注系统有北宋监本,这是较早对监本的著录,尤刻本两部,又有唐藩本、晋藩本、汪谅本,又汲古阁本两部,一部录有何焯、钱陆灿批校并跋,一部为阮元跋并临冯武、陆贻典、顾广圻校跋,可谓弥足珍贵。五臣注本一种,即陈八郎本,由于五臣注本罕见,之前目录极少著录,唯钱曾《读书敏求记》曾著录五臣注《文选》,但过于简略,未提及是何版本,《经眼录》是较早著录陈八郎本的目录。六臣本系统著录有明州本三部,其一为傅氏自藏本,[②]故记行款、刻工、讳字尤详,其他两部为日本图书寮与东洋文库所藏;赣州本三部,其一即皕宋楼藏本售予日本者,傅氏在静嘉堂文库所见,又有一种"卷中有弘治十八年重刊及正德元年补刊叶",可见赣州本刊板传藏之久,至明时尚存。[③]《经眼录》又著录有宋建本,此本之前亦少有提及,至《四部丛刊》影印涵芬楼所藏,传布始广,然《四部丛刊》本有配补,"印本亦差晚","此则初印精善,传世建本《文选》,当推甲观"。《经眼录》著录有一本广都裴氏本,存二十六卷,余以袁本配补,称见之于昭仁殿,当为天禄琳琅藏书,"考其行格与明袁褧嘉趣堂翻宋广都裴氏本同,当为裴氏原刊本,余生平未见二帙,洵罕秘矣[④]"。《经眼录》又著录有元茶陵本、明翻茶陵本以及属此系统的潘惟时本、崔孔昕本、徐成位本等,又著录日本据明州本为底本的庆长活字本。

　　① 傅增湘:《藏园群书经眼录》,中华书局1983年版。
　　② 实际为两种印本,一种存二十四卷,得自刘启瑞,一种仅存一卷,得自袁克文。
　　③ 民国故宫博物院编的《重整内阁大库残本书影》有一赣州本书影,范志新先生以之为明修补本,殆即此本。
　　④ 此残本是否是裴氏原刊本尚存疑。

　　傅氏对《文选》版本的著录、研究还可参考他对莫友芝《郘亭知见传本书目》的增补，前文已述，莫友芝的《书目》与邵懿辰的《标注》对《文选》版本系统、源流已作初步的梳理，傅氏则进一步补充原目不载的版本，其增补内容大致与《经眼录》所载相当，叙录则互有详略，亦足资参考。如称其曾据李木斋藏宋本校胡刻本，认为"李本与胡刻底本非一时印，故刊工多不同，文字异处亦有出胡氏《考异》之外者"，又称"清同治八年崇文书局翻胡克家本，余有一帙，余用卷子本校四十二卷，又据日本古抄集注本校十四卷，据北宋天圣明道本校六卷"，可见其用功之多。又如见日藏明州本甚多，推测"或以为明州宋时为通倭口岸，故彼国所存独多也"，颇具启发性。傅氏还曾将杨守敬从日本带回的古抄无注三十卷本与胡刻本对校，并将异文过录在胡刻本上，可见其保存文献之用心。总之，傅增湘无论对《文选》版本的保存还是研究，皆作出了可贵贡献。

　　另外，叶德辉(1864—1927)《书林清话》叙述版刻源流，也多涉及历代《文选》的刊刻，其所撰《郋园读书志》亦著录有《文选》版本，其中以茶陵本较为重要。又如李盛铎(1859—1937)《木犀轩藏书题记》、李希圣(1864—1905)《雁影斋书跋》、莫伯骥(1877—1958)《五十万卷楼群书跋文》等目录对《文选》版本皆有叙录研究，值得参考。

　　整体来看，清代至民初学者对《文选》版本的叙录、研究成果卓著，较前代不可同日而语，对于存世的大部分版本均有一定的认识、研究，且愈趋深入细致，基本上梳理了《文选》版本源流系统，讨论了不同版本的优劣，为后世研究《文选》版本、重新校雠整理《文选》奠定了坚实的基础。当然，此期的研究成果也有其局限：比如一些藏家藏有多种宋元版，但著录十分简略，更谈不上深入研究，一些著录较细致的藏家，收藏又十分有限；又因珍本多为秘藏，若不能寓目，仅凭目录窥豹一斑，乃至口耳相传，研究成果则难以信据；由于《文选》版本确实庞杂，各家所见难免有限，且限于目录、题跋等的撰著方式，故对其源流系统虽有所探索，但终究不够明晰、详尽。

第三节　清代几种重要《文选》版本的刊刻与校勘

一、汲古阁本的修订重刻本

前文已述，明末汲古阁本在清代的翻刻本有十余种，在胡克家《文选考异》之前，校勘整理《文选》者大多以汲古阁本系统的本子为底本，故对当时的《文选》校勘影响很大。清代的翻刻本或多或少亦加以校改，兹就两种校勘较善的翻刻本略述之。

（一）钱士谧重校汲古阁本

前论汲古阁本时已指出，此本扉页右上题"汲古阁新镌"，左下题"本衙藏板"，当源自汲古阁修订本。书内卷一首行下，改汲古阁原本"琴川毛凤苞氏审定宋本"双行篆印为"康熙丙寅孟夏上元钱士谧重校"一行十三字。

钱本是较早翻刻汲古阁本的本子，清人多认为此本是翻刻本中较好的，如许巽行曰："《文选》以李善注为善，李注以汲古阁雕本为善，上元钱士谧重校本其尤善者也。"①莫友芝曰："汲古阁本字

---

① （清）许巽行：《文选笔记》卷首所附《密斋随录》，第 11 页。

小,翻汲古阁本字稍大,且字句不同,亦不止一本,以钱士谧校为差胜。"①汪由敦亦指出此本对汲古阁原本脱文的订补,《松泉集》卷一五《评文选书后》云:"此毛氏初刻,后康熙丙寅钱士谧重校已改补讹字,如《七发》脱简及《雪赋》空行皆已补正,而何校尚刊改如此其多,固知校书大是难事。"②

斯波六郎指出钱本可能据六臣本校改,认为钱本较好不过是文字较通畅,实际上距原本面貌更远。范志新先生则指出钱本当出自汲古阁的修订本,其校勘主要在修补脱误,并也多据六臣本校改。③

(二) 叶树藩海录轩本

乾隆三十七年(1772)叶树藩于海录轩重刻汲古阁本,是汲古阁本系统中一个重要的版本。叶树藩(1740—1784),字星卫,号涵峰,长洲人。④ 关于海录轩本的刊刻,叶氏在序文中有详细的叙述:

> 窃惟《文选》一书,注者不一家,唐江都曹宪撰《音义》,同郡公孙罗与江夏李善并作注。曹氏、公孙氏之书不见于郑樵《艺文略》、马端临《经籍考》,其失传已久,而李善注独盛行于世。开元中,工部侍郎吕延祚集吕延济、刘良、张铣、吕向、李

---

① (清)莫友芝撰,傅增湘订补:《藏园订补邵亭知见传本书目》卷十六上"总集类",中华书局1993年版,第1页。

② (清)汪由敦:《松泉集》,台湾商务印书馆《景印文渊阁四库全书》本第1328册,第846页。

③ 参范志新:《文选版本论稿·汲古阁毛本散论》,第84—96页。

④ 关于叶树藩生平可参考范志新:《清代选学家叶树藩考》,《文献》2004年第4期。

周翰等注《文选》,是为五臣注。后人合李善注为一书,更名六臣注。五臣本之荒陋,六臣本之舛讹,前人已有定论。近世惟汲古阁本,一复江夏之旧,较诸刻最为完善。然既独存李注,而杂入五臣之说数条,殊失体裁。且其书疏于雠校,帝虎陶阴,棼然谜目,谈艺家往往有遗憾焉。吾吴何义门先生手评是书,于李注多所考正,士论服其精核。余弱冠后,不敢忘先大夫之言,辄不自揆,手自勘辑,削五臣之纰缪,存李氏之训诂,卷帙则仍毛氏而正其脱误,评点则遵义门而详为厘定。至管窥所及,有可补李注、何评所未备者,窃附列于后。顾藩少失怙,不能仰承先大夫庭训,复以习举子业,频年北上,于是书多作辍。戊子秋南旋,闭户却扫,披陈旧箧,越三岁辛卯,始获卒业。回忆属稿时,已十余年于兹矣。

书前还附有凡例十条,比较细致地交代了本书的刊刻整理体例,其中多条均涉及校勘。如第三条交代底本依据汲古阁本,而对李注某些繁芜之处加以剪裁;第四条指出汲古阁本脱文较多,“悉以宋本校定”;第五条谓于李善本的原貌尽量保存其旧式,个别地方则作了校改,有云:“至如三十一卷江文通《杂拟诗》不载全序,四十卷任彦昇《奏弹刘整》昭明删‘谨案’至‘即主’一段仍载入弹文之类,有乖体制,因悉为改正。”从《凡例》大体可以了解叶氏刊本的校勘特征,一方面尽量校正讹误,并遵从李善注旧貌,一方面也对一些地方作了改动。《凡例》中自称“于辨误正讹处颇具苦心”,故其虽无“《选》学”专著,但《书目答问》将之列为“‘《文选》学’家”,盖即据其所刻《文选》而论,骆鸿凯则称叶本为《文选补注》,亦视之为“《选》学”著作。

　　叶氏刊刻此本,亦得朱超之力颇多。民国《海宁州志稿》卷一四《艺文志》云:"朱超之,字予培,又字鲸海,号筠岑,乾隆辛卯顺天举人。《选注辨证》一卷,写本。江苏涵峰叶氏所刻《昭明文选》,手为校定,并附辨证。"①叶本《凡例》云:"其间参订疑义,时与海昌朱予培超之相商榷,渠驳正旧说数条,悉于'案'内标出,不敢掠美。"赵怀玉《亦有生斋集》文卷二十《叶星卫先生哀辞并序》亦称叶氏"与海宁朱超之为《文选》之学,阐辟悉有意义"②。杨钟羲《雪桥诗话》三集卷八亦曰:"吴门叶树藩海录轩所刻《文选》,为朱予培纂校,陈惺斋挽予培句云:'一编《文选》在,著作免终湮。'"③

　　总体上看,海录轩本以汲古阁本为底本,对汲古阁本的脱误作了比较全面的补订,并删除了汲古阁本阑入的五臣注,同时改正了不少汲古阁本的文字讹误。④ 另外,此本还以套印的方式录入何焯的评点。因此,海录轩本不失为较好的《文选》读本,其在清代也曾颇为盛行。但海录轩本仍存不少讹误,俞樾《春在堂杂文》四编卷七《何义门文选评本序》曰:"如潘安仁《为贾谧赠陆机诗》'神农更黄','黄'当作'王',谢希逸《宣贵妃诔》'容与经纬','纬'当作'闱',此皆改正,而叶本未之改。"⑤

　　叶树藩刊刻《文选》的目的主要在于提供一个较好的李善注读

　　① (清)李圭修,(清)许传沛纂,刘蔚仁续修,朱锡恩续纂:《民国海宁州志稿》,《中国地方志集成》,上海书店1993年版。

　　② (清)赵怀玉:《亦有生斋集》,《续修四库全书》影印清道光元年刻本第1470册,上海古籍出版社2002年版,第269页。

　　③ 杨钟羲:《雪桥诗话》,北京古籍出版社1991年版,第356页。

　　④ 参范志新:《文选版本论稿·叶树藩海录轩本及其重刻本》。

　　⑤ (清)俞樾:《春在堂杂文》,《续修四库全书》影印清光绪二十五年刻春在堂全书本第1550册,上海古籍出版社2002年版,第464页。

本，虽然他也重视保存原貌，但其底本并非如胡刻本一样是宋版善本，而是讹误较多的汲古阁本，因此，他的校刊不仅勘改讹误，且对底本作了不少改编，一定程度上已溢出校勘范围。范志新先生对此有所批评，认为其失有三：一是变乱李善注文；二是误将一些五臣注补入李善注；三是删减李善注。当然，叶树藩在序和凡例中对这些改动有所说明，也还不致淆乱和误解。总之，前人称海录轩本较善是从读书角度而言，若从保存文献旧貌上则另当别论。实际上，海录轩本这种校勘行为在之前的版刻中亦存在，例如尤刻本很可能就是这样一个经过改编的本子，但没有任何说明，遂造成文献的窜乱，而后人难以分辨。

和其底本汲古阁本一样，海录轩本也有很多翻刻本，而彼此亦有差异，大概是各自又有所校改而致。①

二、《四库全书》本《文选注》与《六臣注文选》

文渊阁《四库全书》收入一部李善注《文选》，一部六臣注《文选》，其版本价值在众多《文选》版本中并不突出，故学界亦不甚重视，讨论较少。但因文渊阁《四库全书》电子版流通甚广，学者在作相关研究时，常会利用作检索，故也有探讨之必要。

两书皆有提要，前文已论。《四库全书总目提要》称所收李善注《文选》为汲古阁本。前人多已指出汲古阁本的脱误不少，将这些脱误处与《四库全书》李善注本核对，发现《四库全书》本多不脱，则其底本或是据汲古阁本的重修本。关于汲古阁本的初刻与重

---

① 参张莉：《〈文选〉海录轩朱墨套印本存疑》，《河南图书馆学刊》2011 年第 6 期。

刻,前文已论,兹不赘论。当然,此本也可能经过馆臣的校勘,其每卷首题有"详校官庶吉士臣汪彦博、助教臣常循覆勘",但据何本做了怎样的校勘因无说明也难以得知。

《四库全书》所收《六臣注文选》颇复杂,《四库全书总目提要》称是据袁褧覆宋六家本,但实际上是李善注在前的六臣本,学者一般认为是赣州本。但据笔者研究,认为其底本为明翻六臣注本,确切当为明嘉靖间所刻吴勉学本,出自元茶陵本系统,故在研究时不能视为赣州本来使用。①

《六臣注文选提要》曰:"钱曾《读书敏求记》称所藏宋本五臣注作三十卷,为不失萧统之旧,其说与延祚表合,今未见此本。然田氏本及万历戊寅徐成位所刻亦均作三十卷,盖或合或分,各随刊者之意,但不改旧文即为善本,正不必定以卷数多寡定其工拙矣。"《提要》称"不改旧文即为善本",说明《四库全书》抄本还是比较重视保存版本原貌的。

文渊阁本《四库全书考证》②卷八八录有针对《六臣注文选》的校语,总计仅 33 条,是馆臣所撰考订文字的少部分代表,其中一些条目称是据毛本改,或据别本改,说明也参校了一些《文选》版本。但大多是据其他典籍如《尔雅》《左传》《庄子》等书校改,属于他校。如其中一条曰:"卷二十四《赠秀才入军》其四'郢人逝矣',善注'运斤成风,听而斫之',刊本'听'讹'声',据《庄子》改。"胡氏《考异》

---

① 关于此本的底本,著者另撰有《文渊阁〈四库全书〉所收〈六臣注文选〉底本考辨》一文有详细考证。待发表。

② 《四库全书考证·集部》,台湾商务印书馆《景印文渊阁四库全书》本第 1500 册。本书汇集四库馆臣校勘图书所撰写的校记、考证文字,但仅选择少数代表性的条目,总体数量较少。

曰:"何校'声'改'听',陈同,各本皆讹。"又如一条曰:"卷二十七
《宋郊祀歌》其二'有事上春',善注'宰孔曰天子有事于文武',刊本
'文武'二字讹'郊'字,据《左传》改。"此字诸本皆讹,胡氏《考异》亦
失校。据这些校语核查《四库全书》六臣本,发现皆已校改。又,从
前章例证分析看,四库本也存在一些比较明显的校改痕迹。这说
明《四库全书》本对底本做了不少校改。《考证》未录有关李善注
《文选》的校语,但其校勘情况当与六臣本相似。

　　总之,《四库全书》所收的两部《文选》,都经过了馆臣的校勘,
其中应有不少值得参考,只是明确记录下来的校语太少,其他校勘
内容如不经比对,难以窥知。另外,《四库全书》所收两部《文选》的
底本一为汲古阁本,一为明翻六臣本,皆非善本,其版本价值较低,
殊觉遗憾。

三、胡刻本

　　嘉庆十四年(1809),胡克家重刻宋淳熙本《文选》即尤刻本,
并附《文选考异》十卷,世称胡刻本。胡刻本是清代最重要,也是
价值最高的《文选》刻本,取代之前的汲古阁本成为最通行的《文
选》版本,至今不废。胡刻本的价值一方面在于依据宋代的尤刻
本为底本,保存了宋刻善本的原貌,并使之通行于世;一方面在
于其所附《文选考异》校勘精审详赡,代表了历代《文选》校雠的
最高成就。关于《文选考异》下章专门论述,此处对胡刻本的刊
刻略作叙述。

　　胡刻本前有《重刻宋淳熙本文选序》,对刊刻缘起有详细的
叙述:

　　《文选》于孟蜀时,毋昭裔已为镂板,载《五代史补》。然其所刻何本,不可考也。宋代大都盛行五臣,又并善为六臣,而善注反微矣。淳熙中,尤延之在贵池仓使,取善注雠校锓木。厥后单行之本,咸从之出。经数百年转展之手,讹舛日滋,将不可读。恭逢国家文运昭回,圣学高深,苞函艺府。受书之士,均思熟精《选》理,以润色鸿业。而往往佳本罕觏,诵习为难,宁非缺事欤。往岁顾千里、彭甘亭见语,以吴下有得尤椠者,因即属两君遴手影摹,校刊行世。逾年功成,雕造精致,勘对严密,虽尤氏真本,殆不是过焉。从此读者开卷快然,非敢云是举即崇贤功臣,抑亦学海文林之一助已。其善注之并合五臣者,与尤殊别。凡资参订,既所不废;又寻究尤本,辄有所疑。钩稽探索,颇具要领,宜谂来者,撰次为《考异》十卷,详著义例,附列于后,而别为之叙云。

此序实为顾广圻代胡克家所撰,亦载顾氏《思适斋集》卷十。胡刻本的底本原为黄丕烈所藏,即序中谓“吴下有得尤椠者”。黄氏《重雕曝书亭藏宋刻初本〈舆地广记〉缘起》曰:“余喜藏书,而兼喜刻书。欲举所藏而次第刻之,力有所不能也。会鄱阳胡果泉先生典藩吴郡,敷政之余,留心《选》学,闻吴下有藏尤椠者,有人以余对,遂向寒斋以百金借钞,盖酬余损装之资,而实助余刻书之费,洵美意矣。”[①]

　　胡刻本是影刻本,在保存底本面貌上特别用心。如底本有挖

_____

① 　(清)黄丕烈撰,屠友祥校注:《荛圃藏书题识》,上海远东出版社 1999 年版,第887 页。

改之处,修补文字或多于原文,致字体拥挤,胡刻本亦照摹不改,又如原书书口的刻工、字数以及重刊年份等,胡刻本亦完全保留。故若不论书后所附《考异》,单就胡刻本正文看,并无校勘,但这也恰体现了顾广圻"以不校校之"的校勘理念。

但胡刻本与中华书局影印的尤刻本也有很多差异,这是因为胡刻本的底本经过多次修补。据郭宝军研究,胡刻本的底本至少经过十次递修,而超过一半的书页是重刊的。[①] 在修补的过程中,或是又加校改,或是产生新的讹误。中华书局于1977年影印出版胡刻本,书前《出版说明》称把尤刻本与胡刻本相较,证明胡刻本较好,胡克家改正了尤刻本明显的错误多达七百余处。这一说法有误,学者已经指出这些差异实际上并非胡刻本所改,而是胡刻本的底本在修补过程中的校改。[②] 但中华书局影印本将胡刻本与尤刻本的重要异文全面汇总,附于书后,对于考察尤刻本在递修过程中产生的变异颇为便利。郭宝军指出:"大致统计,胡刻本附录所校出的异文凡551处,其中胡刻是者285处,尤本是者216处,二本均非者38处,一时难以遽断是非者12处。"这些差异,除了少数为无心的失误外,大部分是校改的结果。从这些统计数字也可看出,胡刻本递修过程中校改颇多,而且确实改正了不少讹误,但也有不少地方是改错的。

有些胡刻本与尤刻本的差异很有意味,如卷二三谢灵运《庐陵王墓下作》题下的李善注,胡刻本与尤刻本有不少差异,实际上胡刻本的李善注原为五臣李周翰注,明州本、赣州本此诗题下仅录五

---

①　参郭宝军:《胡刻本〈文选〉底本的几个问题》,《中州学刊》2012年第1期。

②　参孔毅:《胡刻〈文选〉影印本出版说明小议》,《古籍整理研究学刊》1987年第2期;郭宝军《胡刻本〈文选〉底本的几个问题》。

臣注,删善注,标"善同翰注",而奎章阁本未删李善注,其恰与尤刻本李善注同,可知尤刻本为善注原貌,而胡刻本的底本则恐是据六臣本将李注误改为五臣注。可见,在修补过程中,尤刻本阑入五臣注的地方又增多了。又如卷二七末尾,中华书局影印尤刻本附有《君子行》一首,注称"李善本《古词》止三首,无此一篇,五臣本有,今附于后",而胡刻本未附此诗,当是胡刻本底本的修补者将其删去。元代张伯颜翻刻尤本,亦附此诗,而范志新先生据胡刻本以为尤本原无此诗,误将此作为张本系统区别其他版本的独有特征。① 这也说明论及同一版本时,还须注意初印本及其递修本之间的差异。

修补本又据六臣本做了一些校改,阑入五臣本的地方增多了。总体看,当然是原本更存古貌,而从正误看,修补本与原本不相上下,甚或差胜。

---

① 范志新:《文选版本论稿》,第78页。

第四章　清代的《文选》校雠(下)

——《文选》校雠的繁盛期(校勘学者与专著研究)

　　讨论清代之前的《文选》校勘比较困难,因为从抄本、刻本中几乎找不到直接的校勘证据,而校勘的操作者是谁,校勘的方法如何,校勘的依据是什么,这些相关的资料都很少,我们往往只能依据现存的版本文献来推测,而这一方面难度很大,一方面由于传世文献毕竟十分有限,很多推测不见得可靠。而考察清代的《文选》校勘相对就便利些,因为此期间的校勘成果有不少都汇集成专书,学者对校勘的认识更加深入,对具体操作多有详细的说明,校勘的方法也更条理清晰,据此讨论其成就得失都更确切可靠。

　　如前所述,清代的《文选》校勘成果十分丰富,其中虽有不少已经湮没无闻,但最重要的成果大多以专著的形式保存了下来,这些著作代表了清代《文选》校勘的总体高度和核心价值。本章试对这些专著逐一述论。

第一节　清初学者钱陆灿、潘耒、陆贻典、
冯武等人对《文选》的批校

严格来讲,典籍批校主要包括两种内容:一是批,即批语、评点,一般认为源于宋而盛于明清;一是校,即校勘,和批语一样将校勘结果直接书写在原书上。因本书专论校勘,故此处亦专门针对校勘而言。批校的校勘方式来源比评点更早,最初的校勘是在原文上直接校改,或是用刀削去误字,或是用雌黄、墨抹去误字,然后写上相应正确的字,都可说是批校的雏形。如现存的敦煌永隆本《西京赋》残卷,文中"途阁云曼"的"途"字被涂改为"连"字,"长风激于别隯"的"隯"字被涂改为"岛"字。但严格意义上的批校本清初才开始盛行,对《文选》的批校也是如此。

清代批校的兴盛与当时的学风关系密切,朴学讲究实事求是,学者对典籍文字的异同是非十分重视,而批校往往是学者读书治学的一种方式。王鸣盛《十七史商榷序》曰:"好著书不如多读书,欲读书必先精校书。校之未精而遽读,恐读亦多误矣;读之不勤而轻著,恐著且多妄矣。"又曰:"予岂有意于著书者哉? 不过出其读书、校书之所得,标举之以诒后人,初未尝别出新意,卓然自著为一书也。"①这很能代表清代学者在读书时注意校勘的用意。因此,清代学者校勘典籍的成果有很大一部分即保存在众多的批校本上,早在清代中期,批校本,特别是名家的批校本已经成为学者与

---

① （清）王鸣盛撰,黄曙辉点校:《十七史商榷》,上海书店出版社 2005 年版,第2 页。

藏书家十分珍视的典籍。

清代藏书风气浓厚,而实事求是的学术风气也促进了对典籍善本的讲求。洪亮吉将藏书家分五种,其二是"辨其板片,注其错讹"的校雠家,①故清代的藏书家是典籍批校者的重要组成部分。藏书者多喜校书,又重版本,偶得善本,往往与通行本对堪,将异文批注于书上,达到保存善本的作用。

批校或为读书,或为藏书,私人性较重,故较灵活多样。但批校的校勘方式在学术价值上有所局限,批校本往往以所谓的活校法居多,或者可称之为理校法,随文批阅,据意而校,有所得,亦往往有失;又受限于原书,不易写校记,大多只标异文,不明依据;批校本传播不便,或辗转传抄,讹误滋生,限制了校勘成果的利用。

如前所述,清代批校《文选》者甚多,至今仍存的批校本还有很多。但这些批校质量参差不齐,又限于上述批校的缺陷,在清代《文选》校勘的整体成果价值不是很高。下文所述清初学者对《文选》的批校也是如此。但清初尚无《文选》校勘专著,这些学者的批校可谓筚路蓝缕,开启了清代《文选》校勘的盛况,故须表彰。至于之后的批校,本书则不再详论。②

一、钱陆灿的《文选》批校

钱陆灿是清初著名的藏书家,也是有名的评点家,其评点之书

---

①　(清)洪亮吉撰,陈迩东校点:《北江诗话》卷三,人民文学出版社1998年版,第45页。

②　近年学者南江涛关注清代《文选》批校本的研究,并发表有相关论文如《梁章钜批校翻刻汲古阁本〈文选〉及其价值——以〈魏都赋〉为例》(《国学季刊》2016年第3期);《王同愈批校〈文选〉述略》(《国学学刊》2018年第3期)等。

遍及四部。① 钱氏曾批点《文选》，在清代前期影响较大，至今尚存过录其批语的《文选》多部。② 傅增湘《藏园群书经眼录》卷一七著录有旧人临何焯、钱陆灿评校的汲古阁本《文选》一部，录钱氏跋语两则，其一曰：

> 康熙十二年癸丑九月，丧四儿。十四年，丧黄氏女。乙卯九月，衔哀赴馆常州，以笔墨塞痛。乙卯十月二十九日，始还易农《文选瀹注》，而余阅本亦告竣，记于卷末。明年，兑令清出一本换去。至甲子，天士又借兑令本对临。然中多缺落，天士之尊甫臣禾即以易余本，余因自校补一遍，藏于家。因追记第一部后所失之大略，并详各本去留之故。时年七十有四，乙丑三月十二日，陆灿识。

又一则曰：

> 余第一阅《文选》本为邓生木上取去，第二阅本则杨生兑令临一副本见还，此本则孙生天士所临也。间或有缺落，或字画错误处。乙丑三月无事，索归原本，又重对一遍，留于家塾。年纪日迈，手战眼花，料未能再自定一本，此本不可复出示人。时上旬丁卯日，陆灿记。③

由此大致可见钱氏批点《文选》之始末。此本又有过录者跋语曰：

---

① 参毛文鳌：《钱陆灿研究》，华东师范大学 2012 年博士学位论文，此文考索现存钱陆灿评点之典籍即近三十种。

② 参赵俊玲：《钱陆灿〈文选〉评点本探析》，《殷都学刊》2007 年第 3 期。

③ 傅增湘：《藏园群书经眼录》，第 1466 页。

"乾隆壬申端阳后借得张大鹿泉处钱、何两先生合批《文选》一部,老眼昏花,不能小楷,爱倩庭生弟对临一过,七夕临毕,元基识,时年七十。"所谓"钱、何两先生合批《文选》",盖即后人将何焯、钱陆灿两家批点抄录于一书中,亦可见时人对钱氏批点之重视。直到清末张之洞撰《书目答问》,于书后附《国朝著述诸家姓名略》,特标"'《文选》学'家",而首列钱陆灿,钱氏能在众多治《文选》的清代学者中独占一席,可知其影响不小。[①]

钱氏《文选》批阅本以评点为主,兼及考证,范志新先生颇为推重。[②]但据赵俊玲研究发现,钱氏的批语有不少是抄录自前人所刊的《文选》评本,并非原创,这虽在前人的典籍批点中常见,但未免于钱氏之"《文选》学"有所贬损。此处主要论校勘,故于此不作深论。钱氏在评点之余,亦随文校勘,孙志祖撰《文选考异》,于钱氏之校勘有所征引。[③]如束皙《补亡诗》"五纬不逆",陈引圆沙本云:"《尚书》'曰时',注'是'也,或改'纬',非。"[④]范志新先生对钱氏之校勘有较细致的研究,称钱氏校勘首功在补苴汲古阁本之脱落,同时也改正了一些错误,以圆沙本与其稍后钱士谥重刊汲古阁本对校,亦时有园沙本不误而钱本误改、失校之处。

范志新先生亦指出钱氏校勘有二失:其一在称心臆改,并不

---

①　也有反对意见,李详认为钱氏尚不足名"《文选》学"家,故汰去之,见《愧生丛录》卷六。

②　参范志新:《钱陆粲批校本〈文选〉初探》,《苏州大学学报》2004 年第 3 期。

③　孙氏撰《文选考异》只校及《文选》白文,不涉注释,故征引钱校不过寥寥数条,另孙氏《文选考异》其中一条称圆沙本引陈云,陈盖指陈景云,而钱在陈前,不得引陈氏,故孙氏所见圆沙本恐亦他人辑录前人批校之本,非单为钱氏之批点本。

④　关于"纬"字讹误可参本章第三节所引许巽行《文选笔记》之校勘。

提供校勘依据，每失之武断；其二在每以五臣乱李善本，园沙既以汲古为底本，自当以恢复李善注本原貌为己任，而园沙则不然，一些地方以五臣改善，大非。至于四库馆臣谓毛本中有五臣"向曰""济曰"注文刊除未尽处，亦未见芟正。这当然是钱氏校勘的缺失，但武断臆改实际上是私人读书性质的批点很常见的现象，尤其是在文献校勘尚不十分严谨的清初之前，批校者遇有自以为当作他字者，有时并无版本文献依据，亦径作批改，即有依据，往往也疏于注明。又钱氏批校本为读书之用，其目的并非恢复李善注之原貌，故遇有自以为五臣为长者，则径以五臣改李善，并不专尊李善，唯求"自以为是"而已。故此类批校在后人看来往往问题颇多，难以依从，学术价值不高，后来校勘者如欲借鉴，则须披沙拣金。

二、潘耒的《文选》批校

潘耒亦曾批校《文选》，《书目答问》在"'《文选》学'家"下将潘氏列于钱陆灿后。潘氏《遂初堂文集》卷六载有其所撰《文选瀹注序》一文，于《文选》颇为推崇，有云：

> 昔人为学，有本有源。《文选》者，艺林之根柢，词门之阃阈。唐人服习此书，不啻高曾规矩。即退之、子厚卓然以古文自名者，其初亦熟精《选》理。自宋以后，此学遂衰。今之为古文者，既侈言《左》《史》韩欧，薄《选》体为不足观。而为词赋之学者，亦徒知拾徐、庾之糟粕，效温、李之颦笑，求其渊源汉魏，含吐风骚者，概乎未有闻焉。空疏浅陋之弊，于何救之？亦救

之以昭明之书而已。①

　　潘耒批校本未见目录著录,孙志祖《文选考异序》称"国朝潘稼堂及何义门两先生并尝雠校是书",《文选理学权舆叙》亦称"潘稼堂、何义门、钱圆沙三家熟精《文选》,各有勘本"。孙氏《文选考异》于潘校略有征引,如《吴都赋》"旁魄而论都",孙引潘云:"'都'字似衍,因下有'论都'字,故误耳。"②核《文选集注》正无"都"字。③又如《魏都赋》"虽自以为道洪化以为隆",孙引潘云:"下'以为'字疑衍。"④何焯、陈景云、胡克家诸家校勘并同此。合计《考异》所引潘校不过聊聊数条,且其校语颇简,大概与钱校类似,皆为简单的批校。故骆鸿凯《文选学》评钱校、潘校曰:"清初校《文选》者,莫先如潘、钱两家,《书目答问》列为'"《文选》学"家'之首者也,然稼堂校本仅就当时通行之本审核文字,而于《选》学无所发明,圆沙本亦然。"⑤

三、陆贻典、冯武的《文选》批校

　　陆贻典、冯武皆为清初著名的藏书家、校雠家,叶昌炽《藏书纪

　　①　(清)潘耒:《遂初堂文集》,《续修四库全书》影印清康熙刻本第 1417 册,上海古籍出版社 2002 年版,第 469 页。
　　②　(清)孙志祖:《文选考异》,第 8 页。
　　③　《文选集注》有今按云:"五家本'论'下有'都'字。"可知五臣本作"旁魄而论都","都"字实为衍字,而今见宋刻五臣本以及六臣本又于"都"字下衍"邑"字,可知其舛误已久。胡氏《考异》曰:"'都'字误衍。'旁魄而论'与上'揖嶷而篜'偶句,各四字,不当偏赘一字。"盖后世刻李善本因袭五臣原本而误添"都"字,五臣本则涉向注又在"都"下加一"邑"字,皆误。
　　④　(清)孙志祖:《文选考异》,第 12 页。
　　⑤　骆鸿凯:《文选学》,第 57 页。

事诗》题陆贻典曰"其友则大冯小冯","大冯小冯"指冯舒、冯班,而冯武乃二冯之侄。陆、冯曾同校《文选》,后顾广圻索得二人校本,复加雠校,此原校本今恐已不传。张金吾《爱日精庐藏书志·续志》卷四著录此本,称"冯氏窦伯陆氏敕先校宋本",《藏书志》曰:"冯氏窦伯、陆氏敕先据钱遵王家宋本校,元和顾涧蘋先生据周香严家残宋本覆校。残宋本存卷一至六、十三至十五、十八至二十一、二十八至三十九、四十九至末,凡三十七卷。"《藏书志》并录各人识语,大略可见其校勘之始末。卷一后冯氏手识曰:

> 己亥岁,校过一次,重检《后汉·班传》对勘本文,同异甚多,注亦略同,疑善仍用旧注耳。范《史》、萧《选》各自成书,文字无容参改,标诸卷首,聊以志异也。上郒武识。[1]

由此可知冯武曾将《文选》与《后汉书》所载《两都赋》对勘,发现异文甚多,认为范《史》、萧《选》各自成书,文字无容参改,亦属谨慎。冯氏指出《文选》与《后汉书》的《两都赋》注文略同,这个现象也值得注意,姚范《援鹑堂笔记》卷三七亦曰:"章怀之注《后汉》,凡《文选》所取篇翰即用善注。"方东树按曰:"章怀所取简当,以较善原注为优多矣。"[2]这种说法是否确切还需考察。

又陆氏手识曰:"庚子正月二十四日,借遵王宋刻本校。其有宋本误字,亦略标识,以便参考。"卷二十六后冯氏手识曰:"二十二日对此卷。先有对者与钱氏宋本不同,今一依钱本改审,亦有明知

---

① （清）张金吾：《爱日精庐藏书志》,清光绪十三年吴县徐氏印本。
② （清）姚范：《援鹑堂笔记》,第27页。

宋版之误而不必从者,亦依样改之。盖校书甚难,不可以一知半解而斟酌去取,姑俟之博物者裁定之。"由陆、冯手识知其借得钱曾藏宋刊本校勘,此宋本即尤刻本,清人已颇难睹宋本《文选》面目,陆氏能据以校勘,实属不易,故即使是宋本的误字,亦特录出,以便参考,一定程度上在今本上保存了宋本原貌。而冯氏亦称"有明知宋版之误而不必从者亦依样改之",也是为了保留旧本面貌。又曰:"盖校书甚难,不可以一知半解而斟酌去取,姑俟之博物者裁定之。"陆、冯这种以记录古本异文为目的的校勘较之批点派随文校改的做法无疑更具文献与学术价值。叶德辉《书林清话》卷六评价陆贻典校勘曰:

> 《陆志》有《管子》二十四卷,为陆敕先贻典校宋本,其后跋云:"古今书籍,宋板不必尽是,时板不必尽非。然较是非以为常,宋刻之非者居二三,时刻之是者无六七,则宁从其旧也。余校此书,一遵宋本,再勘一过,复多改正。后之览者,其毋以刻舟目之。康熙五年岁次丙午五月七日,敕先典再识。"然则前辈校书,并不偏于宋刻,是又吾人所当取法矣。[①]

由此可见陆贻典于宋本既珍视亦不迷信的通达态度,与其校《文选》是相通的。

陆、冯校本后又经顾广圻重校,弥足珍贵。但原校本今不见著录,或已失传,幸阮元过录一本,今藏国家图书馆。如前所述,阮元过录细致谨慎,故原校本虽亡,此本犹可替代。阮氏称冯武据晋府

---

① 　叶德辉撰,耿素丽点校:《书林清话》,国家图书馆出版社2009年版,第109页。

诸本校本,而《中国古籍总目》著录有冯武校跋的唐藩本,则冯氏所校不止一本。

前文在叙述明末汲古阁本时已指出,陆、冯校勘,可能是为了毛氏汲古阁本的修订重刊。总的来看,陆、冯所校或是据史传,或是据宋本,以记录异文为主,态度谨慎,颇具文献价值,但限于批校体例,考证发明不多,故顾广圻虽嘱黄丕烈重金购之,但其撰《文选考异》于何焯、陈景云多所征引,却并未征引陆、冯二人。唯书末称"陆贻典尝据尤本校汲古阁本",并记录了陆氏据宋本所录袁说友跋文,因袁跋胡刻本底本原阙。

第二节　何焯的《文选》校勘
附陈景云《文选举正》、姚范《援鹑堂笔记·文选》、
余萧客《文选音义》、孙志祖《文选考异》

一、何焯的《文选》校勘

清代批校《文选》者以何焯最知名。《四库全书总目提要》称何焯"文章负盛名",《清史稿》卷四八四称何焯"通经史百家之学,藏书数万卷,得宋元旧椠,必手加雠校,粲然盈帙"。何焯博学强识,留心校雠,其所批点之书遍及四部。何氏弟子蒋维钧辑录其批点成《义门读书记》五十八卷,《凡例》尚云:"义门所评书甚多,《读书记》所录仅就见闻所及,不过什一。"①可见何焯批点书之多。正因此,何氏于考证校勘方能参稽互证。颜之推论校雠曰:"观天下书

---

① (清)何焯撰,崔高维点校:《义门读书记》,中华书局1987年版。

未遍,不得妄下雌黄。"此虽难以企及,但不博通不足以论校雠,而何氏庶几当之。《四库全书总目提要》称其"考证皆极精审,其两《汉书》及《三国志》,乾隆五年廷臣奉诏校刊经史,颇采用其说"。(《义门读书记》提要)故何氏评点风靡一时,广被传抄。

何氏批校内容丰富,价值较高,既有评文之语,但不同于坊间的庸俗制艺之评,颇能探文章之微妙,又有考证校勘文字,足以厌考据家之心。故黄侃称清代治"《选》学"者精该简要未有超于义门者,这是很高的评价。后世众多"《选》学"家其著作未尝不在某些方面远超何氏,但或偏于一隅,或过于繁琐,而黄氏独标"精该简要",恰能概括何氏"《选》学"之特点。

何焯批校的《文选》原本早已不传,其校勘成果为后人整理、抄录、征引而得以保存。与何焯同里而稍后的蒋维钧辑录《义门读书记》,有《文选》五卷,当最可靠。但《凡例》云:"义门校勘最精,一字一画都不放过,然坊本承讹袭谬,苦难逐一举正。"故五卷中录校勘不过数十条。保存何校成果较多的当属抄录本,但大多辗转稗贩,真伪错杂。[①] 一些"《文选》学"专著或笔记,于何校多有征引,如姚范《援鹑堂笔记》、余萧客《文选音义》、孙志祖《文选考异》、许巽行《文选笔记》、胡克家《文选考异》、梁章钜《文选旁证》、徐攀凤《选学纠何》等,其征引条目或多或少,彼此亦有所差异。另有好事者将何氏批校刊入《文选》,如叶树藩海录轩本、于光华《文选集评》等。

一般认为何焯校勘底本为汲古阁本,孙志祖《文选考异序》曰:"毛氏汲古阁所刻《文选》,世称善本,然李善与五臣所据本各不同,

---

① 蒋维钧辑《义门读书记·凡例》云:"外间传写义门评阅之本,不特真赝纷如,即系真本,而钞录数过,不免讹舛。"

今注既载李善一家，而本文又间从五臣，未免骍驳，且字句伪误脱衍，不可枚举。国朝潘稼堂及何义门先生并尝雠校是书，而义门先生丹黄点勘，阅数十年，其致力尤勤。"前引余萧客《文选音义序》亦云何焯"博考众本，以汲古为善"，而范志新先生据其校语进一步考证认为当是钱士谧重修本。①

何焯留意版本对校，每引宋本以证。但何氏所处清初时，版本学尚未细密，故其所称宋本过于笼统，并不知究竟是何本。其中一些条目或能透露一些信息，如孙志祖《文选考异》卷二有一条云：《富春渚》"且汲富春郭"，六臣本作"且及"，何云宋本作"旦及"。今按宋本皆作"旦及"，无作"且汲""且及"者，则何焯所谓宋本大概属实。又如孙氏《考异》卷一有一条云：《文赋》"故蹉跎于短韵"，何校"韵"改"垣"。此字诸宋本唯尤刻本作"垣"，其他宋本皆作"韵"，合注本亦无校语，则何焯或见有尤刻本。

何焯校勘方法主要还是以据他书校《文选》为主，尤其是载于史传的《选》文，何氏本就批校过两《汉书》及《三国志》等史书，故能比勘互证；何氏又博通经子，每能将李注引文与原典对照，指出注文的讹误。如前所述，批校往往于文献无所依据，仅凭一己之学识功力判断原文的讹误，何氏之校勘亦多此类，唯其谙熟典籍，经验丰富，其成果亦多可信从。

近有范志新先生撰《〈文选〉何焯校集证》一书，共三巨册，对何焯的《文选》校勘逐条做了细致的考证，最能反映何焯《文选》校勘的学术全貌。范氏并在本书序言里全面总结了何氏的校勘，指出

---

① 范志新：《〈文选〉何焯校集证》附录一《何校底本是钱士谧重刻汲古阁本》，河南大学出版社 2016 年版。

何校的方法有以史校《选》、重本书内证两大特色,其校勘具有"精审简约"的风格,并给予较高评价。①

总之,何焯的校勘代表了清代前期《文选》校勘的水准高度,也是清代《文选》批校中价值最高者,故风靡一时。胡克家《文选考异》对何焯校勘多有引据,而凡所引者多是赞同其说,亦可见何氏校勘之价值。②

当然,从后人的眼光看,何氏校勘还有很多不足之处。如顾广圻所批评的,"龂龂于片言只字,不能挈其纲维"(《文选考异序》),这是从校勘的理路眼光上批评何校。而具体的校勘也有不少失误,胡氏《文选考异》对何校的援引主要择其认为正确的,但有些条目也驳正何校。又如徐攀凤撰《选学纠何》,则是专门驳正何焯批校的谬误,其中不少条目即是针对校勘,驳正大多是合理的。范志新先生指出何校的不足之处有四个方面,其中主要者乃在于何氏在小学上不及后来的乾嘉学者。王书才先生亦指出何焯校勘主要有两方面失误:一为据其他典籍校改《选》文,不知《选》文或别有出处,据他书以改未必是;二为因学识或有不及之处而误说。这些失误也是前人校勘中多有的。但学术如积薪,不必以后人之见苛责前人。

二、陈景云《文选举正》

陈景云《文选举正》是清代第一部校勘《文选》的专书,之前学

---

① 范志新:《〈文选〉何焯校集证·自序》。对何焯《文选》校勘的评价还可参考王书才:《〈昭明文选〉研究发展史》,第230页。

② 据王书才先生统计,胡克家《文选考异》征引何焯校勘共计453条,参《〈昭明文选〉研究发展史》,第230页。范志新先生统计则为310条,参《文选何焯校集证》附录二《有容乃大——论余萧客〈文选音义〉保存考正何焯校之成就》,第1390页。

者校勘多为随书批校形式,其成果只能附于《文选》原本上,学者欲参考,须传抄过录,甚是不便,至《文选举正》始将校勘成果以校记形式汇总为专书,展卷即得。唯陈氏此书未刊,仅以抄本相传,故流布不广,清代学者已很少寓目,盖因胡克家《文选考异》有所征引,始知其名,后来学者则多径谓原书已亡佚。实际上此书尚有一抄本存国家图书馆,原为翁同书所抄藏,书前有翁氏手识云:

> 《文选》注以李善为善,李善注本以尤袤本为善,然六臣本载善注与单行本互有短长,即尤本与它本亦是非互见,非闳览方闻之士未由是正。本朝何义门、陈少章两家考订特为精审,少章所校乃援汲古阁初印本与诸本对堪,其子东庄手录其校勘语为一巨册,名《文选举正》,即此本也。先藏朱文㳺(游)家,后为顾涧薲所得。及涧薲为胡克家校刊尤本,悉取少章校语编入《考异》中。第涧薲间有去取,又有尤本不误而它本误者,多从删汰,是陈氏《举正》一书当别刻孤行以留原书面目。况此册为东庄手写,涧薲以己意增正,援引该博,朱书烂然,手跋再三,甚自矜重,谭'《选》学'者当以此为无上秘籍矣。予佐戎斿于邗上,闻仙女镇有此书,急遣人物色之,饼金购归,朝夕把玩。又以是册细字草书,添注涂乙,卒不易读,乃属同邑周大令镇别缮样本,而令袁江李镇安以楷书重录。录毕,爱识崖略。时咸丰七年六月二日也。①

---

① (清)陈景云:《文选举正》,柳向春、南江涛主编:《文选研究文献辑刊》,影印清咸丰七年抄本,国家图书馆出版社2013年版。

书后又有翁氏于同治三年所撰跋,称《举正》原本毁于兵燹,唯存此抄本。据翁氏手识大致可见《举正》一书的成书流传情况。

此书亦附有顾广圻题记多条,有云:"嘉庆元年十二月阅一过,元和顾广圻记。"又云:

> 《文道十书》已刻者四,未梓者二,其《西汉举正》令嗣东庄手录者在黄荛圃家,《国志举正》《柳集点勘》郡中亦有传录本。此书亦东庄手录,向为朱文游所藏,后归抱冲兄,今年借出,携之行箧,仍手抄一本,拟合抄四种,与同志者共传之也。洞薲居士记,时寓无为州,甲子七月朔。

又云:

> 疑此书文道并无他稿,但每条记于汲古阁本之上下左右,后东庄乃就而录出耳。所校语多有可商处,或非文道意耶。然一时谈"《选》学"者未能或之先矣。十二日又记。

又云:

> 右朱笔皆予所阅,颇自谓有绝佳处,今拟更加补缀,作小字夹注附于下,后之得此者幸宝之。十五日灯下再阅记。

可见顾氏对《举正》一书批阅其多,题跋中也可见顾氏对陈氏校勘的评价。

王峻《清故文道先生墓志铭》曰:

吾吴昔多博闻好古、砥节励行之硕儒,本朝百年来,位不大而名最著者,则有义门何先生。何先生及门无虑数百人,其最相契如晦翁之于蔡季通呼为老友者,是为少章陈先生。自何先生殁后,先生独以名德见推,为吴中文献之重轻者几三十年。……其为学如饥渴之于饮食,终日丹铅不离手,凡经史四部书,从源及委,贯串井然,地理制度,考据尤详,下及稗官说家,无不综览,而尤深于史学。……所著有《读书纪闻》十二卷、《纲目订误》四卷、《两汉举正》五卷、《国志举正》四卷、《韩集点勘》四卷、《柳集点勘》四卷、《文选举正》六卷、《通鉴胡注举正》十卷、《纪元要略》二卷、《文集》四卷。①

由此可知陈氏治学之大概。其子黄中整理乃父著述刊《文道十书》,惜仅刊成《通鉴胡注举正》《纲目订误》《纪元要略》《韩集点勘》四种,其中《通鉴胡注举正》《纲目订误》《韩集点勘》三书收入《四库全书》,《提要》均甚推许。后罗振常复得《柳集点勘》抄本印行。

陈氏著述大致以史、集之考证校勘为主,颇近于其师何焯。如所考校《两汉书》《三国志》《通鉴》以及韩柳集、《文选》等,何氏亦皆有批校,《义门读书记》中皆见载。沈廷芳《文道先生传》曰:"继从何学士焯讲求通儒之学,学益大殖。学士叹曰:'昔朱晦翁呼蔡季通为老友,余愧晦翁,而子实季通也。'"②由此亦可见何、陈二人学问的密切关系。陈虽为何之门生,而何视陈为友,沈《传》亦称陈氏

---

① 陈景云:《韩集点勘》卷尾,台湾商务印书馆《景印文渊阁四库全书》本第 1075 册,第 576 页。

② 亦载《韩集点勘》。

之著述"有何学士所不逮者"。陈氏于其师学当有所绍述,而何氏亦曾参据陈氏之说。就二人所治"《文选》学"看,何氏兼及评论、考证、校勘,而《举正》一书大率为校记,然亦偶有评论释义之语,时或驳正原注解之误。胡克家《文选考异》征引何校,下往往标"陈同",则二人所作校勘多有相同。《举正》全书并未提及何氏,而何氏则尝引陈氏之说,《义门读书记》卷二六、三三各有一条引少章说。又孙志祖《文选考异》卷三《与嵇茂齐书》"按辔而叹息也",何引少章云:据注中语,则正文"按辔而叹息"五字似衍;又《求加赠刘前军表》,何引少章云:此表与穆之本传所载异同颇多,此据季友本集。其他如卷四《解嘲》《答宾戏》《运命论》诸篇亦有何引少章之校勘。另姚范《援鹑堂笔记》卷三七,《文赋》"练世情之常尤",注"缠子董无心曰",何云:少章云"缠"疑"墨"。此条下有方东树按语曰:"何校书著少章之说,亦犹先生所校间及惜抱先生称'萧云'者是也,政可标举,见前辈读书之概,亦本范汪注《穀梁传》例也。"《笔记》中称何引陈校者尚有多条。揆之情理,则《举正》当为陈氏独立撰著,而何氏校勘恐于陈氏有所援据。

总的来看,《举正》校勘颇为细致,正文、注释皆有校勘,注释中的细微异同也多出校,如《上林赋》"然后扬节而上浮,凌惊风,历骇猋,乘虚无,与神俱",李善注:"《楚辞》曰:'鸟托乘而上浮。'张揖曰:郭璞《老子经》注曰:'虚无寥廓,与元通灵。'言其所乘气之高,故能出飞鸟之上而与神俱者也。"《举正》曰:

　　"郭璞《老子经》注曰",按,此七字衍。又"与元通灵","元"当作"天",《汉书》注可据。张氏乃曹魏时人,不当引郭语,况《老子》又无郭注乎。

《举正》辨郭璞云云乃衍文,甚是。至于"元"字,胡氏《考异》不同意《举正》,有曰:"今按:《汉书》注讹也。《史记正义》正作'元'。郑《礼记注》引《孝经说》曰'上通元莫',即此'元'字之义。"由此亦可见《举正》于此处仅据《汉书》对勘,未能深考。

又如谢灵运《初发石首城》,题下李善注曰:"伏韬《北征记》曰:'石头城,建康西界临江城也。'是曰京师。"《举正》曰:

> 题注"是曰京师","师"当作"畿",因诗有"出宿薄京畿"句,故既引伏《记》,复云尔也。

此校虽无版本依据,不见得十分可靠,但注意题注与诗文前后的照应,并寻绎其中的逻辑,亦可见陈氏校书之细致。

《举正》的一些校勘也颇具启发性,如尤刻本陆士衡《文赋》题注有云:"司徒张华素重其名,旧相识以文,华呈天才绮练,当时独绝。"实是难通,《举正》云:"'旧相识','旧'上脱'如'字,'华呈'当乙。"此校并无文献依据,但其说有理。

《举正》也颇注意版本间的互校,翁跋称陈氏援汲古阁本与诸本互勘,查其校语有称旧本或旧刻者,有称五臣本者,有称宋本者,有称六臣本者。但这些称名过于模糊,并不能显示其到底使用了哪些具体版本。

《举正》一书于校正汲古阁本功劳甚大,但因汲古阁本讹误较多,在得到宋本之后,此类校正已经意义不大,故在今天看来,其价值有所损抑。《举正》虽汇集成专书,但原亦是批校,故校语大多很简略。而后人的抄录或不能完全显示陈氏校勘的意旨。故顾广圻认为所校语多有可商处,或非文道意。但顾氏仍推举其为一时谈

"《选》学"者未能或之先,评价亦可谓甚高。

三、姚范对何焯校勘的抄录与补正

何焯《文选》批点广被传抄,以各种形式流传,姚范批阅《文选》,亦曾抄录何批。姚氏批校《文选》原本不传,批校内容辑录在《援鹑堂笔记》中,共三卷。①

方东树《援鹑堂笔记目录识语》曰:

> 《援鹑堂笔记》五十卷,乡先生姜坞姚编修之言也。先生早岁归田,专精修业,自壮至老,未尝倦息。其所校阅群书,包括古今,探纂雅故。凡坠简讹音、乖义谬释,一一是正,或录记上下方,或签片纸简中,反复书之,旁行斜上,朱墨狼藉。然第自求通贯,不希著述。殁后,学者借钞传写,致多散佚,或并原书为人所窃,今其存者才能过半,又颇颠倒脱烂,不可识辨。先生曾孙莹,前仕闽中,始辑而刻之,名曰《笔记》,本其实也。惟闽中之刻,既非足本,又失于雠校,讹误实多。及兹移官江左,亟事改补。以树粗堪尽心,过蒙誰诿。于是遂其商榷,随文究义,汇以部居,检校本书,足得依据,整齐首尾,标叠章句,乃定著为此编。

由此大致可知姚氏批阅群书及其《笔记》成书大略。姚莹《援鹑堂

---

① 《援鹑堂笔记》有初刻、重刻两种版本,初刻二十八卷,无《文选》内容,后姚莹委托方东树重新编校《笔记》,由方氏整理成五十卷。《续修四库全书》据五十卷本影印,下文所引据此书,不再一一注明。关于《笔记》的版本可参考王晓静:《〈援鹑堂笔记〉版本考》,《西南交通大学学报(社会科学版)》2013 年第 3 期。

遗集后序》称姚氏"尤精《选》理,手所考订补注者凡五易本",①可见其曾颇留意《文选》。

就《笔记》所录《文选》内容看,有评点,有校勘,又多抄何焯批校,复加按语,或引申,或驳正。方东树曰:

> 先生此所校《文选》,从何义门原本。惟何校凡三易稿,今所刊行《读书记》多有未载,兹并附录,用备一家之说。至校勘文字脱误之甚者,亦并附存,他日殆可订一善本。

方氏所谓何义门原本,盖指录有何焯批校的《文选》,恐非何焯原校本。《笔记》卷三八有一条曰:

> "信及翔泳",注引《周易》曰:"豚鱼吉,信及豚鱼。"何改下"豚鱼"为"中孚",云宋本亦作"豚鱼",盖其多误如此,今人不揆义理,而惟宋本是信,不可解也。汪少师记云:"由敦每阅先生手校诸书,亦尝疑其过信宋本,不意先生自记如此,非好古而能逊志者不足以知之。"范按:善注本《易象》文,如何所校,何处有此耶?②

据此条,则姚氏所见何批本或出自汪由敦过录本。今上海图书馆藏有一部汪由敦录何焯校的汲古阁本《文选》。姚氏批校底本亦是汲古阁本,《笔记》卷三七一条曰:

---

① 见王晓静《〈援鹑堂笔记〉版本考》所引。
② 关于此条可参下文所引方东树辨正。

　　《两都赋》序班孟坚注范蔚宗《后汉书》云云,按《西京赋》"庶栾大之贞固",注云:"凡人姓名及事易知,而别卷重见者,云见某篇,亦从省也。"然寻后诸注并不遵此例,而复出颇有之。以是知此书积时作注,检校未尽,遂有不及刊落者。按此本亦有杂五臣注,疑善注本有阙佚,后人从彼书料取别行有误收者耳。

《文选》中注文复出的情况比较混乱,又汲古阁本混入五臣注原因亦复杂,姚氏所作推测亦可备一说。

　　《笔记》所录三卷《文选》批校,评点、考证条目约占一半,校勘条目约占一半,但评点、考证文字较多,而校勘相对较简略,多他校与理校法,不重版本互勘。但姚氏校勘态度谨慎,不妄下按断,一些条目亦颇有价值。如卷三七有云:"《魏都赋》'瑰材巨世',按'世'字疑讹。"此校语颇简,但当是姚氏细读原文之心得。徐复《后读书杂志·文选杂志》曰:

　　左思《魏都赋》"瑰材巨世",吕延济注:"瑰,美;巨,大也。言美材大于当代。"释"巨世"为大于当代,于文为不辞。姚范《援鹑堂笔记》首揭"世字疑讹"之说,可为妙悟。此文"巨世"与"瑰材"对举,词性亦宜相同。仿宋胡刻本《文选》"世"字作"丗",根据文义,知"世"为'冓'字之误,传写脱其下半耳。《说文》:"冓,交积材也。象对交之形。"此云"巨冓",犹今称大建筑,与"瑰材"词性正同。[1]

---

①　徐复:《后读书杂志》,上海古籍出版社 1996 年版,第 187 页。

《笔记》多抄何焯校勘，间或有所驳正，如卷三七：

> 《西都赋》"六师发逐"，何云"逐"《后汉》作"胄"，按毛氏刻本作"胄"，二字章怀无注，疑"逐"有"胄"音，刊本误以音为正文，失"逐"字耳。

其说有理。又同卷：

> 《鲁灵光殿赋》"甄陶国风"，注引"李聃曰"，何校增"李轨注老聃曰"，余按，老子但有"埏埴以为器"语，"曰甄陶"三字，轨增之。

今按，原注为："李聃曰：埏埴为器曰甄陶，王者亦甄陶其民也。""李聃"当误，但若依何校，则下文又非《老子》文，故姚范云"'曰甄陶'三字，轨增之"，补正何说。

又卷三八：

> 沈休文《新安江水至清浅深见底贻京邑游好》"纷吾隔嚣滓，宁假濯衣巾"，何云"假"，《文苑英华》本作"可"，又云"可"字乃与"隔"字相应，"隔嚣滓"自言此去辱在泥涂也，无斥京师为嚣滓之理，注非。余按，小谢"嚣尘自兹隔"亦由中书郎出守宣城诗也。

这些驳正多可信从。

总之，姚范校勘抄撮较多，不及何精深，内容亦不及何、陈丰富,但也具有一定价值。

在整理姚氏批语的同时,方东树(1772—1851)亦于某些条目偶下按语,进一步补正姚氏之说,亦颇足参考。如前引何校改"豚鱼"为"中孚",汪由敦借题发挥,表彰何焯不侫信宋本,但实际上作"中孚"实误,故姚范批驳,而方东树特下按语曰:

> 当是原本作"信及中孚",何改"豚鱼",后人据今不误本复妄改之,并著何语也。不然何以致斯显谬? 后《头陀寺碑文》引《礼记》一条,传校者误移于上,致或疑何氏不见《檀弓》为可怪,正与此同。故知书经数传,未有不脱烂讹误,似未可据以为讥也。

这一推测颇为合理。《笔记》卷三九:"《头陀寺碑》'康济多难',注引《礼记》'晋太子申生使人辞于狐突曰:君老矣,国家多难'。何云:三语检《礼记》不得,盖今日所见又非唐本矣。某尝举此语以何不记《檀弓》为可怪。"方东树按曰:

> 此传校者误置何语此句上,致某起此疑。盖此文下句"步中雅颂,骤合韶濩",注引《礼记》曰:"步中武象,骤中韶濩,所以养耳。"何所记当是斥此三语,非谓上《檀弓》也。如先生此《笔记》顷为学者传钞,原本多所移误屬入,按之原文,不可解者甚多,则后世岂不疑先生为可怪乎? 固知书非自编,托之后人,鲜不失之者。

方氏驳正甚是。检《义门读书记》,何校正是针对"步中武象,骤中韶濩,所以养耳"数语,而非姚氏所引。但何焯疑"今日所见又非唐本"则非,许巽行《文选笔记》曰:"此二句乃《史记·礼书》之语,校书者误改《史记》为《礼记》耳。"许氏说是。这些例证也说明批校在传抄过程中容易产生错讹,后人据以评论,或不免厚诬前人,故方氏在《笔记》卷三九末曰:

> 古人校定书籍,综览义旨,轨式前则,有大体,有细意,一出通贤之手,即为凡例,然大体相沿,不远细意,随时而发。众士无闻,大体茫昧,细意焉论。故曰自扬雄、刘向方称斯职。历览古今,若马、郑、贾、服,逮于陆元朗、孔冲远等之于经,应、孟、如、徐,逮于颜师古等之于史,类皆以英敏之资,勤锐之志,识明心专,反复讨论,鉴别精审,意辞方雅,采获分散,贯穿齐一,周其藩篱,窥乎区盖,脉络次第,曲得其恉,故每编校一书,所费日力,即与自著一书等。是以独步迈俗,超古特出。准此而论,求之近儒,惟东吴惠氏、长洲何氏、东里卢氏、嘉定钱氏四家,识精鉴密,克与斯流。顾三家书皆整雅,惟独何氏之书体例乖俗,细意蔑如,远逊后来。钱、卢二家,条理渊密,枝叶扶苏,精神焕发者,何也?钱、卢手自订著,何氏出后人靠次,不得其措注之宜故也。盖传其所仅传,而其不传者,与人俱亡矣。是知书非自订,而托之后人,多成增谤,少成减谤,鲜不失其恉者。

这是对书籍校雠以及著作编纂深有心得之语。清代不少《文选》校勘成果即如方氏所论,或是辗转传抄,或是后人整理成书,不能尽符著作原貌,其价值易有损抑。

四、余萧客《文选音义》

余萧客撰《文选音义》八卷,是对《文选》中字词的注音释义之作。自序云:

> 汲古阁本独存善注,而总题六臣,又误入"向曰""铣曰"注十数条,盖未考六臣、五臣之别,漫承旧刻讹杂,未必汲古主人有意欺世,乃以所刻数条五臣注为善也。前辈何侍读义门先生,当士大夫尚韩愈文章不尚"《文选》学",而独加赏好,博考众本,以汲古为善,晚年评定,多所折衷,士论服其该洽。然诸书散见与《文选》出入者尚多可采,辄不自料,据何为本,益以所闻,摘字为音,作《音义》八卷。先尽善注本音,次及六臣旧刻所补,二书未备,乃复旁及,其字一从汲古,诸本异同,参注其下。①

由此可见其著述大旨。此书虽专门抄撮音注、训诂、典故等资料,但在校勘方面亦有涉及:一是多录何焯校语,所谓"据何为本";二是于李善与五臣同异亦大率列出,所谓"其字一从汲古,诸本异同,参注其下"。另外萧氏自序称"较正数十处,补遗数百事",说明在抄撮之外,亦有个人校勘、考证。《音义》在校勘上的主要价值当在其对何焯校的抄录上。如前所述,何校流行甚广,然各家各本去取不同,出处相异,纷繁复杂。据范志新先生研究,就目前所见各种

---

① (清)余萧客:《文选音义》卷首。

留存何焯校勘的文献中,以《音义》抄录内容最多,达上千条,应是保存何校最全面者。[1]

五、孙志祖《文选考异》

孙志祖《文选考异》四卷,是继陈景云《文选举正》后又一部《文选》校勘专书。孙氏自序曰:

> 毛氏汲古阁所刻《文选》,世称善本,然李善与五臣所据本各不同,今注既载李善一家,而本文又间从五臣,未免踳驳,且字句讹误脱衍,不可枚举。国朝潘稼堂及何义门两先生并尝雠校是书,而义门先生丹黄点勘,阅数十年,其致力尤勤。又有圆沙阁本,不著题跋,而征引顾仲恭、冯钝吟评语居多,意其为钱氏之书。皆少陵所谓熟精《选》理者也。志祖尝借阅三家校本,参稽众说,随笔甄录,仿朱子《韩文考异》之例,辑成四卷,以正毛刻之误。至汲古阁本卷首列钱士谧重校者,较之他本为胜,今悉据此重加厘正,其坊间翻刻之妄谬,更不足道云。[2]

孙氏校勘以钱士谧重修汲古阁本为底本,所校率为正文,不校注文,其所参校版本据书中称有六臣本、五臣本,又偶称善本、宋本,实际上恐怕不过仅有六臣本,五臣本清人所见极少,孙氏未必见,

---

[1] 参范志新:《〈文选〉何焯校集证》附录二《有容乃大——论余萧客〈文选音义〉保存考正何焯校之成就》,第1390页。

[2] (清)孙志祖:《文选考异》卷首。

其所谓五臣本当亦是据六臣本而言。又所谓善本、宋本或是据六臣本而言,或是引据何焯校语,聊聊数处,则其并非真据宋本校。孙氏时或称"一本作某"者,"一本"似为别一版本,但恐非是,如《恨赋》"血下沾襟",孙氏曰:"'血',一本作'泣'。"然各种版本皆作"血",唯《艺文类聚》卷三十引江淹《恨赋》作"泣"字,则孙氏所谓"一本"盖指别一本书而已。

《考异》一书颇注意征引前人时贤之说,孙氏自序所谓"借阅三家校本,参稽众说",即是此意。《考异》以征引何焯最多,故亦于保存何氏批校甚有价值。所征引钱陆灿、潘耒二人虽不过十数条,但两家批校本不易见,尤其潘氏校本,后世似并无传抄,故唯据此窥豹一斑。亦或两家所校可资参据者不多,故征引亦不多。除参酌三家校本外,《考异》亦多引历代学者著作,如颜师古《匡谬正俗》、沈括《梦溪笔谈》、姚宽《西溪丛语》、王楙《野客丛书》、李治《敬斋古今黈》、杨慎《丹铅录》、钱大昕《史记考异》等。孙氏曾撰《文选理学权舆补》一卷,专门补汪书之"前贤评论"部分,故其于前人之说当较留意。

另外更可贵的是《考异》所引清代一些学者的学说,如许庆宗、金甡、赵曦明、朱超之等人,其著作多不传,所引除称引自赵曦明《读书一得》,其他三人皆未提书名,已不知出处。其中引金甡(1702—1782)说较多,仅次于三家校本,且分散各卷,其中如《考异》卷二:《汉高祖歌》"留置沛宫",何校"置"字下增"酒"字,金云:"《史记》作'置酒',此似脱一字。"①又卷三:《让宣城郡公表》"臣鸾

① 尤刻本"置"下有"酒"字,与《文选集注》同。五臣注曰:"沛,高祖之里,故以置宫。"则知是五臣本误脱。诸六臣本亦脱,并失著校语。

言",金云:"按末云'臣讳诚惶诚恐',此直称'鸾',恐是后人改填,非昭明原本也。"①观所引金氏校语,当为针对《文选》而发,则孙氏所引恐是金甡校《文选》本。孙氏撰《文选李注补正》四卷,其中引金甡更多,则金氏或有"《文选》学"专书亦未可知。《补正》亦引赵曦明、许庆宗等人,较《考异》所引条目远多,进一步证明诸人当有《文选》学撰述。另孙氏亦有引邵长蘅说,当出自邵氏《文选》评本,则孙氏所参据除序中提到的三家外,恐还有其他校本。《考异》所征引的这些文字为后世留下一些当时学者校勘《文选》的线索,不致湮没不传。

《考异》在征引他人学说的基础上进一步补正,如卷一有云:

> 《鹦鹉赋》"何今日之两绝",金云:按王仲宣《赠蔡子笃诗》曰"一别如雨",注云:"《鹦鹉赋》曰:'何今日以雨绝。'"则此作"两绝"者,误也。志祖按:又见江文通《拟潘黄门述哀诗》"雨绝无还云"注。

孙志祖《读书脞录》卷七"雨绝"条对此有更进一步考证曰:

> 陈琳《檄吴将校部曲文》有"雨绝于天"语,二字汉魏人屡用之。祢衡《鹦鹉赋》"何今日之雨绝",今《文选》本作"两绝",误也。王仲宣《赠蔡子笃诗》"一别如雨"及江文通《拟潘黄门

---

① "鸾",奎章阁本作"公",下校语云:善本作"鸾"字。梁章钜《文选旁证》曰:"以善本篇末'臣讳'证之,'鸾'字当是后人所加。"与金氏说同。按,上表原文自当称名,而作"公""讳"者,盖作者家集避讳而改。《文选》若取自家集,则似当作"公","鸾"字为后人改,金、梁说是。

述哀诗》"雨绝无还云"注可证。李善所云诸人同有此言，未详其始也。《意林》：《物理论》："《傅子》曰：'母舍己父，更嫁他人，与己父甚于雨绝天也。'""雨"字或误作"两"，校者遂以"绝"字移于"与己父"之下，又改"天"作"夫"，而云甚于两夫，大谬。①

《考异》对前人校勘的失误亦有所驳正，如卷一有云：

> 《魏都赋》"坟衍斥斥"，《音义》云："斥，《玉篇》籀文'厂'字，六臣作'斥'。"志祖按："斥"字无义，且不叶韵，当即"斥"字之讹。

孙氏也注意到五臣乱善的现象，如卷三有云：

> 《报任少卿书》"而世俗又不与能死节者次比"，注："与，如也，言时人以我之死又不如能死节者，言死无益也。"何云："言不得与死节者比耳，注迂谬。"志祖按：五臣本有"次比"二字，（《汉书》无"次"字）李善本无之，故以"与"字作如字解，若果有此二字，善虽博而不精，何至迂谬乃尔？汲古阁注止载李善一家，而本文又间从五臣，未免歧误。

今按：尤刻本无"次比"二字，奎章阁有校语云："善本无'次比'二

---

①　（清）孙志祖：《读书脞录》，《续修四库全书》影印清嘉庆刻本第1152册，上海古籍出版社2002年版，第290页。

字。"汲古阁本有者,乃是后人据五臣校添,故孙氏所驳是。①

孙氏亦不过信宋本,《考异》卷二有云:

> 《赠士孙文始诗》"慎尔所之",何校"之"改"主",云"主"字从宋本,然此篇似应作"之"。志祖按:五臣作"之",吕延济注谓"之于淡津",是也,李亦于下篇始引《孟子》为注,则此处作主者,传写之讹耳。宋本未可为据,且文叔良聘蜀,故当有所主,若士孙就国,则何主之有?

《考异》也存在一些错误,如卷二有云:"《和王主簿怨情》'故人心不见',善本作'故心人不见',殊有意味,汲古阁乃从五臣,何耶?"实际上北宋监本、尤刻本作"人心",而诸六臣本作"心人",校语曰善本作"人心",可见五臣本作"心人",并非如孙氏所谓的善本作"故心人不见",故汲古阁乃承善本,非从五臣。此处作"人心"实误,《文选集注》亦作"心人"。

总的来看,《考异》广泛征引前人之说,并与各种典籍旁证曲通,校记每能考证发挥,较之前人的简单批校不可同日而语。校勘谨慎,李善、五臣两通者并存之而不下按断,不以李善本为尊,遇有

---

① 王念孙《读书杂志》六《汉书第十一》:"不与能死节者比","比"字后人所加。据师古注云:"与,许也,不许其能死节。"则无"比"字明矣。《文选》李善本无"比"字,注云:"与,如也,言时人以我之死不如能死节者。"皆其明证也。刘良注云:"言世人轻我见诛死,不与死王事者相比。"则所见本已有"比"字。(今五臣本作"而世俗又不能与死者次比",既将"与能"二字倒转,又于"世"下加"俗"字,"比"上加"次"字,揆之李、刘二注,均不相符,此后人妄改,非五臣原本也。)盖"与"字,颜训为许,李训为如,于义均有未安,后人不得其解,因于句末加比字耳。今按:与犹谓也,言世人不谓我能死节者,特谓我罪固当死,无可解免耳。

五臣可据者即用参证。孙氏还能够注意指出五臣对李善的羼乱,亦属可贵。

就校勘水平看,孙志祖不在陈景云之下,然顾广圻推许陈校,其所撰《文选考异》征引甚多,却于孙书甚是贬低。顾广圻曾批阅孙氏《文选考异》,有识语曰:"甲子十一月粗阅一过,既鲜精深,亦未闳富,就其所及,仍饶疵颣,悬诸国门,讵为不刊乎?"①赵诒琛《顾千里先生年谱》附王大隆按曰:"先生手校本今藏余斋中,原本为《读画斋丛书》初印本,批校涂抹殆遍,多驳斥怡谷误处。"②但实际上,顾氏撰《文选考异》对孙氏《考异》当有所采纳,孙氏《考异》卷一有云:

> 《文赋》"故踸踔于短韵",何校"韵"改"垣"。志祖按:据注引《国语》似当作"短垣",然六臣本亦作"短韵",善注无《国语》一条,而吕延济注有"迟滞小篇"之语,则非"短垣"之误矣。疑善本有误作"短垣"者,后人遂谬引《国语》注之。汲古阁只知改正本文,而注则袭而未删也。

胡氏《考异》曰:"袁本、茶陵本作'韵',不著校语。注中'短垣'语,二本亦无之,恐尤改未必是也。"虽不能说顾氏是袭自孙氏,但两人所校观点很相似。③ 故就孙、顾两部同名之书对比,孙书精深、闳

---

① （清）顾广圻:《思适斋书跋》,上海古籍出版社2007年版,第96页。
② 赵诒琛:《顾千里先生年谱》卷二,北京图书馆编:《北京图书馆藏珍本年谱丛刊》第130册,北京图书馆出版社1999年版,第413页。
③ 针对顾氏此处所校,段玉裁《与陈仲鱼书》举十条证据批驳之,载于《经韵楼集》卷十二。

富方面远不及顾书,但孙书仍有其价值在。①

第三节 许巽行《文选笔记》

许巽行《文选笔记》八卷,书成于嘉庆戊午(1798),与孙志祖《文选考异》刊刻之年正同,但此书直到其玄孙许嘉德于光绪五年(1879)始整理刊行。之前学者论及《文选笔记》,于许氏生平仅据《笔记》所附《密斋随录》略知一二,实际上许氏另撰有《说文分韵易知录》十卷,亦其玄孙嘉德所刊,书前附有宗稷臣撰《密斋许公传》一文,叙述许氏生平较详。《传》称巽行字六葵,号密斋,晚号敬恕翁。乾隆癸酉(1753)拔贡,考补宗人府宗学教习,改觉罗教习,充内廷方略馆誊录。壬午(1762)中顺天乡试副榜,其后历任浙江、广西、安徽等地知县,颇有政绩。《传》曰:

> 公幼而聪颖,经史典籍过目成诵,尤邃于《文选》《说文》《尔雅》及音韵文字之学。……公于吏治之暇,手不释卷,尝手钞蝇头细楷《文选》诸书,以便舟舆翻阅。稷臣曾借公校正《文选》十卷,读数过,知公凡九次校雠,悉以善本为主,其间正讹辨谬,增删注释,博引繁称,原原本本,一正五臣之误。何义门校本传钞多讹,一一辨正,别为笔记以载之,以补前人所未逮。又借读所注许氏《说文》及编纂《说文易知录》,形声音韵,考核

---

① 对孙志祖《文选考异》的评价还可参考范志新:《精该简要 古意湛然——孙志祖及其〈文选〉研究》,中国文选学研究会、河南科技学院中文系编:《中国文选学——第六届文选学国际学术研讨会论文集》,学苑出版社 2007 年版,第 527—534 页。

精备,较之近刻之段若膺所注,又见精确,其《易知录》十卷,更
为后学津梁。①

由此可知许氏治学之大概。据《传》知许氏另著有《尔雅诠注》四
卷、《古音表》二卷、《韵通》六卷、《古韵》二卷、《天涯仙遇录》一卷、
《壬学荃蹄》四卷、《天光阁焚余杂著》二卷、《敬恕翁诗草》二卷等,
可见许氏颇勤于著述,然其书多不传。

　　许氏前后数十年校勘《文选》十余次,用力甚勤。《密斋随
录》曰:

　　　　壬戌癸亥之间,读书华亭相国园中之髳髵山房,始与定
　　庵、史亭、古斋共业《文选》,苦坊本讹异不可读,悉心雠校。甲
　　戌年,在京师,从曹剑亭借得何义门先生校本,手录一过,互为
　　校正,此癸亥本也。乙酉官浙东,复得新刻汲古阁本,校阅再
　　三,此丙戌本也。甲午得吴中叶氏刻义门批本,又校之,此甲
　　午本也。丁酉官粤西,得金坛于氏刻本,又校之,此戊戌本也。
　　癸卯得钱士谥校汲古本,又校之,此癸卯本也。丁未归家,悉
　　以癸亥、丙戌、甲午、戊戌、癸卯五本藏家塾,以付诸孙。戊申
　　岁至京师,复在琉璃厂书肆得汲古本,己酉长夏无事,又校之。
　　辛亥夏,合癸亥、丙戌二本又校之。然疑讹处尚多。乾隆癸丑
　　冬,官退身闲,因交代,留滞南陵,杜门谢客,日手是编,反复寻
　　玩,又校至乙卯八月讫,然意犹未惬也。校竟再校,至十一月

---

① 　(清)许巽行:《说文分韵易知录》,《四库未收书辑刊》影印清光绪五年许嘉德
葆素堂刻本(第九辑)第3册,北京出版社1997年版,第2—3页。

二十二日讫,尚未惬意也。丙辰三月复校,至五月初四日讫。又自五月初九日至六月初六日止,覆校一遍。又戊午再校,至六月初五日毕,诸本较为翔实矣。异日有力,当与《笔记》同付枣梨,以公同好。随笔录存,时年七十有二,密斋记。①

许嘉德在《笔记》前的《附识》中亦曰:"高祖密斋公校雠《文选》凡十三次,痛削五臣沿习之旧,悉还李氏原有之文,或本六臣,或依史集,随文辨正,历数十年始得定本。"可见许氏将《文选》校勘作为一生的学术事业。许氏本意是校刊《文选》,然终未果,若能如愿,则应是清代在胡刻本之前一部较为精善的《文选》刻本,因就其所费心力看,其他刻本的校勘恐都不能比肩。许嘉德在整理刊刻《笔记》时亦拟刊刻《文选》,并做了初步工作,其在《附识》中曰:"惟是校正《文选》六十卷,饬工缮稿,亦已有年,并经开雕十余卷,而一再校雠,如扫落叶,加以十余年薄书鞅掌,旋校旋辍,未得专心,工资亦极浩繁,只好舒之异日。今将《笔记》八卷先付剞劂。"但此时胡刻本传行已久,许嘉德纵再刻,价值已不大。

　　许氏校勘《文选》所用版本,据《随录》所记主要是通行的汲古阁本,又有钱士谧重校本,叶氏海录轩本,在当时亦属较好的李善单注本,所见又有张伯颜本、养德书院本,为尤刻本系统的元明刻本,虽非宋本,亦差强人意。六臣本当时常见,许氏亦用参校。《随录》记一六臣本曰:"乾隆乙未年在京师,得淳祐二年庚午岁上蔡刘氏刊六臣本重校,其本正文俱从五臣,而以善本附注于下,亦多遗漏,然六臣本至多,以刘本为善,淳祐二年为庚戌,今云庚午岁,当

---

① （清）许巽行:《文选笔记》卷首,第14页。

是假为宋刻,故有此误。"此本恐是据袁褧本伪造宋本,《天禄琳琅书目》卷十《明版集部》即有此本的著录:"《六家文选》,篇目同前,阙袁褧识语,此书于萧统序末及卷六十后伪刊'淳祐二年庚午岁上蔡刘氏刊'隶书木记,字体杜撰,漫无准绳,亦即用袁氏版窜易乱真者。"①此本虽是伪造宋本,但为袁褧覆宋本,正如许氏判断,在六臣本中以此本为善,后顾广圻为胡克家校刊尤刻本,亦不过以袁本为校本。故许氏校勘所使用的版本在当时的条件下亦属难得。许氏又参酌何焯之校勘,曾从曹锡宝借得何焯校本抄录,并指出据何焯校本刊刻的海录轩本与学者所抄录的何校往往不同,也符合何焯校勘流传的实际情况。对于这些《文选》版本,许氏多能明其佳恶,《随录》曰:

> 《文选》以李善注为善,李注以汲古阁雕本为善,上元钱士谧重校本其尤善者也,然讹谬未正者甚多,且有汲古初刻不误而钱氏反改从俗本者甚多。何义门先生有校本而未刻,近吴门叶氏刻之,与学者传写校本又多互异,而所校亦尚未尽。

许氏较为详细地记录了校勘曾使用的具体版本,这较之前人校勘往往不明其所用版本无疑进步了不少。又其称曾得"新刻汲古阁本"校,也可作为汲古阁本有修订重刻本的证据。

许氏《随录》虽所记文字不多,但颇有价值,其中反映了许氏对《文选》文本及其流传的认识,也包含许氏对《文选》校勘的切身体会,其中不少条目至今仍可作为校勘《文选》的参考。如《随录》曰:

---

① 《天禄琳琅书目》,第365页。

　　文有见于诸史者,或昭明自据作者之集或诸史各加剪裁,或今史籍又传刻讹异,各自单行,不得执彼议此。今但举其可订《文选》之讹者录之,其义可两通者即不具述。

又曰:

　　诸家文集大半无传,今时行本多有后人于《艺文类聚》《文苑英华》诸书采辑成之,《百三家》其总汇也,其书转在昭明之后,未可据以为证。《琴赋》注引宋玉《对问》,李氏自著其凡云:"然集所载与《文选》不同,各随所引而引之。"是则唐时集本已不能与《文选》符合矣。

又曰:

　　李氏引用经籍在今日有全逸者,有残阙者,有传刻讹异及后人改窜者,未便即以今本为是。即如《说文》,今所见者乃李阳冰、徐氏兄弟所定本也,每与《选》注所引不合,岂得遂谓李注之误。

这些认识都是很有见地的。许氏与清代很多学者观点一样,过于贬斥五臣,《随录》曰:"凡注六臣本云善本作某字者,皆非李氏原本,乃五臣故为改易以污李氏耳。"与上文所引对其他各种典籍间异同的通达看法相比,这种观点过于狭隘,其书中校勘亦多指五臣乱善,不少地方实际上并不正确。不过许氏贬斥五臣有曰:"观其荒陋穿凿,似出一手,特以分列五臣之名耳。"这一推测虽无依据,但颇值得考究。盖就五臣集注本看，并非各自分注部分篇章，而是全书诸注下散标五臣姓名，若其集注原本即如此操作，未免令人费解，或疑五臣各有注本，而由吕延祚汇集各家注释成五臣集注本，[①]似亦难令人信服。许氏此说指五臣注恐涉嫌作伪，注本出一人，而分列五人之名，盖诸人皆欲凭表上集注本以获赏赉耳。此种解释亦可备一说。

许氏亦持清代流行的观点，认为当时的李善单注本是从六臣本中摘出的，《随录》曰：

> 今时惟六臣刻本甚多，而李氏原注不传，余所见张伯颜本、养德书院本、汲古阁本皆即于六臣注中分出之，非复李氏原本，故多杂入五臣所作之字，或误收五臣注，或误削李注，今皆随文校正，未详者阙之。

注意版本之间的羼乱情况，是在胡氏《考异》之前认识较为深入的。许氏校勘注意辨别五臣阑入李善者，凡正文用字及注文混杂，多所校正，较之前各家校勘更进一步。

总体上看，《文选笔记》以校勘为主，兼及考证评论，卷帙远较陈氏《举正》、孙氏《考异》为多，校勘的内容较前人更加深入细致。《随录》曰："今学士家群奉何义门校本，竞相传写，然何氏校正甚少，余曾假曹剑亭手钞本钞之，复广求刻本，及证之他书，盖所校正比于何氏为增益云。"

就许氏撰著知其长于文字音韵之学，尤长于《说文》，故《笔记》

---

① 参唐普：《〈文选〉五臣注编纂探微》，《中国文学研究》（辑刊）2012 年第 2 期。

每引《说文》等书以作参证，此是其校勘之一大特点。骆鸿凯称其
书"校订异文，申说字义"，①屈守元亦称"《笔记》之书于文字训诂，
郑重周详"，"其以朴学治《选》，更在汪师韩、孙志祖之先"。② 盖即
以此而言也。

许氏久治《文选》，故能从细微处发现并解决问题。如谢宣远
《张子房诗》"力政吞九鼎，苛虐暴三殇"，李善注引《礼记》孔子曰
"苛政猛于虎"以注"苛"字，五臣注沿袭李善注，却误以为李注引
《礼记》孔子故事是注解"三殇"，又妄加引申云"其暴甚于此三殇
也"，意指死于虎的父、夫、子为"三殇"，故苏轼批驳五臣为"俚儒荒
陋者"。后人读书不细，以为五臣注本自李善，故错在李善，犯了与
五臣一样的错误。③ 如陈振孙《书录解题》即认为五臣误注"实本
于善"，方回《文选颜鲍谢诗评》卷一也说："东坡诋五臣误注'三
殇'，其实乃是李善。"④四库馆臣在《诗评》的《提要》中还特意标举
方氏此说。至今仍有学者或以为李善注中引《礼记》云云是五臣注
阑入的，或以为苏轼批评五臣之谬误实本自李善，但这一问题，许
巽行早已解决，《文选笔记》卷四云：

> 陈振孙《书录解题》云："东坡谓五臣乃俚儒之荒陋者，反
> 不及善，如谢瞻诗'苛虐暴三殇'，引'苛政猛于虎'，以父与夫
> 为殇，非是。然此说实本于善也。"按：善引《礼记》只释"苛"

---

① 骆鸿凯：《文选学》，第74页。
② 屈守元：《文选导读》，第112—113页。
③ 一些六臣本因李善注与五臣注相近，删去一家，这也是造成后人误解的一个
原因。
④ （元）方回：《文选颜鲍谢诗评》，台湾商务印书馆《景印文渊阁四库全书》本第
1331册，第579页。

字,《九锡文》"吏无苛政",注亦引《礼记》文,可证。东坡但讥五臣,直斋并诬李氏,坐读书不细心耳。

许氏此说甚是,检潘元茂《册魏公九锡文》"吏无苛政"下,李善注征引《礼记》文,亦可证当非五臣注阑入。[①]

许氏亦能利用小学知识并结合文献纠正讹误,显示了较高的校勘水准。如束广微《补亡诗》"五韪不逆","韪"或讹为"纬",《笔记》卷四曰:

> 《尚书》"曰时五者来备"六字为一句,汉儒本如此读。时,是也。言是五者皆备至也。《后汉书·荀爽传》云:"五韪咸备。"注:"韪,是也。"《李云传》云:"五氏来备。""氏"与"是"同,古通用字。是五是、五氏、五韪指雨、旸、燠、寒、风,五臣妄改为"五纬",谬矣。

《笔记》谓五臣妄改为"五纬"不一定确切,但"纬"字确是"韪"字之讹,许氏所校是。

又如陶渊明《归去来兮辞》"园日涉以成趣",李善注曰:"《尔雅》曰:'堂上谓之行,堂下谓之步,门外谓之趋,中庭谓之走。'郭璞曰:'此皆人行步趋走之处,因以名。'趋,避声也,七喻切。"五臣注曰:"言田园之中,日日游涉,自成佳趣。"胡氏《考异》曰:"'趣'当作'趋'。善引《尔雅》'谓之趋'为注,又云'趋,避声也,七喻切',是其本作'趋'甚明。倘作'趣',此一节注全无附丽矣。五臣良注云'自

---

① 关于"三殇"注解问题可参本书第二章第六节相关论述。

成佳趣',乃作'趣'也,各本皆以五臣乱善,而失著校语。"胡氏之说似甚有理,而许巽行《文选笔记》则曰:"善注'因以名趋避声也'有误,当作'因以名云。趣与趋同'。"今按:善注"趋,避声也"确实费解,盖李善注音甚多,然注声者他处未见,故许氏疑其误,又《文选》各本以及史传中皆作"趣",无作"趋"者,"趣"本与"趋"通,五臣注为"佳趣"当误,但原文或确作"趣",故许氏谓注中当有"趣与趋同",虽此说亦不见得十分肯定,但就文献看似以许说为优。

就《文选笔记》一书看,亦有不少不足之处,如王书才先生指出许氏校勘所用版本不精,汲古阁本脱讹衍误甚多,校不胜校,故费力多,而收获少;又《笔记》刊刻时,胡刻本《文选》早已代替汲古阁本通行,故其正对汲古阁本的校勘,价值折损不少;又许氏校勘多斥五臣,崇李注,有失武断,而己说亦时或不及五臣。[1] 这些现象都是客观存在的。当然,《文选笔记》似并不能完全代表许氏的校勘成就,因许氏校勘成果原多存于校本上,许嘉德《附识》曰:"各本逐篇逐段皆有更正之文,而多未载入《笔记》,此所记者,乃校本所未及详焉者耳。"就《笔记》内容看,总计八卷,不少异文并未出校,似与许氏数十年校勘之功不相称。若许嘉德所言属实,则不能仅以《笔记》论许氏校勘。又《笔记》并非许巽行亲自编订,如上文引方东树论后人编录前人著作可能产生的弊端,当也适用于《笔记》一书。

在编辑《笔记》的同时,许嘉德往往又附按语,内容几与原书相埒,部分卷帙按语更是多于原文,故屈守元谓"有喧宾夺主之嫌"。按语中考证文字颇繁,尤其多引《说文》,盖为其家学渊源,某些按

---

① 参王书才:《〈昭明文选〉研究发展史》,第217页。

语亦可资参考。如谢灵运《九日从宋公戏马台集送孔令诗》"凄凄阳卉腓,皎皎寒潭絜",李善注:"《韩诗》曰:'秋日凄凄,百卉俱腓。'薛君曰:'腓,变也,俱变而黄也。'毛苌曰:'痱,病也。'今本作腓字,非也。"胡氏《考异》曰:

> 注"毛苌曰痱病也今本作腓字非",案:"痱""腓"二字当互易。详文义,谢诗作"痱",引韩及毛皆作"腓",而订之曰:"今本作痱字,非也。"考鲍明远《苦热行》"渡泸宁具腓",注引毛诗"百卉具腓",曰:"腓,病也。"则此不得为"痱病也"明甚。盖五臣因之,改正文为"腓",后以乱善,遂复倒此二字使相就,不知其不可通也。

《文选笔记》卷四嘉德案曰:

> 《尔雅·释诂》曰:"痱,病也。"郭注:"见《诗》。"其云"见《诗》"者,即见之于《小雅·四月》"百卉具痱"也。《玉篇》"痱"下引《诗》曰"百卉具痱"。今李引毛苌曰:"痱,病也。"与《尔雅》《玉篇》皆合。据此则今本《毛诗》作"腓",古本《毛诗》自作"痱"字,《韩诗》乃作"腓"也。……故李氏先引《韩诗》释"腓"字,末引《毛传》"痱"字以正今本《毛诗》《毛传》作"腓"之非。注中"今本"二字乃指经文、《毛传》而言,非指谢诗而言,本自明晰。……胡氏误认注中"今本"二字作《选》本谢诗为言,而义不可通,因之"痱""腓"互易,以就其说,恐未然也。

两相比较,当以许嘉德说为优。按语又广引前人之说,如何焯、陈景云、汪师韩、孙志祖、段玉裁、张云璈、顾广圻诸家,此类征引文字俱在各家书中,故价值不大。然典籍中某些疑义非广征博考不能详明,如后世朱珔《文选集释》等书,则更加繁博,故文字虽繁,要亦足资参考。

第四节　顾广圻、彭兆荪《文选考异》

一、撰著背景

嘉庆十四年(1809),胡克家(1756—1816)重刊尤刻本,书后附《文选考异》十卷,序曰:

> 《文选》之异,起于五臣。然使有五臣而不与善注合并,若合并矣,而未经合并者具在,即任其异而勿考,当无不可也。今世间所存,仅有袁本,有茶陵本,及此次重刻之淳熙辛丑尤延之本。夫袁本、茶陵本固合并者,而尤本仍非未经合并也。何以言之,观其正文,则善与五臣已相羼杂,或沿前而有讹,或改旧而成误,悉心推究,莫不显然也。观其注,则题下篇中,各尝阑入吕向、刘良,颇得指名,非特意主增加,他多误取也。观其音,则当句每未刊五臣,注内间两存善读,割裂既时有之,删削殊复不少。崇贤旧观,失之弥远也。然则数百年来徒据后出单行之善注,便云显庆勒成,已为如此,岂非大误。即何义门、陈少章断断于片言只字,不能挈其纲维,皆蟸有异而弗知考也。余夙昔钻研,近始有悟,参而会之,征验不爽。又访于知交之通此学者,元和顾君广圻、镇洋彭君兆荪,深相剖判,金

谓无疑。遂乃条举件系,编撰十卷,诸凡义例,反覆详论,几于二十万言。苟非体要,均在所略。不敢秘诸箧衍,用贻海内好学深思之士,庶其有取于斯。

此序虽是胡克家的语气,但实际为顾广圻所撰,序亦载《思适斋集》卷十,小字注称"代胡果泉",可为明证。而《文选考异》一书,亦为顾广圻、彭兆荪合撰,而以顾氏为主。这在清人也是众所周知的,但既署名胡克家撰,学界依惯例称胡氏《考异》,久而久之,或以为乃胡克家自撰,故亦有学者专门考证,而《考异》为顾、彭所撰今已是定论。①

《文选考异》是清代学者《文选》校勘的最高成就,也是清代典籍校勘的代表作,这有多方面的原因:

首先,顾、彭二人是清代的著名学者,尤其是顾广圻更是清代校雠学家的杰出代表,学者早有定论。江藩《国朝汉学师承记》卷二称赞顾氏曰:"天资过人,无书不读。经史、小学、天文、历算、舆地之学,靡不贯通。又能为诗古文辞骈体文字。当今海内学者莫之或先也。"②李兆洛《顾君墓志铭》曰:"君尝从容论古书讹舛处,细若毛发,棼如乱丝,一经剖析,割然心开而目明,叹先生慧业,一时无匹。"③余嘉锡《黄顾遗书序》曰:

　　　盖千里读书极博,凡经史、小学、天算、舆地、九流百家、诗

---

① 可参考李庆:《胡刻〈文选考异〉为顾千里所作考》(《文献》1984年第4期);张勇:《〈文选考异〉研究》(河南大学2001年硕士论文)等。

② (清)江藩撰,漆永祥笺释:《国朝汉学师承记笺释》,上海古籍出版社2006年版,第248页。

③ (清)顾广圻撰,王欣夫辑:《顾千里集·附录》,中华书局2007年版,第407页。

文词曲之学，无所不通。于古今制度沿革、名物变迁，以及著
述体例、文章利病，莫不心知其意。故能穷其旨要，观其汇通。
每校一书，先衡之以本书之词例，次征之于他书所引用，复决
之以考据之是非。一事也，数书同见，此书误，参之他书，而得
其不误者焉；一语焉，各家并用，此篇误，参之他篇，而得其不
误者焉。文字、音韵、训诂，则求之于经；典章、官制、地理，则
考之于史。于是近刻本之误，宋元刊本之误，以及从来传写本
之误，罔不轩豁呈露，了然于心目，跃然于纸上。然后胪举义
证，杀青缮写，定则定矣。①

顾氏既博学，又终生以校书为业，积累了丰富的经验。据李庆先生
《顾千里校书考》所列目录，顾氏一生校书经部 35 种，史部 54 种，
子部 43 种，集部 35 种，合计 167 种。② 清代其他校勘《文选》的学
者罕有其匹。

其次，顾、彭二人对《文选》都非常重视，也非常熟悉。顾广圻
曾代人撰有策问一篇，专就《文选》出题：

问：总集之类，萧梁《文选》，前何所昉，与之同例者凡有
何书，可得而悉数之欤？ 昭明去取，意指曷在？ 间登伪作，厥
有几篇？ 高斋诸子，应能别识，岂其自有说欤？ 作者名氏自史
岑、王康琚而外，求诸载籍，固皆班班有考欤？ 徐楚金说王简
栖之名是"巾"非"巾"，果何所据而云然也？ 李善作注，为此书

---

① 余嘉锡：《余嘉锡论学杂著》，中华书局 1963 年版，第 573—574 页。
② 李庆：《顾千里研究》，上海古籍出版社 1989 年版，第 291—298 页。

功臣,其发凡起例,俱自列于注中,通前彻后,条有若干? 其援
引之书,大半亡佚,依四部而列之,故书雅记种有若干? 此诸
书者,果唐初厘然具在乎,抑崇贤别有所自出乎? 愿剖析而言
之。善所未详,百有十四,后人间有补,为之说者,其当否何
若? 宜可平议也。为音义者,厥有几家,曹宪之学乃善先河,
单词剩义,亦尚有存焉者乎? 说者谓宋世盛行合并六臣之本,
而善之元书遂微。今之六十卷复出于何时,重定于何手,果能
无失其旧乎? 凡与五臣,孰为异同长短,孰为交错纷互,能条
分缕析一二胪陈之欤? 专集所传,史书所载,较此正文,出入
不一,岂昭明崇贤固然乎,抑流传歧乎,其得失何如,宜可扬榷
也。善引旧注有灼然易知者,有终不能明者,总而计之,共有
几科,分而数之,各有几事也? 后世通儒如洪容斋、王伯厚,各
家著述,议论与此书每相关涉,能举其切要而约言之欤?①

就顾氏提问所看,其所考虑的"《选》学"问题既涉及广泛,又颇为深
入,确实是"《选》学"专家的眼光。王书才先生称之为一份"《选》
学"研究提纲,"几乎包括了迄今为止'《文选》学'所涉及的大多内
容",王先生将之梳理为十四项,有不少内容是现当代以来才有学
者着手的课题,可见顾氏研究思路的超前性。② 清代重视《文选》,
故在策问中出关于《文选》的题目并不鲜见,如与顾氏大约同时的
刘凤诰(1760—1830)有《丁卯江南乡试策问》,其中一首亦就《文
选》出题:

---

① 《顾千里集》卷二四,第 390—391 页。
② 王书才:《〈昭明文选〉研究发展史》,第 266—267 页。

　　问：萧统《文选》仿挚虞《文章流别》而博综之，所选为目
凡几？自陈隋后为注、为音、为音义者几家，或佚或存，能备识
否？李善精"《选》学"，何以当时有"书簏"之称？善既自为注，
其子邕何以复加注之？两注兼行，以何为别？五臣注集自何
人？五臣未注以前，注而未就者何人？苏轼斥五臣为陋儒，谓
不及善，后人并善元注合为一书，名"六臣注"，今汲古阁本独
存善注，仍题"六臣"，何耶？善本所载，原文与六臣本多异，能
略举欤？所摭旧注，如《吴都》《西征》二赋，有未备者，其采《两
京》《三都》，先录旧注，而下以"臣善曰"别之，失考者安在？唐
人有广之、拟之者，其书传否？后代《文粹》《文鉴》《文类》，操
选政者，孰堪继美前轨欤？《皇朝文颖》一书，彪炳千古，行诏
儒臣续辑，广益巨编，其以熟精《选》理，足供漱润摛华之助者，
具陈之。[①]

　　两相比较，顾氏之问更倾向于文献方面，刘氏之问虽有些地方与顾
氏相似，但总体上不及顾氏所问精深。

　　顾广圻在撰《文选考异》之前，很早就曾着手校勘《文选》。顾
氏曾于嘉庆元年(1796)得冯武、陆贻典的校本与一残宋本校勘，有
题识曰：

　　此《文选》朱校，出汲古主人同时冯窦伯手，其前二十卷又
有蓝笔，则陆敕先所覆校也。今年秋八月，余属莞圃以重价购

---

　　① （清）刘凤诰：《存悔斋集》卷八，《续修四库全书》影印清道光十七年刻本第
1485 册，上海古籍出版社 2002 年版，第 603 页。

之。复借艿严周氏所藏宋尤袤椠本即冯、陆所据者,重为细勘,阅时之久,几倍冯、陆。补其漏略,正其传讹,颇有裨益。惜宋椠之尚非全豹也。窃思"《选》学"盛于唐,至王深宁时已谓不及前人之熟,降逮前明,几乎绝矣。唯词章之士,掇其字句以供鞶帨。至其为经史之鼓吹,声音训诂之键钥,诸子百家之检度,遗文坠简之渊薮,莫或及也。其间字经浅人改易,文为妄子刊削,五臣混淆善本,音注抵牾正文,又乌能知之。因讹致舛,其来久远,承袭辗转,日滋一日。卷帙鸿富,征引繁多,词意奥隐,不容臆测,义例深密,未易推寻。虽以陈文道之精心锐志,既博且勤,而又渊源多助,然《举正》一书犹时时有失。况余仲林《记闻》以下,抚华遗实,宜同自郐矣。广圻由宋本而知近本之谬,兼由勘宋本而即知宋本亦不能无谬。意欲准古今通借以指归文字,参累代声韵以区别句逗,经史互载者考其异,专集尚存者证其同。而又旁综四部,杂涉九流,援引者沿流而溯源,已佚者借彼以订此,未必非此学之功臣也。体用博大,自惭谫陋,惧弗克任,姑识其愿于此,并期与莪圃交勖之焉。嘉庆元年十二月二十日,顾广圻书于士礼居。[1]

由此题识可见顾广圻对《文选》的重视,尤其着眼于《文选》在文献、小学方面的价值,也可见顾氏很早就对《文选》文本的变迁与校勘的难点有深入的认识,这在后来的《文选考异》中皆有体现。

顾氏也很留意前人的《文选》研究著作,如前文已述其曾批阅陈景云《文选举正》,嘉庆元年有题识,后甲子(嘉庆九年 1804)复

---

[1]　《顾千里集》卷二十三,第 371—372 页。

有题识,其撰《文选考异》引《举正》说甚多。顾氏对孙志祖的《文选考异》《文选李注补正》虽不满,但也有批阅。这些都是其撰《考异》的重要积累。

相较于顾广圻以校雠名家,彭兆荪则以文名。彭氏熟精《选》理,顾广圻《和彭甘亭赠句》曰:"客岁交彭君,耕野获结绿。潜心阅双鬓,《文选》理精熟。博赡涉坟素,武库便便腹。卓荦吐词赋,群言受约束。壮采丽如春,虚怀谦若谷。"①此可为彭氏写照。彭氏曾阅汪师韩《文选理学权舆》,特为汪书中"引书目录"撰《选注引书目录序》曰:

> 总集有选,肇始昭明。唐初江都李氏善与许淹、公孙罗并承曹宪为"《文选》学",转相教授,而李注独行。"方雅清劲",《旧书》品其饬躬;"敷析渊洽",《新书》称其撰述。有初注、覆注、三注、四注,罗群玉之总总,该百氏之云云。非只骋博,为艺林山渊;兼擅析疑,资通儒考镜。若桓谭、谭拾之殊,张释、释卿之误。厌次无县,《汉志》偶疏;思晦非骞,《梁典》或谬。牛子为从而讹后,鸿飞何纂而舛慕。策邸不可为营邸,史岑不得颂和熹。骨母为胥,溢溢作衍。九迁以一月为一日,永始以四年为三年。葛天之歌,张揖错其文;轕眜之曲,左思复其字。守阙乃广汉而非延寿,黜殡属史鱼而非柳庄。丁亥、丁未辨日辰之差,中郎、侍郎证官制之异。是皆稽核豪芒,釽捄纰缪,略举数端,要可隅反。苟非精博绝出,何以臻此!显庆三年始进定本,开元六载益以五臣。吕延济辈梼昧寡学,迥非善伦。李匡乂《资暇录》,辨寒螀与芳莲;丘光庭《兼明书》,订云菜与藻

---

① 《顾千里集》卷二,第28—29页。

枨。苏氏《志林》，嗤三殇之妄解；洪氏《随笔》，斥宗衮之诬说。其所抨击炳炳矣。窃谓善注定宜专行，其所征引，秘牒填委，《唐书·艺文志》遗佚已多，马氏《经籍考》十裁一二。单辞有同于玉屑，只字不殊于金版。宋深宁叟宏览博物，卓踪古今，然九星三略之说，夏屋仁里之训，翠粲官锦之文，跰跹巢许之辨，率皆钩剔疑互，藉为资粮。非徒物析天鸡，精擅试士，地详茂苑，博夸吴宰而已。予自童少，迄于壮齿，遍历寒燠，锐心研摩，涯涘莫穷，津逮无尽。①

此序既能显示彭氏文采，又可见其对"《文选》"学"典故、考据的熟稔，文与学相得益彰，故骆鸿凯《文选学序》即多袭此文中语句。彭氏在给朋友刘嗣绾（1762—1820）的书信中，曾叙述校刊尤刻本《文选》的经过与心得，对考察《文选考异》颇有助益，书云：

　　淳熙《文选》全袟已刊，近与涧薲商榷《考异》，渠精力学识十倍于蒙，探索研寻，匪朝伊夕。凡诸义例，半出创裁。间以黥浅，补苴其阙。聊撮厓略，为足下陈之。夫善注在唐，传本匪一，时代绵远，莫得而稽。逮乎五臣注行，动以意改，正文句字，寖失其真。后来刊《选》，合并六臣，迷相屬乱，崇贤旧观，纠错滋多。北宋单行善本，未之获觏，吴门袁褧以家藏崇宁旧籍影写刊行，虽并五臣，要为近古。茶陵陈仁子本亦当宋末，其所据依，足资考镜。可证尤刻，惟此二书。余如元张伯颜以后，递有摹雕，要皆宋本之重儓，遂初之别子也。延之贵池之

---

①　（清）彭兆荪：《小谟觞馆文集》卷二，第631页。

役,参校群籍,修改綦多,得失互陈,非尽善旧。而袁、茶陵二书校语如善作某、五臣作某,类即所见以为标分,非必崇贤果真若是。盘错疑互,职此之由。今兹考异,约有数端。其善、五臣之异同,有注文具在,可循文义定其是非,亦有注乏明文,旁引他篇以相较比。又他书可证,固所必援,亦有两存,不宜辄改。注文彼此,固当互稽。然或概论,仍滋胶滞,甄综钩索,例非一端。实事求是,归于当可。必无所考,则亦阙疑。其尤所增多,则以袁、茶陵有无相证。又推求善例,以决乖违。至于征引群书,动多阙佚。其今所及睹,或散见古籍,时有抵牾,不皆符同。或本有古今,传有同异,或善自删节,略殊元文。凡此诸端,宜仍其旧,弗概觊缕,以省繁支。实系舛讹,庶为举正。其《选》中诸文,分见史、集,字句歧别,时有参差,是必疑义,乃为剖明,余或两通,亦弗悉出。其他脱误,何氏焯、陈氏景云校勘而外,所得尚多,案其是非,订其漏落。苟此本无误,校语或乖,有载有删,随文裁度,不复一一为之纠绳。要使善与五臣,如篝泛画涂,善本蓄疑,如昏情(疑当作"晴")爽曙,求其可通易读,非以示博夸多。如曼衍诸书,迭相比附,恐妨体要,非所敢为。其诸条例,件系各卷,观者循绎,自可得之。若夫义赜则例繁,例繁则词费,或致棼乱,贻讥治丝。虽经审详,恐犹不免,是在大雅有以匡之。[①]

这封书信最有价值处在概述了《考异》的体例与宗旨,较之顾广圻所撰《考异》原序交代更详,而《考异》凡例散在书中各处,亦不如此

---

① (清)彭兆荪:《小谟觞馆文集续集》卷一《与刘芙初书》,第 373 页。

处叙述集中。另外，书信也进一步证明彭氏确实参与了校勘工作。

总之，顾、彭二人一擅校雠，一精《选》理，两人合作校勘一部文学总集，确实是珠联璧合。

《考异》的成功还有一个重要原因，注重版本对勘，且所选底本精良。学者多将清代的校勘家分两派，一派是以卢文弨、顾广圻、黄丕烈等为代表，注重古本、旧本、善本，强调版本依据，或可称为对校派；一派则以戴震、段玉裁、王念孙、钱大昕等为代表，强调运用文字、音韵、训诂、版本以及其他相关文献资料，分析考证异文和正误，或可称之为理校派。这种划分虽然并不十分恰切，但大致还是能够显示清代学者校勘方法的不同理路。具体到《文选》校勘，这种区分也明显存在。顾、彭撰《文选考异》，显然是严格依据版本的校勘成果。理校派虽然不能说不重版本，但其更关注个别异文的考证，某些考证可能如胡绍煐评价段、王校勘所云"直驾千古"（《文选笺证序》），但终究为数有限。校勘《文选》，自然有很多关键点、疑难处需要高超的学识来解决，但也有很多看似琐屑、无关体要的细小问题，在考据家看来或不屑于斤斤细较，而对全书的校理则不能弃之不顾。故从此着眼，《文选考异》才是典籍校理的典范。另外，之前清人校勘《文选》，多以汲古阁本为底本，此本讹误甚多，而宋本原不误，故其校勘不少等于白费精力。顾、彭校勘以宋刊尤刻本为底本，避免了一些无谓的工作，又以袁本、茶陵本为参校，在当时正如彭氏所云，亦足资考镜。

二、内容、宗旨与特点

《文选考异》是对尤刻本《文选》全面校理的成果，全书十卷，均为校记之汇总，其他评论考证文字一概不阑入，是一部纯粹的校勘专著，在内容普遍比较驳杂的清代"《文选》学"著作中，体例最为精纯。

《考异》立足版本对校，对《文选》不同版本进行系统、细致的比对研究，并对《文选》本身的体例、特征有深入、全面的把握，以之指导校勘，真正做到如《考异》序所云"挈其纲维"。版本对校不能解决的问题，也尽量从文献体例、文本逻辑作出推断，并援据其他文献佐证，利用文字、音韵、训诂、辞章等多方面的知识参合考订。故尽管学者习惯将顾氏视为注重版本的对校派，但其校勘绝非一二胥吏据不同版本校其异同可比，实际上也多是综合各种知识、方法做出理证充分的判断。

校勘的终极目的无过于纠正讹误，恢复文献原貌，《考异》自不例外。但《考异》还有一个特殊而鲜明的宗旨，就是揭示《文选》文本的羼乱，分辨李善与五臣的差异，恢复李善注的原貌，即所谓"复崇贤之旧观"。这就较单纯的正误更进一步。《考异》序开宗明义曰："《文选》之异，起于五臣。然使有五臣而不与善注合并，若合并矣，而未经合并者具在，即任其异而勿考，当无不可也。"彭兆荪亦曰："要使善与五臣，如篙泛画涂，善本蓄疑，如昏晴爽曙。"故其书之所以名曰"考异"，即在于指明差异而考辨其因，则与一般校勘有所不同。略举例为证，如谢玄晖《和王主簿怨情》"相逢咏糜芜"，李善注："《古乐府诗》曰：'上山采蘼芜，下山逢故夫。'"《考异》曰：

> 注"上山采蘼芜"。案："蘼"当作"麋"，正文"麋"。袁、茶陵二本校语皆云善作"麋"，可见注中自是"麋"字也。尤、袁注作"蘼"，乃涉五臣而误。茶陵注并入五臣，更不可别。"蘼"

"麋"同字耳。凡善、五臣有异,虽同字亦必较,然不可混,其例
有如此。

这一校语不见得确切,但其强调凡善、五臣有异,虽同字亦必较,可
见《考异》分辨李善与五臣的主旨。又如屈平《湘夫人》"慌忽兮远
望",《考异》曰:

> 案:"慌"当作"荒",详逸注云"言神鬼荒忽"。各本皆作
> "荒",是善作"荒"也。袁、茶陵二本正文作"慌",所载五臣向
> 注字同,是五臣作"慌"也。单行《楚辞》作"慌惚",下载旧校
> "一作荒忽"。洪兴祖本作"荒忽",云"荒一作慌","忽一作
> 惚"。"荒""慌"同字,但既善"荒",五臣"慌",便属分别,不因
> 同字而可相乱也。凡善、五臣之所谓异,皆准此例矣。

一般校勘于"麋"与"麇","荒"与"慌"之类异体、通假之异文,并无
必要出校,而《考异》不惜费力考索,并特标凡例,虽于文义正误并
无影响,但对考察注本原貌及其变迁则颇有价值。与此相关,《考
异》还有一个鲜明的特点,就是在指出讹误、羼乱现象后,进一步推
断其根由,在这一校勘理路的指导下,《考异》指出《文选》文本羼乱
的种种表现,具有正本清源的意义。如《两都赋》题注:"善曰:自
光武至和帝都洛阳,西京父老有怨。班固恐帝去洛阳,故上此词以
谏,和帝大悦也。"《考异》曰:

> 何屺瞻焯校曰:"案《后汉书·班固传》,则《两都赋》明帝
> 时所上,注和帝误。"陈少章景云校曰:"赋作于明帝之世,注中

故上此以谏,和帝大悦语,未详所据。"今案,此一节非善注也。善下引《后汉书》"显宗时,除兰台令史,迁为郎,乃上《两都赋》",不得有此注甚明。即五臣铣注,亦言明帝云云,然则非五臣注也。且此是卷首所引子目,其下不应有注,决是后来窜入。凡善注失旧,有窜入五臣注者,有并非五臣注而亦窜入者。①

又如《东京赋》"是以西匠营宫,目玩阿房",注:"综曰:《汉书》曰:梧齐侯阳城人名延,为少府,作长乐、未央宫也。"《考异》曰:"注'阳城人名延',何校'城'改'成',去'人名'二字,是也。各本皆误。案:所引功臣表文,'人名'二字,乃或记于旁而窜入者,注失旧,于此等可见矣。"《考异》的这类校勘,揭示了《文选》在流传过程中被改动的痕迹,具有很强的启发意义。

其他如《西都赋》"于是乘銮舆备法驾",李善注:"蔡邕《独断》曰:'天子至尊,不可渫渎言之,故托于乘舆也。'"五臣注:"乘舆,天子也。"《考异》曰:

　　"銮"字衍也。注引《独断》以解"乘舆",中间不得有"銮"字甚明。考《后汉书》章怀注引《独断》与此同,亦不得有"銮"字。今本皆衍耳。《上林赋》曰"于是乘舆弭节徘徊",《甘泉赋》曰"于是乘舆乃登夫凤皇兮",句例相似,孟坚之所出也。袁、茶陵二本"銮"作"鸾",详五臣济注,仍言"乘舆",是其本初

---

① 关于此条注文,力之先生近撰有《〈文选·两都赋〉题下李善注辨析》一文,论证其应是李善注,值得参考。(文载《中国〈文选〉学研究会第十三届年会论文集》,北京大学 2018 年)这一问题涉及李善注的底本以及李善作注体例,仍有进一步探讨的必要。

无"鸾"字，各本之衍，当在其后。读者罕察，今特订正。又《东都赋》"乘舆乃出"注云："乘舆，已见上文。"指谓此，可借证。

又，《东京赋》"虽万乘之无惧，犹怵惕于一夫"，李善注："《尚书》曰：'怵惕惟厉。'孔安国曰：'怵惕，悚惧也。'《方言》曰：'戒，备也。'《过秦论》曰：'一夫作难'。"《考异》曰：

> "怵惕"当作"惕戒"。善引《尚书》以注"惕"，引《方言》以注"戒"，引《过秦论》以注"一夫"，循其次序有"戒"字在"惕"下"一夫"上甚明。又其下"惕惊也"三字，乃注。若如今本不容去"怵"注"惕"，可见正文无"怵"字，但有"惕"字，亦甚明，不知何人误认注中"怵惕"，以为正文如此而改之，其实与注转不相应，非也。各本所见皆误，今特订正。

又，颜延年《应诏宴曲水作诗》"道隐未形，治彰既乱"，李善注："善曰：《老子》曰：大象无形。又曰：道隐无名。王弼曰：有形，则亦有分，有分者，不温则凉，故象者，非大象也。"注"故象者"，袁本、茶陵本"象"下有"者形"二字。《考异》曰：

> 此当作"故象而形者"。二本误"而"作"者"，尤因其不可通，辄删二字，非。今本王弼注《老子》不误。

又，颜延年《赠王太常》"舒文广国华，敷言远朝列"，"列"，五臣作"烈"，李善注曰："《秋兴赋》曰：'猥厕朝列。'《尔雅》曰：'列，业也。'"而五臣注曰："烈，美也。"《考异》曰：

注"《尔雅》曰列业",案:"尔"当作"小","业"当作"次"。各本皆误。又陈云"烈业也"《释诂》文,不当误引以释"列"字,盖五臣本作"烈",故有此注,后误入李注,并讹"烈"为"列"。其说非也,袁、茶陵所载五臣铣"烈美也"之注自在,且引"尔雅曰",亦不合其例,此为善注无疑。必"小"讹作"尔",乃改"次"为"业"耳。

又,潘元茂《册魏公九锡文》"鲜卑丁令,重译而至,箄于白屋,请吏帅职",李善注:"张茂先《博物志》曰:北方五狄,一曰匈奴,二曰秽貊,三曰密吉,四曰箄于,五曰白屋。……箄于,今之契丹也。本并以'箄于'为'单于',疑字误也。'箄',音必计切。"《考异》曰:

袁本、茶陵本"箄"作"单",案,二本是也。注云:"本并以'箄于'为'单于',疑字误也。"可见正文作"单",故善依《博物志》定为"箄"。若先作"箄",与注不相应矣。尤延之校改,似是实非。《魏志》作"单",即善所谓"本并以为单"者。

这些校勘既纠正了讹误,又推断其缘由,虽皆为个案,但汇总起来,可以显示《文选》在流传过程中发生的种种变异,也可加深我们对文献变迁的认识。《考异》能够做到这些,与"挈其纲维"的校勘思想密切相关,而尤其体现在对义例的运用上。《考异》运用义例校理《文选》,主要可概括为两个方面,其一是总结李善注例,通过李善注例来判断讹误、羼乱。而李善注义例有明有暗,明例李善注中已特为标举,而暗例则须在深入把握李善注特征的前提下归纳总结,非烂熟李注不易发现。其二是总结文本讹误、羼乱、变异的一般条例,以之作为校勘依据,并推断其缘由。据王书才先生统计,两种义例合计 52 条,[①]而尤有未尽,可见《考异》义例归纳之卓异。

另外,仿李善注自明注例,《考异》亦自设校勘凡例十数条,体例严谨,与清代其他《文选》校勘著作不可同日而语。然彭兆荪尤言:"其诸条例,件系各卷,观者循绎,自可得之。若夫义夥则例繁,例繁则词费,或致棼乱,贻讥治丝。"亦可见其谨慎之至。

与理校派的考据相比,《考异》亦毫不逊色,如《蜀都赋》"剧谈戏论,扼腕抵掌",《考异》曰:

> "抵"当作"抵",注同。袁本善注末有"抵音纸"三字,最是。茶陵本割裂"纸"字入正文下,非。尤又改"纸"为"纸",益非。《广韵》四"纸":"抵,抵掌。"《说文》云:"侧手击声也。"与十一"荠"之"抵",迥然有别,甚明。《西征赋》《为萧扬州作荐士表》《广绝交论》用"抵掌"者,放此。今皆作"抵",盖误由五臣而各本乱之。《集韵》"抵"下重文有"抵",云或作"抵",可见其不分别久矣。其群书此字之误,不悉数。

又,张景阳《七命》"瓛林蹶石",《考异》曰:

> "瓛"当作"瓥"。详善音"五忽切",此字从兀明甚。《集韵》十一"没"云:"瓥,兽以鼻摇动。"最可证。《晋书》亦误

---

① 参王书才:《〈昭明文选〉研究发展史》,第 270—274 页。王先生对《考异》据各条义例校勘皆举有例证,可参看,兹不赘引。

"甋"，《音义》云："音瓦。""瓦"即"兀"之误也。

今按，明州本、赣州本、陈八郎本皆作"甋"，可证《考异》说是。

又，谢玄晖《和王著作八公山诗》"日隐涧凝空，云聚岫如复"，《考异》曰：

> "凝"当作"疑"。宋本谢集正作"疑"，此"疑空"与"如复"偶句。各本作"凝"，但传写误耳。袁、茶陵二本所载五臣翰注云"涧暗如空也"，详其意，亦不作"凝"。凡诸家集中异同，非可画一，故每不称说。此条不同其例，所谓言各有当者矣。

今据奎章阁本、陈八郎本正作"疑"，《考异》之说甚确。这些校勘每以小学、辞章为工具，运用纯熟，并能从中总结义例，尤为可贵。

总之，《文选考异》可谓当时《文选》校勘史上的最高成就，获得了学者高度评价，已是定论。傅增湘《思适斋书跋序》曰：

> 余尝谓有清一代以校勘名家者，如何义门、卢召弓，皆博极群书，撰述流传，沾溉后学。至中叶以后，涧蘋崛起，持音韵文字之原，以通经史百家之义。其订正精谨，考辨详明，与钱竹汀詹事、高邮王氏父子齐驱并驾。余囊时从杨惺吾假得日本古钞《文选》三十卷本，以胡刻手加对勘，其中古本之异可以证今本之讹者凡数百事。因取所附《考异》观之，凡夺误疑难之文，或旁引曲证以得其真，或比附参勘以知其失。而取视六朝原本，则所推断者宛然符合。夫以丛残蠹朽之书，沿讹袭谬已久，乃能冥搜苦索，匡误正俗，如目见千年以上之本，而发其

疑滞，斯其术亦奇矣。余披览之余，未尝不叹其精思玄解为不可几及也。

校雠名家傅增湘如此评价，亦可见其对《考异》的折服。①

三、不足之处

当然，在取得巨大成就的同时，《考异》仍未免有一些缺失。这大约有以下几点：

其一，《考异》并未完全实现顾广圻的《文选》校勘目标。前引其跋文称："意欲准古今通借以指归文字，参累代声韵以区别句逗，经史互载者考其异，专集尚存者证其同。而又旁综四部，杂涉九流，援引者沿流而溯源，已佚者借彼以订此。"但就《考异》看，其主要宗旨在辨异同、考缘由，故朱珔《文选旁证序》称《考异》"顾第辨彼此之歧淆，他未遑及"，虽有贬《考异》以抬高《旁证》之嫌，但所论基本属实。又，前引耿文光称"胡氏《考异》多据袁本、茶陵本、何评、吴（疑当作"陈"）评及尤本《考异》辨其异同，间有订正，亦未能宏征博引，证佐分明"，亦是于此稍有微辞。当然，这一方面与《考异》的宗旨有关，一方面大约也因撰著《考异》的时间有限。

---

① 对《文选考异》的研究与评价还可参考穆克宏：《顾广圻与〈文选〉学研究》（《文学遗产》2006 年第 3 期）；钟东：《述论胡克家〈文选考异〉之校勘》（《古籍整理研究学刊》2006 年第 4 期）；游志诚：《胡克家〈文选考异〉述评》（中国文选学研究会、河南科技学院中文系编：《中国文选学——第六届文选学国际学术研讨会论文集》，学苑出版社 2007 年版）；郭宝军：《胡克家本〈文选〉研究》第四章《〈文选考异〉研究》（河南大学出版社 2014 年版）；范志新：《安得陈编尽属君——论顾千里为清代〈文选〉校勘第一人》[陈延嘉主编《文选学研究》（第一辑），中华书局 2018 年版]等文。

其二,《考异》校勘虽已相当完备,但某些地方稍嫌简略,往往堆积异文,不下按断。又或以义例省略校勘,如序所云"苟非体要,均在所略",又彭兆荪所云"如曼衍诸书,迭相比附,恐妨体要,非所敢为",其务求精要自然无可厚非,但校理典籍,仍当巨细靡遗,而不应如注释,前文已见,则后文从略。

其三,《考异》往往指异文为尤袤所改,失之疏略,这与其精审之校勘理路颇不相称。故段玉裁《与陈仲鱼书》称其"是非皆意必之谈,其谓尤延之所增改,尤多不确",[①]段氏所讥含有意气之争,攻其一点,不顾其余,实属偏见,但正是《考异》此一疏失,给论敌留下口实。

至于《考异》所校失误多有,这在校勘终归难免,与其成就相比,终为小眚,故不必吹求。

第五节　梁章钜《文选旁证》

梁章钜《文选旁证》四十六卷,是清代"《文选》学"专著中卷帙最多的一部,梁氏自序曰:

> 《文选》自唐以降,乃有两家:一李注,一五臣注。李固远胜五臣,而在宋代,五臣颇盛,抑且并列为六臣,共行于世,几将千年。近者何义门、陈少章、余仲林、段懋堂辈,先后校勘,咸以李为长,各伸厥说。但阅时已久,显庆经进原书竟坠,淳熙添改重刊孤传,居乎今日,将以寻绎崇贤之绪,不綦难哉!

---

① （清）段玉裁:《经韵楼集》卷十二,第 337 页。

伏念束发受书，即好萧《选》。仰承庭训，长更明师，南北往来，钻研不废，岁月迄兹，遂有所积。最后得鄱阳师新翻晋陵尤氏本，乃汲古之祖，其中异同，均属较是合观诸刻，窃谓李氏斯注，引用繁富，为之考订校雠者，亦宜博综，详哉言之，爰聚群籍，相涉之处，悉加荟萃，上罗前古，下搜当今，期于疑惑，得此发明，未敢托为抱残守阙自限。至于五臣之注，亦必反复推究，虽似与李无关，然可以观之，益见李注精核，正一助也。

此序前半对《文选》注释流传的认识不过是当时老生常谈，无甚发明，后半叙述撰著宗旨，盖主于引群书以考订校勘，此盖其署名"旁证"之原因。①

书前列《凡例》十条，对此书的编撰方式、因由作进一步说明，较之前的"《选》"学专书更为细密。首条曰："注义以李善为主，五臣有可与李相证者入之。其史传各注为李所未采而小有异同，及他书所论，足以补李之不及者，亦附焉。间有鄙见折衷，则加按字以别之。"次条曰："校列文字异同，亦以李本为主，次及五臣注，次及六臣本，又次及近人所校及他书所引。"此两条凡例最为重要，说明了此书的编纂宗旨，也说明了此书内容以考订李注、校勘文字异同为主。

《旁证》一书，自清以来多有人怀疑非梁氏自撰，甚且谓其剽窃，然近来学者研究，大致认定主撰者仍当为梁氏，而得到某些学

---

① 梁氏又撰有《论语旁证》《三国志旁证》，其内容大致以征引群籍与他人学说为主，此或即署名"旁证"之意。

者的协助,这种看法是合情的。①《凡例》中云:

> 是编创始于嘉庆甲子,丹黄矻矻,已三十余年。中间凡八
> 易稿,而舛互漏略之处,愈勘愈多。外宦以来,趋公鲜暇,每延
> 知交之通此学者助我旁搜,如元和顾涧薲明经千里、孙子和茂
> 才义钧、朱酉生孝廉绶、吴县钮匪石布衣树玉、歙县朱兰坡侍
> 读珔、华亭姜小枚明经皋,皆于各条详列姓名,亦不敢掠美
> 云尔。

此所列六人,大概皆于《旁证》成书有所协助,但性质当有所不同。
《旁证》引朱珔、姜皋外其他四人皆不过数条或至多二十余条,故四
人或是略加审订,或是有所切磋而已。引朱珔一百余条,数量较
多,盖梁、朱为同年,年辈相当且交厚,共治《文选》,故所引较多。
而姜皋之协助似与以上五人不同,他当是直接参与了《旁证》的编
撰工作,且出力不少。首先,梁氏明确提到姜皋助其校补《文选旁
证》,所谓校补,则又校又补,甚且既编既撰,书中署名姜皋的内容,
当即校补过程中所撰。《凡例》称姜氏还专门辑《文选旁证引用书
目》一编,因繁重未刊,这些都是编撰的具体工作。而梁氏另一部
重要学术著作《三国志旁证》亦聘姜皋协助校定。由此可见姜皋在
梁氏著作中的重要作用。其次,《旁证》署名姜氏者二百余条,除胡

---

① 可参考王书才:《梁章钜对〈文选旁证〉的著作权难以否定》(《甘肃社会科学》
2005年第3期);李永贤:《〈文选旁证〉著者考辨》(《中州学刊》2006年第4期);王小
婷:《〈文选旁证〉著作权问题之争》(《东岳论丛》2009年第7期)等文。国家图书馆于
2016年影印出版《梁章钜批校昭明文选》,此书保存了梁章钜的《文选》批校,进一步证
明梁氏确曾用功于《文选》。

氏《文选考异》外为最多,①这些条目大多是补注或按语的性质,明显是编撰者的口气,亦可证是其在校补《旁证》时所作。《凡例》所列六位相助者,姜皋出力最多,却列在最后,亦与其校补者身份相符。总之,《旁证》一书当为梁氏主撰,而姜皋亦是主要的编撰合作者,仅就书中所引姜氏的条目看,其学识甚且在梁氏之上。《旁证》虽未掩姜氏之名,但其为成书所做的工作恐怕远大于书中所引的条目,这在《凡例》中并未交代。姜氏深于"《选》学",完全可以自撰一部"《选》学"专著,仅书中所引汇集一起,分量亦颇为可观,但因其无甚名位,即使撰著恐也无力刊行,而借为梁氏编纂之机,使一己之学能附之以见,虽其功湮没不少,但较之顾广圻撰《文选考异》而全归胡克家尚属幸事。

具体到《旁证》一书的校勘内容,在全书近万条中,八千余条为校记,出校条目较其他《文选》校勘著作更加繁富,校勘更趋细致,能注意到一些很细微的讹误。如《两都赋序》李善注引《汉书》曰:"虞丘寿王,字子贡,以善格五召待诏,迁为侍中中书。"《旁证》曰:"《汉书》作'迁侍中中郎'。《百官公卿表》:'中郎秩比六百石。'无'中书'字,各本皆误。"

又如《西京赋》"尔乃廓开九市,通阛带阓"下注曰:"廓,大也。阛,市营也。阓,中隔门也。崔豹《古今注》曰:市墙曰阛,市门曰阓。善曰:九市,已见《西都赋》。《苍颉篇》曰:阛,市门。"此注初看不易发现问题,《旁证》曰:"'善曰'二字当在'崔豹'上,今在'曰阓'下,非也。崔豹晋人,非薛注所得引。"原来《西京赋》李善采用薛综旧注,李善自己加注则注明"善曰"以区别,此处注中所引崔豹

---

① 《旁证》引何焯、陈景云校勘亦甚多,但不过亦是转引自胡克家《考异》。

是西晋人，而薛综是三国时人，不可能引崔豹，故"善曰"二字当依《旁证》置于"崔豹"上。①

又如《西京赋》"迁延邪睨，集乎长杨之宫"，善曰："《高唐赋》曰：'迁延引身'也。"《旁证》曰："'高唐赋'当作'神女赋'。""迁延引身"正是《神女赋》之文，梁说是。

这些校勘并不需要多高明的学识，但非细致不能发现。《旁证》书中此类校勘颇不少，甚至一些关系甚微的"乎""也"之类虚字也巨细靡遗，一一摘出，稍嫌繁琐，但亦可见校勘之细致。

所谓"旁证"，主要是据其他文献、学说来考订本文，梁氏既以此署书名，故其校勘亦着力在此，而《文选》中往往存在一些各本皆误的地方，须据他书方能订正，《旁证》一书在这方面的校勘成绩较为突出。如《景福殿赋》"其西则有左墄右平，讲肄之场"，李善注："侯权《景福殿赋》曰：'乃造彼鞠室。'"《旁证》曰："胡公《考异》曰：'侯上当有夏字，权上当有稚字，《安陆昭王碑》注引作夏侯稚，当互订，稚权名惠，见《魏志·夏侯渊传》。'案：《玉海·殿部》亦云何晏、韦诞、夏侯惠均有《景福殿赋》，是也。"《旁证》据《玉海》进一步补正前人之说。

又《闲居赋》"儌坟素之场圃"，李善注："《左氏传》：'楚灵王曰：左史倚相，能读三坟、五典、八索、九丘。'"《旁证》曰："'八索'当作'八素'。陆氏《音义》曰：索，本或作素。《周礼·栗氏》正义、《诗·定之方中》正义俱引作'八素'。"

又《陈情表》李善注："《华阳国志》曰：李密，字令伯。……密，一名虔。"《旁证》曰："萧氏《续后汉书》亦云一名虔。按《华阳国志》

_____

① 敦煌本《西京赋》写卷（P.2528）无"崔豹"以下十四字，疑其非李善原注。

作‘宓’，又作‘虙’。‘虔’字当是‘虙’之误。”“密”与“宓”音同义近，故梁说当是。

前人在《文选》校勘上也早已注意与其他文献的参证，如前述何焯就多据史传校勘《文选》，梁氏则进一步拓展，而实际上，这种校勘仍有较大的操作空间，《旁证》奠定了一定的基础，为之后的校勘开启了一个重要途径。

当然，《旁证》这类校勘也有弊端，其据各种典籍尤其是载有《文选》作品的史传等记录异文，大概占到校勘总量的一半，但前人早已指出不能妄据彼以订此，故此类校语虽甚众，大多不能决定是非，只是聊备异同而已，若为一己读书之用所作批注，固甚佳，但若作为著作内容，则有徒增篇幅之嫌。

《旁证》亦颇重视采用各种《文选》版本互校，其书前列有《引用各部文选书目》，共计三十七种。其校勘注意列举李善本、五臣本、六臣本之间的异同，《凡例》云：“六臣本中文字异同，实系济、向等注明白可证者，始标五臣作某，其五臣注无可证，而但文字异同者，则标六臣本作某。”亦可见其谨慎。《书目》所列版本有胡刻本、张伯颜本、袁本、茶陵本、洪楩本、晋府本、汲古阁本、海录轩本等，就此看，所用版本亦不少，虽无珍稀之本，但就当时所见，亦差强人意。且注明版本，较之前校勘泛称旧本、今本、宋本、六臣本等语焉不详之称谓更有利于后人考核。《书目》亦列有《文选纂注》《文选章句》《文选集评》乃至《文选类林》《文选双字类要》等书，可见采摭颇广。然仅就其《书目》而言，可议者不少，如其称张伯颜本为六臣注，其实为李善单注本；称茶陵本为明本，其实为元本；称陈景云书为《陈氏评文选》，其实陈氏书名《文选举正》，《旁证》所引陈氏校勘出自胡克家《考异》，知其并未见陈氏原书，而列陈书，有作伪之嫌；

《书目》分两部分，第一部分注曰："以上二十三种，皆专校《文选》之书。"第二部分注曰："以上十四种，非全书校本，而有可资引证者，亦并列之。"然第一类中的《文选纂注》《文选约注》《文选理学权舆》等何尝是专校《文选》之书？又两类中除去数种版本及一些"《选》学"专著外，其他如《文选集成》《文选句图》《文选尤》乃至《文选课虚》等书，颇为庸滥。《凡例》云："惟所采用《文选》本书各刊本亦有三十余种，别录其目于后，以便读者了然，庶无炫博之诮。"然就上述诸书看，炫博之诮恐未能免，且凸显瑕疵不少。另外，《旁证》虽列版本不少，但没有明确校勘底本，观其校记，大约是以胡克家覆宋本为主，但校记所列原文文字有时又不遵胡刻本，①显得不够严谨。所以，表面看《旁证》采用版本颇多，但实际效果反不如胡氏《考异》仅据两种版本省净。

《旁证》也颇注意征引前贤时人的学说，和孙志祖《文选考异》类似，而内容尤多。其所引如林茂春、姜皋等人，并未有相关著作传世，唯赖《旁证》一书而存，故其对保存清人《文选》校勘成果甚是有功。但其又多引何焯、陈景云、孙志祖、胡克家等前人校勘成果，巨细靡遗，而孙氏与胡氏的《考异》早已盛行，所引何、陈校勘实际上亦出自胡氏《考异》，这些内容占据很大篇幅，抄撮之功多，发明之功少，与其所列版本一样，未免庸滥。

《旁证》校勘长处在于广泛参据各种典籍以及各家学术成果，如果说李善注是征引式训诂，《旁证》则可称之为征引式校勘，故前人所谓"渊海""集大成"，盖就此而言，评价虽嫌过誉，但这些内容

---

① 如胡刻本《魏都赋》题目下并无"刘渊林注"四字，而《旁证》却标出此四字，校记认为当作"张孟阳注"。又实际上此条校记大约因袭胡氏《考异》，稍微改易文字而已。

还是颇可供后人阅读、校勘《文选》以作参考。但就征引数量言，《旁证》似亦有作伪之嫌，《凡例》云"所采书籍凡一千三百余种"，实际上仅三百余种，而阮元序亦以讹传讹，徒眩人目。[①] 征引之余，《旁证》能够有所折衷，一些见解比较精到。

　　总之，《旁证》所作校勘其利处在于前人成果比较丰富，足资参据，然其弊端亦在于此，盖前人校勘已经相当精细，所留空间不多，故其校勘成果显得因袭多而创获少。特别是《旁证》所据版本并无超出前人之处，又主要据胡刻本，而胡克家《文选考异》已对此本做了非常精审的校勘，故《旁证》校勘沿袭《考异》甚多，一些标出《考异》，一些则未予注明，虽然由于所用版本相近，所校不能免于雷同，但大量此类条目难免抄袭之嫌。又加《旁证》一书内容丛杂，虽主于校勘，又涉及考证、补注、评论，遂使校勘义例不纯，远不如胡氏《考异》宗旨明确，故美其名曰是集大成，若严加审核则反类杂烩。故校勘虽多，反不及内容较少的考证补注价值高。

　　前人对《旁证》一书评价较高，阮元序曰："闽中梁茝林中丞乃博采唐、宋、元、明以来各家之说，计书一千三百余种，旁搜繁引，考证折衷，若有独见，复下己意，精心锐力，舍易为难，著《文选旁证》一书四十六卷，沉博美富，又为此书之渊海矣。"朱琦序曰："君独博综审谛，梳栉疑滞，并校勘诸家，一一胪列。且李氏偶存不知盖阙之义，阅代绵邈，措手倍艰。然郭璞注《尔雅》，殚精数十年，动有未详。近人邵二云、郝兰皋间为补遗，用相翊助，君亦沿厥例，斯真于是书能集大成者矣。"阮序推崇《旁证》征引渊洽，朱序则标举《旁

证》校勘与补阙之功，基本上指出了此书的优点。当然，所谓"渊海""集大成"云云亦属序文在所不免的虚誉。李慈铭亦曰："阅梁氏章钜《文选旁证》，考核精博，多存古义，诚'《选》学'之渊薮也。"①大概是沿袭阮元所评。今人穆克宏先生亦高度评价《旁证》，认为其特点有四：一是校勘认真细致，二是注释确切详赡，三是考证细密审慎，四是评论深刻精湛。既总结了《旁证》的主要内容，也做出了评价。当然，穆氏亦是在序言中作评价，故偏于指明优点，而未及缺陷。

　　王书才先生认为《旁证》一书优劣互陈，其价值在于：一是开拓了校勘对象的范围，较之前校勘更多使用他校法，二是辨正前人如胡克家《文选考异》的失误，三是保存了时贤的校勘补注资料，四是不盲目尊李善注，态度比较客观。但《旁证》也存在不少缺陷，王先生共罗列九条，很能切中其弊，可知前人的高度评价与事实有所不符。②

第六节　清代一些考据、笺释类"《文选》学"专著的校勘

　　除了上述比较专门的《文选》校勘著作外，清代还有一些"《文选》学"专著内容包罗很广，或是随意拈出条目，考证评论，仿传统的笔记体；或是补注笺释，巨细不遗，类似笺疏体；或是专就文字、音韵、训诂角度治《选》。虽然这些著作不以校勘为主，但其书或是

---

　　① （清）李慈铭撰，由云龙辑：《越缦堂读书记》八《文学》，中华书局1963年版，第593页。
　　② 王书才：《〈昭明文选〉研究发展史》，第291—296页。

包含不少校勘内容，或是其研究成果有助于《文选》校勘，故亦在此略述。

此类校勘大致都可划分为前述两派校勘中的理校派，其校勘一般不注重版本，而是依据各种相关知识，以判断文字是否讹误及其讹误之因。《文选》本身疑难之处甚多，其中奥文古义、典故名物、史事制度所在多有，又加李注征引载籍浩博，故非具备多方面的知识学养，不易厘定。学者各有专长，或精通小学，或博于名物，或长于典故史事，故以之考校《选》文，所得不同，互有所见，皆有资于后人参考。这方面的校勘可以王念孙为代表，其《读书杂志·余编》中有数十条专门考校《文选》，前文已举例论述其校勘特色，以下所述数种"《文选》学"著作的校勘内容，其方法大致与此相类。

一、张云璈《选学胶言》

张云璈《选学胶言》三十卷，是一部笔记体"《选》学"专著，其内容以考据为主，兼及评论，不以校勘为主，但亦有不少关涉条目。其校勘亦不据版本，仅以考据判定原文的讹误，如卷一"霸字不当从水"条、"度或为庆"条、"乘舆法驾"条、"长杨当作葍阳"条、"白鹇"条等皆为校勘条目。又其序曰："最后得鄱阳胡中丞克家据尤延之贵池锓本，乃袁本、茶陵本详加雠校，更为《考异》十卷，刻之吴中，尤称周密，书中多采取之，而间纠其失。"故《胶言》校勘多援胡氏《考异》，《考异》为校记形式，一般不作过多考证文字，而胶言为笔记形式，文字不拘，故能作进一步申论。

如左太冲《招隐诗》其二"结绶生缠牵，弹冠去埃尘"，李善注曰："言人出仕非一途，或结绶以生缠牵之忧，或弹冠而去埃尘之累。……《说文》曰：缠，绕也。"《胶言》卷十"缠牵当作缰牵"条曰：

> 《战国策》："段干越谓韩相新城君曰：'昔王良弟子驾千里
> 之马，过京父之弟子。京父之弟子曰：马，千里之马也；服，千
> 里之服也；而不能取千里，何也？曰：子缰牵长。'"据此则"缠
> 牵"当作"缰牵"为是，下"弹冠""埃尘"皆实字也。张茂先诗
> "缰牵之长，实累千里"，颜延之诗"取累非缰牵"，皆此义。注
> 言"或结绶以生缠牵之忧"，引《说文》曰'缠，绕也'，非矣。

又，袁彦伯《三国名臣序赞》"郎中温雅，识器纯素"，李善注：
"《魏志》曰：魏国初建，涣为郎中令。"《胶言》卷十九"袁涣之名当
作焕"条曰：

> 按，《蜀志·许靖传》"靖与东莱袁焕亲善"，字亦作"焕"，
> 详其字曜卿，自当从火为合，且涣父名滂，不应涣名亦从水，是
> 作"涣"者，误也。

除了对具体字词的校勘外，《胶言》一些专门条目显示了对《文
选》文献意义上的整体认识。如卷一"六十卷"条论《文选》卷帙的
析分，"李善注有数本"条则考李善注《文选》的始末，这些条目于考
察《文选》文本的变迁皆颇有益。尤值得重视的是《胶言》对李善注
例的总结，《胶言》卷一有"注例说"一条曰：

> 李氏之注《文选》自有其例，不明其例，则李注之次第不可
> 得而知也，凡五臣注阑入李氏者，不可得而知也。且非五臣注

而阑入李氏者,更不可得而知也。例者何? 如:诸引文证,皆举先以明后,以示作者必有祖述也,或引后以明前,示不敢专也。又如:同卷再见者,则云已见上文,其它卷再见者,云已见某篇,务从省也。旧注并于篇首题其姓名,有乖谬乃具释,必称善以别之,不攘人以为己有也。其引诗如自引则称《毛诗》,若旧注所引则止云《诗》,盖刘渊林、张孟阳诸人之注引诗未必是《毛诗》,观《魏都赋》"膴膴坰野"注可见也。引《汉书》如太子报桓荣书之在《荣传》,谷永与王谭书之在《永传》之类,不称班、范二史也。音释多在注末,而不在正文下,凡音在正文下者,皆非李氏旧也。称"然"则必单用"然"字,此通注中悉如此,其有"则"字者,后人误增也。凡此皆李氏注一定之例。其后辗转合并,递相羼杂,往往舛错,几不可读,显庆奏上之本,无复庐山真面目矣。何义门、陈少章据袁本、茶陵本,虽句栉字比,仅得十之四五。近鄱阳胡果泉中丞据宋淳熙尤延之贵池重锓本,参以袁、茶之校而互订之,成《考异》十卷,反复详论李氏之旧,虽未能尽复,然已思过半矣。胡氏言《文选》之异起于五臣,然有五臣而不与善注合并,即合并矣而未经合并者具在,即任其异而弗考,无不可也。今世所存仅袁、茶及尤延之本,或沿前而有讹,或改旧而成误,割裂删削,殊非崇贤旧观。是李氏之注一厄于五臣之合并,再厄于尤氏之增删。故五臣而阑入李氏者犹可考,非五臣而阑入李氏者无从考正也。惟一准乎注例,寻流而溯源,或不致迷途之难返云尔。

通过注例以抉《文选》文字尤其是李注之讹误,是校勘《文选》的一个重要途径,顾广圻、彭兆荪为胡克家校刊尤刻本《文选》特注意及此,所撰《文选考异》中有很多条目即是依据注例以下校语,颇有助于揭示李注原貌。张氏"注例说"当是受《考异》启发,而特别拈出,在《考异》的实践基础上进一步作理论总结。

除了"注例说"的总结,《胶言》其他条目也有李注注例的归纳,如卷一"然字单用"条,卷二"李注不避庙讳""渊字不避""王逸注楚辞"条,卷三"李注误薛"条,卷五"旧注"条,卷六"毛传郑笺李注不分"条,卷八"名字单称"条,卷一七"家集讳名"条等,其中如"李注不避庙讳""渊字不避"等条不见得确切,但这些总结对后人很有启发,可以促使进一步深入研究。当今整理校勘《文选》,仍要十分重视注例的应用。

二、朱珔《文选集释》

朱珔《文选集释》①二十四卷,是清代一部重要的"《文选》学"著作,从其自序以及书的内容看,所谓"集"是指荟萃曩哲时贤的相关学说,所谓"释"是在李注的基础上进一步深入考证、疏解。《集释》征引详赡,每条文字动辄逾千,几乎可作为单篇考证文章。

《集释》最突出的特色是地理、名物等方面的考证,间及校勘,其校勘的内容亦多与地理、名物相关。如《东京赋》"我世祖忿之,乃龙飞白水",薛综注曰:"白水,谓南阳白水县也。"《集释》曰:"白水是乡,非县,殆字之误耳。"并引《汉纪》《后汉书》《元和郡县志》等书为证。

---

① (清)朱珔:《文选集释》,清光绪元年泾川朱氏刻本。

又如《南都赋》"若夫天封大狐,列仙之陬",李善注曰:"《南郡图经》曰:大狐山,故县县南十里,张衡云'天封大狐'也。"《集释》据《水经注》以及清人的校勘成果认为"南郡图经"当作"南阳图经"。

又如《子虚赋》"观乎成山,射乎之罘",张揖曰:"成山在东莱掖县,于其上筑宫阙也。"《集释》曰:"《汉书》注引张语作'不夜县',于《汉志》属东莱郡,云:有成山日祠。师古曰:'《齐地记》云:古有日夜出,见于东莱,故莱子立此城,以不夜为名。'郡又别有掖县,即齐之夜邑。此注殆以相似而误。"这些考证大多确切可信,但多无版本依据,是否原注即误,不易断定。

三、胡绍煐《文选笺证》

胡绍煐《文选笺证》三十二卷,也是清代"《文选》学"专著的代表作之一。书名笺证,盖即本之李注而为之作笺证,阙者补之,略者详之,误者正之,以笺释训诂为主,亦多涉校勘,其性质亦属考据性校勘。如《蜀都赋》"朱樱春就",六臣本有校语云:善本作"熟",《笺证》曰:

> 按:刘及善本亦当作"就"。后人多见"熟",少见"就",又以注中引《汉书》"樱桃熟"字,故改"就"为"熟"。《初学记·果部》事对出"春就",注引此作"朱樱春就",《御览》九百六十九引同。[1]

---

① (清)胡绍煐:《文选笺证》卷五,第139页。

　　胡氏自谓欲效王氏、段氏由音求义、即义准音的方法以治《选》，故《笺证》一书长于文字训诂，亦以小学为校勘工具。如《甘泉赋》"雾集而蒙合兮"，李善注："《尔雅》曰：'天气下，地气不应曰雾。'雾与蒙同。"《笺证》曰：

　　　　善引当亦作"雺"，故云"雺"与"蒙"同。作"雾"，则与"蒙"音义并殊矣。《尔雅》"地气发天不应曰雺"，《释文》亦作"雺"，此即赋文"雾集"之"雾"。善以雾字人所易晓，故不引《尔雅》。其引《尔雅》云云者，正谓此"蒙"即"雺"耳。①

此说甚精到。但就《笺证》整体的校勘看，内容虽多，像这样有价值的条目并不多。其校勘欲沿袭段、王的路径，而学识不逮。其在胡刻本已通行的情况下，仍以汲古阁本为底本，似专欲择一讹误多的劣本以锻炼考据家的订误本领，这与顾、彭校勘显然异趣，故其校勘价值不高。又多引他人，类似《文选旁证》而又等而下之。

　　清代还有不少与上述诸书类似的"《文选》学"专著，虽非校勘专书，但多少亦保存有与校勘相关的条目，或有助于《文选》校勘，如王煦《昭明文选李注拾遗》《文选剩言》、徐攀凤《选注规李》《选学纠何》、朱铭《文选拾遗》等，多为综合性的训诂考订之作，其他如薛传均《文选古字通疏证》、吕锦文《文选古字通补训》、杜宗玉《文选通假字会》等，则专门针对《文选》中的一些古字通假进行考证解说，对《文选》校勘亦有参考价值。

---

　　① （清）胡绍煐：《文选笺证》卷八，第216—217页。

小　　结

　　清代是校勘学发展的巅峰时期，在校勘的理论、方法与具体实践上都远度前代。这在《文选》的校勘上也有突出表现。

　　清代学者校勘《文选》的目的，除了一般的纠正讹误以便于阅读外，逐渐注意到试图恢复李善注的原貌，实际上也就是尽量恢复典籍的原貌，从今天看这才是校勘最终，也是最重要的目的。段玉裁提出校书必先定底本之是非，而后可断其立说之是非，定底本之是非也就是恢复文献的原貌。清代之前的校勘还缺乏这样明确的文献认识。

　　清代的《文选》校勘方法多样。重视保存古本原貌、坚持版本对校为主的以胡克家《文选考异》为代表；综合各种校勘成果、旁证众多文献的以梁章钜《文选旁证》为代表；精于小学、深于考证的以王念孙、段玉裁等人的校勘为代表。特别是清代学者逐渐认识到《文选》在传抄版刻过程中产生的羼乱问题，并试图通过总结李善注义例、详辨《文选》删削合并的痕迹以恢复李善注原貌。这些是前人校勘未曾注意过的问题，并为后人进一步深入研究奠定了基础。此外，清代目录学、版本学十分发达，与校勘相辅相成，也是清代《文选》校勘远逾前代的一个重要因素。

　　清代的《文选》校勘成果非常丰富，并非只局限于一些学者和一些《文选》学著作，由于校勘可以说是清代，特别是乾嘉以来读书人的习惯，随读随校是学者读书的常态，而《文选》作为士人的必读书，故在此意义上，清代《文选》校勘的成果简直是不计其数。除了留存至今的一些《文选》校勘成果外，有不少史传方志等文献中记

载的《文选》校勘学者的校勘成果今已不可见，而更多的则已是湮
没无闻了。

　　当然，清代《文选》校勘也存在不少缺失。一方面学者受限于
版本闻见不足，所见偶有宋版，其他则多据明清刻本，故往往费力
颇多，而在诸多唐写抄本及宋刻本流通已广的今天，其价值已经不
大。另一方面由于对《文选》文献流传的特征缺乏深入的认识，其
校勘不免局限于个别字句，拘泥于细枝末叶，如胡克家《文选考异》
批评的："数百年来，徒据后出单行之善注，便云显庆勒成已为如
此，岂非大误？即何义门、陈少章断断于片言只字，不能挈其纲维，
皆由有异而弗知考也。"但即使是胡克家《文选考异》颇能"挈其纲
维"，但对《文选》文献演变的复杂性考虑不足，故其推论虽具启发
性，但仍不免武断、草率之处。再者，虽然清代的校勘学已经相当
成熟，成就极高，但从今天科学整体的学术眼光审查，仍有所欠缺。
且校勘者水准参差不齐，所费功夫亦各有深浅，故有些成果价值不
高。另外，限于当时条件，学者的校勘成果流通不畅，彼此不能互
相参考，遂往往造成重复劳动。

结　语

　　《文选》这部中国传统文化中的重要典籍,经过历代广泛的流传,有大体正确的文本保存至今,并大致能够反映文献原貌,不断的校雠整理扮演了重要角色。实际上,校雠在典籍的流传过程中有着双重力量:一方面纠正讹误,回归所谓的"正本",乃至尽力恢复原貌;而另一方面,则又不断使文本发生变异。通过对《文选》校雠史的叙述,我们对此深有体会。

　　《文选》校雠对《文选》的流传具有密切的影响。从唐代注家的校雠,到宋、元、明时期刻本的校雠,再到清代专门的学术性校雠,为后世积累了丰富多彩的学术成果,是历代"《文选》学"的重要组成部分,也是中国校雠学史的一个缩影,显示了历代校雠学的发展轨迹。

　　历代的《文选》校雠取得了很大成就,但也有不足,清代之前的校雠相对粗疏,可谓得失参半,清代的校雠专门精密,在方法、理论上都有很大突破,但除了胡克家《文选考异》这样高水准的校雠成果外,大部分相对稍嫌平庸。

　　通过对历代《文选》校雠的梳理,我们可以发现,《文选》作为一部普及性极高的经典性文献,其流传与校雠又有此类文献的特点。

一方面其文本屡经校雠，不存在大的阅读障碍；另一方面，不断的校雠也使其文本愈来愈复杂。其所经校雠，总有或高明或愚妄的理由在，非比一般的错讹影响阅读，即属误校，一般的阅读也不易察觉，其失误就容易以讹传讹，正如段玉裁所论，"久且不可治"。王念孙《读书杂志·墨子杂志》曾针对《墨子》一书有言："是书以无校本而脱误难读，亦以无校本而古字未改，可与《说文》相证。"①《文选》恰与《墨子》的情况相反，阅读并无困难，但欲寻绎其原貌，则非常困难。

同时，《文选》的校雠又存在一些特别的难点。一方面《文选》是选集，其作品来源广泛，出处复杂，时间跨度长，牵涉面极多，又经过不断的抄刻，不同注本之间与不同版本之间互相渗透，再加上"《文选》学"不断的学术积累，考虑这些方方面面的问题无疑颇有难度。

另一方面，校雠《文选》的宗旨不易把握。历史上的《文选》校雠，往往做主观的校改，这些工作多是从便于阅读传播的角度出发，可以称之为"求善"，本无可厚非，但无疑会使《文选》愈来愈乖离原貌，甚至产生讹误，从现代校雠学的理论着眼，是不足为训的。清代以来，学者逐渐注意到尽量恢复文献的原貌，可以称之为"求真"，这才是现代校雠学的终极目的。当然，求善与求真并不矛盾，而是相辅相成的，但首先应以求真为根本，具体到《文选》校雠也是如此。但在《文选》校雠上做到求真也有难点，《文选》流传久远，完全恢复原貌并无可能。同时，萧统所编《文选》与李善、五臣等注家的《文选》注本又存在很大不同，是恢复萧《选》原貌还是注本原貌

---

① （清）王念孙：《读书杂志》九《墨子序》，第27页。

看似不成问题，但实际上颇需考究。而后世的一些重要版本，特别是一些版本系统的祖本，从文献意义上也有恢复其原貌的必要。所以，从求真的角度校雠《文选》，如何权衡判断也颇费思量。

总之，本书在比较全面地占有文献、史料的前提下，梳理、论述了历代《文选》校雠的实践内容、成果概貌、发展演变、时代特征、高下优劣等，总结了历代《文选》校雠经验及其特点。从文献流传的规律以及整个《文选》校雠史出发，探究了《文选》文本演变的一些关键问题。通过对《文选》这一重要文献典籍的校雠史进行专题研究的探索，对校雠学史研究的思路、方法和内容有所丰富。并对当今《文选》文献的整理、研究具有一定的理论指导和实践参考价值。通过《文选》校雠史也可以显示古籍演变的一些一般性规律。

本书在一些具体问题的研究上也有所创新，如对抄本时代《文选》注家的底本探讨，在前人研究基础上有所深化；对历代《文选》版本的刊刻与校雠及其特点作了比较全面述论，其中对一些版本如北宋监本、赣州本、袁本、汲古阁本等的研究有新的创见；对清代《文选》校雠学者、著作等相关的文献史料首次作了比较全面的梳理、叙述，发掘了之前少有述及的一些学者、著作以及校雠史迹。

本书也存在一些不足，如偏重于叙述《文选》校雠的历史发展情况，对历代校雠的具体内容研究较为薄弱。同时，在《文选》校雠史与中国校雠学总体关系上还需进一步深入论述，对《文选》校雠史的发展演变规律亦需进一步的理论升华。另外，对古代域外如日本、朝鲜的校雠实践有待关注研究。希望将来在这些方面进一步补充加强。

附　　录

现当代《文选》校雠的概况与展望

一、现当代《文选》校雠的概况

现当代以来,思想文化与学术研究都发生了巨大转变,《文选》研究也进入现代时期,广泛开拓出新的研究领域,同时,在传统的《文选》校雠研究领域,现当代以来也有所继承,在不少方面也得到了推进,取得了丰硕的研究成果。①

(一)民国时期《文选》校雠概况

在新文化运动背景下,《文选》作为贵族文学、骈体文学的代表受到较多批判,一时有"选学妖孽"之恶名,而这也恰说明《文选》影响之大。实际上,在近现代历史转型的大背景下,文化学术既有其变革的主流一面,也有其传承延续的一面。因此,在受到较多批判的同时,《文选》仍有很大的影响力,特别是传承、研究古典文学,无

---

① 现当代的《文选》研究情况可参考王立群《现代〈文选〉学史》(中国社会科学出版社),本书初版于 2003 年,所叙主要为 20 世纪的学术史。还可以参考傅刚《20 世纪的〈文选〉研究》(《上海师范大学学报》2014 年第 5 期)等相关论文。

论如何不能忽视《文选》,因此,《文选》的传播和"《文选》学"的研究
虽然不及前代兴盛,但仍有余绪,并且结合新的思想学术,促生了
新的《文选》学。而在《文选》校雠这一传统的研究领域中,仍然产
生了不少成果。

本书第三章第二节已述及清末民初学者在《文选》版本发现、研
究上的较大进展,特别是敦煌写本、日藏《文选集注》以及各种早期
抄本的发现与研究。除此以外,还有一些重要版本的发现与研究,
如刘文兴对北宋国子监本的研究,①王同愈、顾廷龙对陈八郎本的研
究;②另外,《四部丛刊初编》影印了建本《六臣注文选》,张元济并撰
有叙录。③ 以上几种版本都是以往学者极少或没有提到过的。

民国时期学者对《文选》的校勘成果不甚显著,但仍有一些学
者做出了特有的贡献,尤以高步瀛和黄侃为代表。

高步瀛(1873—1940)在《文选》研究方面颇有建树,所撰《文选
李注义疏》以疏证李善注为主,但也非常重视校勘。④《义疏》具有
较强的集成性,在校勘方面亦是如此,高氏注意吸收清人校勘成
果,并参证各种典籍文献,尤其还参校了日藏无注三十卷本以及敦
煌写本。另外,《义疏》内容丰赡,能够在疏证中旁征博引,对"《文
选》学"的发展演变、《文选》版本的源流系统以及《文选》版本中的
一些疑难问题都能有相当深入的考辨。

---

① 刘文兴:《北宋本李善注〈文选〉校记》,《国立北平图书馆馆刊》第五卷第 5 号,
1931 年。

② 王同愈在陈八郎本《文选》卷首撰有题记,顾廷龙撰有《读宋椠五臣注〈文选〉
记》,载《国立中山大学语言历史研究所周刊》第 9 集第 102 期,1929 年。

③ 见张元济:《涵芬楼烬余书录》,《张元济全集》,商务印书馆 2009 年版。

④ 曹道衡、沈玉成点校《文选李注义疏》,在所撰《前言》中评价高氏此书"在校勘
方面尤极精审"。

黄侃(1886—1935)熟精《文选》,自称"平生手加点识书,如《文选》盖已十过"。^①其所评点《文选》影响较大,后人辑其评点成《文选黄氏学》《文选平点》,校勘内容占相当比重。因是批点,其校语比较简略,但出校比较详细,对前人成果也多有引据,再加黄氏精于小学,故所作校勘价值甚高。^②而且黄氏校勘也参校了日藏古抄无注本。

民国时期校勘过《文选》的学者还有很多,就笔者管见,如刘文典(1889—1958)《三余札记》中收有《读〈文选〉杂记》一卷,以训诂为主,也有不少涉及校勘条目,其在小序中并自称有《选诗》校勘记,别有专书。^③又如刘咸炘(1896—1932)亦曾批点《文选》,别撰《诵〈文选〉记》收入《推十书》中。又如新近学者发现有王同愈的《文选》批校本等。^④在民国的一些报刊杂志上,也发表有一些《文选》校勘记一类文章。傅刚先生也指出:"这一时期还有不少学者从事《文选》的研究和教学,比如武汉大学图书馆所藏刘永济先生批点《文选》,满批,可见用功之深。又比如河北女子师范学院的寿普暄教授,前后三次批点《文选》,卓识卓见随处可见。……其《文选》批注,下力尤多,足以代表民国学者的学术水平。类似这些学者,民国时期应该还有很多。"^⑤总之,民国时期学者对《文选》的校

①　《黄季刚先生手写日记》,台湾学生书局1977年版,第129页。
②　黄念容《〈文选〉黄氏学叙》曰:"凡萧《选》之文,见于诸史与本集及宋以前书,皆取以互校,所手批《文选》,丹黄烂然。凡汪韩门、余仲林、孙颐谷、胡果泉、朱兰坡、梁茝林、张仲雅、薛子韵诸家书,于文义有关者,并已参校。"对黄侃《文选》校勘的研究可参考魏素足:《〈文选〉黄氏学研究》,台湾师范大学博士论文,2005年。
③　刘文典撰,管锡华点校:《三余札记》,黄山书社1990年版,第129页。
④　南江涛:《王同愈批校〈文选〉述略》,《国学学刊》2018年第3期。
⑤　傅刚:《百年〈文选〉学研究回顾与展望》,《古代文学前沿与评论》第二辑,社会科学文献出版社2018年版,第5页。

勘成果还是值得进一步深入调研的。

(二) 建国后《文选》校雠概况

建国后至二十世纪 70 年代，国内《文选》研究陷于沉寂，70 年代中后期，有所复苏。中华书局于 1974 年影印出版了尤刻本《文选》，程毅中、白化文于《文物》1976 年第十一期发表《略谈李善注〈文选〉的尤刻本》，屈守元于《文物》1977 年第七期发表《关于北宋刻印李善注〈文选〉的问题》，这些与《文选》校雠密切相关的出版和研究是新时期的"《文选》学"研究的先声。二十世纪 80 年代，"《文选》学"研究逐渐兴起，80 年代末以来，进入了繁荣时期，成为古典文学研究的一个重要领域，产生了非常丰富的学术成果，而与《文选》校雠相关的研究，也是非常重要的组成部分。

新时期以来，《文选》版本研究是"《文选》学"的一个热点。如前所述，清末以来，众多珍稀《文选》版本层出不穷，学界也给予了及时的研究，但早期的研究成果数量有限，也不够全面深入。二十世纪 90 年代以来，《文选》版本研究取得了非常丰硕的成果，其中出版相关专著逾十部，①发表论文逾百篇。傅刚先生的《〈文选〉版本研究》具有奠基性的意义，范志新先生的《〈文选〉版本论稿》、王立群先生的《〈文选〉版本注释综合研究》也是重要的代表性成果。

---

①　主要包括罗国威：《敦煌本〈昭明文选〉研究》，黑龙江教育出版社 1999 年版；罗国威：《敦煌本〈昭明文选〉笺证》，巴蜀书社 2000 年版；傅刚：《〈文选〉版本研究》，北京大学出版社 2000 年版；范志新：《〈文选〉版本论稿》，江西人民出版社 2003 年版；范志新：《〈文选〉版本撷英》，贵州人民出版社 2004 年版；郭宝军：《胡克家本〈文选〉研究》，河南大学出版社 2014 年版；王立群：《〈文选〉版本注释综合研究》，大象出版社 2015 年版；孔令刚：《奎章阁本〈文选〉研究》，河南大学出版社 2015 年版；赵蕾：《朝鲜正德四年本〈五臣注文选〉研究》，河南大学出版社 2015 年版；金少华：《古抄本〈文选集注〉研究》，浙江大学出版社 2015 年版；金少华：《敦煌吐鲁番本〈文选〉辑校》，浙江大学出版社 2017 年版；王翠红：《〈文选集注〉研究》，上海古籍出版社 2019 年版。

从《文选》版本整体上的源流系统，到具体的单个重要版本，都得到了非常深入的研究。

　　《文选》版本研究既有其自身的文献学术价值，同时也是校勘《文选》的重要基础。有了新时期以来《文选》版本的深入研究，重新对《文选》进行校勘整理有了可能。但是，对《文选》进行全面校勘工作量巨大，难度极高，特别是《文选》版本繁多，系统极其复杂，没有对《文选》版本的深入把握，对《文选》的校勘就难以取得坚实可信的成果。因此，二十世纪百年的《文选》研究，对《文选》的校勘比较薄弱，长期以来，《文选》的通行本还是清代顾广圻、彭兆荪校勘的胡刻本，再加上某些影印的六臣本。进入二十一世纪，《文选》校勘的薄弱状况终于得到扭转，首先是俞绍初先生主持校勘整理成《新校订六家注文选》一书六大册，[①]此书以奎章阁本《文选》为底本，以存世各重要《文选》善本为校本，并广泛吸收了前人的校勘成果，历时近十年完成，校勘精审完善，在《文选》校勘史上具有划时代意义。[②]紧接着，刘跃进先生主持编纂校理的《文选旧注辑存》出版，煌煌二十巨册，此书虽以汇纂注释为主，但也非常重视校勘，在版本使用、成果吸收和校语撰写等方面也非常丰富。[③]2014年，王立群先生主持的国家社科基金重大项目"文选汇校汇注"获

　　① 俞绍初、刘群栋、王翠红：《新校订六家注文选》，郑州大学出版社2013—2015年版。

　　② 可参考杨明：《努力逼近〈文选〉五臣注本和李善注本的原貌》，《中华读书报》2016年5月11日第10版；屠青：《〈新校订六家注文选〉的校勘学成就》，《殷都学刊》2016年第3期；陈延嘉、马朝阳：《〈文选〉版本研究之里程碑——评〈新校订六家注文选〉》，《长春师范大学学报》2019年第3期。

　　③ 对此书的介绍可参看《古代文学前沿与评论》第二辑，"《文选》研究新收获"专题论文组稿。

批,这一项目显然也是《文选》校勘的集大成项目。这些成果项目必将有力推动"《文选》学"新一步深入发展。

(三) 其他国家与地区《文选》校雠概况

大陆以外,其他国家和地区在《文选》研究上也有比较深厚的学术积累,而国内外《文选》研究也是密切相关、互相促进的。在《文选》校雠上,首先值得一提的是日本学者的研究。《文选》在日本流传久远,并影响很大,至今还保存有很多《文选》的珍稀版本,日本学界又重视文献,因此对《文选》校雠的相关研究尤为突出。日本较早的书目如涩江全善、森立之的《经籍访古志》和岛田翰的《古文旧书考》,已有不少专门研考《文选》版本的提要。其后斯波六郎《〈文选〉诸本的研究》(1957)通过对数十种《文选》版本的精细比对,梳理了《文选》版本的源流系统,在《文选》版本研究上具有奠基性的意义。其他日本学者如冈村繁、小尾郊一、森野繁夫、富永一登、芳村弘道、静永健、陈翀等,也先后发表了众多的研究成果。① 港台地区以饶宗颐、游志诚等学者为代表,在《文选》校雠领域也成果丰硕,如饶宗颐编纂的《敦煌吐鲁番本〈文选〉》(2000)特具文献价值。

二、《文选》校雠展望

综上所述,现当代以来,《文选》校雠已经取得了非常丰硕的成果,表面上看,在此领域似乎研究余地已不大,但实际上还是有不

---

① 相关研究可参考俞绍初、许逸民编:《中外学者文选学论著索引》(中华书局1998年版);陈翀:《日本〈文选〉研究之现状与展望》《古代文学前沿与评论》第二辑,社会科学文献出版社 2018)等。

少空间值得开拓。

(一)《文选》版本研究需进一步深化

《文选》版本众多,系统复杂。数量方面,各种早期写本虽多为残卷,但数量不菲,宋元时期的刻本仍存世有近十种,这些版本文献价值皆弥足珍贵,明清时期的各种刻本不下百种,虽文献价值稍逊,但亦有一些版本对于"《文选》学"意义重大。系统方面,首先可分为抄本系统、刻本系统,而刻本又可分为李善注本系统、五臣注本系统、六家注本系统、六臣注本系统,再细分,则李善注本又有监本系统、尤刻本系统。目前,《文选》版本研究已相当深入,版本源流系统已比较清晰,但还有些方面需要深化:

1. 一些版本疑难问题仍没有得到完善解决。如尤刻本的来历问题,其是否出自合注本仍有争议,尤刻本李善注较其他版本李善注众多的"增注",其形成原因是什么,目前学界亦无定论。又如现存的北宋监本,属孤本,又是残本,其来历不明,虽目前一般将之视为北宋国子监本,但仍有疑问,还须进一步深入研究。又如汲古阁本,虽然目前学界不以之为善本,但在清代影响很大,其李善注独具特点而来源不明,也值得探究。其他如监本与尤刻本的关系问题,诸六家本与六臣本的关系问题,六家本、六臣本的编纂问题,杭州本、陈八郎本、正德本等诸五臣本的关系问题,后世刊本与唐代写本的关系问题等等,仍有待进一步研究。

2. 一些研究还比较薄弱。如目前学界研究多集中于宋代之前的抄本和刻本,对元明之后的版本较少关注,虽然这是正常现象,但元明之后的版本也有其研究价值,对后世版本的研究也有助于对早期版本的研究。又如有些海外传藏的稀见抄本,因不易得见,研究还较少。即使一些常见的重要版本,相关研究也不够完善。

3. 一些研究须进一步细化。如版本的版次问题,有些《文选》版本翻刻众多,如尤刻本、赣州本等,不同的版次亦各有差异,但以往研究不甚注意版次问题,造成一些研究结论不够准确。再如版本的系统问题,目前虽然能大体明确各种版本系统的源流类别,但系统内部的一些差异如尤刻本与张伯颜本之间的关系仍不够明晰。

4. 在全面深入的研究基础上,可以撰写完善精确的存世《文选》版本叙录,更为清晰地反映存世《文选》版本的总体状况,为相关研究建立详尽、准确的文献数据。同时,在版本研究的基础上,还可以进一步探究李善注的变迁,深化李善注注例研究,这些也是《文选》校雠的难点问题。

(二)《文选》校勘的开拓空间

1.《文选》校勘尚有比较丰富的文献资料供参考借鉴。由于《文选》版本众多,校勘工作繁重,目前的校勘成果还是以版本对校为主,对相关文献资料参考不足。清代的顾广圻在《文选》校勘上自谓"意欲准古今通借以指归文字,参累代声韵以区别句逗,经史互载者考其异,专集尚存者证其同。而又旁综四部,杂涉九流,援引者沿流而溯源,已佚者借彼以订此",①虽然顾氏这一构想并未完成,但其思路确实值得参考。未来的《文选》校勘在前人所做工作的基础上,可进一步扩大参校文献的范围种类,以相关史书、类书、丛书、总集、别集等为重点,并重视前人,尤其是宋前文人学者的征引、吟咏、评论、考证等资料,重视书画、碑帖、出土文献、辑佚文献等资料。《文选》注尤其是李善注征引丰富,其所征引典籍虽

---

① 参本书第四章第四节。

多亡，但存者亦可据以核校，清人对此部分工作有所着手，但仍有较大空间。未来的校勘工作须加强对古今校勘成果的汇总吸收，如古今《文选》校勘专著与论文，古今"《文选》学"论著中的相关校勘成果，古今学术著作中的相关零散成果，古今尤其是清代以来唐前别集以及史书的校勘成果等。当然，这些工作无疑都是非常庞大的，甚至是难以完成的，但随着数字技术手段的不断提升，有些工作是完全可以实现的。

2. 开展不同类型不同目的的校勘整理。从校勘目的上可以把《文选》校勘分为两种类型：其一旨在提供准确完善的读本，校勘成果主要是校勘记的形式，这是古今《文选》校勘的主流；其二是研究型校勘，其目的侧重探索文本变迁的内在原因，或是探究某一版本独具的特征，或是集中考察版本的某一共性问题，其成果形式不限于校记，能够不受篇幅限制，更为深入详细。当然两者并非截然不同，只是各有侧重，而其研究成果的形式亦有区别。如著者目前所做的"李善注《文选》留存旧注校理"研究项目，即是从校勘入手，尝试解决《文选》李善注中留存旧注的一些疑难问题，特别是注释羼乱问题，这一研究实际上就是研究型的校勘工作，而研究型的校勘仍有很多方面可以开展。《文选》版本主要可分为李善注本、五臣注本、六臣注本三个系统，目前只有六臣注本有了新的校勘整理本，而李善注本、五臣注本尚没有新的校勘整理本，为便于阅读和研究，有必要分别重新校勘整理并出版李善注本和五臣注本。①

3. 加强利用文字学、音韵学、训诂学等小学方法校勘《文选》。

---

① 刘志伟师主持的国家社科基金重点项目"《文选》李善注校理"即旨在重新校勘整理李善注《文选》，目前尚在研。

小学是清代学者校勘《文选》的重要方法，但就现当代的情况看，此类研究总体比较少见，传统小学是校勘的重要工具，仍值得重视和利用。

4. 进一步开拓《文选》校勘研究的领域，提升研究深度。加强《文选》校勘与先唐别集、总集乃至史书校勘的结合。《文选》校勘可以推动《文选》成书研究、文体分类研究、旧注研究、"《文选》学"史研究、《文选》作品考证研究等，解决一些关键而疑难的问题，促生新的学术生长点。通过《文选》校勘实践，探索版本复杂、历时久远、牵涉广泛的经典性古籍的整理途径与方式。深化《文选》体式如卷帙分合、目录样式、诗文排序等的研究，这些方面牵涉到《文选》及其注本的编撰原貌以及版本的源流演变，亦颇需注意。

5. 探索数字技术在《文选》校勘研究中的应用。当前，数字技术对古典文献的处理已成为一个趋势，一些机构和学者正在探索数字技术在古籍校勘上的应用，《文选》这类涉及文献资料庞杂的典籍，校勘工作量大，难度高，如果有数字技术的支持，将取得跨越性的进展。另外，还可以利用数字技术建立《文选》文献数据库，建立公共网络资源，提供《文选》文献的基本资料、研究成果摘要和检索，为学术研究提供文献资料支持。

6. 加强《文选》校勘的理论指导，在校勘宗旨上，要解决"求真"与"求善"的辩证统一关系。历史上《文选》版刻的校勘，往往作主观校改，这些工作多是从便于阅读传播的角度出发，可以称之为"求善"，本无可厚非，但这种校改往往使文本乖离原貌，甚至产生讹误。清代以来，学者逐渐注意到要尽量恢复文本原貌，可以称之为"求真"，较之以往方法更加科学。当然，"求善"与"求真"并不矛盾，而是相辅相成的。校勘整理《文选》这样一部流传久远、版本复杂、牵涉面广的典籍,必须综合考虑方方面面的问题,明确宗旨与体例,以之作为整理工作的准绳。《文选》流传久远,完全恢复原貌并无可能。同时,萧统所编《文选》与李善、五臣等注家的《文选》注本又存在很大不同,是恢复萧《选》原貌还是注本原貌看似不成问题,但实际上颇须考究。而后世的一些重要版本,特别是一些版本系统的祖本,从文献意义上也有恢复其原貌的必要。所以,从"求真"与"求善"结合的角度校勘整理《文选》,须处理好两者关系。

李善注《文选》留存旧注综论①

《文选》李善注是在继承前人注释成果的基础上而作,具有集注性质,李注中除李善本人所作注释外,尚留存有自汉代至南朝二十余家前人注释,李善称之为"旧注"。这些注释产生时代早,文献价值高,且多赖李善注流传至今,尤其值得重视。一方面,这些旧注都是唐前古注,是训诂学的宝贵资料,具有重要的文献价值;另一方面,这些旧注对探究李善注原貌、研究《文选》版本渊源也具有重要的参考价值。

清代一些学者对旧注已有所讨论,如《四库全书总目·文选注提要》据旧注探讨李善注本原貌,汪师韩《文选理学权舆》则汇总了

---

① 本文发表于《广西师范大学学报》(哲社版)2018年第6期。

旧注注家与旧注篇目,其他如胡克家《文选考异》、张云璈《选学胶言》、胡绍煐《文选笺证》等"《文选》学"专著,则较多涉及对旧注的一些考校,均有所发明,但多属零星资料,对旧注问题涉及不多,疑难处解释亦少。

直至近十余年,《文选》旧注始得到较多关注研究:有学者探讨了某些旧注的作者问题,有学者注意到旧注与李注、五臣注等注释的淆乱关系,并从旧注出发探讨《文选》版本的演变,有学者注意到李善注所采旧注的底本问题,有学者对某些旧注进行了考释,有学者则专对《文选》所收"骚类"作品旧注作了研究,更有学者已经注意到对《文选》旧注作全面探究的必要性,并从总体上提出了一些考察方向,还有学者提出了整理旧注的规划,这些成果显示学界对《文选》旧注重视程度逐渐增强,研究趋向深入全面。但就目前的研究成果看,多属单篇论文,限于篇幅、论题,或是针对旧注中某一具体问题,而不能全面兼顾,或是提出总体的规划和研究方向,而缺乏具体研究工作。因此,对《文选》旧注全面地爬梳整理、解疑释难,仍有较大研究空间。

本文试从总体上对这些旧注作一综述,特别提出有关旧注的重要问题,以及整理研究旧注的方向。

一、李善注《文选》留存旧注概况

今传《文选》李善注中留存的旧注,大致可分三类:

其一,自东汉迄南朝注家的单篇作品注释。包括张衡《二京赋》薛综注,左思《三都赋》刘逵及张载注①,司马相如《子虚赋》《上

---

① 日藏古抄本《文选集注》中尚有数条綦毋邃注。

林赋》张揖、郭璞及司马彪注,潘岳《射雉赋》徐爰注,王延寿《鲁灵光殿赋》张载注,班固《幽通赋》曹大家、项岱注,张衡《思玄赋》旧注,阮籍《咏怀诗》颜延年及沈约等注,班固《典引》蔡邕注,陆机《演连珠》刘峻注等,涉及作品十篇,注释十六家。这些旧注基本产生于萧统编撰《文选》之前,其中一些长时期以单篇流传。

其二,载于《汉书》中作品的诸家旧注。这些旧注原为《汉书》注,李善称之为"集注"。作品主要包括贾谊《鹏鸟赋》《过秦论》《吊屈原文》、枚乘《上书谏吴王》《上书重谏吴王》、韦孟《讽谏诗》、邹阳《上书吴王》《于狱中上书自明》、司马相如《子虚赋》《上林赋》《上书谏猎》《喻巴蜀檄》《难蜀父老》《封禅文》、东方朔《答客难》《非有先生论》、司马迁《报任少卿书》、杨恽《报孙会宗书》、王褒《圣主得贤臣颂》、扬雄《甘泉赋》《羽猎赋》《长杨赋》《解嘲》《赵充国颂》、班彪《王命论》、班固《幽通赋》《答宾戏》《汉书·史述赞》等,共三十余篇。注家则包括服虔、应劭、苏林、刘德、李奇、邓展、文颖、张晏、如淳、孟康、韦昭、晋灼、臣瓚等十余家。另外,尚偶存《史记》旧注如徐广《史记音义》的注文,与《汉书》旧注类似,因其数量较少,亦附属此类。

其三,"骚"类作品王逸注,涉及作品十三篇。[①]

第一类单篇旧注全部亡佚,唯赖李善注留存;第二类《汉书》旧注亦多亡佚,一部分又留存于颜师古《汉书注》中;第三类"骚"类作品王逸注则基本全部留存在《楚辞章句》中。除此之外,尚有一些不知名的注释,似亦为李善注本所留存,其是否"旧注"尚有待深究。[②]

[①]　与此类型相近的还有《毛诗序》郑玄注一篇,内容既少,兹略提及。

[②]　另外,李善作注时也经常引用前人的注释,但这种注释非李善所谓"旧注",故亦不在此论及。

二、李善注《文选》留存旧注的来源及其与李注底本的关系

(一) 李善注《文选》留存旧注的来源

考察李注本中的旧注来源，无外乎两个问题：其一，旧注从何而来；其二，旧注为何人所采。下面即就这两个问题略作讨论。

以往学者在提到《文选》旧注时，一般径谓其为李善所引，现在看来，这种想当然的说法恐怕有问题。从理论上讲，李善作注的底本上有可能存在旧注，也就是说旧注（全部或部分）可能非李善所引，而是底本即有。因此，本文题目特别用"留存"二字，而不用"李善引用"字样。当然，这只是理论上的推理，要找具体线索，首先须从旧注的来源上着手。

上文将旧注分为三种类型，先看第一种单篇旧注。

李善注本所留存的单篇旧注，大部分在《隋志》和两《唐志》中有著录，有些还可以在其他文献中找到某些线索。但就史志著录看，《隋志》著录者多为亡书，两《唐志》著录又仅聊聊数种，[①]说明这些单篇旧注在隋唐时恐已亡佚，李善未必得见。当然，史志不著录并不一定证明其必不传，但至少不能因其在李注本中，就认定其必为李善所见。

另外，李注本中还有一些单篇旧注，史志未见著录，如《鲁灵光殿赋》张载注、《思玄赋》旧注、《咏怀诗》颜延年及沈约等注、《演连珠》刘峻注，[②]这些作品的单篇注本也可能没有流传下来。

---

① 关于史志著录的具体情况拟别撰文考证，兹不赘述。
② 《隋志》称梁有何承天注陆机《连珠》一卷，独未提刘峻有注。

　　但是，如因李善见不到这些单篇旧注本，便否定旧注非李善所引，仍然是草率的。这又为何？盖李善即使见不到单篇旧注本，却仍有可能见到这些旧注。从何处见呢？很可能是从总集之类的文献中。李善于张衡《思玄赋》旧注下有曰："未详注者姓名，挚虞《流别》题云衡注。详其义训，甚多疏略，而注又称愚以为，疑辞非衡明矣。但行来既久，故不去焉。"注中提到挚虞《流别》颇具启示，由此可以推论，《思玄赋》载于挚虞《文章流别集》中，并有注释，且挚虞称是张衡自注。《隋志》著录有《流别集》，故李善当能见到，则李善所见《思玄赋》旧注或出于此。又如《隋志》著录有"《五都赋》六卷并录，张衡及左思撰"，又有"《杂都赋》十一卷"，前者很可能是张衡《二京赋》、左思《三都赋》的合编本，后者也可能是京都赋的合编本，这些本子里也可能有旧注，故也会是李善所见旧注的一个来源。另外，有些单篇旧注还可能保存在别集中，李善作注曾广参唐前别集，笔者曾与刘志伟师合著专文讨论此问题，[①] 故旧注若为李善所引，别集亦可能是一个来源。

　　如果考虑这些因素，那么李善注本中留存的单篇旧注，其来源就会有多种可能性。一方面，旧注为李善所引仍为首要推断。将此推断再细分，又有两种可能，一是旧注为李善采自单篇旧注本，一是李善见不到单篇旧注本，其旧注乃采自一些别集或总集。另一方面，旧注或为李注底本原有。将此推论再细分，亦有两种可能，一是萧统所编《文选》原本即有注文，二是萧《选》原本无注，旧注乃李善之前的学者所纂辑。再进一步，又有一种可能性，即旧注部分为李善所采，部分为其底本原有。目前来看，以上推测都能找

① 刘志伟、刘锋：《〈文选〉李善注引唐前别集述论》，《中州学刊》2014 年第 8 期。

到一些证据,但都不足以形成定论。

另外,还须考虑这些旧注在流传过程中的复杂性:其最初恐大多为单注本,有些或被收入别集、总集,亦或本在集中,后析出单行,辗转传抄,彼此互见。其又如何进入《文选》注本,而最终单注本、别集、总集率皆亡佚,惟赖《文选》传世。这一过程,非三言两语所能讲明,兹仅提出,俟后详考。

再看李善注中留存的《汉书》旧注。

李善本人亦精“《汉书》学”,著有《汉书辨惑》三十卷,故其注《文选》而采《汉书》旧注,似乎顺理成章。但这些旧注来源如何,亦可讨论。如前所述,李注本留存《汉书》旧注十余家,①据《隋志》及两《唐志》,这些注家的注本亦大半未见著录,可能在隋唐前已亡佚。当然,正如上文提到,单篇旧注本虽亡,其注或存于某些总集中,而《汉书》旧注本虽亡,或可保存于后世的《汉书》集注本中,故李善本所留存的《汉书》旧注当出自《汉书》集注本。② 李善于《甘泉赋》(《文选》中并载于《汉书》的第一篇作品)自叙注例曰:“旧有集注者,并篇内具列其姓名,亦称臣善以相别。”“集注”一词亦透露出李善本的《汉书》旧注应出自集注本,而非各家注的单行本。徐建委认为李善所引用《汉书》注本为蔡谟《汉书音义》,③大致可从。当然,这一问题较为复杂,限于篇幅,兹不赘论。总之,李善注中留存的《汉书》旧注,可能是李善采自《汉书》集注本,但也可能为李注

---

① 只统计《汉书》《文选》同载的作品旧注,即李善所谓“旧注”者。

② 自汪师韩以来统计李善注引书者,多按照注家列举,实际上这是不严谨的,盖很多旧注本非李善所能亲见,乃辗转出自后世的集注本,不仅《汉书》旧注如此,其他经史典籍旧注亦多同。

③ 参徐建委:《李善〈文选注〉引书试探》,《长春师范学院学报》(人文社会科学版)2009年第7期。

底本原有，亦或李善在原有旧注的基础上再加纂辑删订。

最后看李注本中留存的"骚"类作品旧注。这部分旧注本为王逸《楚辞章句》中的注释，而较《章句》原注有所删省。由于"骚"类旧注问题看似简单，故以往学者较少论及，但若深入考虑，还是有些问题须要讨论的。

首先，"骚"类旧注从何而来？当然最可能是直接采自《楚辞章句》，实际上学者也是普遍这样认为的。但也可能别有来路，黄灵庚曰："李善标言'王逸注'，但多所删芟。《隋书》卷三五《经籍志四》云：'梁有《楚辞》十一卷，宋何偃删王逸注。'何本已佚，未详旧貌。盖以章句繁芜，故删而约之。李善所称'王逸注'，抑何氏删本也欤？"①这一推测不无道理，可备一说。

其次，旧注为何人所加？也有几种可能性：其一，为萧统编辑《文选》时所采。萧统编辑《文选》，"骚"类作品盖选自《楚辞章句》，亦不排除选自前述何偃删本，又或兼取旧注。其二，萧《选》底本无注，乃李善前人所加，也即李注底本原有旧注。其三，旧注为李善所采。就一般观感，最后一种可能性最大，但并非确凿无疑。且可玩味的是，《隋志》著录的唐前《楚辞》注本尚有多家，而李善本绝不见，至少说明李善于"骚"类作品并未遍采诸家，以为集注，此或可证其于《汉书》作品，恐亦非自行集注。

（二）留存旧注与李注底本的关系

由于传世久远，版本众多，《文选》和其他类似文献一样，产生了众多异文。这些异文是多种因素形成的，而旧注当是一个重要因素。何以见得？我们作一推理，遥想这些旧注进入《文选》文本

---

① 黄灵庚：《楚辞章句疏证》，中华书局 2007 年版，第 12 页。

时，不论这些旧注为李善所采，还是为其底本原有，都存在一个重要问题——除非旧注为萧统编选时所采，旧注本与《文选》原本必有异同，那么，在这些异文之处，采用旧注者当如何处理呢？若改旧注本从《文选》，则注文与正文不对应，若保留旧注本原貌，使正文与注文对应，则等于间接改动了《文选》本文。所以，旧注的采用，很可能在主观上改动了《文选》文字，而与未采旧注的《文选》文本——如五臣注本产生了异文。虽然清代以来，校勘《文选》的学者多以探求萧《选》及李注原貌为目的，但似乎对这一问题尚未明确提出。随着一些重要《文选》版本，特别是早期抄本的发现，以及研究的深入，某些论著开始涉及注家，尤其是李善注的底本问题。据笔者所见，较早有所推测的是王重民先生，其在敦煌本《文选》残卷伯 2493 的叙录中说：

> 《演连珠》第二首"是以物称权而衡殆"，今本"称"作"胜"，李善注曰："胜或为称。"则此卷与善所见或本合。意者善注此卷，采用刘孝标旧注，殆遂以刘本易昭明旧第，而又校其异文以入注。然则善所称或本，其即萧统原书耶？故能与此本相同。是李善亦未尝无窜易，则又为李匡乂所不及知也。①

傅刚先生在研究永隆本《西京赋》时，曾"怀疑李善径取薛综《两京赋》正文及注文作底本，再另行加注，所以薛综正文中的一些

---

① 王重民：《敦煌古籍叙录》，第 317 页。

特殊用字也保留下来"。① 其特殊用字主要有两例,其一永隆本"长廊广庑,连阁云蔓","连"原作"途",被改为"连",其二永隆本"长风激于别岛","岛"原作"隖",被改为"岛"。李善注系统的监本、尤本均作"途""隖",五臣本、六臣本则作"连""岛",而据薛综注可知薛注底本作"隖",②故傅先生怀疑李善径取薛综《二京赋》正文及注文作底本,③而五臣则"依据萧统原书,所以在许多地方显示了比李善本更近萧统原貌的优点"。这些论断虽略显证据薄弱,但其立论都是以李善注与旧注的关系为出发点,认为李善注本可能是以某些旧注本为底本,而旧注本与萧《选》原貌当有所差异,若李善以旧注本为依据,则意味着李善注本与萧《选》原本就产生了差异,这种推理具有很强的启示性。

就现存《文选》版本可以发现,在异文处,李善注本与旧注本多相符合,而不论这些旧注是前人所加,还是李善本人所采录,李善注本都可能因符合旧注本的原因,而与萧《选》原貌产生差异。

三、李善本留存旧注的体例以及旧注在流传过程中发生的羼乱

(一) 李善本留存旧注的体例

不论旧注是李善所采,还是其作注底本原有,李善对旧注作了

---

① 傅刚:《文选版本研究》,第117页。

② "途"字薛综未注,故不能定其所用何字。

③ 傅先生之后又撰文否定了这一说法,认为李善本原作"连""岛",而永隆本抄写者是糅合了薛综注与李善注,故据李善本将之前的"途""隖"修改为"连""岛",参《永隆本〈西京赋〉非尽出李善本说》(《〈文选〉版本研究》),而范志新先生又撰文反驳,参《敦煌永隆本〈西京赋〉的是李善〈文选〉残卷——驳"非尽出李善本"说》(《〈文选〉版本论稿》)。笔者认同范说。

加工处理是无疑的。李善处理旧注有明确的体例，于注中标明者主要有四条：

1. 旧注是者，因而留之，并于篇首题其姓名。其有乖缪，臣乃具释，并称臣善以别之。他皆类此。（张衡《西京赋》）

这条注例主要针对的是单篇旧注，包括《二京赋》薛综注、《三都赋》刘逵及张载注、《射雉赋》徐爰注、《鲁灵光殿赋》张载注、《思玄赋》旧注、《咏怀诗》颜延年及沈约等注、《典引》蔡邕注、《演连珠》刘峻注等。"骚"类作品王逸注亦是此例，只不过李善未另加注。

2. 然旧有集注者，并篇内具列其姓名，亦称臣善以相别，他皆类此。（扬雄《甘泉赋》）

这条注例主要针对采自《汉书》旧注者，考察全书旧注可知，所谓"集注"应指《汉书》集注，其注应非李善本人所"集"，而是出自一《汉书》集注本。又，《咏怀诗》用颜延年及沈约等注，从体例上看亦是集注体，但此篇旧注用的是第一例，亦可证明"集注"特指《汉书》旧注。

3. 旧注既少，不足称臣以别之。他皆类此。（李斯《上书秦始皇》）

此条注例略显复杂，以这一注例处理的旧注，篇首既不题注者姓名，篇中旧注又直接散入李善自注中，旧注与李善自注混而不分，故这类旧注很容易与李善直接引用的典籍注释相混淆，而且到底哪些篇章是按这一注例处理的，也欠明晰，须仔细辨别。就笔者所检，大概出自《史记》《汉书》的文章而篇幅较小，注释较少，未用集注体例的旧注，当从此例。除李斯《上书》外，其他如杨恽《报孙会宗书》、东方朔《非有先生论》、班固《公孙弘传赞》等篇，似从此例。而除李斯《上书》篇存一条《史记》徐广旧注外，其他篇所存亦为《汉书》旧注，故此例可视为注例2的特例。但因后世版本羼乱，此条注例的具体应用情况尚需进一步考察。

4. 然《藉田》《西征》咸有旧注，以其释文肤浅，引证疏略，故并不取焉。（潘岳《藉田赋》）

此条注例说明某些篇章有旧注而未采的情况，甚简明，但亦有可玩味处：其一，是否意指除留存旧注的篇章外，唯《藉田赋》《西征赋》尚有旧注，别篇皆不存旧注？其二，《藉田赋》《西征赋》皆潘岳赋，此处并提或是专就潘岳赋而言？两篇旧注未见著录，或非单篇流传，而是出自潘岳集？其三，目前笔者倾向于认为旧注为李善作注底本原有，但此例特言"不取"，似反证留存旧注是李善所取？

另外，针对这些注例还有一特殊情况：有些作品既有单篇旧注，又有集注，如《子虚》《上林赋》有张揖注、郭璞注、司马彪注，[1]又有《汉书》旧注，又如《幽通赋》有曹大家注、项岱注[2]，亦有《汉书》旧注，这两篇旧注涉及两种注例，会产生冲突。若依照注例1，则两篇文首应分别题郭璞注、曹大家注，若依照注例2，则篇首不题注家名。就现存版本看，唯尤刻本系于《子虚》《上林赋》下题有"郭璞注"，《幽通赋》下未题，六臣版本系统皆未题，则李善恐是据集注例不题注家名，尤刻本所题或为后人所加。而《四库全书总目提要》称其所著录的汲古阁本"于班固《幽通赋》用曹大家注之类，则散标句下"，意指当于篇首题"曹大家注"，则恐非是[3]。

---

①　或谓张揖注与司马彪注亦为《汉书》旧注，但笔者将之视为单篇旧注，关于此问题拟另撰文讨论，兹不赘论。

②　《隋志》及两《唐志》皆著录有项岱《幽通赋注》，《隋志》又著录有项岱《汉书叙传》，则项氏《幽通赋注》当出自《叙传》注，故项岱注或亦可视为《汉书》旧注。

③　王礼卿《选注释例》沿用此说。俞绍初、许逸民主编：《中外学者文选学论集》（下册），第 680 页。

总之,依据这些注例覈查旧注的具体情况,是考察旧注的重要途径。需要注意的是,以上四条虽各自为例,但需综合观照,才有助于厘清留存旧注的基本形态。

(二) 旧注在流传过程中发生的羼乱

在保持李善注本原貌的理想情况下,李注与旧注是区别分明的,依据这些注例,很容易辨别旧注的整体面貌。遵从注例 1 者,旧注作者姓名题于卷首,文中旧注则不署名,李善自注冠"臣善曰"三字。就现存版本看,这一注例基本上是有迹可循的,只不过较早的版本如敦煌写本《西京赋》残卷更加明晰①。遵从注例 2 者,篇首不题注家姓名,而于篇内各条注文前一一署名,此种处理亦最为分明。遵从注例 3 者,如前所述,较难分辨,但一方面此例旧注甚少,一方面若仔细寻绎,亦大体可辨,故问题不大。

但从存世的通行版本看,无论是以尤刻本为代表的李善单注本系统,还是以明州本、赣州本等为代表的六臣本系统,都存在比较严重的旧注与唐人注(李善、五臣等注)相羼乱的问题,而厘清旧注与唐注的羼乱,既是研究旧注的前提,也是校理《文选》的重要工作。

《文选》旧注羼乱的原因比较复杂,大致可以分为如下几种类型:

---

① 但也有一特例,即上文提到的《咏怀诗》的旧注问题,在尤刻本系统中,此组诗篇首题"颜延年、沈约等注",篇中注文前分别冠有"颜延年曰""沈约曰""善曰"等,而另有一些注文则未标注家名,这些注的归属就有疑问,故学者先后撰有多篇论文讨论此问题。参柯弘:《"难以情测"出自谁手? ——〈文选·咏怀诗注〉中的一个问题》,《福建师大学报》(哲学社会科学版)1980 年第 2 期;钱志熙:《论〈文选〉〈咏怀〉十七首注与阮诗解释的历史演变》,《文学遗产》2009 年第 1 期,于溯《李善〈文选·咏怀诗注〉中的旧注问题》,《南京大学学报》(哲学、人文科学、社会科学版)2011 年第 1 期;范志新:《〈文选·咏怀诗〉未标明姓氏注文的归属问题》,《文学遗产》2011 年第 6 期。

1. 李注前脱"善曰"，旧注与李注混而不分。

依据前文所举李善处理旧注的义例，在存有旧注的篇章中，凡李善自注皆冠"善曰"①，旧注与李注区别分明，但后世刻本尤其是尤刻本系统的李善单注本，常常脱去"善曰"二字，遂泯除了旧注与李注的区分标记，使之混淆，从而引起学者的误判。例如《西京赋》用薛综注，"聘丘园之耿洁，旅束帛之戋戋"下，注引《周易》王肃注，何焯认为薛综在王肃之前，不当引其书，遂疑薛综注为假托(见《义门读书记》卷四五)。实际上，王注应为李善所引，但脱去"善曰"，遂与薛注混淆，胡克家《文选考异》已指出。又如《典引》用蔡邕注，"今其如台而独阙也"下，注引《尚书》孔安国传，清人李黼平以为蔡邕已引孔传，故欲据此为伪孔传翻案(见陈澧《东塾集》卷四《跋文选南宋赣州本》)。实际上此注亦当为李善所引，唯李黼平所据版本其上脱去"善曰"，遂使李注混同旧注。这种羼乱处为数众多，也较难辨别，故易产生疑难问题。唯据六臣本与李注本互相比对，再加幸存的少数唐写本残卷参核，大致还能够对这些羼乱之处加以清理。

2. 六家本将旧注紧接在五臣注后，旧注易混入五臣注；六臣本颠倒两家，于旧注前题"善曰"，则易将旧注混入李善注。

宋代将李善注与五臣注纂为合注本，这是造成《文选》注释羼乱的一个重要原因。据目前研究，宋代的合注本先是以五臣注本为主，而将李善注编排于五臣注之后，由于李善本中一些旧注于篇首题注家名，篇内不题名，且这些旧注又在李善注前，故合并两家注本时，李注本中的一些旧注被直接置于五臣注"某某曰"后，其前

---

① 严格讲应是"臣善曰"，只不过后世刻本多删去"臣"字。

未署注家名,遂使李注本中的一些旧注在六家本中混入了五臣注。当然,由于李善注本和五臣注本俱在,这种羼乱问题还容易区别。另外一种情况则比较复杂,六家本的合并者有时为了区分两种注本,在采自李善注本的注释前冠"善曰"二字,这种做法避免了将李注本中的旧注混入五臣注,但又造成在李注本中原为旧注的注文,在六家本中归在"善曰"之下,变成了李善注。① 后来又出现的六臣本,李善注在前,五臣注在后,若其确为依据两家注本编纂而成,则不会出现六家本的羼乱情况,但就目前学者研究,六臣本(赣州本为祖本)很可能是颠倒了六家本注释顺序而成的,故六家本的羼乱问题就"遗传"到了六臣本中。

更为复杂的是,自清代以来,学者认为通行的李善单注本(皆属尤刻本系统),是从合并本中摘录出来的,这种观点虽然得到较多反驳,目前学界已多不认同,但不可否认的是,李善单注本中确实存在很多似乎是源于合注本的羼乱问题,这一现象是不容忽视的。②

3. 校改者糅合旧注与李善注、五臣注等其他注释,使注文彼此混杂。

若从一般阅读的层面看,读者所关注的是作品正文,而注释的目的是帮助读者理解正文,至于注释是谁所加,似乎"无关宏旨",所谓"得鱼忘筌"。因此,古人为便于阅读,而对注释作一些编纂改动很正常,《文选》的注释亦是如此。但从文献研究的层面看,这些编纂改动无疑会使众家注文混杂难分。如六家本的合并,往往将

---

① 对于这类"善曰",范志新先生认为其乃合并者所加,意在区分两种注本的注释,故其与表示李善自注的"善曰"意义不同,颇有见地(参范志新《〈文选·咏怀诗〉未标明姓氏注文的归属问题》)。但因同称"善曰",遂易使读者混淆。

② 限于篇幅,本文只就各种现象作一般描述,不举或少举例证。

旧注和李善注与五臣注相同相近的部分删省，这就把旧注混到了五臣注中。又如尤刻本中的注文，在有些篇章里，往往较其他版本多出很多内容，这些注文的来历一直困扰学者，而这些注文又与旧注、李善注羼杂，难以分辨。这些还是比较明显的羼乱情况，至于那些细微处的校改，则恐已无迹可寻了。

4. 李注本中存在一些不知姓名、不明来历的旧注，与李善注混杂，合并本往往在其上误题"善曰"。

除前文所举的各种旧注以及李善自注外，李注本中还留存有一些不知姓名、不明来历的注释。旧时学者讨论较多的是《两都赋》下的一条注："自光武至和帝都洛阳，西京父老有怨。班固恐帝去洛阳，故上此词以谏，和帝大悦也。"学者普遍认为此注非李善注，但其来历如何则意见不同。胡克家《文选考异》认为其是后来窜入的，亦即李善之后才混入李注本的，但近来也有学者认为其乃李善作注底本原有。① 实际上这类注释还有不少，而多存于篇题、类目之下，② 合并本多将此类注前冠"善曰"二字，遂误导读者以之为李善所注。由于这类注释大多各种版本皆存，当有来历，不似后人偶然窜入者，故笔者倾向于认同其为李注底本原有，而将其视为一种特殊旧注。

需要说明的是，以上只是为了便于总体把握，而总结出一些旧注羼乱类型，实际在各种不同的版本中，或在同一版本的不同篇章中，旧注羼乱现象都是很复杂的，若要整理旧注，则需一一具体处理。

---

① 参俞绍初：《新校订六家注文选·前言》。

② 拙著《〈文选〉题注与作者注辨证》曾论及这类注释，见《中国典籍与文化》2014年第1期。说这类注释多存于题注、类目注中，是因其较易辨认，至于正文中是否有，则较难辨别，恐亦不排除存在之可能性。

四、对留存旧注的整理与研究

　　李善注留存旧注文献价值极高，但羼乱问题非常复杂，故笔者认为有必要对这些旧注进行整理。通过全面的校勘整理和综合考证，力求最大程度上解决《文选》旧注与唐注在长期流传过程中产生的羼乱问题，同时，也在一定程度上揭示李善注《文选》的底本依据，并回答旧注从何而来，如何变异，从而揭示李善本、五臣本以及其他注本之间异文异貌的一个重要成因。最终整理出一个经过校释的《文选》旧注文本，为研究者提供确切可据的《文选》旧注参考文献。

　　对校理具体工作的初步构想是：在全面考察旧注的基础上，通过大量例证进行归纳推理，以寻绎旧注体例，从而对校理旧注提供依据。同时，对于不符体例的旧注，探讨其成因，揭示旧注在流传过程中被改窜的情况。对于一些重要条目，深入分析考释，以解决疑难问题。总结后世合并本造成的旧注羼乱成因与特征，作为校理旧注的参考。以某一《文选》版本为底本，与各《文选》善本比勘，参考、吸收前人特别是清代以来学者的校勘、考据成果。按照《文选》旧注的类型进行分类整理校释，单篇旧注、《汉书》旧注与"骚"类作品旧注来源不同，体例互异，根据各自的性质、特征，研究各有侧重。对于单篇旧注，重在考察旧注流传线索，在唐初存亡情况，旧注体例特征等方面。对于《汉书》旧注，重在考察其来源，与现存《汉书》注的比勘，确定其是否源自《汉书》集注本，及其与李善"《汉书》学"乃至南北朝至唐初"《汉书》学"的关系。对于"骚"类作品旧注，重在与现存《楚辞》王逸注比勘，以全面揭示此部分旧注的体例、特征和价值。

在校理旧注的过程中,注意解决一些具体问题:清查涉及《文选》作品的唐前注释,看旧注用了哪些,哪些未用,进而弄清旧注的来源及其流传情况;在之前研究的基础上,进一步探讨《三都赋》《子虚赋》《上林赋》《思玄赋》《咏怀诗》等篇章旧注的疑难问题;探讨旧注分布的不平衡性原因;考察无名注文的来源问题等。

总之,研究与校理《文选》旧注,既是揭示旧注面貌、发掘旧注价值的基础工作,也是研究《文选》版本,特别是探究李善注原貌的重要工作。随着《文选》文献研究的不断深入,探究李善注本原貌的问题也显得愈趋复杂,一些疑难问题似乎不可能得到解决,但在这方面的研究仍有其意义在,通过揭示《文选》文献流传的复杂性,可以给我们观照早期文献提供具体案例,以备参考,这也是《文选》文献研究的一个普遍性价值。

引 用 书 目

一、《文选》版本及"《文选》学"专著

佚名编：《唐钞文选集注汇存》，上海古籍出版社 2000 年版。

饶宗颐编：《敦煌吐鲁番本文选》，中华书局 2000 年版。

李善注《文选》（残），北宋天圣国子监本，国家图书馆、台北故宫博物院藏。

李善注《文选》，中华书局 1974 年影印南宋淳熙八年（1181）尤袤刻本。

五臣注《文选》（残），宋杭州猫儿桥河东岸开笺纸马铺钟家刻本，国家图书馆、北京大学图书馆藏。

五臣注《文选》，南宋绍兴三十一年（1161）建阳崇化书坊陈八郎刻本，台湾中央图书馆 1981 年影印本。

六家注《文选》，韩国正文社影印 1986 年韩国奎章阁藏本。

六家注《文选》，人民文学出版社 2008 年影印日本足利学藏本。

六臣注《文选》，南宋绍兴三十二年（1162）赣州州学刻宋元递修本，国家图书馆藏。

六臣注《文选》,中华书局1987年影印《四部丛刊》本。

《增补六臣注文选》(残),元茶陵陈仁子东山书院刻本,国家图书馆藏。

李善注《文选》(残),元延祐张伯颜刊本,国家图书馆藏。

六家注《文选》,明嘉靖袁褧覆宋广都本,国家图书馆藏。

李善注《文选》,明汲古阁刊本,国家图书馆藏。

李善注《文选》,明汲古阁刊本,清邓传密录俞正燮批校本,国家图书馆藏。

李善注《文选》,清康熙二十五年(1686)钱士谧重修汲古阁本。

李善注《文选》,清乾隆二十七年(1762)杨氏儒缨堂重刊汲古阁本,阮元录冯武、陆贻典、顾广圻批校本,国家图书馆藏。

李善注《文选》,清乾隆三十七年(1772)叶树藩海录轩本。

李善注《文选》,中华书局1977年影印清嘉庆十年(1805)胡克家刻本。

李善注《文选》,上海古籍出版社1986年版。

俞绍初、刘群栋、王翠红:《新校订六家注文选》,郑州大学出版社2014—2015年版。

(元)陈仁子:《文选补遗》,台湾商务印书馆《景印文渊阁四库全书》本。

(明)张凤翼:《文选纂注》,《四库全书存目丛书》影印明万历刻本,齐鲁书社1997年版。

(明)陈与郊:《文选章句》,《四库全书存目丛书》影印明万历二十五年刻本,齐鲁书社1997年版。

(清)陈景云:《文选举正》,宋志英、南江涛编《〈文选〉研究文献辑刊》影印清抄本,国家图书馆出版社2013年版。

（清）余萧客：《文选音义》，清乾隆静胜堂刻本。

（清）汪师韩：《文选理学权舆》，民国商务印书馆《丛书集成初编》本。

（清）孙志祖：《文选考异》，民国商务印书馆《丛书集成初编》本。

（清）许巽行：《文选笔记》，《丛书集成续编》本，台北新文丰出版公司 1983 年版。

（清）张云璈：《选学胶言》，清道光十一年刻本。

（清）徐攀凤撰，李之亮点校：《选学纠何》，《清代文选学珍本丛刊》，中州古籍出版社 1998 年版。

（清）梁章钜撰，穆克宏点校：《文选旁证》，福建人民出版社 2000 年版。

（清）胡绍煐撰，蒋立甫校点：《文选笺证》，黄山书社 2007 年版。

（清）陈倬：《文选笔记》，国家图书馆藏民国合众图书馆抄本。

高步瀛撰，曹道衡、沈玉成点校：《文选李注义疏》，中华书局 1985 年版。

黄侃：《文选平点》，中华书局 2010 年版。

骆鸿凯：《文选学》，中华书局 2015 年版。

游志诚：《文选学新探索》，台湾骆驼出版社 1989 年版。

游志诚：《文选学新论》，台湾骆驼出版社 1995 年版。

游志诚：《文选综合学》，台湾文史哲出版社 2010 年版。

傅刚：《文选版本研究》，北京大学出版社 2000 年版。

赵福海主编：《〈昭明文选〉与中国传统文化》，吉林文史出版社 2001 年版。

范志新：《文选版本论稿》，江西人民出版社 2003 年版。

范志新：《文选何焯校集证》，河南大学出版社 2016 年版。

王立群：《现代文选学史》，中国社会科学出版社 2003 年版。

汪习波：《隋唐文选学研究》，上海古籍出版社 2005 年版。

王书才：《〈昭明文选〉研究发展史》，学习出版社 2008 年版。

郭宝军：《宋代文选学史》，中国社会科学出版社 2010 年版。

郭宝军：《胡克家本〈文选〉研究》，河南大学出版社 2014 年版。

孔令刚：《奎章阁本〈文选〉研究》，河南大学出版社 2014 年版。

王小婷：《清代文选学研究》，上海古籍出版社 2014 年版。

［日］斯波六郎撰，李庆译：《文选索引》，上海古籍出版社 1997 年版。

［日］冈村繁撰，陆晓光译：《文选之研究》，上海古籍出版社 2002 年版。

二、古籍

（汉）司马迁：《史记》（修订本），中华书局 2014 年版。

（汉）班固：《汉书》，中华书局 1962 年版。

吴树平：《东观汉记校注》，中华书局 2008 年版。

（宋）范晔：《后汉书》，中华书局 1965 年版。

（梁）萧子显：《南齐书》，中华书局 1972 年版。

（唐）李延寿：《北史》，中华书局 1974 年版。

（唐）杜佑撰，王文锦等点校：《通典》，中华书局 1988 年版。

（唐）释慧琳：《一切经音义》，《续修四库全书》影印日本元文三年至延亨三年狮谷白莲社刻本，上海古籍出版社 2002 年版。

（后晋）刘昫：《旧唐书》，中华书局 1975 年版。

（宋）王溥：《唐会要》，中华书局 1955 年版。

（宋）李焘：《续资治通鉴长编》，中华书局 1995 年版。

（宋）晁公武撰，孙猛校证：《郡斋读书志校证》，上海古籍出版社 1990 年版。

（宋）陈振孙撰，徐小蛮、顾美华点校：《直斋书录解题》，上海古籍出版社 1987 年版。

（元）脱脱等：《宋史》，中华书局 1977 年版。

（明）凌迪知：《万姓统谱》，台湾商务印书馆《景印文渊阁四库全书》本。

（明）廖道南：《楚纪》，《四库全书存目丛书》影印明嘉靖刻本，齐鲁书社 1997 年版。

（清）于成龙修，（清）杜果等纂：《（康熙）江西通志》，台湾商务印书馆《景印文渊阁四库全书》本。

（清）李圭修，（清）许传沛纂，刘蔚仁续修，朱锡恩续纂：《民国海宁州志稿》，《中国地方志集成》，上海书店 1993 年版。

（清）徐松辑：《宋会要辑稿》，中华书局 1954 年版。

（清）王鸣盛撰，黄曙辉点校：《十七史商榷》，上海书店出版社 2005 年版。

（清）江藩撰，漆永祥笺释：《国朝汉学师承记笺释》，上海古籍出版社 2006 年版。

（清）桂文灿：《经学博采录》，中国书店 1985 年影印民国刻敬跻堂丛书本。

（清）钱曾撰，（清）管庭芬、章钰校证：《读书敏求记校证》，上海古籍出版社 2007 年版。

（清）章宗源：《隋书经籍志考证》，清湖北崇文书局刻本。

（清）于敏中等撰，徐德明标点：《天禄琳琅书目》，上海古籍出版社 2007 年版。

（清）彭元瑞：《天禄琳琅书目后编》，上海古籍出版社 2007 年版。

（清）彭元瑞：《知圣道斋读书跋》，民国商务印书馆《丛书集成初编》本。

（清）黄丕烈撰，屠友祥校注：《荛圃藏书题识》，上海远东出版社 1999 年版。

（清）顾广圻：《思适斋书跋》，上海古籍出版社 2007 年版。

（清）陆心源：《皕宋楼藏书志》，清光绪八年十万卷楼刊本。

（清）陆心源：《仪顾堂题跋　仪顾堂续跋》，《续修四库全书》影印清刻潜园总集本，上海古籍出版社 2002 年版。

（清）瞿镛编：《铁琴铜剑楼藏书目录》，上海古籍出版社 2000 年版。

（清）张金吾：《爱日精庐藏书志》，清光绪十三年吴县徐氏印本。

（清）丁丙：《善本书室藏书志》，《续修四库全书》影印清光绪二十七年钱塘丁氏刻本，上海古籍出版社 2002 年版。

（清）叶昌炽撰，王欣夫补正，徐鹏辑：《藏书纪事诗（附补正）》，上海古籍出版社 1989 年版。

（清）吴寿旸撰，郭立暄标点：《拜经楼藏书题跋记》，上海古籍出版社 2007 年版。

（清）杨绍和：《楹书隅录》，《续修四库全书》影印清光绪二十年聊城海源阁刻本，上海古籍出版社 2002 年版。

（清）莫友芝撰，傅增湘订补：《藏园订补邵亭知见传本书目》，中华书局 1993 年版。

（清）邵懿辰撰，邵章续录：《增订四库简明目录标注》，上海古籍出版社 1979 年版。

缪荃孙撰，黄明、杨同甫标点：《艺风藏书记》，上海古籍出版社 2007 年版。

缪荃孙、吴昌绶、董康撰，吴格整理点校：《嘉业堂藏书志》，复旦大学出版社 1997 年版。

赵尔巽等：《清史稿》，中华书局 1976 年版。

耿文光：《万卷精华楼藏书记》，北京图书馆出版社 1997 年版。

罗振玉：《罗振玉校刊群书叙录》，江苏广陵古籍刻印社 1998 年版。

杨守敬：《日本访书志》，辽宁教育出版社 2003 年版。

李盛铎撰，张玉范整理：《木犀轩藏书题记及书录》，北京大学出版社 1985 年版。

傅增湘：《藏园群书经眼录》，中华书局 1983 年版。

叶德辉撰，耿素丽点校：《书林清话》，国家图书馆出版社 2009 年版。

叶德辉：《藏书十约》，长沙叶氏观古堂刊本。

（隋）侯白撰，曹林娣、张泉辑注：《启颜录》，上海古籍出版社 1990 年版。

（唐）欧阳询等编：《艺文类聚》，中华书局 1965 年版。

（唐）刘肃撰，许德楠、李鼎霞点校：《大唐新语》，中华书局 1984 年版。

（唐）李匡乂：《资暇集》，民国商务印书馆《丛书集成初编》本。

（宋）李昉等编：《太平广记》，中华书局 1961 年版。

（宋）李昉等：《太平御览》，中华书局 1960 年版。

（宋）王钦若等编：《册府元龟》，中华书局 1960 年版。

（宋）田况：《儒林公议》，民国商务印书馆《丛书集成初编》本。

（宋）苏轼：《东坡志林》，台湾商务印书馆《景印文渊阁四库全书》本。

（宋）程俱撰，张富祥校证：《麟台故事校证》，中华书局 2000 年版。

（宋）王明清：《挥麈录》，中华书局 1961 年版。

（宋）委心子撰，金心点校：《新编分门古今类事》，中华书局 1987 年版。

（宋）章如愚：《群书考索》，台湾商务印书馆《景印文渊阁四库全书》本。

（宋）高似孙：《纬略》，民国商务印书馆《丛书集成初编》本。

（宋）王应麟：《玉海》，江苏古籍出版社、上海书店 1987 年版。

（明）孙能传：《剡溪漫笔》，《续修四库全书》影印明万历四十一年孙能正刻本，上海古籍出版社 2002 年版。

（清）顾炎武撰，（清）黄汝成集释，栾保群、田松青、吕宗力校点：《日知录集释》，上海古籍出版社 2006 年版。

（清）黄生：《义府》，民国商务印书馆《丛书集成初编》本。

（清）何焯撰，崔高维点校：《义门读书记》，中华书局 1987 年版。

（清）孙志祖：《读书脞录》，《续修四库全书》影印清嘉庆刻本，上海古籍出版社 2002 年版。

（清）姚范：《援鹑堂笔记》,《续修四库全书》影印清道光姚莹刻本,上海古籍出版社 2002 年版。

（清）钱大昕：《十驾斋养新录》,上海书店出版社 1983 年版。

（清）王念孙：《读书杂志》,中国书店 1985 年版。

（清）陈康祺撰,晋石点校：《郎潜纪闻》,中华书局 1984 年版。

（清）叶廷琯：《吹网录》,《续修四库全书》影印清同治八年刻本,上海古籍出版社 2000 年版。

（清）彭兆荪：《忏摩录》,《丛书集成续编》本,台北新文丰出版公司 1989 年版。

（清）俞正燮：《癸巳存稿》,辽宁教育出版社 2003 年版。

（清）张之洞：《輶轩语》,《慎始基斋丛书》本。

（清）李慈铭撰,由云龙辑：《越缦堂读书记》,中华书局 1963 年版。

（清）谭献撰,范旭仑、牟晓朋整理：《复堂日记》,河北教育出版社 2001 年版。

徐珂编：《清稗类钞》,中华书局 1984 年版。

黄灵庚：《楚辞章句疏证》,中华书局 2007 年版。

（清）丁晏撰,叶菊生校订：《曹集诠评》,文学古籍刊行社 1957 年版。

刘运好：《陆士衡文集校注》,凤凰出版社 2007 年版。

钱仲联：《鲍参军集注》,上海古籍出版社 1980 年版。

（唐）颜真卿：《颜鲁公集》,《四部丛刊初编》本。

（清）陈景云：《韩集点勘》,台湾商务印书馆《景印文渊阁四库全书》本。

（宋）苏轼撰,孔凡礼点校：《苏轼文集》,中华书局 1986 年版。

（元）陈仁子：《牧莱脞语》，《续修四库全书》影印清初影元抄本，上海古籍出版社 2002 年版。

（元）郑元佑：《侨吴集》，台湾商务印书馆《景印文渊阁四库全书》本。

（元）方回：《文选颜鲍谢诗评》，台湾商务印书馆《景印文渊阁四库全书》本。

（明）田汝成：《田叔禾小集》，台湾商务印书馆《景印文渊阁四库全书》本。

（明）张凤翼：《处实堂集》，《续修四库全书》影印明万历刻本，上海古籍出版社 2002 年版。

（明）梅鼎祚：《鹿裘石室集》，《续修四库全书》影印明天启三年玄白堂刻本，上海古籍出版社 2002 年版。

（清）傅山：《霜红龛集》，《续修四库全书》影印清宣统三年丁氏刻本，上海古籍出版社 2002 年版。

（清）朱彝尊：《曝书亭集》，《四部丛刊初编》本。

（清）潘耒：《遂初堂文集》，台湾商务印书馆《景印文渊阁四库全书》本。

（清）汪由敦：《松泉集》，台湾商务印书馆《景印文渊阁四库全书》本。

（清）翁方纲：《复初斋文集》，《续修四库全书》影印清刻本，上海古籍出版社 2002 年版。

（清）卢文弨：《抱经堂集》，《四部丛刊初编》本。

（清）段玉裁撰，钟敬华校点：《经韵楼集》，上海古籍出版社 2008 年版。

（清）赵怀玉：《亦有生斋集》，《续修四库全书》影印清道光元年刻本,上海古籍出版社 2002 年版。

（清）黄承吉:《梦陔堂文集》,咸丰元年黄必庆汇印本。

（清）陈鳣:《简庄文钞》,《续修四库全书》影印清光绪十四年刻本,上海古籍出版社 2002 年版。

（清）顾广圻撰,王欣夫辑:《顾千里集》,中华书局 2007 年版。

（清）刘凤诰:《存悔斋集》,《续修四库全书》本,上海古籍出版社 2002 年版。

（清）彭兆荪:《小谟觞馆文集》,《续修四库全书》影印清嘉庆十一年刻二十二年增修本,上海古籍出版社 2002 年版。

（清）阮元撰,邓经元点校:《揅经室集》,中华书局 1993 年版。

（清）阮元:《两浙輶轩录》,《续修四库全书》影印清嘉庆刻本,上海古籍出版社 2002 年版。

（清）陈璞:《尺冈草堂遗集》,《续修四库全书》影印清光绪十五年刻本,上海古籍出版社 2002 年版。

（清）俞正燮撰,于石、马君骅、诸伟奇校点:《俞正燮全集》,黄山书社 2005 年版。

（清）张穆:《殷斋诗文集》,《续修四库全书》影印清咸丰八年祁寯藻刻本,上海古籍出版社 2002 年版。

（清）龚自珍:《龚自珍全集》,上海人民出版社 1975 年版。

（清）俞樾:《春在堂杂文》,《续修四库全书》影印清光绪二十五年刻《春在堂全书》本,上海古籍出版社 2002 年版。

李详:《李审言文集》,江苏古籍出版社 1989 年版。

（清）吴景旭:《历代诗话》,中华书局 1958 年版。

（清）洪亮吉:《北江诗话》,人民文学出版社 1983 年版。

（清）沈涛:《匏庐诗话》,蔡镇楚编《中国诗话珍本丛书》本,北京图书馆出版社 2004 年版。

（清）李慈铭：《越缦堂诗话》,《清诗话访佚初编》本,台北新文丰出版公司 1987 年版。

杨钟羲：《雪桥诗话》,北京古籍出版社 1991 年版。

三、现代著作

北京图书馆编：《北京图书馆藏珍本年谱丛刊》,北京图书馆出版社 1999 年版。

北京图书馆编：《中国版刻图录》,文物出版社 1961 年版。

陈垣：《校勘学释例》,中华书局 1959 年版。

江庆柏：《四库全书荟要总目提要》,人民文学出版社 2009 年版。

李更：《北宋馆阁校勘研究》,凤凰出版社 2006 年版。

李庆：《顾千里研究》,上海古籍出版社 1989 年版。

倪其心：《校勘学大纲》,北京大学出版社 1987 年版。

钱钟书：《管锥编》,中华书局 1979 年版。

王重民：《敦煌古籍叙录》,商务印书馆 1958 年版。

王重民：《中国善本书提要》,上海古籍出版社 1983 年版。

王欣夫：《文献学讲义》,上海古籍出版社 1986 年版。

吴哲夫：《四库全书纂修之研究》,台北故宫博物院 1990 年版。

［日］兴膳宏：《异域之眼》,戴燕译,复旦大学出版社 2006 年版。

徐复：《后读书杂志》,上海古籍出版社 1996 年版。

张元济：《张元济全集》，商务印书馆 2009 年版。

张舜徽：《清人文集别录》，中华书局 1963 年版。

赵诒琛：《顾千里先生年谱》，北京图书馆编《北京图书馆藏珍本年谱丛刊》，北京图书馆出版社 1999 年版。

中国古籍善本书目编辑委员会编：《中国古籍善本书目》，上海古籍出版社 1998 年版。

中国古籍总目编纂委员会编：《中国古籍总目》，北京：中华书局，2012 年。

祝尚书：《宋集序跋汇编》，中华书局 2010 年版。

四、论文

〔韩〕白承锡：《韩国"文选学"研究概述》，俞绍初、许逸民主编《中外学者文选学论集》，中华书局 1998 年版。

蔡莹涓：《梁章钜研究》（博士学位论文），福建师范大学 2009 年。

曹道衡：《南北文风之融合和唐代〈文选〉学之兴盛》，《文学遗产》1999 年第 1 期。

常思春：《读北宋本李善注残卷》，《〈昭明文选〉与中国传统文化》，吉林文史出版社 2001 年版。

常思春：《尤刻本李善注〈文选〉阑入五臣注的缘由及尤刻本的来历探索》，《四川师范大学学报》（社会科学版）2003 年第 1 期。

常思春：《〈四部丛刊〉影宋本〈六臣注文选〉刊刻时地及刊刻者信息》，《四川师范大学学报》（社会科学版）2007 年第 2 期。

常思春：《谈南宋绍兴辛巳建阳陈八郎刻本五臣注〈文选〉》，

《西华大学学报》(哲社版)2010 年第 3 期。

陈延嘉:《驳〈非五臣〉》,《第八届文选学国际学术研讨会论文集》,江苏扬州,2008 年。

程毅中、白化文:《略谈李善注〈文选〉的尤刻本》,《文物》1976年第 11 期。

丁红旗:《〈文选·与嵇茂齐书〉考》,《涪陵师范学院学报》2007 年第 3 期。

丁红旗:《关于明州本〈文选〉减注现象的考察》,《兰州学刊》2011 年第 10 期。

丁红旗:《陈隋时代〈文选〉学中心在江南形成及其北移》,《新疆大学学报》(哲学人文社会科学版)2014 年第 5 期。

樊荣:《〈与嵇茂齐书〉一文应为赵至所写》,《名作欣赏》2008年第 4 期。

范志新:《田汝成〈重刻文选序〉有三种结尾》,《文学遗产》2000 年第 4 期。

范志新:《〈六臣注文选〉吴勉学本出潘本》,《文学遗产》2000年第 4 期。

范志新:《清代选学家叶树藩考》,《文献》2004 年第 4 期。

范志新:《钱陆灿批校本〈文选〉初探》,《苏州大学学报》2004年第 3 期。

范志新:《余萧客的生卒年(外一篇)——文选学著作考(二)》,《晋阳学刊》2005 年第 6 期。

范志新:《精该简要　古意湛然——孙志祖及其〈文选〉研究》,中国文选学研究会、河南科技学院中文系编《中国文选学——第六届文选学国际学术研讨会论文集》,学苑出版社 2007 年版。

范志新:《从避讳学角度论选学中的三个问题》,刘志伟主编《文选与汉唐文化——第十一届文选学国际学术研讨会论文集》,中华书局 2018 年版。

范志新:《安得陈编尽属君——论顾千里为清代〈文选〉校勘第一人》,陈延嘉主编《文选学研究》(第一辑),中华书局 2018 年版。

傅刚:《〈文选〉的流传及影响》,《中国典籍与文化》2000 年第 1 期。

傅刚:《论韩国奎章阁本〈文选〉的价值》,《文献》2000 年第 3 期。

傅刚:《日本猿投神社藏〈文选〉古钞本研究》,张伯伟主编《域外汉籍研究集刊》(第三辑),中华书局 2007 年版。

傅刚:《曹植与甄妃的学术公案——〈文选·洛神赋〉李善注辨析》,《中国典籍与文化》2010 年第 1 期。

傅刚:《〈文选集注〉的发现、流传与整理》,《文学遗产》2011 年第 5 期。

葛云波:《孟氏刊五臣注〈文选〉考论》,程章灿、徐兴无编《〈文选〉与中国文学传统——第九届〈文选〉学国际学术研讨会论文集》,中华书局 2014 年版。

顾农:《李善与文选学》,《齐鲁学刊》1994 年第 6 期。

郭宝军:《广都裴氏本〈文选〉刊刻年代考》,《中国韵文学刊》2011 年第 2 期。

郭宝军:《胡刻本〈文选〉底本的几个问题》,《中州学刊》2012 年第 1 期。

郭宝军:《试论〈文选〉经典化之可能与生成》,《文学遗产》

2016 年第 6 期。

　　黄方方：《颜师古、李善于〈汉书〉〈文选〉相同作品注释对比研究》(博士学位论文)，暨南大学，2012 年。

　　江庆柏：《清代的文选学》，《华南师范大学学报》(社会科学版)1987 年第 3 期。

　　江庆柏：《〈文选〉五臣注平议》，《郑州大学学报》(哲社版)1994 年第 4 期。

　　金少华：《P.2528〈西京赋〉写卷为李善注原本考辨》，《敦煌研究》2013 年第 4 期。

　　金少华：《国家图书馆藏尤刻本〈文选〉系修补本考论》，《在浙之滨：浙江大学古籍研究所建所三十周年纪念文集》，中华书局2016 年版。

　　［日］静永健：《日本八至九世纪考古文献所见〈文选〉断简考》，《第十届文选学国际学术研讨会论文集论文集》，河南大学出版社 2014 年版。

　　孔令刚：《奎章阁本〈文选〉断句下注体例探微》，《中州学刊》2012 年第 2 期。

　　孔令刚：《奎章阁本〈文选〉省略五臣注研究》，《汉语言文学研究》2013 年第 2 期。

　　孔毅：《胡刻〈文选〉影印本出版说明小议》，《古籍整理研究学刊》1987 年第 2 期。

　　李佳：《从永乐本〈文选〉看六臣注〈文选〉版本系统》，中国文选研究会编《〈文选〉与文选学》，学苑出版社 2003 年版。

　　李佳：《〈四库全书〉和〈四库全书荟要〉所收〈六臣注文选〉版本考》，《中国典籍与文化》2009 年第 1 期。

李庆：《胡刻〈文选考异〉为顾千里所作考》，《文献》1984 年第 4 期。

力之：《关于〈文选〉的删、增、移与其文字之误等问题——兼论〈文选〉非仓促成书》，《钦州学院学报》2007 年第 2 期。

力之：《〈为顾彦先赠妇〉李注辨证》，《南京师范大学文学院学报》2008 年第 3 期。

力之：《关于〈文选〉与〈集〉同文异题问题——兼论〈文选〉非仓促成书》，《北方论丛》2008 年第 5 期。

力之：《俞正燮〈文选自校本跋〉辨证——兼论〈文选〉的〈报任少卿书〉和〈答客难〉与〈汉书〉之关系》，《古典文献研究》（第十一辑），凤凰出版社 2008 年版。

力之：《书〈玉台新咏〉后辨证——朱彝尊说〈文选〉种种之失均不能成立》，《古典文献研究》（第十二辑），凤凰出版社 2009 年。

李维棻：《〈文选〉李注纂例》，俞绍初、许逸民主编《中外学者文选学论集》，北京：中华书局，1998 年。

李永贤：《〈文选旁证〉著者考辨》，《中州学刊》2006 年第 4 期。

刘奉文：《〈文选〉李善注引书数量考辨》，《古籍整理研究学刊》1996 年第 4 期。

刘九伟：《明州本文选研究》（博士学位论文），河南大学，2009 年。

刘九伟：《论赣州本〈文选〉李善注的特点》，《甘肃社会科学》2010 年第 3 期。

刘九伟：《论明州本〈文选〉的文字的变化》，《淮海工学院学报（社会科学版）》2011 年第 17 期；

刘明：《宋赣州本〈文选〉递藏源流考》，《文津学志》2010 年。

刘明：《宋尤袤池阳郡斋刻本文选考略》,《澳门文献信息学刊》2013 年第 8 期。

刘明：《谈北宋雕李善注〈文选〉的版本》,日本古典文学研究会编《汲古》,2016 年总第 70 号。

刘明：《谫说拓展〈文选〉研究的三种视角》,《南京师范大学文学院学报》2018 年第 1 期。

刘明：《谫议宋淳熙本〈文选〉的刊刻与修版》,《扬州文化论丛》2019 年第 1 期。

刘跃进、王玮：《尤袤的文献学思想与实践》,《求索》2016 年第 5 期。

刘跃进、徐华：《段玉裁〈文选〉研究平议》,《文史》2017 年第 1 辑。

刘志盛：《元代湖南的雕板刻书》,《图书馆》1987 年第 6 期。

刘志伟：《〈文选集注〉成书众说平议》,《文学遗产》2012 年第 4 期。

刘志伟、刘锋：《〈文选〉李善注引唐前别集述论》,《中州学刊》2014 年第 8 期。

刘仲华：《朱锡庚治学转变及其与章学诚、阮元的学术交往》,《安徽史学》2013 年第 4 期。

罗志仲：《〈文选〉诗收录尺度探微》（博士学位论文）,台湾清华大学,2008 年。

毛文鳌：《钱陆灿研究》（博士学位论文）,华东师范大学,2012 年。

穆克宏：《顾广圻与〈文选〉学研究》,《文学遗产》2006 年第 3 期。

穆克宏：《文选学笔记·〈郡斋读书志〉李善注〈文选〉提要志疑》，《福建师范大学学报(哲社版)》2012年第1期。

［韩］朴贞淑：《〈文选〉流传韩国之研究》(博士学位论文)，南京大学，2008年。

乔秀岩、宋红：《关于〈文选〉的注释、版刻与流传——以日本足利学校藏宋刊明州本六臣注〈文选〉为中心》，《东南大学学报》(哲社版)2009年第2期。

屈敬慈：《校〈文选李善注〉应当重视汲古阁毛氏刻本》，《中华文化论坛》2000年第4期。

屈守元：《绍兴建阳陈八郎本〈文选五臣注〉跋》，《文学遗产》1998年第5期。

屈守元：《文选六臣注跋》，《文学遗产》2000年第1期。

［日］森野繁夫：《关于〈文选〉李善注——集注本李善注与刊本李善注的关系》，俞绍初、许逸民主编《中外学者文选学论集》，中华书局1998年版。

孙钦善：《论〈文选〉李善注与五臣注》，俞绍初、许逸民主编《中外学者文选学论集》，中华书局1998年版。

唐普：《〈文选〉赋类研究》(博士学位论文)，四川师范大学文学院，2011年。

唐普：《文选五臣注编纂探微》，《中国文学研究》(辑刊)2012年第2期。

唐普：《北宋国子监〈文选〉版本考述》，《四川师范大学学报》(社科版)，2017年第5期。

童岭：《隋唐时代"中层学问世界"研究序说——以京都大学影印旧钞本〈文选集注〉为中心》，《古典文献研究》(第十四辑)，凤凰出版社 2011 年版。

童岭：《侯景之乱至隋唐之际〈文选〉学传承推论》,《国学研究》(第三十三卷),北京大学出版社 2014 年版。

王翠红：《〈文选集注〉编者案语发微》,《中国典籍与文化》2012 年第 3 期。

王翠红：《〈文选〉李善注增注考》,《中国典籍与文化》2013 年第 2 期。

王翠红：《古抄〈文选集注〉研究》(博士学位论文),郑州大学,2013 年。

王翠红：《古抄本〈文选集注〉汇录〈钞〉之撰者考》,《广西师范大学学报(哲社版)》2016 年第 6 期。

王德华：《李善〈文选〉注体例管窥》,中国文选研究会编《〈文选〉与文选学》,学苑出版社 2003 年版。

王礼卿：《〈选〉注释例》,俞绍初、许逸民主编《中外学者文选学论集》,中华书局 1998 年版。

王立群：《清代〈选〉学与 20 世纪现代〈选〉学》,《河南大学学报(社会科学版)》2002 年第 4 期

王立群：《从綦毋邃注看唐写本至宋刻本〈文选〉注释的演变——〈文选〉注释研究之一》,《文献》2004 年第 3 期。

王立群：《尤刻本〈文选〉李善注二题》,《河南大学学报》(社会科学版)2005 年第 3 期。

王立群：《从左思〈三都赋〉刘逵注看北宋监本对唐抄本〈文选〉旧注的整理》,《河南大学学报(社会科学版)》2007 年第 1 期。

王立群：《北宋监本〈文选〉与尤刻本〈文选〉的承传》,《文学遗产》2007 年第 1 期。

王立群：《尤刻本〈文选〉增注研究》,《河南大学学报》(社会科学版)2011年第5期。

王立群：《敦煌白文无注本〈文选〉与宋刻〈文选〉》,《长春师范学院学报》2012年第1期。

王立群：《六臣本〈文选〉李善注研究》,《内江师范学院学报》2012年第5期。

王书才：《梁章钜对〈文选旁证〉的著作权难以否定》,《甘肃社会科学》2005年第3期。

王书才：《论尤刻本〈文选〉的集大成性质及其成因》,《楚雄师范学院学报》2007年第1期。

王书才：《魏晋之际文学家赵至生平考述》,《盐城师范学院学报》2009年第3期。

王玮：《台湾藏尤延之贵池刊理宗间递修本〈文选〉论略》,《文献》2016年第4期。

王晓静：《〈援鹑堂笔记〉版本考》,《西南交通大学学报》(社会科学版)2013年第3期。

王小婷：《〈文选旁证〉著作权问题之争》,《东岳论丛》2009年第7期。

吴洪泽：《尤袤诗名及其生卒年解析》,《文学遗产》2004年第3期。

徐华中：《傅山的评点学——以〈文选〉评点为例》,《中华文史论丛》2008年第2期。

徐建委：《李善〈文选注〉引书试探》,《长春师范学院学报》(人文社科版)2009年第7期。

许逸民：《论隋唐〈文选〉学兴起之原因》,《文学遗产》2006年第 2 期。

许云和：《俄藏敦煌写本 Φ242 号文选注残卷考辨》，《学术研究》2007 年第 11 期。

游志诚：《论广都本〈文选〉》，中国文选学研究会编《文选与文选学——第五届文选学国际学术研讨会论文集》，学苑出版社2003 年版。

游志诚：《胡克家〈文选考异〉述评》，中国文选学研究会、河南科技学院中文系编《中国文选学——第六届文选学国际学术研讨会论文集》，学苑出版社 2007 年版。

于亭：《论"音义体"及其流变》，《中国典籍与文化》2009 年第3 期。

跃进：《从〈洛神赋〉李善注看尤本〈文选〉的版本系统》，《文学遗产》1994 年第 3 期。

张伯伟：《〈文选〉与韩国汉文学》，《文史》2003 年第 1 期。

张固也：《论〈新唐书·艺文志〉的史料来源》，《吉林大学社会科学学报》1998 年第 2 期。

张莉：《〈文选〉海录轩朱墨套印本存疑》，《河南图书馆学刊》2011 年第 6 期。

张勇：《〈文选考异〉研究》（硕士学位论文），河南大学，2001 年。

张月云：《宋刊〈文选〉李善单注本考》，俞绍初、许逸民主编《中外学者文选学论集》，中华书局 1998 年版。

赵蕾：《南宋陈八郎本〈五臣注文选〉来源辨析》，《牡丹江师范学院学报》（哲社版）2012 年第 5 期。

赵蕾：《宋刻〈五臣注文选〉孟氏本与陈八郎本关系考》，《西华大学学报》(哲社版)2013年第1期。

赵俊玲：《钱陆灿〈文选〉评点本探析》,《殷都学刊》2007年第3期。

钟东：《述论胡克家〈文选考异〉之校勘》,《古籍整理研究学刊》2006年第4期。

周一良：《弢翁遗札》,张舜徽主编《中国历史文献研究》(一),华中师范大学出版社1986年版。

朱晓海：《赵至〈与嵇茂齐书〉疑云辨析》,《〈文选〉与中国文学传统国际学术研讨会论文集》,江苏南京,2011年。

朱晓海：《从尤刻本善注〈文选〉宋代避庙讳字臆推其祖本时代并申论》,陈延嘉主编《文选学研究》(第一辑),中华书局2018年版。

朱瑶：《〈启颜录〉成书考》,《四川大学学报》(哲社版)2011年第2期。

后　记

　　拙稿是在本人博士论文的基础上修订而成。去年，刘志伟师主编《中州问学丛刊》，以弘扬中原人文之业，拟将此稿收入。因初于此稿不甚惬意，常思修订，然自工作之后，教务颇繁，又加别有研究，虽时时留意，一直未能专心从事之。今春疫情肆虐，举世迍邅，遂困居一室，董理旧稿，仓促完成，特撰后记，略叙始末。

　　余于2007年9月考入郑州大学文学院，在刘志伟师门下研读魏晋南北朝文学。初入学术之门，聊睹径辙而已。郑大文学院向以"《文选》学"研究著称学界，故余于《文选》亦间有涉猎。后刘师拟校理《文选》白文，余忝从斯役，始渐窥"选学"门径。因是校理，故首在版本，遂研读前人时贤相关论著，于《文选》版本稍通其要。

　　三年硕士研究生学习结束，余幸得继从刘师攻读古典文献学博士学位。"《文选》学"本为典雅渊深之学，与文献关系尤切，故余一面学习文献一般知识，一面学习《文选》，相得甚洽，博士论文选题亦初步拟在"选学"领域。时刘师又策划重启"文选资料汇编"工作，命予佐助。余勉为其难，唯迎难而上，读博期间，用力于编纂工作，未少暂辍。然其事浩繁，时至今日，虽与刘师以及团队成员先后完成"赋类卷"、"总论卷"、"序跋著录卷"等，仍尚有未竟之编。

而经此历练,余于"选学"、文献学均有些许甘苦之得。

因汇编资料,于古今"《文选》学"略识大概,既慕其渊雅,亦叹其繁杂。犹忆当初读高步瀛先生《文选李注义疏》,骇其浩博无涯,因高先生大著仅疏成八卷,尝思一生若能续完此书,亦可以不朽矣。然今日回首,碌碌无为,徒留"河清"之叹矣。

其后须拟博士论文选题,思路亦在"选学"与文献之结合上。又因刘师有董理《文选》之筹划,余亦留心古今"选学",遂将题目定为《文选》校雠史研究"。一则借"《文选》学"可明文献学,将文献学之一般知识落实于"《文选》学"之具体问题,更加切实;一则梳理学术史可鉴往知来,并掌握《文选》目录版本之源流,以之指导《文选》校雠,奠定坚实基础。

选题拟定之后,余更研读古今校雠学、"《文选》学"论著,渐次积累。然质性本自驽钝,又加资料编纂工作繁杂,未能全力以赴。尤其是"选学"之域实艰,博雅如阮元,亦发"渊乎浩乎"之叹(《文选旁证序》),学殖浅陋者,殊难窥其涯涘。故最终仅就古代《文选》校雠之发展,略为连缀成文,新见发明鲜有创获,卑之无甚高论,只可视为阶段学习之总结。今蒙刘师不弃,拟收入《中州问学丛刊》,遂重拾旧稿,略加校理,并将近年寡陋所见相关新出成果稍加采择,以为补苴;择博士毕业后所从事之旧注研究拙文一篇,并新撰《现当代〈文选〉校雠的概况与展望》一文,作为附录,以使全书稍加完备。题为"史稿",以明其疏陋也。

书稿整理毕,回首"选学"历程,不觉已逾十载,以驽钝之资,尚能有些微成绩,离不开师友的提携帮助。读博期间,余常从俞绍初先生请益。时先生正从事奎章阁本《文选》之校勘,兀兀穷年,焚膏继晷,日未暇辍。每及见,始抽身于满室书稿之中,精神矍铄,畅谈半日。余既得知识学问之指导启发,复受先生精神气度之鼓舞。在博士论文的开题、预审中,郑州大学罗家湘教授、王书才教授、王保国教授多所匡正;论文答辩时,更有幸得社科院文学所刘跃进先生、北京大学漆永祥先生亲临指导,与以上诸位先生垂示胜义,铭记于心,掩卷回首,历历如昨。又有广西师大力之先生,学识博洽,思维缜密,不嫌予之浅薄,屡加导引;同门魏晓帅师弟,好学深思,当时托晓帅为予审稿,不意竟自首至尾,细细批示。皆深情厚谊,想之慨然。其他助我之师友,不能一一具陈,谨在此一并致谢!

近三十年来,国内“《文选》学”研究颇为兴盛,成果辈出。余撰论文,参酌各家学说,尤得傅刚、范志新、王立群诸先生在此领域的开拓之功,并参酌诸先贤后进之研究,亦于此遥致谢忱!

一路走来,一直得家人在背后全力支持;工作之后,又得河南科技学院文法学院诸领导同仁照顾。衔感知谢,唯努力以相报。

犹记博士论文答辩之时,先由导师介绍学生。刘师评予曰“有深湛之思,有沉潜之志”,至今难忘。盖刘师平素于学生要求较严,督责多而赏誉少。然“关键时刻”,亦不吝溢美之词。批评有时难以奏效,谬奖却易成负担,懈怠之时,或忆起斯言,亦是鞭策。余自念无深湛之思,但当存沉潜之志,以驽马之力,行学术之途,成就或寡,唯不愧平生、不辱师教而已。

近年,刘师主持国家社科基金重点项目“《文选》李善注校理”,余仍有幸参与,以此研究作为基础,颇有助益,此稿出版,亦得基金赞助。

最后,感谢上海古籍出版社出版拙著,感谢责编。

是为记。

2020 年 5 月